KB060117

토란

토란

이현수 소설

문학동네

차례　　●

토란

1

그녀는 평생 자기 부엌을 가져본 적이 없다. 젊어서는 시집살이를 했으니 당연히 시어머니의 부엌이었고, 살림을 따로 낸 후에는 셋집을 전전하며 살아온 터라 그 또한 남에게 빌린 부엌이었다. 나이가 들어서야 비로소 자신만의 부엌이 생겼지만 하루도 넘기지 못하고 스스로 부엌을 부수고 말았다. 그래서 우리는 그녀가 부엌을 가질 생각이 전혀 없는 줄 알았다. 그녀의 방에서 모델하우스 광고지가 무더기로 쏟아져나왔을 때도 노인네의 별스러운 취미 정도로만 여겼다. 그녀가 잘 꾸며진 모델하우스의 주방을 신발이 닳도록 보고 다닌 줄은 꿈에도 몰랐다. 사실 요리의 달인인 그녀에게 부엌이 없다는 건 대장장이에게 대장간이 없는 것과 같다. 오랜 고민 끝에 우리는 그녀만의 부엌을 만들어주기로 했다. 그러기 위해서는 그와 그녀, 즉 나의 시아버지와 시어머니가 화해를 해야만 했다.

"속창시 빠진 인간이 비 오는디 차를 몰고 너희 성 회사까지 갔다 왔디야. 쓸쓸하고 고독혀서 못살겄다고. 이 시상 인간들 중에 고독하지 않은 인간이 워디 있간디."

버럭, 화가 난 채로 나의 부엌에 들이닥쳤던 날, 그녀의 얼굴이 식탁의 물방울 위에 오롯이 맺혀 있었다. 처진 눈 밑에 세로로 잡힌 주름과 길쭘한 얼굴에 도드라진 광대뼈, 그를 욕할 때마다 보이는 의치까지. 손가락으로 식탁 위에 떨어진 물방울들을 하나씩 문질렀다. 그날따라 손톱이 이물스레 느껴졌었다.

"팔자가 늘어져서 안 그냐아. 지난달엔 김제로, 익산으로, 정읍으로 한 바꾸 돌고 왔디야. 그람서 뭐라는 중 아냐? 추억 여행이랴. 풍신에 허고 다니는 짓이 빌어먹을 짓만 골라서 헌다니께. 때마침 친구들이 집엘 왔는디, 누가 그 꼴 난 사진을 보자고 했간? 히히히, 웃음서 거그 가서 찍은 사진을 꺼내놓는디 억장이 탁 맥혀야. 너희 성 회사에 갔다 오던 날, 빗길에 또 사고 낼 뻔했다누먼."

물 끓는 소리가 젖 보채는 애보다도 성가시다. 벌떡 일어나 들썩거리는 냄비 뚜껑을 열고 끓는 물에 시금치를 넣었다가 찬물로 헹궈낸다. 시금치는 잘 데쳐졌다. 시금치를 데치는 법도 그녀에게 배웠다.

"시금치 데치기가 쉬워 보이쟈? 알고 보면 시금치를 데치는 것처럼 어려운 일도 없어야. 물이 끓기 시작하면 소금을 한줌 집어넣고 시금치를 넣었다가 금방 찬물로 헹궈야 써. 백지 익혀야 헌다고 휘휘 젓다가는 물러터져 못쓰는 것이 시금치여. 끓는 물에 넣었다가 금방 찬물로 헹구려면 불안허쟈? 과연 시금치가 익었나 싶기도 허고. 시금치란 것은 가만둬도 제물에 익는 것이여. 지 성질을 못 이겨 파르르 넘어가는 자발없는 사내를 생각하면 돼야. 안 있냐? 느이 시아버지 겉은 사람."

그녀의 말을 들어보면 비유가 어찌나 현란한지 글을 쓰는 사람이 되었으면 성공했지 싶을 때가 있다. 비유의 종착지가 언제나 그여서 문제이긴 하지만.

"느이 시아버지가 워떤 사람인 중 아냐? 먼 일을 시작하면 석 달을 못 닝기는 인간이 바로 그 인간이여. 시금치보다 더하면 더했제 덜할 인간이 아니란께."

그렇게 말할 때의 그녀는 투우 같다. 아무것도 보지 않고 오로지 붉은 보자기를 쳐든 투우사를 향해 맹렬하게 돌진하는 소. 그와 그녀가 견원지간이 된 건 아주 오래전의 일이다. 오늘 저녁 두 사람은 화해를 할 수 있을까. 바위처럼 단단해진 그와 그녀의 마음을 한꺼번에 녹일 묘약은 없는 것일까. 작은 틈새라도 보이면 얇은 모시 바늘이 되어 두 사람 사이를 들락날락하겠건만. 시금치를 건져내는데, 나도 모르게 손이 떨렸다.

2

　요리는 그녀의 종교다. 요리를 하고 있는 그녀를 보노라면 탄성이 새어나올 때가 한두 번이 아니다. 불꽃 앞에 선 그녀. 빨갛고 파란 가스레인지 불빛이 수시로 그녀를 비추고, 불꽃 앞에서 바삐 움직이는 열 손가락들. 양념의 배합을 어떻게 해야 맛이 나는지, 어떤 순서대로 넣어야 하는지 그녀만큼 잘 아는 사람이 또 있을까. 그녀는 먹는 사람의 편의를 위해서는 어떤 노고도 아끼지 않는다. 내가 처음 그녀에게 타박을 맞은 것이 파전과 알타리무 김치를 상에 낼 때였다. 흔히 총각김치라고도 부르는 알타리무 김치는 통째로 들고 아작아작 썹어 먹는 게 별미인지라 나누어지기 쉽게 무에 칼집만 내서 상에 올려놓았다.
　"이렇게 통째로 내놓으면 먹기가 걱정시럽지 않겄냐. 이런 것은 한입에 싹 들어가게 탐박탐박 썰어 올려야 혀."
　그녀가 말한 '이런 것'들 중엔 둥글게 부쳐서 그대로 내놓은 파전도 포함되어 있었다. 파전이란 따뜻할 때 젓가락으로 쭉쭉 찢어 먹는 게 아니던가. 뜨거운 전을 네모반듯하게 썰어보면 쉽게 썰리지도 않을뿐더러 기름기가 묻은 칼과 도마를 썻어내는 일 또한 잔

손을 요했다. 알타리무 김치와 파전을 통째로 상에 낸 데에는 가만히 앉아서 먹기만 하는 사람은 파전을 젓가락으로 찢는달지 알타리무 김치를 이로 잘라 먹는 수고쯤은 감수해야 된다는 내 안의 심술도 얼마간 작용했던 게 사실이었다.

"요리를 맹그는 사람의 기본 마음가짐이라는 기 있는디, 그건 말이여, 먹는 사람이 황제다 허는 맴을 갖고 있으믄 돼야. 그러면 요리는 지절로 되는 것이여."

그런 그녀에게 기름기 묻은 칼과 도마를 씻어야 하는 번거로움을 감히 말할 수가 없어서 입을 다물고 말았다. 왜 요리가 그녀의 종교인가 하면 아무리 식구가 없을 때라도 상을 차리기 위해 상 앞에 서게 되면 대강이 없기 때문이다. 먹어줄 누가 있건 없건 상관하지 않고 마지막 남은 한줌의 힘과 시간과 정성을 알뜰히 긁어모아 상을 차렸다. 남편은 이런 그녀를 말하지 않고 어째서 수박 깨는 그녀를 말했을까. 결혼 전, 어머니는 어떤 분이냐고 물었더니 남편은 수박을 깨던 그녀의 모습을 설명하기 시작했다.

남편이 여덟 살쯤 되었을 때라니까 그녀는 삼십대 초반이었겠다. 수줍고 고운 기가 남아 있던 한 시절, 그녀는 무슨 투사처럼 수박을 시장 바닥에 패대기쳤다. 코흘리개 두 아이에게 먹일 수박을 벼르고 별러서 샀더니 속이 분홍색이었던 것. 수박을 바꾸러 다시 시장으로 간 그녀. 그날따라 매상이 시원찮았던지 수박 장수가 깐죽거리며 염장을 질렀다. 이래도, 이래도 안 익었냐구? 그녀

가 수박의 한 귀퉁이를 도려내 분홍색인 걸 확인했는데 수박 장
수는 수박의 다른 쪽을 세모꼴로 도려내 그녀에게 내밀었다. 눈
이 있으면 봐. 어디 와서 생떼야. 수박 장수가 내민 빨간 수박 속
을 보고 어린 남편은 가슴이 졸아붙는 것 같았단다. 수박을 실은
리어카 주변으로 몰려든 사람들의 눈을 피해 남편은 그만 갔으면
하고 주춤주춤 뒤로 물러서는데, 젊은 그녀는 자신의 머리보다 큰
수박을 치켜들고 땅바닥에 패대기를 치더란다. 여기저기로 튀어
흩어지는 수박의 분홍색 파편들. 이래도 익었어? 두 손을 탁탁 터
는 그녀. 새로 한 덩이 갖고 가슈. 맥빠진 수박 장수의 말에 씩씩
한 그녀의 대답. 일없어. 남편은 그 말이 서운했다고 한다. 분홍색
수박이라도 한 쪽만 먹었으면 했는데. 코흘리개 아들의 마음을 뻔
히 아는 젊은 어미의 입에서 나온 말은, 일없어.

시집에 첫인사를 하러 갔을 때, 그녀의 화사한 홈드레스나 고개
를 숙일 때 얼핏 드러나던 진주 목걸이 따위는 눈에 들어오지 않
고 오로지 그녀의 얼굴에 도드라진 광대뼈만 보였다. 그리고 파편
처럼 튀는 수박 쪼가리들. 푸른 겉껍질 속의 핏빛 수박 살이 그녀
의 얼굴 저편으로 어른어른 비치는 거였다.

그녀에 비하면 그의 인상은 부드러웠다. 낯선 사람들에게 어색
하게 인사를 하고 난 내게 그가 가까이 다가와 앉으라고 했다. 엉
거주춤 다가앉는 내 손을 잡고 느닷없이 서정주의 「국화 옆에서」
를 외우기 시작했다. 그는 시를 읊조리는 게 아니고 외웠다. 당신

의 급한 성정 탓에 어찌나 시를 빨리 외우던지 초등학교 저학년들이 줄줄 외우는 구구단으로 착각할 정도였다. 시에는 나름대로의 맛이란 게 있다. 특히 「국화 옆에서」 같은 시는 굵직한 목소리로 힘을 주어 천천히 읊어야만 시 본래의 맛이 살아난다. 그럼에도 나는, 그가 그리도 시를 빨리 외워 뜻이 이상하게 변질되어 들리는 와중에도 아하, 지금 「국화 옆에서」라는 시를 외우고 있구나 하고 금방 알 수 있었다. 그가 그 유명한 시를 모를 리야 없겠지만 장래 며느릿감 앞에서 시를, 다른 것도 아니고 시를 줄줄 외울 줄이야. 시를 다 외운 그가 한결 깊어진 눈으로 날 바라보았다.

"널 보려고 그 긴 세월을 살았는갑다."

그에게 난 한 송이 노란 국화꽃이었던 것이다. 아직은 생채기가 나지 않은 노오란 꽃잎. 무서리 내리는 긴긴밤을, 천둥과 먹구름 속을 헤쳐온 그에게 기어코 다가온. 결혼식장에서 그를 본 친정 백부님은, 베레모를 빼딱하게 쓴 것이 우째 좀 걸리더라며 시아버지 자리를 두고 내내 찜찜해하셨지만 나는 「국화 옆에서」를 외우던 그를 생각하곤 고개를 저었다. 시를 아는 것과 직접 외우는 것의 차이는 크므로. 그는 다른 아버지들과는 확실히 달랐다. 물론 뒷날 그가 다른 아버지들과 다른 것이 시를 외우는 것 외에도 많다는 걸 뼈저리게 느꼈지만. 그렇게, 그는 부드러운 이미지로 내게 다가왔다.

그런 반면에 그녀의 인상은 최악이었다. 남편에게 수박 깨던 애기를 미리 듣지만 않았어도 인상이 그렇게까지 나쁘지는 않았을 것이다. 하지만 그녀라고 어찌 투사 같기만 했으랴.

"엄마 치마꼬리를 잡고 따라간 요리학원이 한두 군덴지 알아?"

그랬다. 젊은 그녀, 그에게 넌더리를 내지 않았던 적이 있었다. 지금도 장롱 서랍에 착착 개켜진 채로 들어 있는 앞치마들. 그땐 어땠을까. 색색의 앞치마를 준비하고 상 앞에 앉을 황제를 위하여 어린 아들의 손을 잡고 요리학원을 드나들었을 그녀. 앞날에 대한 기대와 설렘으로 양볼이 발갛게 물들었던 때도 분명히 있었을 것이다.

"시방 생각혀봐도 차암 어리석었어. 우째 혼사를 결정함서 신랑을 보지 않았을까. 느이 시할아버지의 소문난 인품만 믿은 것이여. 그 하나뿐인 아들인께 여북 닮았을 거이냐고 그러고 시집갔어야. 신랑을 볼 생각도 허들 않고. 뭣에 씌있는개비. 안 봐도 한나 두 껄쩍지근허지 안터먼."

그녀의 입에 붙어버린 이 푸념은, 처음에는 아주 조심스럽게 시작되었을 것이다. 데친 시금치는 물기를 짜내고 나서 냉장고에 넣어둔다. 나물은 상에 올리기 직전에 무쳐야 씹는 맛이 있다. 다음엔 새우를 손질할 차례다.

"바가지 쓰기 질로 좋은 것이 대하여. 시장에 나온 생물 대하는 백이면 백, 냉동 새우를 녹인 거라고 알면 돼야. 생물이 더러 있기야 있겄지만 잡은 즉시 유명 음식점으로 빠져버린께 우리 손에 들어울 턱이 없는 게 대하라는 물건이여. 아예 첨버텀 냉동 새우를 사는 게 현명한 일이제."

식재료도 그녀의 충고대로 하면 싸고 좋은 걸 살 수가 있다. 새우의 내장은 배가 아니라 엉뚱하게도 등에 붙어 있다. 등 쪽으로 이쑤시개를 밀어넣어 내장을 뺀 새우를 접시에 담는다. 내장을 지고 다니느라 고단했을 새우. 내장이 털린 열 마리의 대하가 접시 안에서 각각 등을 돌리고 꼬부장하게 누워 있다. 새우의 누운 모양새가 눈에 거슬린다. 저녁 잘 먹고 나서 아무것도 아닌 일로 치고받고 싸우다 등 돌리고 자는 형제 꼴이 아닌가. 열 마리의 대하를 꼬부장한 등이 바깥쪽으로 향하게끔 나란나란 누인다. 그제야 사이좋은 형제들 같다. 한 사람 앞에 두 마리씩, 오늘 저녁 주요리는 대하 샐러드로 낼 참이다. 저녁 상차림이 그녀의 마음에 들기나 할는지. 시집은 희한하게도 기름 냄새를 내지 않고 상을 차린다. 색감부터가 화려하다. 친정은 고명이라고 해봐야 기껏 실고추나 지단이 전부인데 시집에서는 상추를 몇 잎 깔고 브로콜리와 얇게 돌려 깎은 당근을 요리의 옆이나 위에 곁들여 꽃단장을 해야만 제대로 된 상차림으로 쳐준다. 다른 집은 모양보다는 음식의 맛에 비중을 두지만 시집은 맛보다는 모양에 비중을 둔다. 그 모양 때문에 찌그러진 남편과 시누이의 얼굴. 머잖아 나도 그들의 얼굴과 비슷해질 것이다.

3

씻어 건진 양상추를 바람이 잘 통하는 뒷베란다에 두려고 문을 여는데, 유리 볼에 담긴 토란이 나부터 손봐달라고 불쑥불쑥 고개를 드는 것만 같다. 여전히 친해지지 않는 토란 뿌리. 쌀뜨물에 가라앉은 토란의 외양만 보고 만만히 다뤘다가는 큰코다치기 십상이다. 토란 뿌리를 다룰 때는 먼저 면장갑을 끼고 팔목까지 올라오는 긴 고무장갑을 덧낀 다음에 만져야만 그 독한 성깔을 이겨낼 수가 있다. 보잘것없는 알뿌리라고 우습게 여기고 맨손으로 만지면 쐐기에 쏘인 것처럼 손이 화끈거리고 가려워 밤잠을 설치게 된다. 토란 요리를 하면서부터 인생을 조금씩 알게 되었다. 무턱대고 가갸거겨만을 외우던 아이가 어느 날 자음과 모음의 조화를 한순간에 알아내듯이.

초인종이 길게 울린다. 그녀다. 그녀가 우리집으로 출발했다는 시누이의 전화를 받은 지 다섯 시간이 지났다. 천안 시누이 집에서 우리집까지는 넉넉하게 잡아도 두 시간 이십 분이면 충분하다. 나머지 두 시간 사십 분 동안 그녀는, 미처 가보지 못한 또다른 아파트의 모델하우스를 보고 왔을 것이다. 사람들이 유심히 보는 거실이나 안방은 거들떠보지도 않고 곧장 부엌으로 들어섰을 것이다.

"우리 아파트 앞 공터에 모델하우스가 새로 들어섰거든. 어제 엄마 뒤를 밟았더니 짐작대로 거길 가시더라구. 다른 데는 보지도 않고 바로 부엌으로 들어가더라. 싱크대라고는 생전 처음 보는 사람처럼 쓸어보고 만져보고 서랍도 열었다가 닫았다가…… 부엌에서만 한 시간이 넘게 그러고 계셨어."

시누이에게 그 말을 들은 지 벌써 일 년이 지났다. 신발에 흙이 묻은 걸로 보아 오늘은 한창 개발중인 신도시 어디쯤엘 다녀온 모양이다. 그녀가 보고 온 부엌은 어떤 분위기였을까.

"저녁 준비는 잘되어가냐?"

부엌을 살피는 그녀의 눈이 예사롭지 않다.

"대하랑 토란도 다듬어놓구요. 나물도 데쳐서 냉장고에 넣어뒀어요. 이제 요리만 하면 돼요."

"어디 쪼까 볼거나."

뒷베란다 문을 열어젖힌 그녀는 베란다와 부엌 사이의 좁은 공간에 쪼그리고 앉는다. 등이 수척하다. 본디 살이 푸근하게 붙은 사람은 아니지만 오늘따라 구부린 그녀의 등이, 살을 발라먹고 난 생선 뼈다귀처럼 앙상해 보인다.

"쩌기, 저놈은 뭐다냐?"

세탁기 옆, 수통맞게 생긴 고무통에 담긴 고들빼기를 가리키며 그녀가 물었다.

"고들빼기김치를 할까 하고 소금물에 우렸는데, 아무래도 생일상에는 못 올릴 것 같아요."

"왜애? 아범은 고들빼기김치라면 환장을 허는디."

"쓴맛이 덜 우러난 것 같은데 언제 담가 상에 올리겠어요. 맛도 들어야 할 텐데."

"고들빼기김치는 금방 담근 거 먹어도 괜찮여. 어디……"

시험지를 받은 학생처럼 등이 뻣뻣하게 굳는다. 긴장 탓이다. 언제쯤이면 그녀 앞에 두 다리 쭉 뻗고 앉아질까.

"되았다. 자알 우려냈구먼. 소금물도 슴슴허니 지대로 풀었구. 인자 너두 선수가 되야뿌렸구먼."

고들빼기는 제 본래의 푸른빛을 버리고 누르끄레하게 탈색이 되었다. 그녀는 고들빼기의 색깔만 보고도 쓴맛이 어느 정도 빠졌는지 안다.

"암만 갈쳐도 모리는 사람이 있어. 사람은 죽기 한허고 배우야 쓰는디 말이여. 암만 갈쳐도 모리는 사람은 요리에 소질이 없는갑다. 첨엔 그리 생각했는디 살다본께 그기 아니여. 모든 일에는 관심이여, 관심. 뭔 일이든 관심만 두면 못헐 일이 없은께. 관심이 없어 겉으로 허성허성 들으닌께 못허게 되는 것이제 애초버텀 소질이 없는 것은 아니거든. 그런 점에서 너는 요리에 관심이 있어."

시집와서 처음 듣는 칭찬이다. 바쁜 통에 기쁜지 어쩐지도 모르겠다. 말갛게 씻은 고들빼기를 스테인리스 함지에 붓는다. 그녀가 고들빼기를 버무리기 위해 일회용 비닐장갑을 끼는 동안, 나는 양념통을 일렬종대로 진열했다. 고들빼기는 양조간장과 멸치 젓갈로 간을 맞춰야 한다. 멸치 젓갈, 양조간장, 고춧가루, 파, 마늘, 설탕, 깨소금, 그녀의 지휘에 따라 양념통을 차례대로 건네준다. 양념통을 들었다 놓았다 하는 그녀의 재빠른 손은 오케스트라 지휘자의 손 같다. 이런 그녀가 어떻게 평생 동안 남의 부엌에서만 서성거렸는지 모를 일이다. 지금만 해도 그렇다. 저렇게 신바람이 나서 요리를 하고 있지만 여긴 엄연히 내 부엌이질 않은가.

"얘야, 간 쪼까 봐라."

그녀가 버무리던 고들빼기를 집어 입에 넣어준다.

"간이 맞냐, 어쩌냐?"

고들빼기의 쌉싸래한 맛이 입천장을 자극해 침이 가득 괸다. 모든 음식은 저마다 여타 음식이 넘볼 수 없는 고유한 맛을 지니고 있다. 고들빼기의 맛과 고들빼기라는 이름이 어쩜 그리도 잘 어울리는지. 어느 누구도 이 쌉싸래한 맛에다가 고들빼기 외에 다른 이름을 붙이지는 못하리라. 그러고 보면 모든 야채는 저마다 가장 적합한 이름을 가지고 있다. 아기 손처럼 앙증맞게 생긴 쑥갓의 파르스름한 잎을 찬찬히 들여다보면 정말 쑥갓같이 생겼다. 다시마는 또 어떠한가. 다시마라고 부를 때 혀끝에서 부드럽게 말리는 발음, 쑥갓과는 다른 깊디깊은 암갈색. 그 기품 있는 암갈색이 다시마라는 이름과 만나면 더할 나위 없이 시원한 맛으로 다가와 대번에 쓰린 속을 달래준다. 석양이 이우는 저녁나절에 보글보글 끓는 매운탕 냄비 앞에 서서 미나리를 손으로 뜯어 넣고(모든 야채는 칼을 대면 맛이 반감된다) 있노라면 냄비 속에 섞이지 못하고 겉도는 것이 보인다. 물론 그건 다시마다. 여러 야채와 생선들이 어우러져 제맛을 내고 있는데, 다시마만 퉁퉁 불은 몰골로 국물 속에 어중간하게 떠 있다. 내가 가진 바다의 맛을 모두 주었으니 제발 건져달라고 통사정하는 얼굴이다. 기꺼이 씹히지 못하고 국물맛을 내는 데만 사용되다 버려지는 다시마는 그래서 그 이름이나 맛에 비릿한 슬픔의 기운이 감돈다.

"고들빼기는 슴슴한 소금물에 얼마큼 잘 우려냈는가 허는 것에 따라 맛이 달라져부러. 지대로 우려내지 않으면 너무 써서 못씨고, 그렇다고 매 우려내믄 쓴맛이 다 도망가서 지맛이 안 나는 기 바로 고들빼긴께. 쓴맛이 혀끝에 살큼 감기드끼 남어 있어야 고들빼기의 본맛이 나오제. 시집살이도 이치를 따지고 보믄 고들빼기와 한가지여. 시엄니가 초장부터 메누리에게 시집살이를 맵게 시키믄 워티기 되는 중 아냐? 서리 맞은 배추맹이로 매가리 없이 물크러져 못씨고 이쁘다고 위해 바치믄 뒤둥그러져 못씨쟈. 글서 시집살이도 고들빼기맹이로 쓴맛이 혀끝에 살큼 감기드끼 남어 있겠끄름 다뤄야 메누리가 늘 긴장하게 돼야."

무릎을 칠 만큼 기가 막힌 비유나 넋두리를 들어도 이젠 아무 느낌이 없다. 맛있는 음식도 자주 먹다보면 물리는 법이니까. 귀를 건성으로 열어둔 채, 내 마음은 딴 데 가 있다. 오늘 우리는 그와 그녀를 저녁식사에 초대했다. 겉으론 남편의 생일이라는 명목으로 이루어진 초대지만 우리의 목적은 따로 있었다. 그에겐 그녀가 온다고 말하지 않았고 그녀에겐 그가 온다고 말하지 않았다. 그래야만 두 사람 모두 저녁식사에 참석하기 때문이다. 오늘 저녁만 무사히 넘기면 절반은 성공한 셈인데, 자꾸만 긴장이 되어 천천히 숨을 들이마신다.

"요리는 말여, 재료를 잘 사야 혀. 아무리 좋은 양념과 음식 솜씨를 지니고 있어도 재료가 말라뻗졌거나 벌레를 먹었든가 혀서 시원찮으면 전부 헛것이여. 인간도 마찬가지제. 애저녁에 싹수없는 인간헌티 천날만날 공들이며 군불 때봐야 방구들 뜨실 중 아냐? 말짱 도루묵이지야."

그녀가 '싹수없는 인간'이라고 말할 때, 이를 갈듯 아랫입술을 깨물고 목소리를 극도로 높였기 때문에 알루미늄 포일로 유리창을 문대는 것처럼 심한 쇳소리가 났다. 그녀에게 행여, 당신이 말씀하시는 도루묵이 오늘 저녁에 오신다네요, 한다면 유리창을 긁는 듯한 쇳소리는 계속 이어질 것이다.

고 싹수없는 인간이 우짠 일이대여. 이날 입때껏 지 입 지 몸만 생각허는 인간이 자슥 생일을 다 챙겨야? 하이고오, 신문 날 일이다아.

그런 그녀임을 아는지라 그가 온다고 말하지 않았다. 저녁때 일은 그때 가서 해결하기로 했다. 그러나 거기서 멈출 그녀가 아니었다. '싹수없는 인간'이라고 말할 때의 감정을 그대로 살려 싹수없는 인간의 비화를 들추어내기 시작했다.

"말이 나왔은께 말인디, 그 인간이 위떤 인간인 중 아냐? 니 서방이 갓난아그 적 야긴디. 아그가 밤낮이 바뀌어서 밤에 잠을 통 안 자야. 하루는 밤에 경기 들린 드끼 우는 거여. 아그가 울어쌓는다고 그 인간이 우쨌는가 허먼 말이다."

격한 감정에 휘말렸는지 한동안 주먹을 불끈 쥐고 있더니 마침내 부들부들 떨리는 목소리로 말을 이어나갔다. 사리문 잇새로 나오는 그녀의 말은 중간중간 끊겼고, 턱없이 힘을 주어 듣고 있던 나까지 덩달아 아랫배에 힘이 들어갔다.

"아그를 포대기째 들어 마당에다 내던진 거여. 금방 입술이 시퍼레져가지고 눈을 까뒤집고 넘어가는디 난 그때 니 서방 잃는 중 알았다. 아그헌티 그렇게 해놓고 무신 낯짝으로 용돈은 꼬박꼬박 받아 쓰는지. 이날 입때꺼정 애비 노릇을 헌 기 머가 있어야 말이제. 속 터져야. 새색시 적엔 그리 생각허고 살았다. 하느님이 인간으로 맹글 제는 먼 쓸모가 있은께 이 세상에 냈겄제 허고 말이여. 암만 지달려두 인간다운 디라구는 손톱만치도 없어야. 글고 보믄 인간도 아니제에?"

이런 부분, 이런 대목에서는 도망가고 싶어지는 게 내 솔직한 심정이다. 동조를 구하는 그녀의 눈빛을 모르는 체 끝까지 묵묵부답이면 괘씸죄에 걸릴 일이요, 그렇다고 그녀의 말에 동감을 표시하며 그의 험담을 늘어놓을 수도 없는 입장이다. 시부모 싸움에 며느리는 어디까지나 중립을 지켜야 하는 법. 밉든 곱든 법적으로는 엄연히 남편인 그를 자신이 흉보는 건 아무렇지도 않지만 며느리까지 옆에서 헐뜯고 나서면 듣기 싫어지는 게 사람 마음이지 않겠는가. 어떡하나? 울화가 뻗쳤는지 그녀의 얼굴이 시뻘겋게 달아올랐다. 눈을 둘 데가 없어 쇠수세미로 애꿎은 개수대 바닥만 북북 닦아내고 있는데 때마침 열린 문으로 시누이가 들어선다. 시누이 등뒤로 비스듬히 보이는 밤색 베레모. 가슴이 쿵 내려앉는다. 그녀의 눈은 이미 화등잔만하게 커진 상태였다.

"저 인간이 누구엿!"

그녀의 큰소리를 신호탄 삼아 나와 시누이는 동시에 등을 싹, 돌렸다. 내가 그녀의 등을 밀고 부엌으로 들어간 시간과 시누이가 그의 팔을 잡고 안방으로 들어간 시간이 정확하게 일치했다. 피나게 연습한 결과였다. 내 동작이 조금 굼떴거나 시누이가 한발 늦었다면 그녀의 입에선 가시 돋친 말들이 폭포처럼 흘러나왔을 것이고, 그는 옆에 사람이 있거나 말거나 목에 핏대를 세우고 마구고함을 질러댔을 것이다. 그렇게 되면 세상 어느 누구도 그들을 막을 순 없다. 손에 닿는 아무 물건이나 집어던져, 그 물건이 동강나고 으스러져야만 분이 풀리는 그들이다. 오디오 위에 장식품으로 얹어둔 청동 조각상이 힐끗 보였다. 묵직하고 끝이 날카로워 언제든 흉기로 변할 수 있는 물건이다. 치운다고 해놓곤 깜박 잊었다. 청동 조각상을 서랍 속에 밀어넣고 부엌으로 와보니 그녀는 산소가 부족한 사람처럼 헉헉거리며 가슴을 치고 있다. 나는 무치다 만 시금치를 한 움큼 집어 입안에 욱여넣었다. 일단 두 사람을 떼어놓았으니 산 하나는 무사히 넘은 셈이다. 시누이는 안방에서 나오자마자 얼음냉수부터 찾았다. 시누이의 얼굴도 화톳불을 피워놓은 것처럼 붉다. 별일 아니라는 듯 나는 시금치를 우적우적 소리 나게 씹으며 냉수에 얼음을 넣었다. 고백건대 난 시금치를 좋아하지 않는다. 시집의 '시' 자가 시금치의 첫머리에 들어 있어서 그런 것만은 아니다. 시금치의 덤덤한 맛이 입에 맞지 않았던 것이다. 올케도 많이 늘었네. 눈빛으로 그렇게 말하며 시누이는 얼음냉수를 벌컥벌컥, 쉬지도 않고 한 번에 끝까지 들이켰다.

4

"또 커피 끓인다냐?"

그녀가 오만상 찌푸린 얼굴로 묻는다.

"커피가 뭔 보약이간디."

어쩌다 입가심으로 커피 한 스푼에 프림과 설탕을 두 스푼씩 고봉으로 넣어 역전 다방 스타일로 빽빽하게 마시는 그녀는, 하루 석 잔씩 멀건 커피를 블랙으로 마시는 그를 이해하지 못한다. 그의 커피 마시는 행위는 그녀의 말에 의하면 '빌어먹을 짓'에 해당된다. 아닌 게 아니라 제삿날이나 명절에 그의 커피 시중을 들다

보면 짜증이 나기도 한다. 그는 무슨 일이 있어도 식후 삼십 분에 약 먹듯이 시간을 정해놓고 커피를 마신다. 생각해보라. 제삿날이나 명절의 식후 삼십 분은 눈코 뜰 새 없이 바쁜 시간이다. 남은 음식을 거두랴, 발치며 개수대에 수북하게 쌓인 빈 그릇들을 씻다보면 어느새 시간은 식후 삼십 분이 되어가기 마련이다. 다른 일에는 느슨해도 먹고 마시는 일에 있어서만큼은 엄격하고 절도가 있는 편인 그가 시계를 보지 않고 있을 리 만무하다. 미끈거리는 고무장갑을 억지로 당겨 벗으면 고무장갑에 묻은 비누 거품이 얼굴로 가슴으로 사정없이 튄다. 행주질도 하지 않은 교자상 위에 차 쟁반을 올려놓고 커피잔을 꺼낸다, 물을 끓인다, 수선을 떨면 그녀는 빼먹지 않고 한마디씩 톡톡 쏘아붙였다.

"허는 꼴을 볼작시면 어딜 가나 딱 빌어먹을 인사란께."

그녀의 말을 귓등으로 들으며 허둥지둥 커피를 내가면 시간은 얼추 식후 삼십 분에 가깝다. 고향이 전주와 김제로 같은 사투리를 쓰며 자란 두 사람인데도 그는 완벽한 표준말을 구사하고 그녀는 여태 사투리를 버리지 않고 있다. 남편이 중학교 일학년 때 서울로 올라왔다니까 이십 년이 넘는 세월인데 그동안 서울말을 배우지 않은 건 순전히 그녀의 고집 탓이다. 그는 어디서 배웠는지 서울로 올라오던 기차 안에서부터 표준말을 했다고 한다. 흔히 사투리를 쓰던 사람이 표준말을 하게 되면 억양은 그대로인 채 말끝만 이상하게 끌어올리는 경향이 있는데 그는 억양조차 완벽했다고 한다.

"한 집안의 가장이 되야갖고 헌다는 짓이 뜬구름 잡는 일만 허고 돌아다님서 서울 산 지 월매나 됐다고 간살시럽기 서울말이나 입에 올리고."

그랬을 것이다, 그녀는. 그가 미워서라도 더욱 굳건히 사투리를 지키기로 작심했을 것이다. 도대체 부부란 무엇인가? 적인가, 동지인가. 그와 그녀의 관계를 단적으로 설명하긴 힘들다. 명백히 동지는 아니고 그렇다고 적으로 단정하기에도 다소 의아한 데가 있다. 둘이 싸워서 한쪽이 지면 이긴 쪽이 진 쪽을 보고 쾌감을 느껴야만 적의 관계가 성립이 되는데 이들의 양상은 다르다. 싸움 끝에 벌렁 나자빠진 상대를 보면 그 남루한 꼴이 보기 싫고 미워서 다시 싸우고 상처받고 또 싸우고…… 그들은 싸우기 위해 태어나고 싸우기 위해 맺어진 부부처럼 보였다. 나이가 나이인지라 그와 맞붙어 싸우기에는 아무래도 힘이 달린 그녀가, 직장 다니는 딸의 부엌살림이나 거들어주겠다며 천안 시누이 집으로 내려간다고 했을 때 나와 남편은 쌍수를 들어 환영했다. 시부모 싸움 뒤치다꺼리에 등골이 빠지게 생겼으니.

"올케, 내가 뭐 도울 일 없어?"

"왜 도울 일이 없겄냐. 천지가 일이제."

그녀가 시누이의 말을 기다리기나 한 양, 시누이가 빈 물잔을 놓고 부엌에서 나갔더라면 어깻죽지라도 잡아끌어 일을 시켰을 것처럼 단박에 시누이의 말을 잡아챘다.

"취나물 쌈을 할 턴께 그것 쪼까 씻어라."

천안에서 서울까지 올라온 시누이에게 쉴 틈도 주지 않고 일을 시킬 만큼 부엌일이 쌓인 것은 아니다.

"여긴 어머님과 저만으로도 충분해요."

"아녀, 서 있더래도 넌 여그 있거라. 내가 시집 산 거이 하도 원통해서 안 그냐아. 느이 시할머니는 우쩨된 기 말만한 딸들헌티 통 일을 안 시키더라. 집에서 일해버릇하면 시집가서도 일구덩이에 매인다고 말여. 시할머니허고 나만 등이 휘어지게 일을 헌 거여. 생리 때가 되면 우쩐지 아냐? 느이 여섯 고모들은 한꺼번에 묶어서 생리를 허드라고. 사람 눈에 안 띄는 뒤뜰에 기저귀를 빨아 널면 두 줄이 가뜩차야. 징글징글허드먼. 지 서답은 지가 조몰락거려서 빨면 워디가 워떻고 그런 것도 내놓는가 말이다아. 그건 느이 고모들이 나빠서 그런 거이 아니고 할머니가 안 시켜서 그런 거이제. 그때 내 명심했구먼. 이담에 메누릴 보면 딸허고 똑같이 일을 시키기루."

"올켄 좋겠어. 좋은 시어머닐 둬서."

취나물을 씻던 시누이가 돌아보며 웃는다. 웃는 얼굴에 가시가 송송 박힌 것 같다. 자격지심 때문일까. 과민한 탓이리라. 요 며칠 저녁 초대 문제로 신경이 바짝 곤두서 있었다. 국자로 육수의 거품을 걷어내던 그녀가 내게 양념으로 쓸 파를 가시라고 한다. 그녀의

'가시다'라는 사투리를 헹구라는 뜻으로 해석한 적이 있었다.

"요놈 쪼까 가셔줄 텨?"

그녀가 내민 무를 받아 계속 물에 씻고 있는데, 야가 왜 이리여, 가시라니께, 하며 내가 씻고 있던 무를 빼앗아 채썰기를 하는 게 아닌가. 내가 살던 고장에서는 가시라는 말이 분명 헹구라는 말이 었는데. 이젠 두 번 다시 그런 실수를 하지 않는다. 파를 채 썰면서, 그녀는 왜 하고많은 쌈 중에서 유독 취나물 쌈만 선호하는지 궁금해진다. 요리 박사인 그녀가, 백화점이나 슈퍼마켓에 산더미처럼 쌓인 쌈거리를 보지 않았을 턱이 없다. 청경채, 치커리, 신선초, 참나물, 케일. 때깔부터가 다르다. 살짝 데쳐도 시커멓게 변하고 마는 취나물에 비할 바가 아니다.

"뭐니 뭐니 혀도 쌈에는 취나물이 최고여."

"난 취나물 맛을 모르겠던데."

시누이도 취나물 쌈이 마뜩잖았나보다.

"너도 사십 줄에 들어섰으니 서서히 취나물의 맛을 알게 될 거이다. 한시상 살며 인생사 이 굽이 저 굽이 넘노라면 절로 쓴맛이 입에 맞기 돼야. 밥맛이 떨어졌을 때도 글타. 단 게 땡길 줄 알쟈? 천만에. 쓴 걸 입에 물어야 밥이 넘어가는 벱이여. 원래 십대나 이십대는 단맛이 입에 맞고, 삼십대와 사십대는 신맛을 좋아허게 되어 있는 것이여. 오십 고개를 넘어야 취나물의 맛을 알게 돼야. 취나물의 쌉쓰레한 맛이 우리네 인생살이 맛이거든."

"에이, 그건 아니다. 요즘 젊은 애들 하나같이 커피 마시는데, 그 점은 어떻게 생각해야 허우?"

"쓴맛 중에서도 여러 쓴맛이 있는디 커피는 호들갑시럽기만 허지 지대로 된 쓴맛이간디. 은근허고 깊은 쓴맛이 아니여."

쓴맛. 그녀는 저 심오한 쓴맛을 서울살이와 비교하고 있을 거다. 그와 그녀가 함께한 길고 긴 서울살이. 궂은일, 힘든 일은 하기 싫고 어디다 내놔도 번듯해 보이는 일만 하고 싶어하는 그. 조금만 힘이 들면 시부저기 손을 놓아버리는 그. 그가 그리된 데는 시할머니 탓도 있었을 것이다. 흔해터진 여섯 딸도 아까워서 손에 물 한 방울 묻히지 않고 시집을 보냈다는데 외아들에게 바친 정성이야 오죽했을까. 아마 닳을까봐 쳐다보지도 못했을 거다. 시골의 논밭이며 산을 하나씩 팔 때마다 이번에는, 이번에는 기어코…… 그는 수없이 맹세했다고 한다. 그의 맹세에 가족 모두는 헛된 꿈을 걸었다. 그러다 그녀가 부르르 아랫입술을 깨물며, 아이고, 이번에도 기어코…… 그러면 남편과 시누이는 이불을 머리끝까지 당겨 썼다고 한다.

마지막으로 그가 한 일이 슈퍼마켓이었다. 슈퍼마켓도 그가 하고 싶어서 한 일은 아니었다. 망하기만 하는 그를 보다 못한 셋째 시고모부가 자신의 상가 일층을 빌려주며 권했다는 거였다. 그곳에서 다른 사람이 슈퍼마켓을 했는데 목이 좋아 돈을 솔찮게 벌었다고 했다. 그를 내버려두면 하는 일마다 망할 건 불 보듯 뻔한 일이고 종국에는 기까지 꺾여 사람 구실도 못할 것 같아 장사 잘하고 있는 사람을 모지락스럽게 등 떠밀어 내보냈다고 했다.

"처남, 마지막이다 생각하고 죽기 살기로 매달려보세요. 단골도 잡혀 있고 목도 좋아 눈을 뜨고 있기만 하면 장사는 그럭저럭 될 터이니."

자형이 신신당부하며 시작한 일을, 보증금도 없고 월세도 자리가 잡히면 달라는, 그야말로 거저먹기나 다름없는 일도 삼 년을 넘기지 못했다고 한다. 배달이 많은 슈퍼마켓은 혼자서는 절대할 수 없는 일이다. 더구나 계산에 어두운 그녀로서야. 그는 잠시도 슈퍼마켓에 앉아 있지 않았다. 슈퍼마켓을 하는 삼 년 동안 하루 수차례씩 상가 지하에 있는 다방에 들락거리며 커피만 마셨다고 한다. 그때부터 그녀가 그의 커피 마시는 일에 대해 '빌어먹을 짓'이라고 대놓고 비난하기 시작했다. 슈퍼마켓조차 손 털고 나자 여섯 시고모들의 질책이 애먼 그녀에게 쏟아졌다. 그는 원래 그런 사람이니 그가 없는 셈 치고 그녀라도 야물게 장사를 했으면 그리 되지는 않았을 거라는 게 시고모들의 공통된 생각이었다.

"두 눈 뻘겋게 뜨고 있는 사람을 우째 없다고 생각하라는지 참말로 폭폭혀서 못살겠더라."

여섯 시고모들은 거기에서 멈추지 않고 그녀에게 마지막 희망을 걸었다. 유일하게 남은 전셋집에서 하숙 치기. 그녀의 솜씨는 이미 소문나 있는 터여서 더없이 좋은 일거리 같기도 했다. 그녀는 하숙생들의 밥을 열심히 해댔지만 하나도 남지 않았다고 한다. 밥상 앞의 그녀. 하숙생들의 밥상도 황제의 상처럼 차려 냈을 터이니. 옆에서 약국을 하던 첫째 시고모부는 애가 타서 그녀의 부엌을 지켰더란다.

"내가 그 인간 땜에 겪은 고초를 생각하믄 시방도 이가 갈려. 약국 고모부 있잖냐. 약국이 한가하믄 허구한 날 정지문 앞을 지키는디 이건 숫제 죄인 취급이여. 찰떡을 허믄 찹쌀금이 월맨디 찰떡을 허느냐고, 기어이 떡을 해야 쓰겄으면 쪼까 더 싼 멥쌀로 흰무리를 쪄라 하고. 결혼 잘못한 죄루다 시누 냄편헌티 그런 말꺼정 들어야 했으니, 수모도 그런 수모가 없었구먼. 그러니 내가 저 인간 얼굴만 보면 피가 거꾸로 올라오지 않겄냐."

손 큰 그녀만 보이고 빼어난 음식 솜씨는 보이지 않던 시절. 그 시절을 돌이킬 적마다 그녀의 얼굴은 도화지처럼 하얘졌다. 그녀가 좁쌀영감 같은 약국 고모부의 잔소리에 얼마나 질렸을 것인지. 약국 고모부에게서 그런 소리를 들었어도 그녀는 흰무리를 찌지 않고 기어이 찰떡을 하고야 말았으리라. 그토록 고집스럽게 한 찰떡을 한 조각 먹어보면 소태처럼 쓰지 않았을까. 그래도 그녀는 쓴맛이 좋다고 한다. 밥이 넘어가지 않을 때는 쓴 걸 입에 물어야 밥이 넘어간다고 한다.

5

배를 갈라 넓게 편 오징어에 오 밀리 간격으로 일정하게 칼집을 넣는다. 칼질을 하는 그녀의 손놀림을 보면 절로 입이 벌어진다. 신이 오른 무녀의 손이 저러할까. 칼이 지나간 곳마다 조각작품 같은 마름모가 수없이 만들어진다. 과연 저 오징어를 입에 넣을 수나 있을는지.

"나도 첨버텀 요리에 소질이 있었던 건 아니여. 신산허게 살다본께 자연히 요리 박사가 되고 말더라. 그 많던 전답을, 씨만 뿌리면 숭굴숭굴 잘도 열매가 열리던 오진 땅을 느이 아버지가 한나씩 팔아먹을 때마다 나는 머혔는 중 아냐? 도마질을 함서 속을 풀었어야. 젊어서는 대들 중도 모리고 부서져라 도마질만 혔던 것이제. 내 속도 지지고 볶고, 도마질한 재료도 지지고 볶고 그렇게 밤새 지지고 볶다보면 어느새 날이 번히 새뻔져야."

사연 많은 도마질 소리가 토다닥토다닥 울려퍼지는 가운데 시누이의 손도 그녀의 손을 따라 분주히 움직였다. 시누이는 그녀가 손질한 오징어와 죽순에 곁들일 소스를 준비하고 있다. 제대로 됐는지 맛을 보라며 시누이가 소스 그릇을 내 앞으로 내밀었다. 투명한 믹싱 볼에 담긴 노르스름한 소스를 찍어 먹기가 무섭게 눈물이 핑돈다. 맵다. 코끝이 알알하고 재채기가 나오려고 한다. 겨자가 이렇게 독할 줄은 몰랐다. 이젠 시누이도 지쳤나보다. 진작에 자네가 떠맡았으면 좀 좋아. 내가 화장실에 다녀온 사이, 시누이는 겨자를 뿌렸을 것이다. 난 출가외인이야. 꾹 눌러 짠 겨자를 두어 번 더 쳤을지도 모른다. 제발 나 좀 놔줘. 친정 일로 언제까지 끌려다녀야 하는 거야. 겨자 향엔 부모에게 지쳐버린 딸의 신경질이 묻어 있다. 강하게 넘어온 공은 강하게 받아쳐야 한다. 입술을 깨물고 다진 마늘이 들어 있는 플라스틱 통의 뚜껑을 연다. 큰 스푼으로 다진 마늘을 움푹 퍼 소스에 섞는다. 딸은 자식이 아닌가요. 형님, 저희도 할 만큼 했어요. 어머님은 형님이 맡고 계시지만 아버님은 저희 몫인걸요. 다진 마늘만으로는 겨자의 톡 쏘는 매운맛을 당해낼 수가 없다. 오면가면 아버님이 드실 밑반찬을 해다 나르는 일도 여간 힘든 게 아니에요. 위 선반의 한쪽 문을 잡아당긴다. 양념통들이 가지런하게 놓여 있다. 오른손으론 다진 마늘과 겨자가 든 소스를 젓고 왼손으로는 양념통을 더듬느라 정신이 없다. 작은 식초병이 한 손에 답삭 들어온다. 아쉽다. 빙초산이 제격인데. 별안간 시누이의 눈매가 새치름해진다. 내 속을 훤히 꿰뚫고 있는 건가. 아무러면 어때. 식초병을 거꾸로 들고 주르륵 붓는다. 누구도 두 분을 모시고 살 수는 없다는 거 형님이 더 잘 아시잖아요. 고래 싸움에 새우 등 터진게 어디 한두 번인가요. 시큼한 식초 향이 부엌 가득 퍼진다. 제아무리 매운 맛도 마늘과 식초 앞에서는 사족을 쓰지 못한다.

"오메, 무신 소스 맛이 이렇다냐. 맵고 시고 떫기꺼정 허네."

그녀의 말에 정신이 번쩍 든다.

"야들이 파투 내기로 작정을 했구먼. 이걸 워쩐다냐. 사과를 갈아서 넣어볼까나. 독한 맛을 중화시키는 데는 사과 이상 가는 기 없은께."

그녀의 응급 처방은 사과였다.

"느들 하라는 요리는 안 허고 여태꺼정 소스로 장난질만 치고 있었나아?"

냄비 속에 오징어를 집어넣던 그녀가 퉁명스레 내뱉었다. 오징어는 끓는 물을 만나기가 무섭게 칼집 넣은 부분이 뚜렷하게 벌어지면서 손을 대지 않았는데도 저절로 뒤집어진다. 끓는 물에 대한 오징어의 민감한 반응. 무슨 일이 있어도 그와 그녀를 한집에 살게 해야만 한다. 덩그러니 혼자 살고 있는 그의 행색도 말이 아니고 시누이 집에 얹혀사는 그녀의 신세도 편한 것만은 아니다. 말은 안 했지만 시누이도 자신의 남편과 시집에 눈치가 보이는 모양이다. 강판에 간 사과즙을 믹싱 볼 안으로 흘려넣는다. 몸속을 파고드는 향긋한 사과 냄새. 그가 혼자 살고 있는 시집의 부엌을 모델하우스처럼 개조하면 그녀의 마음이 누그러질지도 모른다. 새롭게 바뀐 부엌을 보면 그를 위해 조석으로 따뜻한 밥을 짓고 싶을지 누가 아는가. 자신만의 부엌을 갖는 게 그녀의 소망이 아니던가. 저녁을 먹고 난 후 그와 그녀에게 부엌 개조에 관한 말부터 조심스레 꺼내볼 심산이다. 팸플릿은 시누이가 준비했을 것이다. 새하얀 싱크대와 수평을 이루는 최신형 가스레인지, 빨간 체리목의 원형 식탁을 보면 그녀의 눈은 빛날 것이다. 씻어야 할 그릇들이 층층이 쌓인 개수대, 퉁퉁 불은 라면 가닥과 여기저기 떨어진 김치 국물, 누렇게 변색한 밥이 담긴 보온밥통. 그도 새로운 주방에 관한 얘기에 귀를 기울일 테지. 바닥은 열전도율이 높은 원목으로 시공할 거라고 그와 그녀의 귀에 은밀히 속삭여야지. 저녁상을 물리고 나면 우리는 생사를 걸고 그와 그녀를 유혹해야 한다. 따뜻한 부엌, 아름다운 부엌. 사과즙이 들어가 한층 부드러워진 소스를 젓기 시작한다. 남편은 '기필코'라고 못을 박았다. 남편 또한 부모님을 편히 모시지 못한다고 시고모들에게 눈총을 받고 있는 게 분명했다. 두 사람 모두에게 이도 들어가지 않으면 그때는 어찌하나. 텍도 없다, 바람소리를 내며 팽 돌아앉는 그녀. 텍도 없지, 팔짱을 끼고 완강하게 버티는 그. 그도 그녀도 한데 섞어 버무리고 싶다. 소스를 젓는 손에 점점 힘이 들어간다. 맛의 절정은 절묘한 배합에서 이루어진다고 그녀에게 배웠다.

6

　혼자 소파에 앉아 있던 그가 기타를 치기 시작했다. 심심했을 것이다. 서쪽 창으로 황혼이 물들고 땅거미가 지기 시작하면서 바빠서 그에게 신경쓸 틈이 없었다. 부엌 등이 켜지면서부터 마음이 급해졌다. 거실에서 기타 줄을 고르는 소리가 들리는가 싶더니 귀에 익은 멜로디가 들려왔다. 〈알함브라 궁전의 추억〉. 남편도 즐겨 치는 곡이다. 고개를 빼고 연방 거실 쪽을 기웃거리던 시누이가 일손을 놓고 그와 합류했다. 기타는 시누이 손으로 넘어가고 그는 작은방에 있던 전자오르간을 가지고 나와 풍풍거리며 연주를 하기 시작했다. 바야흐로 이중주가 시작된 것이다.

"그 종자라서 뭐가 달러두 달러."

음악이라면 귀를 막고 사는 그녀는 거실을 향해 입을 삐쭉거렸다. 부엌에서는 끓이고 볶는 소리로, 거실에서는 기타와 오르간 소리로 아파트는 폭발 직전이다. 아래층에서 인터폰이 오지 않을까 조마조마한데 그녀는 한술 더 떠 시끄럽다고 소리를 꽥 지른다.

"느이 시아버지는 풍각쟁이가 되거나 약장시를 했으면 성공했을 거여."

"하!"

볶은 콩처럼 연속적으로 터지려는 웃음을 입술을 깨물어 간신히 틀어막았다.

"시장 바닥에서 쿵작쿵작 풍물이나 치고 사람들이 모이면 하루 종일도 얘기를 할 인간인게. 일찌감치 그짝 방면으루다 나갔으면 진즉에 대성했을 거이다."

그녀의 말에 웃음이 나올 것 같아 바삐 몸을 움직였다. 손질해둔 새우를 살펴본 그녀가 샐러드로 하지 말고 담백하게 구워 내자고 했다.

"샐러드를 만들자면 이것저것 소스도 뿌려야 쓰고 새우의 본래 맛이 감해져부러. 새우에 암것도 넣지 말고 맹탕으로 구워서 각자 입맛에 맞는 소스에 찍어 먹게 혀봐."

"그럼 포일에 싸서 구울까요?"

"포일에 싸지 말고 그냥 구워. 요리책에는 한 마리씩 포일에 싸서 구우라고 쓰여 있지만 그람 번거롭기만 혀. 새우도 크기가 각기 다르니까 포일에 싸면 언제 구워졌는지도 모리고. 새우가 빨갛게 변하면 익은 것인께 그때 꺼내믄 돼야."

"새우를 좀 더 살 걸 그랬나봐요."

"왜?"

"열 마리여서 겨우 한 사람 앞에 두 마리꼴인데 부족하지 않겠어요?"

"요리가 어디 그것뿐이간. 어여 새우도 오븐에 넣고 토란탕도 불에 올려야제."

장식장에서 접시를 한 아름 꺼낸 그녀는, 그것들을 식탁 위에 죽 늘어놓기 시작했다. 골똘히 생각한 끝에 요리에 맞는 접시를 하나씩 간택할 것이다. 그녀의 미적 감각은 상을 차릴 때 단연 돋보인다. 이런 그녀가 어떻게 음악에는 귀를 막고 살까 싶다. 그가 음악에 타고난 소질이 있다는 걸 안 순간부터 귀를 막게 되었는지, 아니면 처음부터 귀를 막았는지 확실치는 않지만, 세상의 모든 음악이란 음악은 시끄러운 소음에 불과하다고 여기는 그녀이다. 남편이 들어오는 소리도 듣지 못했다. 그와 그녀가 만났으니 대판 싸우고 있겠거니, 지레짐작하고 들어오다가 때아닌 기타 소리에 얼굴이 활짝 펴진다.

"얼른 씻고 와. 상 차릴 틴께."

아들을 본 그녀의 얼굴도 환해진다. 제대로 씻기나 한 것인지, 화장실로 들어간 지 오 분도 지나지 않았는데 벌써 목에 수건을 두르고 나온다. 스킨을 바르는 것도 잊어버린 남편은 하모니카부터 찾아 든다. 한 여자와 두 남자의 합주가. 야채수프를 약한 불에서 오래 끓이면 뭉근해지는 것처럼 서로를 밀어내지 않고 골고루 뒤섞여 부드러운 하모니를 자아낸다. 그녀는 남편의 뒤통수에 대고 시누이에게 그랬던 것처럼 '그 종자라서 뭐가 달러두 달러'라고 말하지 않는다. 시끄러운 소음 속에서 당신 아들의 하모니카 소리만 골라내겠다는 듯이 눈을 지그시 감고 있다.

"쟈를 어릴 제 피아노를 갈쳤으면 백건우는 댈 것두 아녀."

세상에…… 내가 듣기엔 전자오르간이나 기타나 하모니카나 비슷비슷한 수준이건만, 그는 약장수 수준이고 남편은 백건우에게 댈 것도 아니라니. 눈에 콩깍지가 씐 정도가 아니다.

"느이 남편이 초등학교 사학년쯤 되었을 것이여. 피아노를 사 달라고 어찌나 졸라대던지. 눈치가 빤혀 조르는 거라고는 모르는 디 오죽이나 피아노를 치고 싶었으면 그랬겄냐. 그때 피아노를 갈쳤으면 백건우는 저리 가라여, 암만. 쟈가 혼자 익혔어도 못 다루는 악기가 워디 있간디?"

그녀의 저 굳센 믿음. 꼬부라지지 않게 대나무 꼬치에 등이 꿰인 열 마리의 새우가 오븐 속에서 빨갛게 구워지고 있다.

7

이건 밥상이 아니라 잘 정돈된 누군가의 화원에 들어와 앉은 것 같다. 상 한가운데 둥근 연두색 키위가 꽃잎처럼 놓여 있다. 키위 안쪽에는 꽃술 모양으로 깎은 당근이 자리를 잡고 있어, 까만 씨를 품은 한 송이 꽃이 식탁 위로 막 솟아오른 형상이다. 탕기 속의 토란도 언제 독한 성깔이 있었나 싶게, 양지머리를 넣고 푹 곤 육수에 잠겨 다소곳이 고개를 숙이고 있다. 그의 옆에 그녀까지 나란히 있어서 겉보기에는 참으로 평화로운 식탁이다. 그와는 밥도 같이 먹지 않는 그녀를 남편이 억지로 끌어다 그의 옆자리에 앉혔다. 오늘만큼은 못 이기는 척 져주자는 생각에서였는지 그녀는 의외로 쉽게 그의 옆으로 가 앉았다. 시작부터 조짐이 좋은 것 같아 우리는 흐뭇한 얼굴로 냅킨에 싸인 수저를 집었다. 음식 씹는 소리와 수저질하는 소리만 들릴 뿐 식탁은 고요하기 이를 데 없다. 그가 토란탕 국물을 후루룩 소리 나게 들이켰을 때 그녀의 미간이 살짝 좁혀졌다 펴진 것 말고는.

그는 흡족한 얼굴로 음식을 양껏 먹었다. 특히 구운 새우가 구미를 당기게 했는지 눈치 없이 새우를 네 마리째 자신의 앞접시로 가져가려고 했다. 그녀는 옆에서 그가 먹은 새우의 수만 헤아리고 있었던 사람처럼, 그가 네 마리째 새우를 집어올리려는 찰나 잽싸게 자신의 포크로 그가 집은 새우의 등짝을 콱 찍어눌렀다. 새우에 박힌 그의 포크에 그녀의 포크가 딴죽을 걸듯이 부딪치면서 '쨍강' 소리가 정적을 깨뜨렸다. 너무도 생생하고 불경한 그 소리에 우리는 입에 든 음식을 씹지도 못하고 꿀꺽 삼켰다. 오늘의 주요리를 담는 접시답게 테두리를 금박으로 찬란하게 두른 새우 접시는 포크의 활극이 벌어지지 않았더라도 충분히 눈에 띌 만했다. 그의 포크와 그녀의 포크는 대등한 힘으로 서로 견제하며 한동안 움직이지 않았다. 두 개의 포크에 처참하게 찍힌 새우가 용케 제 형태를 유지하며 버틴다 싶더니 이윽고 새우 접시가 지그재그로 흔들리기 시작했다.

"혼자만 입이엿! 야들도 먹어야제."

그녀의 거침없는 고함소리가 목 언저리를 서늘하게 훑고 지나갈 즈음, 공중으로 날아오른 새우 접시가 죽순 접시의 옆구리를 들이받고 말았다. 새우 한 마리가 시누이의 치마폭으로 뛰어들고 기우뚱 뒤집어지려는 죽순 접시 위에 두 마리의 새우가 내리꽂힌 건 순식간이었다. 그가 들고 있던 포크를 따악, 소리 나게 상 위에 내려놓았고 남편과 시누이의 입에서는 어엄마, 비명이 터져나왔다. 새우 접시가 죽순 접시의 옆구리를 들이받는 순간, 나는 자리에서 벌떡 일어섰다. 나동그라진 접시를 치우려고 일어선 게 아니라 참을 수 없이 손이 가려워서였다. 미끌거리는 토란의 진액이 손 전체를 덮은 것 같았다.

"엄마! 먹는 걸 가지고 그러면 어떡해요?"

시누이가 뒤늦게나마 수습해보려고 나섰지만 그와 그녀의 얼굴은 험악할 대로 험악해져 있었다.

"왜애? 팔풍받이로 평생을 헐렝거리며 돌아댕겼으면 늙어서 가만히나 들어앉았든지 아무 헐일도 없는 사램이 차를 몰고 댕기는 기 말이 되나 그 말이시, 내 말은. 그란께 느이 아버지 먹는 것만 봐도 인자는 오살허게 징그럽단께."

"돈 못 벌어다줬다고 늙어 죽기 한허고 내게 저 난리를 친다만 너희들도 보다시피 안에서 저러고 초를 치는데 밖에 나가 뭔 일이 되겠냐, 되길. 뒤통수가 안 깨진 것만도 천만다행이지. 이제 와 말이지만 느이 어머니란 사람은 돈을 벌어다줘봐야 헤퍼빠져 밑 빠진 독에 물 붓기여."

"머시여, 밑 빠진 독에 물을 부어야? 흐응, 코가 다 맥히네. 물을 붓긴 부어봤고? 월매나 부었간?"

점입가경, 이제 싸움은 본격적으로 시작될 모양이다. 비바람이 불고 우르릉 쾅쾅, 사나운 기세로 뇌성벽력이 몰아칠 거였다. 그들과 무관한 제삼자라면 흥미진진한 구경거리에 군침을 삼킬 시점이기도 했다. 그러나 내 귀엔 삿대질을 하며 맞고함을 치는 그들의 목소리가 하나도 들리지 않았다. 손가락이 가려워서 미칠 지경이었다. 토란 독이 손가락 틈새로 속속들이 파고들어 살갗을 베어내도 가려움증은 가시지 않을 것이다. 조금 있으면 손등이 부풀어오르고 불에 덴 듯 화끈거릴 것이다. 핏줄을 타고 손끝에서, 손등으로, 팔로 빠르게 올라온 독이 심장에서 둘둘 뭉쳐졌다가 이내 몸속 구석구석에 퍼져 온몸이 퉁퉁 부어오를 것만 같다.

"이제…… 더는…… 더이상은……"

울먹임인지 신음인지 모를 괴상한 소리가 내 입에서 가느다랗게 새어나올 무렵, 열받은 압력솥 꼭지처럼 씩씩거리던 그녀의 손에 의해 교자상이 와장창 뒤집어지고 말았다. 상이 뒤집어질 때, 각종 요리가 엎질러지고 그릇이 깨진 게 아니라, 철근이 휘어지고 벽돌이 퉁겨져나가고 모래알이 흩어지는 것으로 보였다. 상이 뒤집어진 게 아니고 내 눈엔 그녀의 부엌이 산산조각나는 것으로 보였다. 상이 뒤집어지자마자 선불 맞은 노루처럼 튀듯이 일어난 남편과 시누이가 다짜고짜 그녀를 끌고 밖으로 나갔고, 맘껏 퍼붓지를 못해 그르렁거리는 그녀의 목소리가 현관문 너머에서 희미하게 들려왔다. 제발 그만 좀 하시라는 남편의 볼멘소리도 뒤따라 들렸다.

전쟁의 포화가 한바탕 휩쓸고 지나간 현장은 참혹했다. 엎어진 그릇들과 뒤범벅이 된 음식물들. 걸쭉한 국물이 벽지와 장식장, 거실 바닥 할 것 없이 사방에 튀어 볼만하다. 보시기에서 흘러 내린 김치 국물이 소리도 없이 양탄자로 스며들고 있다. 양탄자에 김치 국물이 배면 지워지지 않을지도 모른다. 얼른 양탄자를 걷어 야 한다는 생각이 머리를 스치고 지나갔지만 나는 손끝도 움직이 지 못했다.

"아가, 어디 다친 데는 없니?"

갑자기 황당한 경우를 당해 그런지 부동자세로 앉아 있던 그가 뒤집어진 상을 바로 세우고 있었다. 아까와는 딴판으로 그의 목소 리가 착 가라앉아 있다.

"혼자 치워야 할 텐데 욕보겠구나."

그가 발끝에 채는 그릇들을 주워 부엌에 가져다놓고 국물과 음 식 찌꺼기로 얼룩진 상을 행주로 대강 훔쳐냈다. 그런 후에 탁자 위의 베레모를 집었다. 그가 베레모를 손에 들었다는 것은 집으로 간다는 신호였다.

"아, 아버님."

그때야 나는 엉거주춤 일어나서 현관으로 나가는 그를 불렀다. 베레모를 들고 나가다가 휙 돌아보는 그의 눈은 차마 마주보기가 민망할 정도였다. 꿈을 잃은 자의 눈빛, 그것이었다. 등뒤로 현관 문 닫히는 소리가 무겁게 떨어져내렸다.

마른 날들
사이에

여자가 창가에 붙어서 있다. 지난겨울에도 올봄에도 지글거리는 햇살과 장대비가 교차하는 이 여름에도 산장 안 창가에 딱딱하게 굳은 얼굴로, 누군가 단물만 빨아먹고 몇 번 짝짝 씹다가 붙여놓은 껌처럼 눌어붙어 있다. 계절따라 두꺼운 옷이나 가벼운 옷으로 바뀐 것 외엔 여자에게 변한 것이라고는 아무것도 없다.

여자가 서 있는 창의 맞은편에는 안이 환히 들여다보이는 찻집이 있다. 여자는 찻집을 바라보고 있는 것 같지 않다. 그렇다고 찻집 옆 초당 순두부집이나 편의점을 바라보고 있는 것도 아니다. 딱히 어디랄 것도 없이 밖을 향해 간신히 눈을 열어두고 있는 것만 같다. 편의점 뒤 잡초가 무성한 공터나 함부로 버려두어도 극성스럽게 자라는 미나리꽝이나 그 너머 가풀막진 국도 전체에 여자의 눈길이 풀어져 있다.

산장의 붉은 벽돌담에는 담쟁이넝쿨로 도배를 한 듯 담이고 창이고 간에 넝쿨이 뻗치지 않은 곳이 없어, 길에서 보면 창가에 붙박이로 붙어선 여자의 눈에도 담쟁이가 뿌리를 내리려는 듯 보인다. 비가 갠 오후에는 여자가 가지고 있던 약간의 생기마저 송두리째 빼앗아 양분으로 삼은 담쟁이넝쿨이 여자의 눈 안에 뿌리를 내리고, 비 오는 밤에는 아무도 몰래 습기를 품고 자란 새순이 눈에서 뻗어나와 창밖으로 길게 넝쿨을 늘인 것처럼 보이기도 한다.

여자가 한두 차례 눈을 깜박거리자 가는 주름이 잡힌 눈 밑으로 담쟁이넝쿨의 푸른 즙이 뚝뚝 흘러내릴 것만 같다. 금방 새로 만든 두부를 꺼냈는지, 초당 순두부집에서 나오는 뜨거운 김이 찻집의 유리창을 하얗게 덮는다. 찻집 앞을 지나는 흰색 승용차를 무심코 바라보던 여자가 창 가까이로 코를 가져다댄다. 차가 편의점 앞 사거리에서 좌회전 신호를 받기 위해 멈췄을 때 사방으로 풀어졌던 여자의 눈이 한곳으로 모아지면서 가볍게 출렁거린다. 좌회전을 한 흰색 승용차가 산장 안으로 들어오는 걸 보고 여자는 창가를 떠났다.

*

여자는 남자가 변했다는 걸 단박에 알아챘다. 남자는 산장에 들어올 때도, 평소의 그답게, 오른손으로 무대의상이 든 트렁크를 질질 끌어당기면서 동시에 왼손으로는 산장의 유리문을 너무 세게 열어젖혀, 문이 벽에 부딪치는 텅 소리를 냈다. 여자는 지난 몇 년 동안 그래왔듯이, 문이 벽에 부딪치는 소리를 남자가 자신을 부르는 신호로 생각해, 텅 하는 소리에 맞춰 어서 오세요, 했다.

여자는 남자가 로비로 들어오는 모습을 유심히 살펴본다. 주차장에서 현관 쪽으로 걸어오는 남자를 보고 여자는 걸음걸이가 달라졌다는 걸 알았다. 남자는 엉뚱하게도 팔자걸음을 걷고 있다. 어떻게 걸음걸이가 변할 수 있지? 여자의 얼굴근육이 형편없이 일그러지고 만다.

"놀랐어요?"

남자가 와하하, 웃음을 터뜨린다. 웃을 때 앞으로 튀어나온 앞니도 재작년에 여자를 놀라게 만들었다.

"이 걸음걸이를 연습하느라 자그마치 여덟 달이나 걸렸어요."

"전엔 치아를 교정해서 사람을 놀라게 하시더니."

"그럴 줄 알았어요. 차에서 내리며 이번에도 걸음걸이 보고 깜짝 놀라시겠다, 그러곤 혼자 웃었거든요."

"정말 주지운과 똑같아요."

"그렇죠. 내가 봐도 비슷한걸요. 다시 한번 볼래요?"

남자는 가방을 카운터 옆에 내려놓고 로비 중앙으로 나가 한 바퀴 빙그르르 돌더니 팔자걸음을 걷기 시작했다. 가랑이를 약간 벌리고 발 앞부분을 좌우로 벌려 흔들흔들 걸었다. 긴 다리로 성큼성큼 걷던 예전 걸음걸이는 어디에도 존재하지 않았다. 걸음걸이에 따라 몸매가 달리 보이는지 남자의 다리가 전보다 짧게 느껴진다.

"며칠 묵으실 거예요?"

"열흘요."

"오래 계시네요."

"생각 같아서는 한 달 정도 묵어가고 싶은데 천호동 나이트클럽 계약 건 때문에 올라가야 하거든요."

남자가 뒷머리를 긁적이더니 가방을 움켜쥔다.

"207호로 가세요. 열쇠는 문에 꽂혀 있어요."

묻지도 않고 계단을 오르는 품이 전에 묵었던 208호로 갈까봐 여자가 남자의 뒤통수에 대고 빠르게 말했다.

"208호는 굉장히 시끄러워요. 308호에 꼬마 두 놈이 있어요. 밤마다 뛰고 난리예요."

계단의 중간쯤에 멈춰 선 남자가, 그게 무어 그리 대수냐 하는 뜻으로 엄지와 검지 손가락을 동그랗게 만들어 등뒤에 대고 흔들었다. 남자가 계단 위로 사라지고 나자 여자는 견딜 수 없이 목이 말랐다. 냉장고에서 물병을 꺼내 병째 들고 마셨다. 습관처럼 자주 목이 마르기 시작한 이후, 여자는 단 한 번도 자신의 갈증을 시원하게 해결한 적이 없었다. 물과 커피, 주스, 우유 따위의 음료수를 항상 준비해두고 있었지만 그것들이 갈증을 근본적으로 해소

해주지는 못했다. 얼음물을 마셔도 그 순간뿐, 돌아서면 이내 목이 말랐다.

땀이 적은 체질인 여자는 하루에도 수십 번씩 화장실을 들락거렸다. 자신의 몸 전체가 수분으로 이루어진 게 아닌가 믿고 싶을 정도로 걸을 때마다 쿨렁거리는 소리가 내부로부터 들렸다. 실제로 자정이 넘은 조용한 밤이면 배에서 물 흐르는 소리를 듣곤 했다. 배에서 물 흐르는 소리가 들리면 으레 요의가 느껴졌고 화장실을 다니다보면 자불자불 매달리던 잠기운이 말짱 달아나버렸다.

물병을 식탁 위에 올려놓던 여자는 세탁실 앞에 쌓인 흰 침대 시트 뭉치를 바라본다. 오늘 나간 방이 세 개니까 세 장의 시트와 여섯 개의 베갯잇뿐인데도 빨랫감이 한 무더기의 산처럼 여자를 짓누른다. 뱃속에서 쿨렁거리는 물소리를 들으며 세탁실로 걸어가 세탁기 스위치를 누르고 가루비누를 푸는 동작이 몹시 굼떠 보인다.

이층과 삼층에 다섯 개씩 도합 열 개의 방을 관리하는 일이 요즘에는 힘에 부친다는 생각이 든다. 드나드는 사람에게 부대끼고 방마다 신경쓰게 만드는 자잘한 일들. 형광등이 나가고, 퓨즈를 갈아끼워야 하고, 싱크대가 막히고, 욕실 수도꼭지가 고장나고, 심지어 화장대 거울을 깨고도 시침 뚝 떼고 나간 손님을 생각하면 부글부글 끓어오르는 속을 가라앉히기가 힘이 든다. 바람이 유리창을 두드리는 소리와 구형 세탁기가 덜덜거리며 돌아가는 소리가 서로 뒤섞여 묘한 조화를 이룬다.

태풍이 온다더니 정말 요 며칠 산속이 고요했다. 지금 숲으로 들어가면 바람에 몸 비비는 나무들의 소리를 들을 수 있으리라. 숲속에 켜켜이 쌓인 나뭇잎들의 수런거림을 듣는 일도 나쁘지 않겠다. 그러나 마음뿐 몸이 움직여주지 않는다.

여자는 가스레인지에 주전자를 올리고 식탁의자를 가져다 창가까이 앉는 걸로 나가고 싶은 마음을 대신했다. 이런 식으로 자꾸 까부라지다가는 애벌레가 밟혀 툭 터지는 것처럼 뱃속의 물을 몽땅 쏟아놓고 종내에는 빈 가죽만 남는 게 아닐까 싶을 때가 있다. 이와 같은 생각은 꿈으로 연결되어, 끝없이 추락하는 꿈, 발을 헛디뎌 낭떠러지로 굴러떨어지는 꿈, 벌레들이 우글거리는 검은 수렁에 빠져 살을 파먹히는 악몽을 꾸고 난 아침이면 입맛이 떨어지기 마련이다.

주전자에서 새어나온 수증기가 유리창을 부옇게 만들었다. 바람에 나뭇가지들이 휘청거리며 몸부림치는 바깥의 상황이 안에서는 지극히 비현실적으로 느껴진다. 여자는 느린 동작으로 커피를 타 앞에 가져다놓고도 마실 생각을 하지 않는다. 어찌 보면 커피 끓인 일을 까맣게 잊은 것 같다. 그만큼 여자의 눈동자가 풀려 있다. 커피가 식을 때까지 유리창을 향해 정물처럼 앉아 있던 여자는 빗물이 창을 타고 흘러내리는 걸 보고서야 자리에서 일어나 로비로 나갔다.

그새 바람에 묻어온 비가 현관 안으로 들이쳐 실내가 눅눅했다. 현관문을 힘주어 닫고 풍선처럼 부풀어 날뛰는 커튼을 붙잡아 묶고 돌아다니며 열린 창문을 잠그던 여자가 문이 열리는 기척에 뒤를 돌아본다. 308호에 투숙한 아이엄마였다. 쏟아지는 비를 고스란히 맞으며 걸어왔는지 머리가 착 달라붙어 있었다. 손에 든 비닐봉지에서도 물이 흘렀다.

"저런, 감기 들겠어요. 이리 와서 차 한잔 마셔요."

"괜찮아요."

말은 그리하면서도 아이엄마는 여자가 건네주는 수건을 받아 머리를 닦았다. 아이엄마에게서 비릿한 비냄새가 심하게 난다. 여자는 어깨를 옹송그리고 부르르 떨었다. 여자는 춥고 비가 오고 바람 부는 날이 무섭다.

"커피 향이 좋아요."

"분말 커피인걸요."

종이컵에 일회용 분말 커피를 뜯어 넣고 온수기의 물을 받아 휘휘 저어 주는, 지극히 무성의한 커피에 아이엄마가 감격을 하자 여자가 다 무안해졌다. 아이엄마는 여자가 내미는 종이컵을 두 손으로 감싸 볼에 대기까지 했다.

"대접을 받아본 지가 너무 오래돼서요. 늘 가족이나 남을 대접하면서 살아버릇해 그런지 대접받는 일에 익숙지가 않아요. 어쩌다 외식을 할 때도 시중드는 아가씨나 웨이터에게 너무 공손하게 대한다고 남편은 저더러 촌스럽다고 해요. 누가 절 위해 수고하는 걸 볼 수가 없어요. 비록 그게 직업적인 일일지라도."

새파랗다가 온기가 돌아 분홍빛이 된 입술로 아이엄마는 작게 속살거렸다.

"어제 아래층 손님 일은 정말 죄송했어요. 사내아이만 둘이라 점점 아이들을 다루기가 힘이 들어요."

밤마다 308호 아이들이 뛰는 통에 208호에 묵고 있던 남자는 걸핏하면 삼층으로 뛰어올라가 휴가를 와서까지 쿵쿵거리는 소리를 들어야 하느냐고, 아파트 위층에서 나는 소리 때문에 노이로제에 걸릴 지경이라 조용히 쉬고 싶어 떠나왔더니 이건 한술 더 뜬다면서 제길, 재수없는 놈은 뒤로 자빠져도 코가 깨진다더니 어쩌구 하며 한바탕씩 퍼붓곤 했다. 여자는 진심으로 308호 가족이 나가길 바랐다. 그 가족이 묵고 있는 삼 일 동안 산장이 하루도 편할 날이 없었다. 밤이면 시끄럽다고 208호 남자가 득달같이 달려가는데 308호에서 고개를 숙이고 나오는 사람은 아이엄마뿐이었다. 문밖에서 그 야단이 나도 엉덩이가 펑퍼짐한 아이아빠는 코빼기도 보이지 않았다. 어젯밤에도 208호 남자는 308호에 가서 퍼붓고는 화가 머리끝까지 솟았는지 로비로 내려와 여자에게, 방 빼, 했다. 갑작스러운 반말도 놀랍거니와 산장에 와서 방을 빼라니, 월세나 전세 방도 아닌 터에.

208호 남자가 벌겋게 핏대를 세운 얼굴을 여자 얼굴 가까이로 잡아먹을 듯이 확 밀어넣으며, 아 뭔 말인지 몰라? 했을 때에야 그 말이 체크아웃 하겠다는 말이라는 걸 알았다. 재수 옴붙었네, 208호 남자는 밤 한시에 짐을 꾸려 나가며 침을 퉤 뱉었다.

"이런 데서 산장이나 커피숍을 하며 혼자 사는 게 한때 제 꿈이었어요."

커피를 마시던 아이엄마가 눈을 가늘게 뜨고 과거완료형으로 말했다. 예닐곱 살이나 되었을까, 야생마처럼 날뛰는 사내아이들과 엉덩이가 펑퍼짐한 아이아빠, 세 남자에게 치여 저런 꿈을 꾸게 된 건 아닐까. 여자가 마른침을 삼킨다.

"혼자 힘으로 산장을 꾸려가는 게 쉬운 일은 아니에요."

"그렇겠죠. 제가 할 수 있을 만큼 쉬운 일이 어디 있겠어요. 남편도 그러는걸요. 벌어다주는 돈으로 살림이나 하면서 국으로 가만히나 있어라, 하구요. 바깥은 살얼음판인데 여편네들까지 나서서 철없이 설쳐대니까 눈꼴시어 못 보겠다고 남편은 막 화를 내요. 그런 남편이나 아이들을 보고 있으면 제 꿈 같은 건 아무래도 좋다는 생각이 들어요. 아이들은 제가 없으면…… 안 되거든요."

여자가 아이엄마의 말끝에 무슨 말을 덧붙이려고 어…… 하다가 입을 다물어버린다. 아이들은 제가 없으면…… 안 되거든요, 하고는 푸욱 한숨을 쉬는 아이엄마에게서 여자는 '에미'가 아닌 '엄마'를 느꼈다. 그리고 그 에미라는 말 뒤에 대번 따라오는 슬그럭사그락 대나무가 바람에 흔들리는 소리. 오랫동안 여자의 머리

밑에서 흔들리던 소리였다.

"니 에미란 년은⋯⋯"

집 뒤의 대숲을 바람이 훑어 슬그럭사그락 소리가 들리면 할머니는 일어나 앉아 곰방대에 잎담배를 쟁여넣으며, 심란시럽게 무신 바람이 이리도 부노, 바람 탓을 하다가, 니 에미란 년은⋯⋯ 하며 여자의 '에미'를 욕했다. 그때 여자는 어렸는데도 에미와 엄마를 구분할 줄 알았다.

비녀를 지른 친구 엄마가, 우리 새끼 배고프겠네, 하며 친구를 치마폭에 감쌀 때, 그 친구 엄마는 분명 '엄마'였다. 자기 아들 얼굴에 생채기를 냈다고 소매를 부르걷고 달려나와, 오매, 언 놈이 우리 아그 얼굴을 이래났다냐, 입에 거품을 물고 길길이 날뛰던 전주댁도 '엄마'였다.

"얼굴에 뽀얗게 분칠만 하면 처녀가 되는 줄 아나부지. 밑구녕으로 애꺼정 뺀 년이."

여자는 할머니의 욕을 들으면서도 여자의 에미가 처녀인 줄 착각하곤 했다. 자신을 낳은 에미라고는 도무지 믿기지가 않았다. 친구 엄마들 중에는 여자의 에미처럼 꽃무늬 양산을 쓰고 엉덩이를 좌우로 살살 흔들며 걷는 사람이 없었다. 여자의 에미는 서울에 살고 있었는데 어쩌다 일 년에 한두 번 시골집에 들렀다. 대숲이 슬그럭사그락 울어대는 밤이면 여자의 에미는 자다가 벌떡 일어나 대숲으로 나가 쪼그려앉아 있곤 했다.

"썩을 년, 밑구녕이 허전해서 하룻밤도 사나 없이는 못 자겄나 보지. 내가 저년을 달도 없는 그믐밤에 낳은 것이 잘못이여."

할머니는 물이 담긴 양재기를 곰방대로 탕탕 치며 대숲을 향해 눈을 흘겼다. 애비가 누군지도 모르는 딸을 낳은 딸년, 엄마가 되지 못하고 에미밖에는 못 되는 딸을 향해 할머니는 찌그렁해진 눈을 더욱 찌그려 치뜨곤 했다. 여자는 귓가에 맴도는 슬그럭사그락하는 소리를 걷어내기 위해 가볍게 머리를 흔든다. 아이엄마는 잠깐의 침묵이 불안한지 손에 든 종이컵을 안으로 오므려 구겼다.

"뭘 사셨어요?"

여자가 아이엄마의 불안을 덜어주려고 옆에 있던 비닐봉지를 쳐다보며 침묵을 깼다.

"예에…… 비가 온다고 하기에 해물탕이나 끓일까 하구요."

"속초까지 나가셨나봐요."

"애들도 자고 심심해서요."

그러고 보니 비닐봉지에서 생선 비린내가 풍긴다. 여자는 그걸 비냄새로 착각했다.

"그이가 좋아할는지 모르겠어요. 어젠 된장찌개를 끓였는데, 그인 냉이를 넣지 않은 된장찌개는 안 먹거든요. 편의점에 가봐도 냉이가 없고 해서 그냥 끓였더니 역시 먹질 않았어요. 아이들도 된장찌개는 안 먹구요. 그래서 할 수 없이 버렸지요."

"아깝게 왜 버려요?"

"그이가 안 먹으면 저절로 버리게 돼요."

아이엄마는 얼굴을 붉히며 말을 얼버무렸다. 아이엄마네는 울산바위에 다녀오겠다며 아침에 산장을 나섰다. 등에 불룩한 배낭을 짊어진 아이엄마가 양손에 두 아이를 잡고 있었다. 배낭에는 울산바위까지 올라가며 먹을 음료수와 과자, 빵 같은 간식거리와 휴지가 들어 있는 것 같았다. 엉덩이가 크고 펑퍼짐한 아이아빠는 빈손으로, 다만 오른손 검지손가락에 차의 열쇠고리를 끼워 뱅뱅 돌리며 아이엄마 앞을 지나갔다. 뭐가 틀어졌는지 오후 두시쯤 들어오면서 아이아빠가 아이엄마에게 눈을 흘겼다. 아이엄마는 여전히 무거워 보이는 배낭을 메고 아이들을 양손에 잡은 채 여자 앞을 지나치며 고개를 숙였다.

"저녁때가 되어가는데 아직도 자나봐요. 위층이 조용한 걸 보니."

아이엄마가 자꾸 고개를 계단 쪽으로 뺀다. 잠시 후, 아이엄마는 비린내가 나는 비닐봉지를 들고 발소리도 없이 계단 위로 올라갔다. 아이엄마가 가면서 여자에게 그랬다.

"커피 참 맛있었어요."

아이엄마의 말이 맛있게 들려 여자도 커피를 마시기로 했다. 여자는 아까 아이엄마에게 타준 것처럼 종이컵에 일회용 분말 커피를 뜯어 넣고 온수기의 물을 받아 휘휘 저어 마셨다. 커피는 뜨거웠지만 물이 많이 들어갔는지 밍밍하니 맛이 없다. 아이엄마가 가고 무료해진 여자의 귀에 또 슬그럭사그락 대숲이 우는 소리가 들린다.

*

여자의 할머니는 광주리장수였다. 밤새 대나무로 엮은 광주리를 이고 나가 오일장을 떠돌며 팔았다. 동네 사람들은 할머니를 '치장시 할매'라고 불렀다. 대나무를 만지는 할머니의 손은 지나치게 거칠어서 사람의 손이라고 말할 수도 없을 지경이었다. 주민등록증을 만들 때는 지문이 닳아 애를 먹기도 했다. 밤이면 할머니는 거친 손으로 여자의 등을 쓸어주었다. 할머니가 광주리를 엮다 말고 꺼끌꺼끌한 손으로 등을 쓸어주면 너무나 시원해서 슬그럭사그락 대숲이 울어도 여자는 무서워하지 않고 아침까지 내처 자곤 했다.

여자와 할머니가 사는 초가는 동네에서도 뚝 떨어진, 물레방앗간을 지나고도 한참을 가야 하는 외딴집이었다. 일곱 살 땐가, 얼굴에 핀 버짐이 머리까지 번져 여자는 머리를 빡빡 밀고 말았다.

"치장시 할매애, 갈보 년 딸."

놀아주지도 않던 동네 아이들이 여자가 사는 외딴집까지 원정을 와 민머리의 여자를 놀리고 때렸다. 그래도 외딴집에 혼자 있는 것보다는 아이들과 함께 있는 게 좋았다. 놀리면 놀리는 대로

때리면 맞아가면서 아이들을 따라다녔다. 전신에 시퍼렇게 멍이
든 어린 여자를 안고 할머니가 울었다. 다음날부터 할머니는 광주
리를 어깨에 메고 손에 들고 머리에 이고 나가면서 여자가 나가지
못하게 문을 밖에서 잠갔다. 학교가 파하고 동네 아이들이 여자의
외딴집으로 몰려왔다.

"이 바보야, 문 열어!"

자물통이 달린 문고리를 흔들다가 성에 차지 않았던지 한 아이
가 창호지 문을 막대기로 쑤시기 시작했다. 아이들이 일제히 막대
기를 주워와 문 여기저기를 쑤셔댔다. 어린 여자는 공포에 질렸
다. 막대기가 여자의 눈에 날카롭게 박힐 것 같았고, 배를 찔러 속
의 것을 파낼 것 같기도 했다. 그러다 문을 쑤시고 들어온 긴 막대
기 하나가 윗목에 있던 요강을 건드려 쏟아버렸다. 기어코 여자는
참았던 울음을 터뜨렸다. 아이들이 달아난 뒤에도 방바닥에 질편
한 오줌을 닦을 생각도 않고 오래오래 흐느껴 울었다.

그날따라 할머니는 밤이 깊어도 돌아오지 않았다. 여자는 지린
내 나는 방에 갇혀 찢어진 창호지 문 건너로 대숲을 바라보았다.
달빛이 환해 마당은 반짝이 한복 천을 한 필 끊어다 풀어놓은 듯
반짝거렸는데도 대숲은 더 검고 울울해 보였다. 저녁을 굶은 여자
는 목을 빼고 대숲 너머 할머니의 발소리에 귀를 기울였다. 그러
면 들리느니 슬그럭사그락 대숲을 훑는 바람소리뿐, 외딴 초가엔
무심한 달빛만 환했다. 그러구러 자라 중학교를 졸업했다. 공부를

잘했던 여자는 고등학교에 가고 싶었다. 그러나 광주리장수인 할머니의 벌이로는 고등학교 등록금을 마련할 수가 없었다. 그때 에미는 서울에서 여관을 하는 어느 늙은 영감의 후처가 되어 있었다. 에미는 여자에게 서울로 올라와 여관 일을 거들며 고등학교에 다니라고 했다. 오랜만에 에미는 여자에게 엄마 노릇을 하고 싶었던가보았다.

여관에는 방이 많았지만 에미와 영감이 쓰는 내실은 방이 하나였다. 늙은 영감은 여자에게 주는 고등학교 등록금은 아까워하지 않았지만 이상하게도 방을 주는 건 아까워했다. 여자는 학교에서 돌아와 내실에 머무르며 에미가 시키는 잔심부름을 하고 밤이면 여관의 빈방에 들어가 잠을 자고 나왔다. 영감은 한 달에 한두 번 정도 출가한 자식들의 집에 가서 자고 오곤 했다. 그때는 여자가 에미와 내실에서 잤다. 바람기 많은 에미는 영감이 없는 밤마다 젊은 사내를 만나고 다니는 눈치였다. 하루는 젊은 사내를 만나고 일찍 들어온 에미와 자리에 누워 막 잠이 들려는데 방문 여는 소리가 났다. 처음엔 내실을 객실로 잘못 알고 들어온 손님인가 했다.

"피곤하다고 일찍 들어가더니 벌써 자는 거여."

확 끼치는 술냄새. 에미가 만나고 다니는 젊은 사내였다. 늦은 밤 손님을 위해 항상 현관등을 켜두는 터라 불 꺼진 내실은 그리 어둡지 않았다. 사내는 방안을 두리번거리더니 에미 쪽으로 가지 않고 여자 쪽으로 왔다. 놀라 일어나려는 여자 위로 사내가 엎어졌다.

"어엄……"

에미를 부르는 여자의 입을 사내가 입으로 막았다. 썩은 내가 심하게 났다. 필사적으로 도리질을 하는 여자의 부릅뜬 눈에서 검은 수렁이 빙글빙글 회오리쳤다. 햇빛조차 쐬지 않은 여자의 가슴을 사내가 거친 손으로 마구 뭉그러뜨렸다. 사내는 발버둥치는 여자의 다리를 자신의 다리로 옴짝달싹 못하게 누르고 잠옷 바지 속으로 손을 집어넣으려 했다. 두 사람의 실랑이에 에미가 눈을 뜨며 느릿느릿 말했다.

"자기야? 언제 왔어. 거기서 뭘 해?"

사내가 몸을 굴려 냉큼 에미 위로 올라갔다.

"아이, 자기 왜 이래애……"

에미가 콧소리를 내며 두 팔로 사내를 끌어안았다. 여자는 이불을 말고 누워서도 사내가 덤빌까봐 벌벌 떨었다. 이불이 들썩거리는 소리와 아흑, 아흑…… 에미의 숨넘어가는 소리가 여자의 귓속으로 사정없이 파고들었다. 여자는 귀를 막고 눈을 감고 지옥 같은 그 밤이 어서 빨리 지나가기를 빌었다. 할머니가 여자를 보러 서울에 온 건 그로부터 두 달 후였다. 영감은 장모의 편안한 잠자리를 위해 아들네 집으로 거처를 옮겼다. 며칠 뒤, 여자는 할머니와 같이 창경원 구경을 했고 하루종일 걸어다녔기 때문에 피곤해 일찍 잠자리에 들었다. 얼마나 잤을까. 할머니의 거친 손이 느껴졌다. 잠에서 깨어나보니 할머니가 자신의 귀를 두 손으로 틀어 막고 있었다.

"아가, 암것도 아녀. 저 소리는 사램 소리가 아니고 짐승 소리 니께."

여자 쪽으로 돌아누운 할머니가 아랫니를 깨물고 웅얼거렸다. 할머니의 등뒤에서는 알몸의 젊은 사내와 에미가 뒤엉켜 헉헉거리고 있었다. 할머니가 혼신의 힘을 다해 여자의 귀를 틀어막아도 그들의 거친 숨소리가 잡힐 듯 또렷하게 들려왔다. 여자는 사내가 덮치던 밤이 생각나 부들부들 떨며 할머니의 품을 파고들었다. 평소 할머니라면 뒤집어놓을 만도 하건만 그저 사력을 다해 여자의 귀를 막아주기만 했다. 여자는 처음으로 할머니가 늙었다는 생각이 들었다. 이튿날 할머니는 짐승의 소굴에 여자를 두고 갈 수 없다며 한사코 손을 잡아끌었다. 에미가 보내오는 돈으로 시골에서 상업고등학교를 졸업한 여자는 직장을 구해 다시 서울로 올라왔다. 에미의 여관에는 가지 않았다. 방을 하나 얻어 할머니와 같이 살았다. 퇴근길에 포근한 솜을 두어 누빈 조끼나 할머니가 좋아하는 순대를 사서 식을까봐 품에 안고 집으로 달려갈 때 여자는 비맞은 4월의 보리밭처럼 촉촉해졌다. 그 시절이 여자에겐 가장 행복했다.

세월이 흘러 할머니와 에미의 늙은 영감이 죽고, 여자가 서른이 되었을 때 쉰을 갓 넘긴 에미가 암으로 죽었다. 에미의 유일한 핏줄이라는 이유로 에미가 늙은 영감에게 받은 여관을 여자가 물려받아야만 했다. 그 여관이 싫었던 여자는 여관을 팔고 설악으로 들어와 산장을 샀다. 그러는 동안 여자에겐 아무 일도 일어나지 않았다. 까끌까끌한 마른 날들만 하염없이 흘러갔다. 가뭄으로 갈라진 논바닥처럼 뒤꿈치가 심하게 갈라졌다. 여자는 손톱가위로 뒤꿈치의 굳은살을 잘라내며 마른 날들을 견뎠다.

*

"빵 드시는 겁니까?"

아침을 사 먹고 들어오던 남자가 여자를 보고 활짝 웃는다. 아침 생각이 없었던 여자는 로비에 앉아 자르지 않은 식빵을 뜯어먹고 있던 참이었다. 이른 아침부터 비가 내렸고, 멀리 봉우리마다 뽀얀 물안개가 걸려 있어 여자는 비를 품은 산경이 오래전 친구에게서 받은 카드에 인쇄된 그림과 닮았다는 생각을 하고 있었다.

"제 방에 배가 있는데 같이 드시겠습니까? 제가 나가는 나이트 클럽 사장님이 설악산 부근에서 과수원을 하나봐요. 맛있다고 소문이 났다던데. 어젯밤 나이트클럽에 손님이 가득찼어요. 입이 귀까지 찢어진 사장이 기분이라며 출연자 전원에게 배 한 상자씩 돌렸거든요."

"집에 가져다드리시죠, 왜?"

"한 상자나 되는걸요."

머리를 긁적이는 남자를 보고 있자니 주지운과 너무 똑같다는 생각이 든다. 하긴 남자는 산장에 올 때마다 여자가 놀랄 만큼 한 군데씩 주지운과 닮아 있었다. 이러다가 남자의 본모습은 흔적도 없이 사라지는 게 아닌지.

구불구불하게 파마를 해 무스를 발라 넘긴 머리, 쌍꺼풀진 눈, 콧대를 세워 키운 코, 다소 짧은 듯한 목. 어느 것 하나 주지운과 닮지 않은 구석이 없다. 주지운이 노래를 하다가 고개를 살짝 틀면서 씨익 웃는 모습, 그 모습을 자기 것으로 만들기 위해 다섯 달이나 연습했다던 남자의 말을 여자는 지금껏 기억하고 있다. 주지운과 같은 몸무게를 유지하기 위해 잠들기 직전에 자신이 싫어하는 초콜릿과 케이크를 잔뜩 먹고 침대에 누워 스스로에게 최면을 건다고 했다. 나는 주지운이다. 70, 80년대를 화려하게 장식했던 톱 가수 주지운이다. 그렇게 최면을 걸 때, 옆에 누운 아내가 소리도 없이 운다고 했던가. 남자는 지방공연을 갈 적마다 주지운의 사진을 부적처럼 들고 다닌다.

"이제 나이트클럽에 약간의 신세 갚음은 한 것 같네요. 무명 시절에 그 나이트클럽에서 저를 받아줘 서울까지 진출했거든요. 티브이에 한두 번 얼굴을 내밀고 나니 여기저기서 오라 가라 하지요. 요즘엔 설악까지 오기가 버거워요."

"그럼 우리 산장엔 안 올 건가요?"

"좀 잘나간다고 올챙이 적 생각 못하면 인간도 아니지요."

"단골손님 잃는 걱정은 안 해도 되겠네요."

"그럼요. 산장 생각이 나서도 설악엔 와야지요. 이렇게 고요한 데가 어디 흔합니까."

말끝을 흐리며 웃는 남자를 따라. 여자도 웃는다. 남자의 눈에 산장이 고요해 보였고, 고요한 산장이 마음에 들었다는 남자의 말이 우스워서 여자는 웃었다. 고요라니…… 권태가 덕지덕지 쌓인, 보지 말았어야 할 인생의 비밀을 일찍 엿본 죄로 삶에 대한 정열이나 어떤 희망도 품지 않는 한 여자가 만들어내는 푸석푸석한 마른 날들의 풍경이 타인의 눈에는 고요하게 비칠 수도 있다니. 갑자기 계단이 와자지껄 시끄럽다. 여자가 빈 빵 봉지를 구기던 손길을 멈춘다. 짐을 꾸린 308호 가족이 내려오는 중이다.

"태풍이 온다고 해서 일찍 서울로 올라가려구요. 그동안 잘해주셨는데……"

"벌써 가시게요? 섭섭하네요."

여자에게 인사를 건넨 아이엄마가 계산하려고 지갑을 꺼내는 잠깐 사이, 엄마를 따라 내려온 큰아이가 카운터에 놓인 물컵을 깨뜨렸다. 여자와 남자가, 이를 어째 하는 표정으로 서 있는 동안 아이엄마는 큰아이의 머리를 오른손으로 갈기고 왼손으로는 깨진 물컵을 재빠르게 치웠다. 큰아이의 숨넘어갈 것 같은 울음소리만 아니면, 큰아이의 머리를 갈기던 아이엄마의 손은 실제 본 게 아니고 꿈에서가 아닐까 싶을 정도로 일련의 동작이 눈 깜짝할 사이에 일어났다. 뒤를 이어 계단에서 쿵 하는 소리가 들려 여자가 반사적으로 고개를 돌렸는데 놀랍게도 무릎에 피를 흘리며 넘어진 작은아이 곁에 아이엄마가 있었다. 분명히 카운터 앞에 서서 물컵을 치우던 아이엄마가 어떻게 계단에 서 있을 수 있단 말인가. 쿵, 소리와 함께 여자가 계단으로 고개를 돌린 시간은 넉넉하게 잡아도 삼 초 이상 걸리지 않았다.

"소독약과 연고가 있어야겠는데요."

남자가 입을 벌리고 멍하게 서 있는 여자의 옆구리를 찔렀다.

"애나 잘 보라니까."

뭘 하고 있었는지 뒤늦게 내려온 아이아빠가 아이엄마에게 눈을 치뜨며 혀를 찼다. 작은아이를 품에 안은 아이엄마는 금방 울상이 된다. 약을 가지러 내실로 가던 여자가 자기도 모르게 아이아빠 등을 째려봤다.

청소하러 308호에 들어간 여자는 어두컴컴한 실내를 휘저으며 발코니 쪽 커튼부터 열었다. 어두운 방안이 순식간에 환해졌다. 갑작스러운 빛 때문에 눈을 감았다가 떴을 때, 여자는 깜짝 놀랐다. 308호실 가족이 나가고 나서 여자는 소매부터 둥둥 걷어올렸었다. 두 개구쟁이가 들었던 308호를 청소하려면 이 정도 준비는 해야지 하고.

308호실은 여자의 기우를 조롱하듯 말끔하게 치워져 있었다.

침대 시트가 사용 전처럼 구김살 없이 덮여 있고, 침대 옆 사이드 탁자와 소파, 화장대 위, 싱크대 주변, 식탁까지 깨끗했다. 욕실의 젖은 수건과 비닐에 담겨 얌전히 묶인 음식 찌꺼기와 쓰레기통 속의 과자 봉지만 없었으면 손님이 들었다 나간 방인지 모를 정도였다. 그 어떤 것보다도 여자를 질리게 한 건 굳게 쳐진 커튼이었다. 아무리 깔끔한 손님이라도 이중 커튼을 전부 닫은 적은 없었다. 흔히 안쪽의 망사 커튼만 닫고 바깥 커튼은 열어놓기 마련이었다. 휴가 기간 내내 개구진 두 아이 때문에 힘이 들었을 아이엄마는 두 개의 커튼을 완벽하게 닫아놓았다. 아이엄마는 누구보다도 퇴실 준비가 길었으리라. 야생마처럼 날뛰는 아이들을 쥐어박으며 청소하느라고 마치 전쟁을 치르는 것 같지 않았을까.

방이 청결한 데 놀란 여자는 한참을 망연자실하게 있다가 공연히 애먼 탁자만 닦는다. 둘둘 말아올린 자신의 소매가 보이자 무연해진 여자는 엷은 웃음을 띠고 자꾸만 탁자를 문지른다. 지문이라도 남겨둬 반갑다는 기분으로. 젖은 수건과 쓰레기봉투를 복도에 내놓고 나서 할일이 없어진 여자는 남자가 묵고 있는 207호로 내려갔다.

비가 온 뒤여서 눅눅한 기운이 산장 전체에 곰팡이처럼 퍼져 있어 여자는 소름이 돋은 어깨를 구부리고 남자의 방문을 두드렸다. 남자뿐인 줄 알았던 방에 연미복을 빼입은 주지운이 마이크를 잡고 노래를 부르고 있다. 방을 휘돌아 문밖까지 흘러나온 주지운의 노래를 들으며 여자는 안으로 빨려들어갔다. 방에 들어서고 나서야 주지운이 방안에 있는 게 아니라, 벽에 세워진 실물 크기의 주지운 사진과 카세트에서 들리는 노래 때문에 주지운이 방에 있는 줄로 착각했다는 것을 알았다.

"주지운이 선생님의 수호신인 모양이죠?"

"저한테 지운 형님은 벽 중에서도 가장 높은 벽입니다. 애당초 뛰어넘을 생각을 안 하지요. 뛰어넘을 생각이 없으니까 벽이 갑갑해 보이는 게 아니라 든든한 울타리로 생각되구요. 지운 형님 같은 스타가 있는 한 저 같은 모창 가수도 필요하지요. 그런 의미에서 지운 형님은 제 수호신인 셈입니다."

"주지운을 만난 적이 있으세요?"

"그럼요. 방송국에서 더러 뵙지요. 다른 가수들은 자기 노래를 흉내내는 모창 가수라고 하면 지렁이 보듯 피하는 게 그 동네 인심인데 지운 형님은 다르거든요. 인사를 하면, 잘하고 있나, 그래요. 네가 잘해야 내가 욕을 안 먹는다고 어깨도 두드려주고요. 역시 대스타는 뭐가 달라도 달라요."

여자는 남자가 내온 배를 깎고, 남자는 따뜻한 차가 마시고 싶다며 유자차를 끓였다.

"집에도 이 정도 크기의 지운 형님 사진이 있어요. 사진을 보고 있으면 제가 지운 형님인지 지운 형님이 전지 혼동할 때가 있습니다. 그러면 정말 행복해요. 세포들이 막 날뛰는 듯한 기분이에요.

사람들이 절 보고 지운 형님과 닮았다고 하지만 거울을 들여다보면 아주 다른 사람이 서 있을 때도 있어요. 거울 속에 주지운이 서 있어야 되는데 박명식이 있으면 복장 터지지요."

숙성된 유자에서 나는 신맛과 떫은맛, 마지막에 첨가한 꿀의 달콤한 맛이 섞여 입천장을 자극하는 유자차를 마시며, 슬픔에도 맛이 있다면 바로 이런 맛이 아닐까, 여자가 잠깐 그런 생각을 한다.

"오늘밤 나이트클럽에 꼭 오세요. 술은 제가 살 겁니다."

남자가 또 그 얘길 꺼낸다. 작년에도 재작년에도, 남자는 여자를 나이트클럽에 초대했었다. 노래하는 자신의 모습을 한 번만 봐달라는 남자의 청을 여태 미루어왔다. 초대에 응할 자신도 없으면서 여자는 이번에도 고개를 끄덕이고 만다.

*

닫아둔 현관문과 유리창의 덜컹거리는 소리에 보일러 스위치를 올린다. 금방이라도 현관문이 벌컥 열리고 흙탕물이 밀려들어 여자를 삼킬 것만 같다. 여름이 오기 전에 태풍이나 장마를 대비해 하수구와 산장의 지붕을 손보고 늦가을이면 기술자를 불러 동파가 되지 않게끔 기름보일러를 고치면서도 여자는 매번 안심을 하지 못한다. 비설거지를 하지 않았다는 생각에 급하게 주방으로 내달았다. 주방 뒷문을 열자, 콩 튀듯 하는 빗줄기 때문에 여자의 다리가 금세 흥건하게 젖는다. 빗줄기에도 아랑곳하지 않고 눈으로 장독대부터 더듬었다. 다행히 뚜껑이 닫혀 있다. 워낙 비바람이 거센 터라 우산 쓰기를 포기하고 빗속을 걸어간다. 장독대 주위에 흩어진 고무함지들을 장독 위에 엎어놓는다. 고무함지를 때리는 빗소리가 요란하다. 뒷산에서 내려온 물이 장독대 주위로 판 수로를 따라 기세 좋게 흐른다. 나일론 슬리퍼 속으로 들어온 흙탕물에도 개의치 않고 여자는 철벅철벅 소리를 내며 창고까지 간다. 처마밑에 걸린 마늘을 창고에 넣어두고 빗장을 단단히 지른다. 나뭇가지 부러지는 소리가 투둑투둑 들리는 뒷산을 뒤로하고 안으로 들어온 여자는 젖은 옷을 벗고 샤워를 한다. 샤워를 끝낸 여자가 손톱가위로 물에 불은 뒤꿈치의 군은살을 잘라낸다. 비 때문에 상태가 좋지 않은 티브이에서 치직거리는 소리가 심해지자 여자는 티브이를 끄고 군은살을 잘라내는 작업을 계속한다. 행여 가위를 잘못 놀려 생살을 자를까봐 고개를 바짝 숙인다. 양쪽 발의 군은살을 제거한 여자는 입고 있던 티셔츠를 벗어 들고 손톱가위로 목 뒷부분을 동그랗게 잘라내기 시작한다. 찰칵찰칵, 쉬지 않고 일정하게 돌아가는 시계의 초침 소리를 의식한 나머지, 잘라낸 목 부분을 같은 색 실로 감침질하는 손길이 점점 빨라진다.

　"앗, 따가워."

　여자는 붉은 피가 맺힌 손끝을 입술로 닦고 바느질이 끝난 티셔츠를 갈아입었다. 이제껏 드러낸 적이 없는 목의 뒷부분을 살펴보기 위해 거울 앞에 서서 손거울로 뒷목을 비춰 보곤 레인코트를 들고 밖으로 나갔다. 정신없이 쏟아지던 비는 한풀 꺾였지만 심상찮은 바람에 가로수가 휘청거리는 거리를 거칠게 달렸다. 창밖에서 웅웅거리는 바람을 떨치기라도 하려는 듯 여자는 기어를 5단에 넣고 액셀러레이터를 세게 밟았다.

태풍에도 아랑곳없이 설악호텔 로비에는 사람들이 웅성거리고 있다. 그들은 아직 끝나지 않은 여름휴가를 제대로 즐기겠다는 듯이 들뜬 표정을 하고 있다. 호텔 나이트클럽 입구에 남자의 사진이 큼지막하게 붙어 있다. 오늘의 초청가수 주자운. 귀에 익은 노래가 태풍처럼 밀려와 전신을 휘감는다. 여자는 물살에 휩쓸리듯이 안으로 스며들었다.

내 영혼이 떠나간 뒤에 행복한 너는 나를 잊어도
어느 순간 홀로인 듯한 쓸쓸함이 찾아올 거야.
바람이 불어오면 귀기울여봐……

무대 위의 남자가 딴사람인 것 같아 여자는 눈을 비벼본다. 색색의 조명을 받은 남자의 얼굴은 눈이 부실 정도였다. 한 사람이 장소에 따라 어쩜 저리도 다르게 보여질까. 몸속에 숨긴 지느러미를 활짝 드러내고 무대 위에서 자유롭게 헤엄을 치다가 금방이라도 포르르 날아오를 것만 같다. 연미복을 입은 주자운이 주지운처럼 마이크를 감아쥐고 고개를 살짝 돌려 교정한 치아를 드러낸 채 씨익 웃으며 노래를 한다. 뒤로 젖힌 목에 불끈 힘줄을 세우며 저음에서 고음으로 넘어가는 저 노래. 주지운보다 더 주지운다운 주자운.

너의 시선 머무는 곳에 꽃씨 하나 심어놓으리.
그 꽃나무 자라나서 바람에 꽃잎 날리면
쓸쓸한 너의 저녁 아름다울까.

"죽여준다, 진짜 주지운보다 잘한다. 안 그래? 꺼억."
"야, 집어치워! 저거 가짜 아냐?"
"죽여!"
노래 반주 사이로 취객의 고성이 끼이기 시작하더니 돌연 홀의 중앙에서 불쑥 솟아오른 머리가 깨진 맥주병을 들고 무대로 돌진했다. 사람들이 비명을 지르며 일어서고 웨이터들이 몰려와 무대 위로 올라가려는 취객을 제지하기 시작했다. 사람들의 악쓰는 소리에도 불구하고 남자의 노래는 계속되었다. 교정한 치아를 활짝 드러낸 남자가 온 힘을 모아 열창을 한다. 저러다 목이 터지는 건 아닌지, 여자는 주먹을 부르쥐고 노래를 듣는다. 아까부터 남자의 이마는 땀에 젖어 번들거렸다. 여자는 속옷을 갈아입다가 들킨 것처럼 어찌할 바를 모르고 쩔쩔맨다.

남자의 노래가 끝나고 불이 꺼지기가 무섭게 천장에서 사이키 조명이 번쩍거린다. 사람들이 앞으로 나가 춤을 추기 시작한다. 남자가 무대 뒤로 사라지고 나서 겨우 숨을 돌린 여자가 조마조마한 가슴을 식히려고 찬 맥주를 거푸 마신다. 남자들끼리만 온 사람들이 여자를 흘끔거린다. 언제부턴가 까만 나비 한 마리가 춤을 추고 있다. 긴 머리를 늘어뜨린 여자가 몸에 딱 붙는 검정 티셔츠에 짧은 치마를 입고 혼자서 하느작하느작 춤을 춘다. 여자 주위로 남자들이 모여들더니 이내 여자를 둥글게 감싸고 춤을 추었다. 춤추는 긴 머리 여자를 어디선가 본 듯했다.

음악이 블루스 곡으로 바뀌자 긴 머리 여자는 주위에 모여든 남자들 중 한 남자의 목을 팔로 감고 블루스를 춘다. 키 큰 남자의 가슴에 완전히 안긴 긴 머리 여자는 춤을 추고 있는 건지 남자에게 안겨만 있는 건지 모를 정도로 움직임이 적다. 어느 순간, 남자의 손이 긴 머리 여자의 엉덩이께로 내려간다. 남자의 손에 엉덩이를 내준 긴 머리 여자가 허리를 뒤로 꺾으며 까르르 웃는다. 웃음소리에 용기를 얻은 남자가 긴 머리 여자의 엉덩이를 거침없이 주무른다. 검자주색 립스틱을 바른 여자의 입매가 아무래도 낯이 익었다. 누구였더라.

나이트클럽 입구에 붙은 포스터에 남자의 출연 시간이 적혀 있었다. 남자는 한 시간 후에 마지막 노래를 부르게 되어 있었다. 지금 여자가 부른다면 남자는 이 자리에 나올 수 있을 것이다. 그러

나 여자는 남자를 만나지 않을 작정이다. 남자는 말했었다. 주자
운이 아니라 박명식이라는 본명으로 버젓하게 음반을 내라는 아
내의 청을 언젠가 한 번은 들어줘야 할 것 같다고. 그렇지만 그 음
반을 사가는 사람이 과연 몇 명이나 될까요, 쓸쓸하게 웃던 남자
의 얼굴이 떠오른다. 그런 그를…… 여자가 두 손으로 홧홧해진
얼굴을 감싼다. 오늘 남자의 노래를 듣지 않은 것으로 하리라. 여
자가 입술을 깨문다.

여관에서 에미와 같이 잔 그 밤. 에미의 젊은 남자에게 젖가슴
과 입술을 훼손당하던 밤보다 할머니와 같이 여관에서 잤던 밤이,
알몸으로 헉헉거리는 에미를 뒤에 두고 꺼끌꺼끌한 손으로 사력
을 다해 귀를 막아주던 할머니와 오그리고 잤던 밤이 여자에겐 더
깊은 환부로 남아 덧나고 곪고 터지고 하다가 끝내는 징그러운 흉
터로 가슴에 남았다. 여자는 오늘 소동을 남자에게 보지 않은 걸
로 해, 크든 작든 남자의 가슴에 흉터는 남기지 말아야겠다고 작
정하고 나이트클럽을 빠져나왔다.

*

나이트클럽 화장실에서 여자는 먹은 걸 모두 토해냈다. 휴지로
입술을 닦고 토사물이 가득찬 변기의 물을 내렸다. 울렁거리는 속
을 추스르며 화장실 문을 열고 나오던 여자가 얼어붙은 듯 그 자

마른 날들 사이에 77

리에 서버렸다.

언제 화장실에 들어왔는지 춤을 추던 긴 머리 여자가 수돗가에서 검자주색 립스틱이 칠해진 입술을 휴지로 닦아내는 중이었다. 몸에 붙는 검정 티셔츠 위에 헐렁한 점퍼를 걸치고 밑에는 짧은 치마 대신 청바지를 입고 있었다. 입술을 닦아내고 나서 틀어올린 머리를 핀으로 고정시키려던 긴 머리의 여자가, 거울을 통해 문앞에 서 있는 여자를 보곤 손에 들었던 머리핀을 바닥에 떨어뜨렸다. 틀어올린 머리를 풀어헤치고 몸에 달라붙는 옷을 입었다고는 하나, 어쩜 저리도 다른 사람 같을 수가 있는 건지. 긴 머리 여자는 308호에 묵었던 아이엄마였다.

"저어……"

화장실을 나서는 여자에게 긴 머리 여자가 주춤거리며 다가왔다. 가까이 보니 긴 머리 여자의 입술 선 옆으로 검자주색 립스틱이 희미하게 번져 있다.

"누구신지?"

여자가 멀뚱한 얼굴로 물었다.

"절 모르시겠어요?"

"처음 뵙는 분 같은데요."

"제가 아는 어떤 분과 많이 닮아서…… 실례했어요."

짧은 치마가 들었음직한 종이 가방을 든 긴 머리 여자가 막 닫히려는 엘리베이터를 향해 뛰었다. 태풍 때문에 서울로 올라간다

더니 아이엄마네는 아직도 설악에 묵고 있는 모양이다. 아이아빠
와 아이들은 어떡하고 밤늦게 빠져나왔을까. 다리에 힘이 풀려 화
장실 문 앞에 쭈그려앉고 만다.

여자는 이제 에미와 엄마를 분간하는 짓 따위는 하지 않겠다고
마음먹는다. 양면이 있어야 동전이 되고 모든 물건마다 겉과 속이
조금씩은 다르다는 엄연한 사실을 그동안 잊고 있었던 것이다. 오
늘밤에는 물을 마시지 않아도 갈증을 느끼지 않을 것이며 대숲이
바람에 흔들리는 슬그럭사그락 하는 소리도 머리맡에서 말짱 지
워낼 수 있으리라. 여자는 오랜만에 깊은 잠을 잘 수도 있을 것 같
았다. 갑자기 마음이 급해진 여자는 내려가는 표시가 그려진 엘리
베이터 단추를 자꾸만 누른다.

비하리에서,
나는

집

나경이 비하리에 내린 건 하오 두시였다. 뜨거운 햇살에 얼굴을 찡그리며 기차에서 내려섰고, 쇠바퀴가 레일 위로 천천히 굴러가는 소리를 들으며 구겨진 치마를 털었다. 새로 지은 역사 건물이 앞을 막고 있어서 잠깐 멍한 얼굴을 했지만 먼지를 덮어쓰고 늘어선 측백나무들과 흘린 생리혈처럼 군데군데 한 움큼씩 핀 샐비어를 보곤 가방 속을 뒤져 기차표를 꺼냈다. 역은 마을의 가장 높은 곳에 있다. 나경은 역사 앞마당에 가방을 내려놓고 뱃속을 환기시키듯 숨부터 깊게 들이쉬었다. 우뚝 솟은 민둥산 밑으로 검은 아스팔트 길이 세 갈래로 뻗어 있고 길을 따라 낡고 허름한 상가들이 다닥다닥 붙어 있는 곳. 산중턱에 세워진 흰 성당 건물은 여전히 비하리와 어울리지 않는다. 역사에서 삼거리로 내려가는 새로운 길이 생겨 있었지만 나경은 굳이 나무 계단으로 이어진 가파른 옛길을 택한다. 계단의 양쪽 옆으론 미장원과 삼거리상회가 마주보고 붙어 있다. 두 집이 똑같이 뒷마당을 덮다시피 할 정도로 슬레이트 처마를 한껏 달아내었어도 계단을 세 칸만 밟아내려가면 미장원과 삼거리상회 뒤채가 속속들이 드러나고 만다. 새카만 기름때에 절어 반질반질해진 마루, 시멘트로 빈틈없이 메워진 손바닥만한 마당의 빨랫줄에는 햇빛 한 번 쐬지 못한 회색 속옷들이 꾸덕꾸덕 마르고 있다.

다행히 삼거리상회 여자는 나경을 알아보지 못했다. 인도에 놓인 플라스틱 함지에서 두부 한 모와 대파를 집어들었을 때도, 어둑신한 가게 안으로 들어서서 커피 믹스를 들고 나왔을 때도. 두부와 대파, 커피 믹스가 담긴 비닐봉지를 나경에게 건네면서도 여자의 눈길은 길 건너 중앙약국과 경옥이네 노래방 사이에 머물러 있었다. 작년이나 재작년 이맘때에도 꺼내 입었음직한 여자의 흰색 티셔츠는 목이 심하게 늘어나 있었다. 나경은 티셔츠에 묻은 누릿한 얼룩을 보다가 재빨리 지갑을 열었다. 아침마다 냇가에서 요강을 씻던 중앙약국 남자가 풍 맞아 들어앉은 지 육 년. 고추장만 넣고 빨갛게 비빈 밥을 길거리로 가지고 나와 쉬파리와 함께 숟갈질을 하던 경옥이네 담배포가 노래방으로 바뀌었다는 건 어머니에게 들어 이미 알고 있었다. 비닐봉지와 가방을 양손에 나눠 든 나경이 고개를 조금만 위로 젖히면 지금이라도 살망한 정강이를 흔들며 역전에서 악을 쓰듯 유행가를 부르던 그때 그 아이들을 만날 수 있을 것만 같다. 비가 오는 날이면 역사 한편에 부려진 석탄더미에서 흘러내린 걸쭉한 검은 물이 나무 계단을 타고 내려와 삼거리를 적시는 통에 비하리 아이들의 손발은 사철 더러웠다. 학교가 파하면 아이들은 책보를 대문 앞에 집어던지고 온종일 삼거리 구석구석을 훑으며 놀았다. 얄팍한 어깨에 헛바람을 잔뜩 넣은 아이들은 씨발씨발을 입에 달고 다니며 가게에서 물건을 훔치거나 담벼락에 붙은 영화 포스터에 구멍을 뚫었다. 남자주인공은 거들떠보지도 않고 주로 여자주인공의 유두 부분이나 팬티가 입혀져 있을 위치를 컴퍼스로 찍어 공들여 구멍을 내곤 했다.

경옥이네 노래방 간판 밑에는 '최신 기계 완비'라는 글씨가 굵은 고딕체로 쓰여 있다. 노래방 앞, 어디서 주워온 듯한 구닥다리 식당용 의자에 경옥이 엄마가 앉아 있다. 소매 달린 남성용 러닝셔츠 바람으로 나와 앉아 파리채로 등을 긁고 있다. 발가락에 간신히 걸린 물 날린 하늘색 슬리퍼가 맥없이 흔들리는 품으로 보아 노래방 안엔 손님이 없는 모양이다. 거그 나경이 아녀? 경옥이 엄마의 걸걸한 목소리가 목덜미를 낚아채기라도 할까봐, 나경은 재게 걸음을 옮긴다. 가방을 쥔 쪽으로 자꾸 어깨가 기울었다. 잡화점이 있던 자리엔 문방구가 들어서 있고 낯이 익은 여자가 가게를 지키고 있다. 물기를 빼기 위해 양파 자루에 넣은 두부처럼 잔뜩 눌린 얼굴로 바깥을 보고 있었는데 지나치게 밝은 색의 파운데이션을 바른 탓에 목과 얼굴의 경계가 금을 그어놓은 것처럼 또렷했다. 나경보다 두서너 해 아래인 여자는 나이보다 걸늙었고, 선반 위로 밀려난 지우개나 공책, 마분지 따위의 한물간 물건들과 침울한 노후를 보낼 것 같은 얼굴을 하고 있었다.

비하리의 광산들이 문을 닫은 뒤, 역사 한쪽을 차지하던 석탄더미가 사라졌는데도 어딘가에 남아 있는 탄가루들이 바람에 우, 불려다니는 길을 나경은 바삐 걷고 있다. 그녀는 지금 이십 년 만에 처음 집으로 가는 길이다. 장항아리 안에서는 구더기가 고물거리고 막 젖 떨어진 새끼 쥐들이 안방 천장에서 툭툭 떨어질지도 모른다. 나경은 가방을 쥔 오른손에 힘을 주고 눈을 꾹 감는다. 끼익, 고막을 치고 들어오는 날카로운 급정거 소리에 가방 쥔 손을 엉겁결에 놔버린다. 가방이 길에 구르고 벌어진 손가락 사이로는 탄가루를 실은 바람이 급하게 드나든다. 재수없는 년. 오토바이가 의도적으로 그녀를 칠 듯 요란한 소리를 내며 지나간 후 나경은 자신이 빠져나온 굴다리를 돌아봤다. 굴다리 밖으로 저만치 물러난 삼거리는 잘못 그린 그림처럼 뭉개져 트릿하게 보였다.

대문으로 들어섰을 때, 그녀를 맞은 건 빈집 도처에 만연한 누진 기운이었다. 대문에서 현관까지 빼곡히 들어찬 꽃나무들은 제 멋대로 자라 가지가 휘어지고 나무줄기에는 진딧물이 서캐처럼 허옇게 붙어 있다. 마당에 기승스레 돋은 저 시퍼런 풀들이라니. 집이 퉁퉁 불어 물에 떠내려가고 있는 것만 같다. 그늘지고 습한 구석마다 낀 푸른 이끼와 거미줄로 치장한 처마밑. 발을 뗄 엄두를 내지 못하고 머뭇거리던 나경이 이윽고 현관으로 난 좁장한 자갈길을 따라 걸음을 옮겼다. 사방으로 휘어진 꽃가지를 밀쳐내며 조심조심 앞으로 나아갔지만 몇 발짝을 떼기도 전에 장미 가시에 이마를 긁히고 말았다. 뒤이어 무언가 획, 머리카락을 스치며 지나가는 기척에 고개를 드니 줄무늬 도둑고양이가 블록 담 위를 달리고 지붕에서도 도둑고양이들의 울음소리가 간헐적으로 들려왔다. 어머니가 집을 비워둔 지난 삼 년간 도둑고양이들이 집주인 노릇을 한 게 틀림없었다. 흘러간 시간의 흔적을 생생히 증명해 보이는 건 아마도 비워둔 집일 거다. 더구나 계절이 여름일 때에야. 한 자가 넘게 자란 풀을 밟아 눕히며 안으로 들어간 나경은 문과 창문부터 활짝 열고 보일러 스위치를 올렸다. 그제야 이마를 후벼파는 듯한 통증이 느껴졌다.

경옥이

"지겨워. 모든 게 지겨워. 어른이 되어서도 컴컴한 점방에서 담배나 팔고 성냥이나 팔며 썩게 될까봐 두려워. 날마다 내 폐에도 석탄이 조금씩 쌓여가고 있겠지. 배를 갈라보면 까만 손처럼 폐도 시커멓게 생겨먹었을 거야. 그걸 보고 누가 이팔청춘의 몸이라고 하겠어. 우리도 여기서 눌러살면 이곳 여자들처럼 몸에서 부패한 생선 냄새가 날 거야. 난 고등학교를 졸업하는 그날로 어디든 갈 거다. 취직이 안 되면 담배를 판 돈이라도 훔쳐서 여길 뜰 거야."

여고생이 된 경옥이. 탄가루가 묻은 거뭇거뭇한 손으로 맹세하듯 나경의 손을 잡았을 때에도 나경은 비하리를 뜰 생각이 추호도 없었다. 공무원 시험을 봐서 비하리 읍사무소 직원이 되거나 그도 아니면 전화교환원 또는 구판장에서 일하는 농협의 임시직원이 되어 평일에는 근무하고 휴일엔 국밥집에서 어머니의 일손을 거들며 비하리에 오래 남아 있게 될 줄 알았다. 적어도 그때에는.

한여름 더위가 후끈 덮쳐오던 밤이었다. 경옥이와 나경은 비하리에서 유일하게 이층 건물이던 월류다방 앞을 지나고 있었다. 작은 유리창마다 쳐진, 탄가루가 묻어 검고 턱없이 번들거리는 색색의 커튼과 희뿌연 유리창 안에서 일렁이는 월류다방의 주홍 불빛을 야릇한 흥분에 휩싸여 바라보았다. 하나같이 고등실업자인 동시에 비하리에서 유지 행세를 하는 중년 사내들이 권태로운 얼굴로 두꺼운 시멘트 계단을 밟고 느릿느릿 올라가는 게 보였다. 중년 사내들은 안사람들이 고무줄 바지 하나로 사철을 나며 억척스럽게 일해 남편을 먹여 살린다는 공통점이 있었다. 그 점이 그들을 똘똘 뭉치게 했는지, 밤이면 월류다방으로 출근해 세상이 어수

선하여 초야에 묻혀 살 수밖에 없는 자신들의 신세를 개탄하며 미
니스커트를 입은 다방 레지의 엉덩이를 닳도록 주무른다는 것쯤
비하리 사람이면 누구나 알았다. 그중 한 명이 경옥이네 담배포에
자주 온다는 것도. 동그랗게 뚫린 담배포 구멍으로 경옥이가 담배
를 밀어주면, 거스름돈은 관둬, 은밀하게 속삭이며 경옥이의 손을
슬쩍 만지고 간다는 것도.

"나경아, 하나만 물어보자. 커피값과 담배 거스름돈, 엉덩이와
손의 차이에 대해 뭐 아는 것 있나?"

경옥이가 싸움 걸듯 그렇게 질문하지 않았으면 나경이만 그 사
실을 몰랐을 것이다.

"짐승 같은 놈들."

월류다방으로 들어가는 중년 사내의 등짝에 대고 눈을 부라리
던 경옥이는 한사코 나경을 잡아끌었다. 봇도랑으로 밤목욕을 가
자는 것이었다. 안 그래도 후텁지근한 바람에 실려다니던 탄가루
들이 몸에 달라붙어 끈끈했다. 윗도리를 흔들어 몸에 바람을 집어
넣던 나경은 두말없이 경옥이가 이끄는 대로 따라갔다. 봇도랑은
개울 폭은 좁아도 가파른 지형 탓에 물의 흐름이 어찌나 빠르고
센지, 어디든 앉거나 쌓여 제 색을 변하게 하는 지긋지긋한 탄가
루도 봇도랑만은 어쩌지를 못했다. 누구든 봇도랑 물에 몸을 담그
기만 하면 무더위와 탄가루에 지쳐 늘어졌던가 싶게 햇배추처럼
야들야들한 얼굴로 변했다. 그 맛에 비하리 여자들은 밤이면 옆구

리에 대야를 하나씩 끼고 봇도랑으로 몰려가곤 했다.

봇도랑을 질러가려면 소방서 건물 옆 골목을 지나야만 했다. 골목은 좁고 어두웠으며 게다가 몹시 질척거렸다. 소방서 담 역할을 하는 시멘트 말뚝이 일정한 간격으로 골목 가에 박혀 있고 말뚝을 따라 둥근 가시철조망이 쳐져 있었다. 거머리들이 오글거리는 개골창을 피해 발을 옮기던 경옥이가 골목 중간쯤에서 엉거주춤 앉은 자세로 치마를 걷어올렸다. 경옥이는 일부러 엉덩이를 개골창 쪽으로 치켜들고 오줌을 누었다. 쐐애. 요란한 소리에 요의를 느낀 나경이도 바지를 내렸다. 사춘기로 접어든 건강한 여자애들의 오줌발이 개골창 밑을 뚫었다.

"너도 빤쓰가 회색이구나."

경옥이의 말에 나경은 오줌이 떨어지는데도 얼른 바지를 끌어올렸다. 어둠 속에서도 흰색과 회색은 분간이 되었다. 비하리 아이들이면 누구나 회색 속옷을 업보처럼 입고 다녔지만 그날따라 나경은 자신의 속옷이 부끄러웠다. 속옷을 서둘러 끌어올려 축축해진 사타구니를 찜찜해하며 나경은 가시철조망 안쪽의, 한 번도 불 끄는 걸 본 일이 없는 녹슨 소방차를 적의에 찬 눈으로 바라보았다. 부패한 생선 냄새, 담배 거스름돈 따위가 품고 있는 누추함과 음험함이 회색 속옷으로 전이되어 그랬는지도 모른다.

골목 끝에는 산판에서 베어온 나무를 파는 목재상인 영태네 집이 있었다. 비하리에서 가장 잘 지은 집으로 넓은 뜰엔 꽃이 만발

해 있었고, 또 그 꽃만큼이나 아름다운 딸들이 많은 집이기도 했다. 딸들 중 하나를 사모하던 폐병쟁이 남자가 영태네 나무 창고에 숨어들어 높은 천장에 목을 매었다거나, 자전거포 아들이 상사병으로 고랑고랑 앓다가 정신병원에 들어갔다거나 하는 풍문을 무성히 달고 다닐 만큼 도회에서 학교를 졸업한 딸들은 다들 도도했고 피부가 하얗다못해 푸른빛을 띠었다. 영태 위로 조르르 한두 살 터울인 네 딸들은 아버지가 목재를 가지러 산으로 들어간 날이면 맨얼굴에 마스카라만 칠해 한층 깊어진 눈초리를 살짝 치켜뜨고 밤마을을 다녔다. 어깨에 싱을 박은 윗도리를 입어 더욱 잘록해 보이는 허리를 흔들며 삼거리로 나서면 밤거리가 다 환했다. 밤마을이라고는 해도 기껏해야 미장원이나 편물점에 모여 앉아 놀다 가는 게 전부였지만 그녀들의 출현으로 인해 밤의 삼거리는 사뭇 활기가 흘러넘쳤다. 석유를 먹여 콜타르처럼 검게 빛나는 나무 담 위로 쏟아질 듯 넘어온 불두화佛頭花 가지. 그날따라 영태네 집은 외등조차 꺼져 있어 어른 주먹 둘을 마주 포갠 것처럼 크고 둥근 꽃들이 눈부신 흰빛을 띠고 있었다.

"아흐, 저 꽃!"

경옥이의 입에서 감탄사가 새어나온 것보다 나경이 우물가로 다가간 게 먼저였다. 우물의 절반은 집안에 나머지 절반은 집밖에 있었는데, 영태네 나무 담장이 우물의 한가운데를 가로지르고 있었다. 진 땅에서 잘 피는 불두화는 담 안쪽 우물가에 심겨 있었던 것이다. 까치발을 들어도 손이 꽃가지에 닿지 않았다. 나경은 앞뒤 없이 불끈, 우물 위로 올라섰다. 나무 담을 짚고 윗몸을 일으키던 나경은 벌린 가랑이 사이로 둥싯 떠오른 불두화를 홀린 듯이 내려다봤다. 검은 우물 속에 불두화와 자신의 얼굴이 어지러이 흔들리는 걸 내려다보던 나경은 낮게 한숨을 내쉬었다. 까딱 잘못하다간 우물에 빠질 수도 있다는 생각은 불두화의 새하얀 빛에 묻혀 가뭇없이 사라진 뒤였다. 밤목욕 대신 꺾은 불두화를 경옥이와 나눠 들고 골목길을 달리던 나경이 히뜩 뒤를 돌아보았다. 숲으로 에워싼 것처럼 깜깜한 영태네 집. 흰 불두화만 도드라져 보여 먼 데서 보면 영태네 집은 꽁무니에 수은등을 수없이 매달고 밤바다를 둥둥 떠다니고 있는 것 같았다. 집으로 돌아갈 때 귓불을 간질이던 상큼한 여름밤의 공기와 두근거리던 가슴, 자잘한 꽃잎 위로 토해내던 자신의 가쁜 숨결을 나경은 그후로도 오래 기억했다.

가출

　동대문시장 노점에서 가락국수를 사 먹은 일은, 돌이켜보면 그녀에게 행운을 선사한 드문 일들 가운데 하나였다. 그 자리에서 벽지 도매상 안주인을 만나게 되었으니까. 다행히 나경은 가출한 여자애들이 겪기 마련인 그렇고 그런 불운을 피해 갈 수가 있었다. 가게 바닥 쓰는 일을 시작으로 일 년도 못 되어 벽지 도매상 카운터를 차고앉았다. 벽지 도매상에서 하는 일은 중노동에 속했다. 공장에서 가져온 두루마리 벽지를 나를 때면 허리가 부러지는 것 같았고 금전출납부를 기입하는 일도 인문계 고등학교 삼학년 일학기만 마친 그녀에게는 힘에 부치는 일이었다. 나경이 유일하게 잘하는 일은 소매상들에게 벽지를 파는 일이었다. 지방에서 올라온 소매상들은 사장보다 나경을 더 많이 찾았다. 카탈로그를 펼쳐놓고 기하학적인 무늬나 자잘한 꽃무늬가 프린트된 가지각색의 벽지를 일일이 설명하다보면 뒷목이 뻣뻣해지기 일쑤였다. 일이 험한 만큼 손도 쉽게 거칠어져 항상 면장갑을 끼고 지냈다. 소매상들의 발길이 뜸한 오후가 되면 나경은 카운터에 앉아 가게 유리 밖으로 펼쳐진 시장통의 어느 한곳을 뚫어지게 쏘아보았다. 면장갑을 낀 손으로 턱을 괴고 앉은 그녀의 얼굴은 결코 열아홉 살 된 여자아이의 얼굴이라고는 할 수 없었다. 처음에는 벽지 도매상의 앳된 여종업원의 얼굴이었다가 점점 표정이 사라졌다. 얍! 하는 기합 소리와 함께 머리칼이 희어지고 쭈글쭈글한 주름살투성이로 변하는 마녀처럼 한순간에 얼굴이 바뀌었다.

　나이를 짐작할 수 없는 얼굴로 퇴근을 한 나경이 세 든 집으로 가려면 길게 뻗은 시장 골목을 벗어나야만 했다. 건어물 가게와 반찬 가게를 지나면 시장 복판에 좌판이 두 줄로 늘어서 있었다. 야채를 파는 좌판들이 줄줄이 이어지고 마지막에 찰떡과 개피떡,

무지개떡을 파는 좌판이 나왔다. 떡 좌판 옆구리는 술빵 자리였다. 솥뚜껑만한 술빵은 열십자 모양으로 잘려 큰 비닐 부대에 담겨 있었는데 그곳을 지날 때면 나경은 마흔아홉쯤 되어 보이는 여자의 얼굴을 하고 있었다. 주먹을 불끈 쥐고 서둘러 그곳을 벗어나도 비닐 부대 위로 번진 술빵 냄새를 이미 맡은 뒤였다. 밀가루에 소다와 막걸리, 뉴슈가를 넣어 치댄 반죽을 둥글고 큰 양은 쟁반에 얹어 찌는 빵. 무쇠솥에 한 김이 오르고 십여 분간 뜸을 들인 후에 꺼내면 밀가루 반죽이 탐스럽게 부풀어올라 솥뚜껑만한 술빵으로 변해 있었다. 나경에게 술빵 냄새는 집냄새나 마찬가지였다.

생선 가게의 크고 투박한 나무 도마 위에서는 언제나 생선들이 잘려나갔다. 재수가 없으면 동태포를 뜨는 광경과 맞닥뜨리기도 했다. 생선 가게 여자의 손은 날쌔고 재빨랐다. 금세 동태의 배가 벌어지고 뭉툭하게 생긴 칼을 단단히 박아넣어 등뼈를 파내고 나면 동태살은 너무도 맥없이 저며졌다. 동태의 등뼈가 칼끝에 묻어나올 즈음 나경의 손목엔 철사 심 같은 핏줄이 툭툭 불거져나왔다. 나경은 동태와 한몸이 되어 배가 벌어지고 등뼈가 찍히는 고통을 느꼈다. 나경은 그 고통을 충분히 알고 있었다. 불두화를 한아름 꺾어 들고 들어오던 날 밤에 겪은 참혹한 고통. 벌어진 배와 찍힌 등뼈, 저며진 살점을 끌고 시장 골목을 벗어나 세 든 집의 불 꺼진 방으로 들어설 때까지, 검은 얼굴의 사내가 쫓아와 나경의 찍힌 등뼈를 쇠수세미로 마구 문질러대는 것 같았다. 떨리는 손으로 방문을 잠그고 거울을 보면 얼굴이 군홧발에 밟힌 것처럼 바짝 짜부라져 있었다. 그런데도 시장을 벗어날 수가 없었다. 시장 골목에 있는 벽지 도매상 외에는 아무데도 갈 곳이 없었다. 나경은 집과 소식을 끊었고 일절 생선을 먹지 않았으며 밤이면 옆으로 누워 오그리고 잠을 잤다. 어느 누구든 오그린 등뼈를 파내긴 어려울 것이므로.

그때 나경은 자신의 고통만 생각했지 소문에 시달릴 남은 가족들 생각은 미처 하지 못했었다. 불두화를 꺾어온 날 밤. 가게 문을 닫고 집으로 들어오던 어머니와 밖으로 뛰쳐나가던 검은 얼굴의 사내가 하필이면 대문 앞에서 부딪쳤으리라고는. 어머니의 비명소리를 듣고 밤잠이 없는 앞집 남자가 뛰어왔으리라고는 생각도 하지 못했다. 방에 불이 켜지고, 흐트러진 이부자리와 뜯어진 자신의 옷을 보고도 나경은 무슨 일이 벌어졌는지 깨닫지 못했다. 두 눈을 부릅뜬 어머니가 거품을 물고 뒤로 넘어갔을 때에도. 초저녁잠이 깊은 남동생이 선잠 깬 눈을 껌벅이며 나경의 방으로 들어섰을 때에도. 깨어진 화병과 엎질러진 물, 줄기가 꺾이고 형편없이 이지러진 불두화를 보고서야 모든 일이 정리되었다. 벌건 눈으로 날밤을 새운 어머니는 이른 새벽부터 술빵을 찌고 있었고, 사복을 입은 나경은 운동화를 꿰신고 집을 나왔다. 한 학기만 다니면 고등학교를 졸업하는데도, 하룻밤 사이에 불두화의 흰빛으로부터 멀리 내쳐진 그녀는 본능적으로 비하리를 벗어나야만 살 수 있다는 걸 알았다.

빵이 부풀어오를 때 나는 고소한 냄새가 뒤꿈치를 들고 자갈길을 걸어나오는 나경에게 끈덕지게 따라붙었다. 술빵 냄새가 빈속을 휘저었어도 나경은 뒤를 돌아보지 않았다.

검은 얼굴의 사내

집 구조가 변해 있었다. 못 보던 싱크대가 마루 안쪽에 놓여 있고 갈색 레자 소파가 반대편에 자리를 잡고 있었다. 예전에 한옥의 부엌이었던 곳은 움푹 들어간 바닥을 약간 돋워 욕실로 만들었다. 나경이 나가 산 세월을 말해주듯 집안은 놀랍도록 변모해 있었다. 나경은 가방을 손에 든 채 집안 곳곳을 살폈다. 식탁과 냉장고, 전자레인지. 계절이 지난 옷을 넣어두던 나무 궤짝과, 책상 겸 밥상으로 쓰이던 옻칠이 벗겨진 작은 상이 전부여서 휑뎅그렁하게 보이던 마루에 빼곡하게 들어찬 집기들. 하나 그것들은 먼지를 덮어쓰고 있었다. 나경에 관한 소문이 꼬리에 꼬리를 물 때마다 어머니는 이를 악물고 집안을 닦고 또 닦았을 것이다. 그때마다 가구들은 반짝반짝 윤이 났겠다. 입에서 입으로 전해지면서 무섭게 부풀어올랐을 소문들. 솟구치는 회오리바람의 중심에 어머니와 남동생이 무방비상태로 던져졌을 것이다. 마르고 딱딱하게 군은 설음식이 없어질 때까지 줄곧 먹어야만 하는 정월 끝 날의 입처럼 탄가루에 전 얼굴들을 바라보는 일에 물려버린 탄광촌 사람들에겐 나경에 관한 소문이 출구 이상의 역할을 했을 것이 분명했다.

소파 위에 가방을 얹어두려다 말고 나경이 두리번거리며 걸레를 찾는다. 좌우를 잡고 비틀어 짠 형태 그대로 바싹 마른 걸레가 욕실 앞에 놓여 있다. 걸레를 포기한 나경은 맨손으로 쓱쓱 소파를 닦았다. 손에 부연 먼지가 묻어났다. 이리저리 지나간 손자국이 소파 위에 고스란히 찍혀 있다. 가방을 내려놓던 나경이 마루에 찍힌 자신의 발자국을 발견하곤 화들짝 놀라는 얼굴이 된다.

대체 어디서부터 어떻게 닦아야 하나.

그날 밤, 검은 얼굴의 사내는 건넌방에서 마루로 나갔는데도 발자국을 남기지 않았다. 사내는 마룻바닥 대신 나경의 가슴에 발자국을 새기고 도망쳤다. 나경은 시커먼 발자국이 찍힌 가슴을 닦아내지 않고 지퍼를 채우는 것으로 마무리지었다. 어린 그녀는 몰랐다. 지퍼로 잠가진 가슴은 시간이 지날수록 먼지가 쌓이고 발자국도 점점 또렷해진다는 것을. 음식 찌꺼기가 달라붙은 가스레인지, 물기를 빼느라고 엎어놓은 찻주전자의 거무데데한 밑바닥, 싱크대 위쪽 선반에 걸린 국자와 뒤집개에도 먼지가 하얗게 앉아 있다. 행주를 빨아 싱크대와 가스레인지부터 닦았다. 행주가 지나간 자리마다 서서히 제빛이 드러났다.

커피잔을 꺼내려던 나경이 흠칫 놀라 뒤로 한 발 물러섰다. 부엌 선반에 얹힌 커피잔에 손을 갖다대는 순간, 가느다란 발을 가진 그리마 한 마리가 커피잔 뒤에서 기어나와 선반 틈으로 사라졌다. 물잔과 그릇을 엎어둔 선반 아래위 칸을 샅샅이 살폈지만 어디에도 그리마의 흔적은 없었다. 커피 믹스를 뜯어 커피잔에 털어넣던 나경이 어깨를 움츠리고 부르르 떨었다. 잔 발이 여러 개 달린 벌레들이 등줄기를 타고 기어오르는 느낌 때문이었다. 나경은 벌레들이 숨어 있기 좋을 만한 어둡고 구석진 곳에 집중적으로 살충제를 뿌렸다. 보일러를 세게 틀어 후끈해진 방들의 문을 닫고 마당으로 내려서던 나경이 마루에 걸린 시계를 흘깃 봤다. 시계는 두시 십사분에 멈춰 있었다. 코를 틀어막고 다시 집안으로 들어간 나경은 안방과 건넌방의 시계도 확인했다. 안방의 시계는 일곱시 사십일분, 건넌방의 시계는 다섯시 삼십구분을 가리킨 채 죽어 있었다. 눈 내리는 겨울의 나른한 오후거나 아니면 가을의 어느 끄무레한 날. 사람들이 늦은 점심을 먹고 차를 마실 즈음에 빈집을 지켜주던 마루의 시계가 멈춰버렸을 것이다. 폭우가 쏟아지던 날에 안방의 시계가 섰을 수도 있고 계절과 계절 사이 어정쩡한 다섯시 삼십구분에 건넌방의 시계가 죽어버렸을 수도 있다. 집안의 모든 시계들이 멈춘 후 도둑고양이와 거미, 여러 개의 발을 가진 벌레들만이 정지된 시간 속을 분주히 오갔을 것이다. 발길이 끊긴 마당에 풀이 치솟고 거미가 처마밑에 거미줄을 길게 치고 나뭇가지들이 함부로 자라 옆으로 휘어지는 은밀한 시간들이 죽은 시계 위로 느릿느릿 지나갔을 것이다. 비하리 집의 시계가 멈추던 그 시간에 나경은 점심 도시락을 가지고 남편이 운영하는 카센터에 갔을 수도 있다. 집에서 가져오는 점심을 먹던 남편이 어느 날부턴가 밖에서 먹는 횟수가 부쩍 늘어났다는 걸 알게 된 시간일 수도 있고, '서울 마'로 시작하는 번호를 단 소형차의 옆 좌석에 탄 남편을 카센터 앞 사거리에서 우연히 보게 된 시간일 수도 있다. 남편은 치밀한 사람이 아니었다. 모든 걸 너무 쉽게 시인했다. 맞을 매가 있다면 기꺼이 맞겠다는 표정으로 양팔을 길게 늘어뜨리고 말했다.

"당신에겐 미안한 일이지만 나…… 그 여자랑 사는 것처럼 한번 살아보고 싶어."

두 번 접은 바짓단을 재봉틀로 박듯이 힘을 주어 한 말, 사는 것처럼 살아보고 싶다는 말을 남편에게 들었을 때 나경은 물도 없이 삶은 계란을 급히 먹은 것처럼 목이 메었다. 남편이 사는 것처럼 살아보고 싶다는 말 대신, 그냥 그 여자와 살고 싶다든지 아니면 자신을 닮은 아들이나 딸을 낳아 키우고 싶다고 했으면 나경은 어떻게든 남편의 마음을 돌리려고 노력했을 것이다. 사고무친인 줄 알았던 여자에게 고향이 있고 어머니와 남동생이 있다는 사실을 결혼식장에서 처음 알았을 때도 남편은 태연했고, 전화로만 안부를 주고받을 뿐 친정과는 발을 끊고 사는 나경에게 이것저것 캐묻지도 않았다. 피치 못할 사정이 있겠거니 여기는 눈치였다. 나경은 사는 것처럼 살아보고 싶다는 남편의 말이 이제껏 숨겨왔던,

다른 사람에게는 소망 축에도 낄 수 없는 남편의 남루한 소망, 즉 남들처럼 처가에도 자유롭게 들락거리며 살아보고 싶다는 말로 들려 그만 목이 메었던 것이다. 말이 끝난 후에도 한참 동안 팔을 길게 늘어뜨리고 선 남편을 보며 나경은 잡고 있던 끈을 슬며시 놓아버렸다. 한번 끈을 놓쳐봐서 그런지 두번째로 끈을 놓치는 일은 처음처럼 고통스럽지는 않았다.

비바람이 몹시 불던 날, 남편은 묵은쌀 같은 얼굴로 집을 떠났다. 왠지 나경은 남편을 배웅해주어야만 할 것 같았다. 서너 걸음 떨어진 채 엘리베이터를 타고 내려가 차를 세워둔 곳까지 주춤주춤 남편을 따라갔다. 차문을 열고 돌아서서 우산을 접던 그가 나경이 선 쪽으로 얼굴을 돌렸다.

"전부터 당신에게 물어보고 싶은 게 있었어. 지금 물어봐도 돼?"

갑자기 비바람이 방향을 바꾸어 몰아치기 시작해서 나경은 우산을 앞으로 기울이고 기어들어가는 소리로 대답했다.

"뭐든지."

"당신, 오래전부터 남자가 있었지? 무슨 사정인지는 몰라도 양쪽 집안의 반대나 뭐 그런저런 이유로 결혼은 못했어도 그 남자와 깊은 관계였던 건 확실하지? 결혼 후에도 잊지 못할 만큼 말이야. 그래서 당신이 비하리에도 안 내려가는 거고. 쉽게 이혼서류에 도장을 찍은 것도 바로 그 남자 때문이지. 그렇지?"

남편은 사랑하는 사람이 생겨 먼저 이혼을 제의하고 그것을 성취한 사람의 얼굴이 아니었다. 탈수가 끝나고도 세탁기 안에 오래 방치된 와이셔츠처럼 꼬깃꼬깃한 얼굴이었다.

"여보, 그건…… 그……건……"

헤어지더라도 남편의 오해만은 풀어줘야 하는데 말이 나오지 않았다. 눈을 찌푸린 상태로 버벅거리며 말하려고 애쓰는 그녀의 얼굴에는 비인지 눈물인지 모를 물이 흘러내려 번질번질했다. 등을 돌리고 잔 게 문제였을 것이다. 결혼하고 남편과 한 침대를 쓰면서도 나경은 검은 얼굴의 사내로부터 결코 자유로울 수 없었다. 남편 쪽으로 얼굴을 돌리고 누우면 잠든 사이 검은 얼굴의 사내가 반대쪽에서 자신의 등뼈를 파낼 것 같았다. 사내가 등뼈를 파내지 못하게 등을 남편 쪽으로 돌리고 잔 행동이 오해를 불러일으켰을 것이다. 남편 입장에서 보면 늘 나경이 등을 돌리고 잔 게 되니까. 여보, 그건…… 그……건…… 말이 끝나기도 전에 남편은 차 안으로 들어가 문을 쾅 닫고 시동을 걸었다. 남편의 차가 주차장에 괸 빗물을 나경의 발등에 튀기고 떠난 뒤에도 나경은 그 자리에 서서 오래도록 버벅거렸다. 남편뿐만 아니라 어느 누구에게도 할 수 없었던 말을 그렇게, 띄엄띄엄 비바람 속에 뱉어냈다.

추저분네 점방

집을 나온 뒤로 나경이 어머니를 만난 건 두 번뿐이었다. 자신의 결혼식 날 잠깐 보고 십삼 년 뒤 공항에서 본 게 전부였다. 미국으로 이민을 간 남동생은 세탁소를 해 그런대로 먹고살 만해지자 어머니를 불러들였다. 명색은 세탁소에만 매여 있느라고 초등학교에 다니는 두 아이를 픽업하지 못해 그런다고 했지만 실은 비하리에 혼자 남은 어머니가 걸려 그리 핑계를 댄 것이리라. 평생동안 국밥집을 꾸리며 남매를 키운 어머니가 국밥집을 그만뒀다는 걸 나경도 알고 있는데 남동생이 모를 리가 없었다. 남동생은 일없이 빈집에 멍하니 앉아 있을 어머니가 마음에 걸렸던 것이다.

"독한 것."

공항에서 어머니가 나경에게 한 첫말이었다. 어머니의 얼굴은 십삼 년 전 결혼식장에서 볼 때보다는 나아 보였다. 결혼식 날 어머니는 겨울인데도 여름에나 입는 얇은 분홍색 한복을 입고서 비오듯 땀을 흘렸으며, 얼굴을 바로하고 두 눈을 크게 뜨고 있었음에도 신랑, 신부, 하객 누구도 보지 않고 있었다. 나경은 결혼식이 진행되는 동안 부케를 모아쥐고 서서 신부 혼주석에 앉은 어머니의 일거수일투족을 지켜보았다. 나경이 신혼여행을 떠나기도 전에 비하리로 가는 막차를 놓치겠다며 동생을 잡아끌던 어머니의 손. 물에 불어 지나치게 크고 두툼한 손은 여전했다. 어머니는 미국으로 떠나기 전 공항에서 나경에게 작별인사를 하듯 말했다.

"비하리 집은 네 몫으로 남겨뒀다."

징그러워도 돌아올 집이 있다는 건 어쨌거나 다행한 일이었다. 더구나 이혼한 여자에게는. 나경이 이혼을 하지 않았다면 비하리 집으로 돌아올 생각 같은 건 아예 하지도 않았을 테고, 그랬으면 집은 좀더 오래 버려져 있었을 거다. 집을 팔든 여기서 살든, 일단 집 꼴은 만들어놓고 볼 일이다. 창고에서 톱을 꺼내 웃자란 꽃나무의 가지를 쳐냈다. 거름기가 빠진 푸석한 흙에 뿌리를 내린 꽃가지들은 힘을 주지 않아도 쉽게 잘렸다. 둥치가 실한 라일락나무에 사다리를 걸쳐두고 돌아섰다. 내일은 앞집에서 전기톱을 빌려와 라일락나무를 자르고 마당의 풀도 뽑아야겠다. 바람결이 서늘한데도 고개를 숙이면 이마에 맺힌 땀이 발밑으로 떨어졌다. 면장갑을 낀 손으로 땀을 닦은 나경이 고개를 들자, 우뚝 솟은 민둥산이 눈 안 가득 들어왔다. 얼마나 많은 비가 오고 바람이 불어야만 본래의 푸르름을 되찾을 것인지. 탄가루가 겹겹이 앉은 민둥산은 풀 한 포기 자라지 않아 멀리서 보면 산이 아니라 거대한 석탄더미처럼 보인다. 산 너머 광산이 있던 자리엔 카지노가 들어섰다고 했다. 담배 판 돈이라도 훔쳐서 여길 떠날 거라고 굳은 맹세를 하던 경옥은 여태 비하리를 뜨지 않고 있었다. 빵집 둘째 아들과 눈이 맞아 결혼했고, 지금은 카지노가 들어선 신시가지에서 어린이용품 대리점을 한다고 들었다. 전당포라면 모를까 어린이 용품 대리점이라니.

집안에는 살충제 냄새가 배어 있었다. 나경은 곰팡이가 핀 벽지부터 뜯어냈다. 벽지와 자잘한 시멘트 가루가 함께 떨어져내렸다. 빗자루로 방과 마루를 쓸기 시작했다. 구석진 곳에 벌레들이 소복하게 죽어 있었다. 냉장고 위, 선반, 장식장 안에서도 죽은 벌레들은 얼마든지 나왔다. 나경은 그것들을 쓰레받기로 쓸어담아 장미뿌리 밑에 파묻었다. 흙을 덮을 때 보니 날개를 파닥이는 날벌레 몇 마리가 눈에 띄었다. 어차피 날긴 틀린 것들이다. 흙을 꾹꾹 밟아 다지고 들어오는 길에 장미를 꺾어와 화병에 꽂아두었다. 두부와 대파를 넣은 된장찌개를 끓여 저녁을 먹은 나경은 일찌거니 잠을 청했다. 내일은 마당의 풀도 뽑아야 하고 라일락 가지도 잘라줘야 한다. 어디 그뿐이랴. 곰팡이가 핀 벽지를 뜯어냈으니 도배도 새로 해야 한다. 힘이 남으면 겨자색의 오돌토돌한 무광택 벽지나 아이보리색 실크 벽지를 사와 얼룩진 천장 도배까지 전부 할 생각이다. 도배를 하면 집은 달라질 것이다. 지물포가 벽지 구색이나 제대로 갖추고 있을는지.

삼거리 아래쪽에 있는, 중국집과 안마당을 같이 쓰던 지물포를 떠올렸다. 유리문에 낙산지물포라고 쓰인 붉은 글씨가 간판 구실을 했던 그 집은 몇 년이 지나도록 걸레질을 하지 않아서 네모진 창틀엔 탄가루가 더께로 쌓여 굳어 있고 유리문에 빈틈없이 찍힌 손자국 때문에 바깥에서 안이 들여다보이지 않던 가게였다. 꼬부장하게 굽은 허리로 오졸오졸 걸어가거나 여름에도 샅에다 손을 넣고 앉아 있기가 예사여서 동네 아이들이 '떼, 떼, 떼국놈, 더런 놈'이라고 노래하듯 놀리면 앞니가 두 개 빠진 헐렁한 입을 열어, 이 쌍놈우 새끼들 조동아리를 찢어놓겠다며 야멸치게 욕을 퍼붓던 중국인이 운영하던 신화루보다도 지저분하다고 해서 붙은 별명이 추저분네였다. 비하리 사람들은 그 집을 지물포집이라고 부르지 않고 추저분네 점방이라고 불렀다. 추저분네 점방과 신화루로 시작해 삼거리에 있는 모든 가게들과 주인들의 면면이 한차례씩 머릿속에 떠올랐다 사라진 뒤에도 나경은 한참을 뒤척거리다가 잠이 들었다.

넌 또 담을 넘어 내게 오겠지

처음엔 꿈인 줄 알았다. 모든 상황이 그날 밤과 같았다. 개 짖는 소리가 들리고 마루의 미닫이문이 사르릉 굴러가다가 문틀의 쇠를 갉아먹는 따가운 소리가 개 짖는 소리 끝에 따라붙는 것도 그랬다. 도르래가 달린 그 미닫이문은 처음엔 잘 굴러가다가도 문틀의 쇠가 휘어진 곳에 이르면 자발없는 소리를 내지르며 멈추었고, 다시 힘을 주어 밑을 들어올리듯이 밀어주어야만 덜거덕덜거덕 열리는 낡은 문이었다. 나경은 개 짖는 소리와 마루문이 열리는 소리를 듣고 그때처럼 잠에서 깨어나려고 안간힘을 쓰다가 관두었다. 불두화를 꺾어 들고 온 날 밤에 겪은 일이 꿈으로 재현되고 있는 거라고 생각했다. 그래서 방안으로 들어오는 바람의 서늘한 기운과 머리맡의 수상쩍은 기척에도 눈을 뜨지 않았다. 가만가만 발을 떼는 소리, 이불깃이나 옷자락 같은 것이 어딘가에 닿는 소리. 조금 있으면 이불 한 귀퉁이가 들리고 살며시 다가온 꺼끌한 손바닥이 소름 돋은 다리를 비질하듯 쓸어내릴 것이다. 윗옷이 걷히는 것과 동시에 사내가 몸을 타고 누르면 난 팔과 다리를 심하게 허우적거리겠다. 의식과 무의식의 경계를 오락가락하면서도 오늘은 무슨 일이 있어도 사내의 얼굴을 봐두어야지 하는 생각이 나경의 머릿속을 스쳐지나가기도 했다.

"안 자고 있는 거 알아. 날 기다리고 있었지?"

낮고 탁한 사내의 목소리가 어둠 저편에서 울렸다. 꿈이 아니었다. 잠이 확 달아난 얼굴로 어둠 속을 노려봤지만 이번에도 사내의 얼굴은 깜깜한 어둠에 묻혀 보이지 않았다. 그믐이었다. 나경은 사내의 얼굴부터 확인해야겠다는 생각이 들었다. 벽에 붙은 스위치에 손을 갖다대려는 찰나, 빠르게 다가온 사내가 나경의 팔을 낚아챘다. 악력이 대단했다. 밀고 밀리는 가운데 물씬 풍기는 사내의 몸냄새. 사내의 겨드랑이에서 나는 냄새는 처음 맡는 것이 아니었다. 그날 밤에 맡았던 독특한 체취였다. 사내에 대한 살의가 맹렬하게 치받치며 솟아올랐다. 가슴팍이 푸들푸들 떨리고 숨이 쉬어지지 않았다. 사내의 몸이 나경의 몸에 얹히는 순간, 사력을 다해 사내의 겨드랑이 살을 물어뜯었다. 손닿는 곳에 무기가 될 만한 것이 있었다면 망설이지 않고 사내의 숨통을 끊어버렸을 것이다. 주먹이 날아오고 바닥에 머리가 세차게 부딪히는데도 나경은 물고 있던 물컹한 살덩어리를 놓치지 않았다. 입안 가득 괸 피가 꿀컥, 식도를 타고 넘어갔다. 사내가 비명을 지르며 활처럼 등을 구부렸고, 그 바람에 겨드랑이 살을 놓친 나경은 사내의 옷자락을 붙잡고 늘어졌다. 사나운 발길에 걷어채어 뒤로 넘어진 나경이 정신을 차렸을 때 사내는 사라지고 사방에 개 짖는 소리만 요란했다. 피가 점점이 떨어진 이불을 밟고 일어선 나경이 문턱을 넘다가 그만 깨진 화병 조각을 밟고 말았다. 유릿조각이 발바닥 오목한 곳에 깊이 박혔는데도 통증이 느껴지지 않았다. 나경은 땀이 나도록 쥐고 있던 오른손을 조심스레 폈다. 손안에는 사내의 찢긴 옷자락이 들어 있었다. 사나운 발길에 채어 넘어지면서도 나경이 끝까지 붙잡고 놓지 않았던 옷자락이다. 면과 폴리에스테르가 반반 정도 섞인 흔한 갈색 천이었다. 보푸라기가 심하게 핀 걸로 보아 사오 년은 너끈히 입고 다닌 듯했다.

아무리 생각해봐도 비하리 사내임이 분명했다. 그날처럼 달도 없는 그믐밤을 택해 담을 넘은 걸 보면 사내는 오래전부터 나경을 기다려왔을 것이다. 내가 온 건 어떻게 알았을까? 나경은 아랫입술을 덜덜 떨며 풀이 무성하게 자란 마당으로 나갔다. 정작 화병 조각이 박힌 발바닥은 아픈 걸 모르겠는데 풀에 쓸린 다리께는 걸을 때마다 따끔따끔하게 쓰라렸다. 사내가 열어두고 간 대문으로 밤바람이 몰아쳐 들어왔다. 벌쭉이 열린 대문이 탕, 소리를 내며 닫혔다가 열리곤 했다. 그 소리에 잠잠하던 동네 개들이 다시 깨어나 짖어대기 시작했다. 나경은 종신서원을 받는 수녀처럼 마당 가운데 무릎을 꿇었다. 씁쓸하고 눅눅한 기운이 전신에 훅 끼쳐왔다.

나경은 그날 밤의 일이 우발적으로 일어난 사고일 가능성이 높다고 생각했었다. 두 여자애들의 거칠 것 없는 방뇨 소리는 나른한 여름밤의 적막을 깨고 멀리까지 퍼져나갔을 테고, 그 시각 소방서 근처를 지나던 사내의 걸음을 멈추게 했을 수도 있다. 팬티를 끌어올릴 때 희미하게 드러났을 엉덩이. 그 광경을 넓은 들판에서 봤다면 사내는 예사롭게 지나갔을 수도 있다. 어둡고 좁은데다가 질척거리는 골목이 문제였을 것이다. 외고 닫힌 탄광촌에서 평생을 살아내야 하는 젊은 사내라면 누군들 저 봇도랑 물처럼 기운차게 흐르고 싶지 않았겠는가. 방향이야 어디든지 간에, 비록 눈을 떴다 감을 정도의 짧은 시간일망정. 괸 물은 흐르는 게 목적일 수도 있었다. 이제 막 여물기 시작하는 동그란 엉덩이를 보는 순간 사내는 골이 흔들리고 눈앞이 하얘졌을 것이다. 풋사과 같은 엉덩이를 와자작 깨물고 싶은 충동에 내장이 튀어나올 것 같았는지도 모른다. 자신의 온 생애를 무너뜨린 검은 얼굴의 사내는 비하리에 전염병처럼 떠도는 우울과 권태, 단조로움이었다고 나경은 생각했었다. 검은 얼굴의 사내는 비하리이고, 비하리의 모든 사내들일 수도 있다고. 그랬는데 오늘에야 비로소 알게 되었다. 그 누군가가 맞을 돌을 나경이 대신 맞은 게 아니었다. 처음부터 나경을 겨냥하고 있었고, 두번째 돌도 정확히 나경을 향해 던져졌다. 신중하게 계획을 짜고 오랜 기다림 끝에 저지른 범행이 틀림없었다.

카지노의 불빛이 민둥산 등성이에서 휘황찬란하게 반짝거렸다. 시커먼 석탄더미에 불과했던 민둥산을 유원지의 한복판으로 떠옮긴 것 같다. 낮과 밤이 저리도 다를 수가 있다니. 푸르고 차게 빛나는 불빛이 마당에 앉은 나경의 가슴을 에듯이 파고들어왔다. 그렁그렁 차오른 눈물 때문에 불빛들은 밤하늘에 떨어지는 유성처럼 저마다 긴 꼬리를 하나씩 달고 좌우로 심하게 흔들렸다. 어쩌면 사내는 비하리의 다른 사내들처럼 젊은 날엔 광부였고, 탄광이 없어진 지금은 카지노에서 허드렛일을 하고 있는지도 모르겠다. 손바닥만한 동네에서 찢긴 옷자락의 주인을 찾는 건 시간문제였다. 찬 불빛이 손에 잡힐 듯 가깝게 보인다. 찢긴 옷자락을 불빛에 비춰보며, 카지노라고 중얼거리는 나경의 목소리는 사내의 음성처럼 낮고 탁했다.

네가 누군지 정말 궁금해. 널 찾을 때까지 난 여기서 악착같이 살아갈 거야. 그렇게 하루하루 지내다보면 어느 그믐밤 넌 또 담을 넘어 내게 오겠지. 그날도 오늘밤처럼 '날 기다렸지'라고 말할 수 있을까.

독 오른 풀에서 나는 싱그러운 냄새. 한 자 가까이 자란 풀에 코끝을 들이댄 나경은 입꼬리를 끌어올려 소리 없이 웃는다. 보는 이에 따라서는 사악하다고도 할 수 있는 웃음이었다. 나경의 흰 치아가 어둠 속에서 반짝, 빛났다. 촘촘하고 고르긴 하나 끝이 약간 안으로 굽은 옥니였다.

불두화

나 이제, 자전거에 대해 이야기하려고 합니다.

왜…… 이제인가 하면 그 이야기를 해도 괜찮을 만큼의 시간이 흘러주었기 때문입니다. 시간은 어김없이 가데요. 째깍거리는 초침 소리가 불면을 불러와 시계를 책상 서랍에 넣었다가 옷장 속에 끼웠다가 마지막에는 수건으로 싸서 이불 속에 넣고 이불장의 문을 닫는 것으로 소리의 공포를 지우곤 하던 나날들이었지만, 한편으론 또박또박 가는 초침이 있어서 견딜 수 있는 날들이기도 했습니다. 차들이 꼬리에 꼬리를 물고 줄줄이 늘어선 고속도로에서처럼 시간을 길게 느끼든 말든 초침은 일정하게 오른쪽으로 돌아가고, 흐르는 시간이 눈에 보이는 것 자체가 위안이 되던 시절이었으니까요. 날카로운 초침이 머릿속을 후비고 들어와 골수를 파내고 귓속의 달팽이관까지 긁어내버려도 어쨌든 일 초, 일 초씩 시간은 지나갈 것이다…… 나직이 중얼거리면 파인 가슴으로 미지근한 물이 괴는 기분이었습니다.

*

그로부터 육 년이 지난 지금에도 이제라고 말하고 나니…… 가슴이 시큰해지는 것은 부인할 수가 없습니다. 뙤약볕이 내리쬐던 벨로드롬 경기장에서 내 가슴을 갈라놓고 그 안으로 들어오던 자전거 한 대. 엄연히 5월이었는데도 얼굴이 확확 달아올랐으므로 기억 속에서는 자꾸만 8월이라고 고집합니다.

자전거?……그렇습니다.

비행기나 승용차, 성능 좋은 오토바이 등 온갖 탈것들이 쌩쌩 달리는 이때에 자전거라니요? 바야흐로 이천 년대로 접어든 지금, 고물딱지 같은 물건에 대해서나 쓰라고 하다니.

담당 피디에게 자전거 얘기를 들었을 때, 쓰다 쓰다 이젠 별 깻묵 같은 걸 다 쓰라고 한다며 마치 원고지가 국장의 얼굴이라도 되는 양 그 위에 줄을 박박 긋다가 볼펜을 땅바닥에 팽개쳤습니다. 그러다가 언뜻, 일감을 맡으면 그렇게 되듯 습관적으로 자전거의 기능에 대해 생각해봤습니다. 자전거는 앞으로만 갈 수 있지 사람이 탄 채 뒤로는 한 발도 갈 수 없는 물건이지요. 맹꽁이처럼 후진을 못하다니. 거기에 자전거의 아픔이 찡겨 있는 것 같았습니다. 어쩌면 가닥이 잡힐 것도 같다. 내 맘이 그렇게 속살거렸지요. 나는 자전거에 관한 점잖은 다큐멘터리를 생각하고 있었습니다. 골똘하게 자전거의 아픔에 대해 생각하며 국장실로 간 내게 제작 국장이 말하더군요.

"김피디로부터 대충 이야긴 들었을 거요. 티브이에서 채선생을 불러. 엄밀히 말하면 사장님이시지. 이번에 우리 회사에서 전국 규모의 사이클 대회를 열게 되었소. 대회가 끝나면 팔십 분짜리 특집물이 나갈 건데, 특집 팀에 채선생 이름을 올려놨으니 내일부 터 그리로 출근하시도록."

제작국장의 말은 간결했습니다. 사이클 대회라니. 그렇다면 다 큐가 아니고 스포츠를 말하는 게 아닌가. 하필이면. 아랫입술을 깨물었습니다. 그도 그럴 것이 나는 여태 스포츠 프로를 써본 일 도, 스포츠에 관심도 없었기 때문입니다. 〈밤을 잊은 그대에게〉와 같은 감미로운 음악 프로라면 또 모르겠습니다.

"라디오에만 코 박고 살던 사람을 티브이로 올려보낸 일은 그 렇다 치더라도, 난데없이 스포츠 특집이라니? 이건 해도 너무했 다."

내 얘기를 듣고 라디오에서 같이 일하던 엠시가 방방 뛰어올랐 을 때에야 나는 어찌 쓰나, 숨이 턱 막혔습니다. 라디오 부조정실 에서도, 작가실에서도 내내 자전거만 떠올랐어요. 아니, 자전거를 눈앞에 매달고 다닌 꼴이었지요. 특집 팀에서 일하는 동안에 나갈 라디오 프로의 오프닝 멘트를 몰아 쓰는데 문득 내가 자전거와 많이 닮았다는 생각이 들데요. 후진을 못한다는 점에서요. 전 후진을 못하는 게 아니라 안 하지요.

비교적 순탄하게 살아온 사람들이 그러하듯이 저는 살아오면서 뒤를 돌아보지 않았습니다. 내 나이 겨우 스물네 살이었으니 나이 탓도 있었을 거구요. 터널을 하나씩 지날 때마다 좀더 환한 세상이 준비되어 있는데 구태여 뒤를 돌아다볼 필요를 느끼지 않았던 겁니다. 그 일이 있기 전까지는요.

*

흔히 사람들은 말하데요. 제주도의 햇빛은 서울과 다르다고. 또는 남태평양의 햇빛은 확실히 달랐다고, 우리가 늘 보던 그 햇빛이 아니라고…… 그런 것처럼 나 또한 벨로드롬 경기장에서 본 햇빛에 대해 아니 말할 수 없습니다.

경사진 트랙에 쏟아지던 햇빛은…… 차가 전속력으로 달리다가 가드레일을 들이받고 빵그르르 돌면서 전복되는 순간, 창에서 부서진 유릿조각들이 파팟, 사방으로 튀어나가는 것처럼 속도감 있게 내리꽂히던 그런 햇빛이었습니다.

"아자쟈쟈!"

선수석에서는 지금껏 들어본 적이 없는 괴상한 환호성이 울려 퍼졌고, 그 소리와 관중석의 열기에 정신이 반쯤 나가 의자 사이를 더듬더듬 헤치며 경기장으로 내려갔습니다. 질주를 하던 한 무리의 사이클 선수들이 빠져나간 빈 트랙에서 누군가 홀로 자전거를 타고 있었어요. 노란 고글과 헬멧은 챙겨 쓰고 있었지만 선수는 아닌 게 분명했습니다. 자전거를 타는 자세부터가 달랐으니까요. 선수들은 바람의 저항을 피하기 위해 상체를 가능한 한 자전거에 바짝 붙인 자세로 타는 데 비해 이 사람의 상체는 자전거에서 멀찍이 떨어져 있었습니다. 서른여섯 개의 자전거 바퀴살에 감기던 햇빛. 눈이 부셔 실눈을 뜨고 봤더니 자전거가 공중으로 붕 떠오르더군요. 눈이 시려 그런가. 벌겋게 달아오른 얼굴을 문지르는데 자전거가 내 앞에서 멈췄습니다. 그 사람은 노란 고글을 벗더니 내게 불쑥 손을 내밀더군요.

"댁이 채서경씨?"

뜻밖에도 여자였습니다. 나보다 너더댓 살은 위로 보였어요. 방송국에서 마주친 적은 없지만 티브이에서 가끔 본 적이 있는 보도국 스포츠부의 여기자. 얼떨결에 여자의 손을 잡고 흔드는데 뭔가 와장창 깨지는 느낌이 들더군요. 선수들이 질러대는 아자자쟈! 아자자쟈! 하는 환호성 탓인지도 모르겠습니다. 아자자쟈! 하는 구호인지 환호성인지 모를 그 소리는 유리그릇이 깨지는 소리처럼 들렸으니까요.

"난 이번 프로를 맡은 팀장이에요. 우리 같이 잘해봅시다."

여자의 말에 놀랐습니다. 스포츠 프로여서 당연히 팀장은 남자일 거라고 생각했거든요. 여자가 머리에 쓰고 있던 헬멧을 벗자, 땀에 젖어 달라붙은 머리카락이 보였어요. 여자는 고개를 흔들어 머리카락을 이마 위로 수북이 떨어지게 만들더군요. 나는 못 볼 걸 본 사람처럼 얼른 눈을 다른 곳으로 돌렸습니다.

"스포츠 프로 써본 적 있어요?"

"아뇨."

"그럼 게임의 규칙도 모르겠네요."

"게임의 규칙은 물론이고 용어 하나도 제대로 모르는데 어떻게 쓸지 난감해요."

"머리에 쓰는 모자는 헬멧, 안경은 고글, 내가 타고 있는 건 선수용 자전거, 저건 경기용 트랙, 모르는 건 뭐든지 질문하세요."

경기장과 관중석을 분리하기 위해 세워진 알루미늄 철책을 두 손으로 잡고 그 여자를 올려다봤습니다. 푸른 하늘을 배경으로 여자의 흰 치아가 활짝 드러났다가 사라졌습니다. 희다못해 푸른빛이 도는 여자의 치아 때문이었는지는 모르지만 어째 등이 시리데요. 여자를 보면서 잠깐 다른 생각을 했었거든요. 치아 관리를 참 잘하는 여자로구나, 이 여자는 스케일링을 삼 개월에 한 번씩 할까, 아니면 육 개월에 한 번씩 할까? 하는. 그 생각을 하자마자 스케일링을 할 때 나는 시근시근 이 갈리는 소리가 들리는 듯해 등이 시렸던 겁니다.

"어떤 프로에서 일했어요? 왜 지금껏 한 번도 못 봤을까……"

여자는 내 얼굴을 뚫어져라 봤습니다. 나는 햇빛이라도 가리는 양 손을 펴서 이마에 가져다댔지요. 여자의 눈이 좀 그랬거든요. 갯벌 같다고 해야 할지, 물이끼 같다고 해야 할지…… 아무튼 비켜 갈 수만 있다면 비켜 가고 싶은 눈이었지요.

*

어떻게 해서 그 계곡으로 가게 되었는지 말하려니까…… 힘드네요. 그날은 사이클 도로 경기가 있는 날이어서, 보도국에서 종일 선수들의 후미에 따라붙어 생중계하기 때문에 우리는 벨로드롬 경기장으로 가서 필름만 받아오면 되었습니다. 필름에는 그날의 전 경기가 들어 있는 터라 우리까지 나서서 이중으로 찍을 필요가 없었지요.

우리 팀은 사이클 경기뿐만 아니라, 이왕 나선 김에 자전거 타기 캠페인도 함께 벌이기로 했습니다. 새벽같이 일어나 자전거로 출퇴근하는 사람이 많다고 알려진 소읍으로 갔습니다. 소읍에서 여자와 카메라맨과 합류해 아침나절 내내 자전거를 타고 출근하는 사람들을 찍고 인터뷰를 따고 나니 점심때가 지났지요. 카메라맨은 저녁 방송에 투입될 예정이어서 점심도 먹지 못하고 먼저 방송국으로 떠났습니다. 소읍에서 국도로 접어들어 서울을 향해 달리다보니 산기슭에 백숙집이 있더군요. 금방이라도 땅으로 무너져내릴 듯이 처마가 낮은 한옥이었어요.

"저 집 유명한 집이야. 허리 굽은 할머니가 가마솥에 닭을 고아주는데……"

뒷말은 듣지도 않았습니다. 여자가 턱짓으로 산기슭을 가리키며 '저 집'이라고 말할 때 여자의 턱밑에 숨은, 턱과 목 사이에 붙은 삼각주 같은 살을 훔쳐보곤 급히 좌회전해버렸으니까요. 여자의 턱밑 살을 보자마자 제어할 수 없는 어떤 뜨거운 기운이 내부에서 팽창해 얼굴과 목이 단박에 달아올랐습니다. 벌겋게 달아오른 얼굴로 평상에 앉아 뜨거운 토종닭 한 마리를 뜯었더니 몸이 터지기 직전의 수소 풍선 같더라구요. 허리 굽은 할머니가 말하더군요. 산기슭을 돌아 계곡으로 내려가면 물이 맑고 호젓해서 좋다구요. 저녁때 벨로드롬 경기장으로 가서 필름만 받아오면 되니까 쉬다 가자고 여자와 난 좋아했습니다. 산기슭을 돌아가니 세상에…… 첩첩산중에 작은 폭포가 숨어 있더군요. 물이 어쩜 그리 맑던지요. 무엇보다도 원체 후미진 곳이라 사람 하나 보이질 않아 폭포가 온전히 우리 차지였습니다. 돌다리를 건너다가 발을 헛디뎌 물에 빠지고 말았습니다. 뒤로 넘어지는 바람에 엉덩이가 젖어 물속에 주저앉고 말았지요. 여자가 내게 물을 뿌리기 시작했습니다. 얼마를 그렇게 깔깔댔던지, 어느새 우리는 물의 한가운데로 들어와 있었어요. 물이 가슴께에서 찰랑거렸으니까요. 여자의 손에 내 윗옷이 벗겨지고 치마 따윈 우습게 벗겨졌습니다. 까르르 깔깔깔…… 서로의 웃음소리에 떠밀려 마지막 속옷까지 벗어 물위로 집어던졌습니다. 겉옷과 속옷과 양말들이 사이 좋은 형제처럼 물위로 떠다녔습니다. 여자가 물속에서 나를 잡아당겼어요. 물속 풍경은 평화로웠습니다. 온갖 소리가 지워진 또다른 세계였지요. 하늘거리는 물풀과 바위와 돌과 모래, 어디론가 황급히 달아나는 피라미떼들, 천천히 움직이는 팔과 다리. 숨이 막히더군요. 물위로 떠올라 참았던 숨을 내쉬자 여자가 푸하, 물을 뿜으며 내 앞으로 떠오르데요. 선탠을 한 탓에 카스텔라 껍질 같은 피부를 가진 미끈한 돌고래. 누가 먼저랄 것도 없이 여자와 나는 앞서거니 뒤서거니 하며 수영을 하기 시작했습니다. 알몸으로 물을 만나니 옆구리가 가렵더군요. 여자의 머리는 물에 씻겨 자연스레 뒤로 넘어가 있었습니다. 나는 물위에 반듯이 누워 여자의 머리카락에 맺힌 물방울에서 반짝이는 햇빛을 봤어요. 콩이나 팥을 키로 까불어 고를 적에 키의 바닥에 콩팥이 쓸리는 명랑한 소리. 그날의 햇빛은 분명 그런 소리를 내고 있었습니다. 햇빛의 따뜻한 숨결이 닿은 나뭇잎들은 형광 연둣빛의 셀로판지처럼 사각사각 나부꼈고, 나뭇잎을 흔드는 바람 소리는 나무로 만든 마림바 소리와 닮았었지요. 마림바는 소리가 맑고 여운이 길며 더할 나위 없이 애절하지요. 그건 마림바의 태생 때문인 듯싶네요. 마림바는 꼭 암

나무로만 만들어야 소리가 나는데 마림바 소리가 그토록 애절한 이유는 숲에 두고 온 연인, 수나무를 부르는 소리여서 그렇다고 합니다.

언제부턴가 열 개의 발가락들이 전기스토브를 쬔 듯 따뜻해졌습니다. 양팔을 벌려 물을 긁으며 따뜻한 기운을 조용히 받아들였어요. 여자의 입술이 발가락에서부터 종아리로, 허벅지로, 둔덕으로 가만가만 올라오는 것을 느끼며 귀로는 끊길 듯 가느다란 마림바 소리를 쫓고 있었습니다. 처음에는 소프트 아이스크림을 먹듯이 조심스럽던 여자의 입술이 나중엔 하드를 베어먹는 것처럼 격렬해졌습니다. 여자의 꼿꼿해진 혀가 내 몸의 깊숙한 곳까지 들어오던 순간에 나는 엉뚱하게도, 이 여자가 물을 너무 많이 먹지 않았나, 하는 걱정을 했더랬습니다. 그러나 여자의 이빨이 거침없이 살갗에 박히기 시작하면서, 오! 몸에서 꽃이, 꽃이 피더군요. 몸을 이루던 뼈들이 낱낱이 튕겨나가고 뼈가 있던 빈자리엔 뜨거운 용암으로 채워져 금방이라도 분출해버릴 듯 몸이 심하게 출렁거렸어요. 급속히 냉각되었다가 자잘한 파도가 몇 차례 일고 마침내 거친 파도가 덮쳐와 순식간에 날 먹어치웠습니다. 우리는 기꺼이 파도에 휩쓸려 물밑까지 내려갔어요. 네 개의 발이 연속적으로 물을 차는 소리조차 지워져버렸지요. 물위로 떠오르다가 물밑으로 가라앉기를 여러 번…… 탈진한 여자와 나는 서로 떨어져 숨을 고르며 떠도는 옷가지와 함께 물위를 둥둥 떠다녔습니다. 그러고 있노라니 여자와 나도 벗어부친 옷가지 같더군요. 영혼은 꽁꽁 묶어 물속에 남겨두고 껍질만 빠져나와 부질없이 물위로 떠다니는…… 귀가 먹먹하고 몹시 추웠어요. 물에서 건진 옷을 입고 차가 있는 곳으로 갈 수도 없고, 그렇다고 벗은 채로 옷을 말릴 수도 없고 해서 우리는 젖은 옷을 입고 풀밭에 앉아서 옷과 몸을 말리기로 했습니다. 머리 위에서 간간이 들리던 새소리, 송진 냄새 때문인지도 모르겠습니다. 졸았던가봐요. 여자가 자신의 무릎을 내주더군요. 여자의 다리가 저렸을 텐데 난 속도 없이 한참을 잤던가봅니다. 얼굴이 간지러워 눈을 떠봤더니 글쎄, 얼굴이 나뭇잎과 들꽃으로 덮여 있데요. 팔에도 다리에도…… 자는 동안 햇빛에 타지 말라고, 내게 다리를 내준 여자가 팔을 한껏 뻗어 주변의 나뭇잎과 들꽃들을 일일이 꺾어 얹어놓은 것입니다. 내 얼굴과 팔, 다리에는 쌉쌀한 들꽃 향기가 온종일 배어 있었습니다.

*

사이클 경기 종목 중에는 스프린트와 제외 경기 그리고 포인트 경기가 있습니다. 그중에서도 관중들의 주목을 가장 많이 받는 종목은 단연 제외 경기입니다. 제외 경기는 이삼십 명의 선수가 동시에 출발하여 두 바퀴마다 꼴찌로 결승선을 통과한 선수를 한 명씩 제외시킵니다. 이와 같은 방법으로 경기를 진행시켜 두 명의 선수가 남았을 때 전력질주케 하여 최종 순위를 결정하지요. 재치와 순발력, 스피드를 갖춰야만 하는 사이클 선수. 일 초를 앞당기기 위해 몸에 난 털까지 깎아가며 한계에 도전하던 사이클 선수가 한 명씩 제외되어 경기장 밖으로 나갈 때, 제외된 선수의 긴 그림자를 보며 여자도 나도 고개를 떨굴 수밖에 없었습니다. 세상에서 제외될까봐, 너희는 제외되었으니 금 밖으로 나가라고 사람들이 등을 떠다밀까봐 두려웠던 겁니다.

"보고…… 싶었어요."

사이클 대회 기간 동안에 찍은 필름을 돌려 보며 편집에 골몰한 여자의 등에 대고 머뭇거리며 말했습니다. 내 말에 의자를 돌린 여자가 팩하니 말하더군요.

"너, 날 따라올 수 있겠어?"

고개를 끄떡이는 날 여자가 야멸치게 밀어냅니다.

"그곳이 어떤 곳인 줄 아니? 불구덩이야. 활활 타는 불 알지? 넌 나완 달리 마음먹기에 따라서 얼마든지 변할 수 있어. 죽었구나, 생각하고 아무 남자하고나 자버려."

"아무…… 남자……?"

"그래…… 그게 약이니까. 난 첨에 내가 병에 걸린 거라고 생각했어. 술만 취하면 왝왝거리며 살림살이를 부수는 아버지. 걸핏하면 쌈질을 해대는 오빠들 틈바구니에서 오빠들의 헌옷을 물려 입고 자라면서 나는 남자들이 죽도록 싫었어. 마주보는 것도, 몸에 닿는 것도. 그 시절 내 소원은 폭력이 없는 평화로운 곳에서 사는 거였으니까. 내가 다른 여자들과 많이 다르다는 걸 안 건 대학에 들어가서야. 어디다 내놓고 말할 수도 없는 일이기에 스스로 병을 고치자 작정했지. 도서관 자리를 곧잘 잡아주곤 하던 같은 과 남자애를 데리고 여관엘 갔어. 숨을 쉴 수가 없더라. 송충이가 꿈틀거리며 내 몸속으로 파고드는 것 같아서. 남자애를 와락 밀쳐내고 여관을 뛰쳐나오는데 그애가 따라와서 내게 무슨 말을 한 줄 아니?"

"……"

"책임지겠대, 날. 기가 막혀서. 폭력을 일삼던 아버지나 오빠들이 아니라 겨우 스무 살짜리 솜털이 보송보송한 남자애가 나를 책임지겠대. 저 자신도 추스르지 못하는 어린 남자애에게 물었지. 어떻게 책임질 거냐구!"

우리 팀이 정성 들여 찍은 필름이 뭉텅뭉텅 잘려나갑니다. 필름을 자르는 여자의 손을 보며 빠르게 말했지요.

"그건 병이 아니라 취향이에요, 취향!"

"우리가 죽어 다시 태어난다면 그땐 네 말대로 자기네와는 다른 취향을 가진 몇몇을 다수의 사람들이 용납할 수 있을는지도 모르겠다. 그러나 지금은 병이야. 넌 나처럼 선천적인 건 아닌 것 같아. 노력 여하에 따라 얼마든지 달라질 수도 있어. 앞으론 날 만날 생각도 하지 마. 내 생각 나면 아무 남자하고나 자."

여자가 자신의 무릎에 얹힌 내 손을 확 털어냈습니다. 나는 부르쥔 주먹 사이로 보이는, 푸른 매니큐어가 칠해진 여자의 엄지손톱만 노려보다가 거칠게 편집실 문을 닫고 나왔습니다.

*

"서경아…… 서경아……"

여자는 한밤중에 전화를 걸어 내 이름을 부르다가 끊어버립니다. 나는 여자의 부름에 차마 대답하지 못하고, 있는 힘을 다해 수화기만 꽉 붙들고 있습니다. 전화가 끊어지면 잠자리에서 벌떡 일어나 욕실로 달려갑니다.

참아보리라, 견뎌보리라. 찬물을 틀어놓고 세면대에 얼굴을 담급니다. 한 대 세게 얻어맞은 것처럼 얼굴이 저릿합니다. 물에서 얼굴을 빼, 닦을 생각도 하지 않고 욕실 거울을 봅니다. 얼굴에서, 머리에서 떨어져내린 물에 잠옷이 차츰 젖어듭니다.

바람이 불면 여자의 부드러운 머리카락이 어떻게 흐트러지는지, 반듯하게 서 있거나 구부릴 때 여자의 등이 어떻게 펴지고 기우는지, 여자가 내 곁을 지나갈 때 무슨 향기가 나는지에 대해, 잘 익은 고들빼기김치를 좋아하며 하루에 한 번씩 비누를 쓰지 않고 샤워를 한다는 것, 더위를 많이 타기 때문에 속옷 상의를 입지 않는 것까지 환하게 알고 있는데 어떻게 흔적도 없이 지울 수가 있겠습니까. 아무짝에도 쓸모없는 버려야 할 패라고, 함부로 여자를…… 우리 두 사람, 끝없이 망설이다가 머뭇거리며 부딪치거나 저린 가슴 접어두고 한 발씩 물러나보기도 하던 그 불투명한 관계를 아무렇게나 학대하듯이 쓸모없는 화투패에 비유하여 버려야 한다고 다짐하면 할수록 자석처럼 서로에게 끌려가는 걸 어찌합니까.

친구들에게는 한두 차례씩 닥치는 사랑이 왜 내게는 여태껏 오지 않는지 궁금하긴 했습니다. 또래 남자와 밀폐된 공간에 단둘이 있어도 처음부터 끝까지 맨송맨송하던 마음은 그 남자가 내 기호에 맞지 않아서 그럴 거라고 생각했었지요. 그런데…… 처음으로 내 마음을 붙든 사람이 하필이면 같은 성의 여자라니요? 내 안에 들어 있는 또다른 나에 대해 몸서리가 쳐집니다. 그럴 수는 없다고, 여자에게로 향하는 마음을 닫아걸면 걸수록 마음의 반란은 커집니다.

사랑이 천편일률적으로 같을 필요가 있는가? 여자는 남자를, 남자는 여자를 사랑해야만 한다는 원칙이 어디에 나와 있는가? 이런 내 마음과 그 여자의 감정도 존중되어야 마땅하지 않은가. 순정성에 있어서 여느 사랑보다 순도가 높으면 높지, 낮지 않은 다음에야.

특집이 끝난 후, 우리는 도저히 만나질 수가 없는 사이인데도 가끔 만났습니다. 아침에 방송하는 라디오 프로를 맡은 나와 밤아홉시 이후에 나가는 티브이 스포츠 프로를 맡은 여자의 간절한 마음이 닿아, 정오면 일이 끝나는 내가 피디에게 갖은 핑계를 대고 오후 서너시까지 남아 방송국 로비에서 서성거리고, 늘 오후 일곱시에 출근하는 여자를 오후 두시에 로비에서 만났을 때, 우리는 서로에게 기쁜 마음 반, 절망하는 마음 반이었지요. 짧은 일별을 소중히 간직하고 모르는 사람처럼 스쳐지나가면 속에선 출혈이 계속되었지요. 속 모르는 사람들은 간혹 이러는 우리를 보고, 어? 둘이 싸웠어요? 같이 일해놓고 모르는 사람들처럼 뚱하네, 하고 말하며 우리를 번갈아 바라보기도 했어요. 그런 날 밤이면 여자는 전화해 내 이름을 부르고, 나는 자다가 벌떡 일어나 찬물에 얼굴을 담급니다.

*

집으로 내려올 때는 사람 꼴이 아니었습니다. 담당 피디가 그러더군요. 시골집에 내려가 푹 쉬다 오라구요. 라디오 방송은 녹음으로 때울 터이니 염려하지 말라고…… 그러면서 안쓰러운 눈으로 절 보더군요. 입가가 헐어서 부스럼이 생기고 손톱 주위에는 하얀 거스러미들이 바늘처럼 일어서 있었습니다. 잠을 못 자 핏발이 선 눈으로, 눈 속에 톱밥이 한줌은 들어간 것처럼 뻑뻑해 눈을 자꾸 씀벅거리며, 그러마 하고 일어서려는데 무릎이 푹 꺾이더군요.

사흘, 나흘…… 사람은 계속해서 잠을 잘 수도 있는 동물이라는 걸 그때 처음 알았습니다. 잠을 자다 깨면 틈틈이 산을 보긴 했습니다. 장중한 체모로 우뚝 솟은 월류봉과 가파른 절벽으로 이루어진 바위산까지 내 방 창문에서는 한눈에 다 보였습니다. 여름인데…… 초록이 저리 짙은 계절인데…… 호빵처럼 퉁퉁 부은 얼굴로 진저리치는 여름 산을 바라보기가 민망했습니다. 전 똥통에 빠진 사람이었으니까요.

난…… 똥통에 빠졌다……

창가에 붙어서서 중얼거리면 양쪽 입가에 잔뜩 앉은 부스럼이, 입을 벌릴 때마다 가로로 찢어져 피가 났습니다.

난…… 똥통에 빠졌다…… 빠졌다.

'빠졌다'에 목이 메어 눈물 그렁한 눈으로 산을 보면, 산들이…… 높은 산, 낮은 산 할 것 없이 뒤엉켜 흐르다가 마지막엔 폭파되듯 와르르 무너져내립니다.

재래식 변소에서 다리를 벌리다가 아래를 내려다보면 음험한 구멍에서 휙 몰아치던 찬바람. 누런 똥이 오줌과 뒤섞여 괴어 있고, 구더기와 파리 떼가 우글거리는 똥통은 언제라도 너를 여기에 빠뜨릴 수 있다고 와우와우 소리지르는 것 같지요. 절간의 변소는 더합니다. 거기에 빠지면 팔한지옥도 갖다댈 것이 아닌 듯 여겨집니다. 어린 시절에 똥통에 빠진 아이를 본 적이 있습니다.

"얼라리, 이눔은 똥통에 빠졌다던 거시기 아녀. 야, 이눔아! 워디 빠질 디가 읎어 똥통에 다 빠진 겨."

어른들은 실실 웃으며 그애를 놀립니다. 그러면 그애는 장독이 올라 벌긋벌긋해진 얼굴로 뒷걸음질을 치다가 끝내 와앙 울음을 터뜨리며 도망갑니다. 어린 맘에도 어른들이 너무하다 싶데요. 웃다니요? 똥통 속에 빠져 어푸어푸 입으로 들어온 똥을 뱉으며 죽어라고 소리쳤을 그애의 무서움. 무서움이라고 하기에는 부족한 감이 있습니다. 경기를 일으키기 직전의 순간을 어른들은 서로 짠듯이 가벼운 웃음으로 넘겨버리다니요. 어린 저는 재래식 변소에서 볼일을 볼 적마다 불안하게 바지나 치마를 내리며 주문을 외웠습니다. 난 빠지지 않을 거다, 절대로.

그랬던 제가 똥통 속에 빠진 것입니다.

세상은 그동안 내게 관대했던 것 이상의 고통 속에서, 경기를 일으키기 직전의 상태로 계속 있으라고 요구합니다. 이보다 더한 최악은 없을 거라는 생각이 들면 맥을 놓고 까무룩 잠 속으로 빠져듭니다. 잠 속에선 내내 불붙은 장작을 밟고 서 있습니다. 입가의 부스럼은 점점 두꺼워집니다. 어머니는 발소리를 최대한으로 줄입니다. 문을 여닫는 소리, 어머니의 옷자락이 문이나 벽에 닿아 스치는 소리들 사이로 까마득한 지하동굴에서 울리는 둔탁한 망치 소리가 귓바퀴를 물어뜯습니다. 그 소리에 화들짝 눈을 뜨면 어김없이 어머니의 얼굴이 앞을 막습니다.

"아가, 일어나야 하는 겨. 이리 맥을 놓으면 자꾸 까부라져서 못쓰는구먼."

무슨 일이 있느냐고 바로 묻지 못하고 혼자서 속앓이만 한 탓에요 며칠 어머니의 얼굴이 부쩍 늙어 보입니다. 잔주름 골골이 근심이 더께처럼 앉아 육십 고개를 향한 얼굴이 아니라 칠십 문턱에 주저앉은 여자의 얼굴입니다. 할 수만 있다면 어머니의 얼굴을 전처럼 환하게 만들어주고 싶습니다. 난 그녀의 햇빛이었는데. 소나기가 한바탕 휩쓸고 지나간 뒤에 드는 말간 햇빛. 그 빛을 통해 세상을 보면 세상이 보다 선명하게 보인다고 어머니는 늘 말씀하시곤 했는데.

"한 숟가락이라도 떠야 힘이 나지."

어머니의 얼굴에 금이 가게 하고 싶진 않아 기신기신 일어나 밥상을 넘겨다보니 하필이면 호박죽입니다. 잣죽이나 깨죽이라면 모르겠는데 호박죽은 정말 넘어갈 것 같지 않습니다. 똥통에 빠진 사람이 어찌 호박죽을 먹을 수가 있겠는지요.

"헐 수 없지."

어머니는 낙심한 얼굴로 밥상을 들고 나가다가 갑자기 소리를 질렀습니다.

"쟈가 또 저런다!"

큰 소리에 고개를 빼고 보니 뒷집 아이가 현관 앞에서 얼쩡거리다가 달아나는 것이 유리문에 비칩니다. 열예닐곱 살가량 먹은 뒷집 사내아이입니다. 공부하고는 담쌓은 아이라 고등학교에 다니지는 않습니다만 어떻게 하면 고기가 잘 잡히는지, 어느 산에 가면 고사리나 더덕이 많은지, 참꽃은 어디에 많이 피는지 뒷집 아이만큼 잘 아는 이도 드물 겁니다. 동네 사람들이 심심할 만하면 사고를 치기도 하고 하루종일 들로 산으로 망아지처럼 쏘다니던 아이가, 내가 집에 내려온 기미만 보이면 우리집 앞에서 살다시피 합니다. 어제만 해도 집 앞에 세워놓은 내 자동차 안을 들꽃으로 온통 도배해놓았더군요. 핸들과 유리창은 칡넝쿨로 엮은 들꽃으로 장식되고, 의자 위에도 들꽃이 소복소복 얹혀 있었습니다. 차를 잠그지 않은 내 탓이지 뒷집 아이 탓은 아니라고 중얼거렸지요. 뒷집 아이가 꺾어놓은 들꽃을 들고 오랫동안 그 여자 생각을 했더랬습니다. 내 팔과 다리에 들꽃을 얹어주던 여자.

"자꾸 받아주덜 말어. 저 속없는 것이 딴맘 먹으면 우짤라고."

어머니의 '딴맘'이라는 말에 눈물이 피잉 돕니다. 드러내놓고 우리집 현관 앞에서 얼쩡거릴 수 있는 뒷집 아이가 부럽습니다. 나로 말할 것 같으면 찌개 냄비를 여섯 개나 태우고 내려와 엎드리고 있는 중이니까요. 아무래도 서울로 올라갈 때에는 어머니가 쓰던 냄비 하나를 가져가야겠습니다.

저녁마다 내가 태운 냄비의 종류도 다양합니다. 하얀 도료가 입혀진 알루미늄 냄비는 밑바닥에 숯검정이 눌어붙어서 쇠수세미로 닦았더니 밑창이 빠져버리데요. 유리냄비는 가스레인지 위에서 쩌엉, 소리를 내며 두 쪽으로 갈라지구요. 스테인리스 삼중 바닥 냄비는 바닥까지 타진 않았지만 냄비 뚜껑의 까만 꼭지가 흐물흐물하게 내려앉아 못 쓰게 되고 말았지요. 그 경황 중에도 스테인리스 삼중 바닥 냄비의 품질은 알아줄 만하다고 혼자 키득거리긴 했습니다. 난 유리냄비의 타는 모양새가 가장 마음에 들었습니다. 밑바닥이 흉하게 눌어붙거나 흐물흐물 내려앉는 것보다는 아예 두 쪽으로 싹 갈라지고 마는 것이 보기에 깨끗했으니까요.

사선으로 들어온 햇빛이 쪽마루를 딛고 선 내 발등의 중간쯤에 걸려 있습니다. 열 개의 발가락이 햇빛 아래 꼬부장하게 누워 있네요.

햇빛.

눈물 한 방울이 발등 위로 똑 떨어집니다.

*

세숫대야 속에 손을 넣자 갇혀 있던 붕어들이 놀라 도망을 칩니다. 그중 한 놈을 잡기란 쉽지 않네요. 간신히 움켜잡은 붕어는 손바닥 안에서도 몸부림을 칩니다. 손아귀에 힘을 주어 붕어의 배를 움켜쥐어봅니다. 그래도 버둥질을 멈추지 않습니다. 손바닥이 간질간질합니다. 반질거리는 지느러미와 볼록한 배, 뱃속의 내장까지도 손바닥에 잡히는데, 손아귀에 힘을 주면 끝이 나는데도 붕어는 목숨이 붙어 있는 한 계속 버둥댈 모양이에요.

불두화 133

"미련한 것 같으니라구!"

살찬 말과는 달리 손아귀의 힘이 스르르 풀립니다. 지상의 모든 목숨 붙은 것들의 징그러움이라니요. 손바닥 안에서 심하게 버둥질을 치던 기세 그대로 수돗가에 떨어진 붕어는 타격이 심했을 텐데도 마른 시멘트 바닥에서 한참을 더 퍼드덕거립니다. 숫돌에 물을 조금 붓고 찬칼을 갈기 시작했습니다. 한 손에 쏙 들어오는 이 작은 찬칼은 칼날의 길이가 어른의 검지만하고 뾰족하고 날카로워 생선의 배를 따거나 우묵하게 들어간 것을 후벼팔 때 요긴하게 사용되기도 하지요. 오늘은 직접 붕어의 배를 갈라볼 참입니다. 끝까지 가본다는 심정으로 찬칼을 잡은 거예요. 붕어의 배를 갈라 오밀조밀한 내장이라도 꺼내 눈으로 직접 확인해야만 끓는 마음이 조금쯤 다스려질 것 같아서요. 붕어는 뒷집 아이가 잡아다 준 것입니다.

"기운 잃은 디는 붕어탕이 최고여. 개똥도 약에 쓸 디가 있다드만. 그놈 하는 짓이 신통할 때가 다 있구먼."

어머니는 붕어탕을 끓여 기어이 내게 먹일 것입니다. 시골집 뒤뜰엔 불두화가 한창이에요. 내가 불두화를 얼마나 좋아하는지 잘 아는 어머니는 한뎃솥에 붕어탕을 끓이다가 부리나케 커피를 타 불두화나무 밑에 가져다놓고 날 불러냅니다. 또 맥을 놓고 방안에 멍하니 앉아 있을까봐 겁이 난 거지요.

"올해는 꽃이 별나게도 많이 폈다. 꼭 눈을 덮어쓴 것 같어."

담 위로 키가 훌쩍 커버린 두 그루의 불두화나무에는 솜사탕 같은 꽃이 빼곡히 달려 있습니다. 왜 한 번도 뒤뜰에 나와볼 생각을 안 했는지 모르겠습니다. 작은 꽃잎들이 한데 모여 큰 구형을 이루며 피는 이 하얀 꽃은 이상하게도 사람 마음을 건드리는 데가 있습니다. 불두화라는 이름과는 어울리지 않게 향교 마당에 많이 피어 있지요. 사람 발자국이 닿지 않아 잡풀들만 오소소 돋은 향교 마당에 홀로 서 있는 불두화나무를 보노라면 괜히 눈물이 나데요. 세상 모든 게 덧없다 생각되구요. 향기가 없어 그런지도 모르겠습니다. 꽃이 저리도 주저리주저리 피었는데 가는 가지들은 휘청거리지도 않고 용케 버티고 있습니다. 자꾸 눈이 감기네요. 하긴, 꽃들이 너무도 하얘요. 바람은 불지도 않는데 꽃잎들만 일없이 떨어집니다. 오늘따라 커피 향이 유난히 짙네요. 뒷집 아이가 대문 앞에서 기웃기웃하는 게 보여요. 그 아이가 늘 끌고 다니는 자전거도요.

"애, 이리 들어와."

붕어에 대한 보답으로 손에 들고 있던 비스킷이라도 주고 싶어 그애를 불렀습니다. 아이는 뒤뜰에 있는 날 흘깃 보더니 이내 빨개진 얼굴로 자전거를 타고 달아나버립니다. 제 딴엔 꽃 준 마음을 내게 들킨 거라고 생각했던가봅니다.

"누가 왔었냐?"

텃밭에서 파를 뽑던 어머니가 묻습니다. 붕어탕을 끓이느라고 한뎃솥에 불을 때서 그런지 어머니의 이마엔 땀이 촉촉하게 배어 있습니다.

"뒷집 아이가 기웃기웃하기에."

"지가 잡아준 붕어를 어쨌는가 궁금해서 와봤을 거여."

"들어오라고 부르니까 가버렸어."

"다저녁때니께 사슴 우리에 갔을 거구먼."

"사슴……?"

"쟈가 사슴 키우는 거 모르냐? 즈이 아부지가 쟈 걱정을 해쌓더니만 작년에 쟈 몫으루다 사슴 다섯 마리를 들여왔어."

"저애가 사슴을 어떻게 키워?"

"모르는 소리 허들 말어라. 사슴 에미가 따로 없다고 다들 난리여. 짐승이라면 뒷집 애만치 잘 아는 이가 워딨냐? 동네 개들도 뒷집을 지날 적엔 꼬리를 살래살래 흔들어쌓는데 말할 거 뭐 있냐. 쟈가 사슴을 어찌나 위해 바치는지 사슴들 살이 포동포동 쪘다잖여. 참! 너 이참에 사슴 피 한번 마셔볼 텨? 그기 사람 몸에는 좋다는디."

피라니요? 더군다나 사슴 피라니요. 단호히 고개를 흔드는데 사슴 피 같은 노을이 막 서쪽 하늘로 번지네요. 머리 위에선 아직도 순백의 불두화가 소리 없이 지고 있습니다만.

　　　　　　　　　　　　　*

　붕어탕 때문에 여태 속이 거북합니다. 한 모금 마셨더니 어찌나
비리던지요. 그만 먹고 싶었지만 어머니가 지키고 있어서 억지로
한 그릇을 다 마셨습니다. 티브이만 혼자서 왕왕거리는 밤입니다.
박하사탕을 입에 넣고 티브이 앞에 앉았어요. 좀전까지만 해도 모
로 누워 높은 팔베개를 하고선, 어이구, 저걸 어째, 나쁜 년이네,
연방 토를 달며 연속극을 보던 어머니는 일찌거니 잠이 드셨네요.
티브이는 내가 다니는 방송국 채널에 맞춰져 있습니다. 딸이 다니
는 방송국의 프로그램을 보는 일로 어머니는 하루를 마감하십니
다. 아홉시 뉴스가 끝날 즈음이어서 교육방송에서 하는 다큐멘터
리나 볼까 하고 리모컨을 집다가 급히 눈을 감았습니다. 이어지는
스포츠 뉴스에서 여자의 목소리가 들리질 않았겠습니까. 어디에
도 숨을 곳이 없구나, 감았던 눈을 떴습니다. 여자는 오늘 야간경
기가 있는 야구장에 나가 있습니다. 한화와 쌍방울의 게임이 일방
적인 한화의 승리로 끝날 듯했는데, 9회 말에서 쌍방울 3번 선수
의 만루 홈런으로 승패가 뒤집어졌다고 숨가쁘게 전하고 있습니
다. 여자의 옷차림이 어느 때보다도 단정합니다. 여러 벌의 옷을
침대에 걸쳐놓고 저 옷을 고르기까지 긴 시간을 고심했겠지요.
　나는 마음을 다쳐 시골집까지 내려와 이러고 있는데, 저 여자는
옷을 빼입고 그깟 야구에나 열을 올리고 있다니…… 눈물은 핑

도는데 나도 모르게 저절로 뻗어나간 손이 티브이 화면 위, 여자의 얼굴에 닿을락 말락 가까이 가 있습니다.

여자와 내가 철조망을 사이에 두고 서 있는 것만 같습니다. 참을 수 없이 목이 말라요. 저 이마와 코와 입술과 야윈 뺨을 만져볼 수만 있다면. 여자의 따뜻한 온기를 손끝으로 느낄 수만 있다면. 철조망에 온몸이 찢겨도, 너덜너덜하게 찢긴 살점을 미련 없이 발치에 내버리고 남은 뼈만으로도 사뿐히 철조망을 통과할 것 같습니다. 여자의 얼굴이 어른거리는 브라운관에 떨리는 손을 갖다대자 화면이 재빨리 바뀝니다. 스포츠 뉴스 프로그램이 끝나고 광고가 나가고 있는데도 여자의 얼굴은 여전히 화면에 붙박여 있습니다. 누군가 벌겋게 단 용광로에서 쇳물을 한 바가지 퍼, 내 등에 들이붓는 것만 같아요. 먼 데서…… 깡통 찌그러지는 소리가 들리네요.

*

불붙은 장작을 밟고 선 내게 여자가 어서 오라고 손짓합니다. 발을 움직이려 하면 까맣게 탄 발은 재가 되어 풀풀 날리고, 공중에서 건덩거리는 다리를 끌고 기어서라도 여자에게 다가가려고 다리를 움직이면 다리마저 재가 되고 댕강, 허리만 남는 무서운 꿈이었습니다.

비명을 지르며 잠에서 깨어나니 방안은 달빛으로 출렁거렸어요. 창문을 열고 잤는데도 몸이 땀에 젖어 끈적거렸지요. 비칠거리며 일어나 마당으로 나갔습니다. 뒤뜰의 불두화나무를 쳐다보곤 곧장 대문의 빗장을 풀었어요. 서울에서 내려오던 길로 대문 앞에 세워두고 한 번도 시동을 걸지 않은 차에 올라탔습니다. 처음엔 어디로 갈 작정이 아니었어요. 차 안에서 음악이나 들어야지 하는 마음을 차의 앞유리에 걸린 노란 달이 이상하게 움직이게 했고 밤거리를 쏜살같이 달리게 만들었습니다. 잠옷 차림인 것도 잊었습니다. 한참 가다보니 그 길이 월류봉으로 향하는 길이라는 걸 알았어요.

싸움에서 진 장수가 피를 뿌리며 큰 산으로 향할 제 팬 발자국이라는 구멍이 여러 개 나 있는 바위산을 지났습니다. 바위산 밑으로 소풍을 갔던 초등학교 시절, 바위산에 얽힌 전설을 들려주던 선생님에게 어린 마음에도 에이, 아니다 싶어, 사람 발자국이 어떻게 바위를 뚫어요? 하고 질문을 했던 기억이 납니다. 슬퍼하는 마음이 깊으면 바위보다 더한 것도 뚫는단다. 선생님의 대답이 또렷하게 생각납니다. 마음이 깊으면 못 뚫을 것도 없다. 액셀러레이터를 세게 밟았습니다. 얼핏 룸미러에 흔들리는 물체가 비친 것 같기도 했습니다. 이 시간에? 다시 한번 룸미러를 봤지만 아무것도 보이지 않았습니다.

절벽 아래 굽이굽이 펼쳐진 물길을 보며 이제 월류봉이 얼마 남지 않았음을 느꼈습니다. 내 방 창문에서는 바로 코앞에 보이던 월류봉인데, 우뚝한 봉우리가 사철 변하는 모습을 달력 보듯 환히 보고 있었는데, 가까이 와서 보니 멀고도 깊고 높았습니다. 봉우리가 워낙 높아 달이 하늘에 떠 있지 못하고 봉우리에 걸려 흐르는 것처럼 보여 붙여진 이름이라는 월류봉. 땅이 단단한 흙이어서 차가 물가까지 내려가는 데 별 무리가 없었습니다. 차문을 열고 내려서니 시원한 바람이 잠옷 치마를 들추데요. 달은 봉우리에 걸려 찬연히 빛이 났습니다. 은백색으로 흔들리는 물가를 한참 걸어 폐쇄된 구름다리 아래까지 갔습니다. 굵은 동아줄로 묶인 나무다리가 이쪽에서 물 건너 월류봉 중턱까지 걸려 있었어요. 예전에 월류봉으로 나무를 하러 가거나 산나물을 뜯으러 가는 사람들을 위해 구름다리를 놓았는데, 다리를 건너다가 여러 명이 물에 빠져 죽은 이후 다리를 폐쇄시킨 것이라고들 하데요. 이제는 동아줄과 나무판자가 삭아 흉물처럼 간신히 물위에 걸려 있을 따름이지요. 이쪽에서 보면 구름다리 건너 산중턱에 있는 커다란 동굴이 정면으로 보입니다. 달빛 아래에서는 그저 시커먼 동그라미로 보일 뿐이에요. 월류봉은 빼어난 절경만큼 전해져 내려오는 전설도 가지가지 많지요. 동네에서 내쫓긴 상피 붙은 오누이가 동굴 안에서 예순다섯 날을 살고 보름날 밤에 나란히 굶어죽었는데, 매년 그들이 죽은 날 보름달이 뜨면 지금도 동굴 안에서 오누이의 울음소리가 들린다는 이야기를 오래전에 들은 기억이 있습니다. 머리

위에 걸린 구름다리를 보며 왜 잠을 자다가 일어나 이리로 달려왔
는지 생각해보았습니다. 아마도 그건 물 때문일 것입니다. 일생에
단 한 번 피는 꽃처럼 생전 처음 내 몸을 활짝 열게 한 것은 그 여
자가 아니라 그 계곡의 물이었다고…… 그 계곡과 월류봉은 닮은
점이 많으니까요. 상피 붙은 오누이나 여자와 나의 관계도 닮은꼴
입니다. 금기의 구역에 발을 디딘 점에서요. 그 여자도 월류봉에
얽힌 많은 전설 중의 하나가 되어 낡고 바래 흘러간다면. 나는 천
천히 물속으로 걸어들어갔습니다. 안으로 들어갈수록 물은 깊었
지만 물살은 세지 않았습니다. 여자를 만났던 물속에서 여자를 전
설로 만들 수만 있다면. 물위에 누워 그날처럼 두 팔과 다리로 쓱
쓱 물을 헤쳐 나아갔습니다. 잠옷이 느질거려 불편했지만 배영에
는 자신이 있었거든요. 월류봉 쪽으로 가까이 다가갔습니다. 멀리
서 울음소리 같기도 하고 물이 철벅거리는 소리와 비슷한 소리를
들은 것도 같습니다. 저토록 환한 만월의 밤입니다만 오늘이 상피
붙은 오누이가 죽은 날은 아닐 거라고, "부질없는……"이라고 중
얼거렸습니다. 어쩌면 철벅거리는 소리는 내가 팔로 물을 미는 소
리였을 수도 있고 배영을 하느라고 물위에 누운 자세여서 귀가 물
속에 잠겨 잘못 들었을 수도 있겠지요. 밤인데도 물속은 따뜻하데
요. 물위에 누워서 본 월류봉은 검푸르게 빛이 나고 봉우리에 걸
린 달은 점점 노래졌습니다. 그날에야 비로소 나는, 따뜻하고 미
끌한 여름밤의 물속에서야 비로소 나는, 어쩌면 여자를 떠나보낼

수도 있겠구나 하는 생각을 했더랬습니다. 사르릉사르릉, 쉬임 없이 굴러가는 자전거 바퀴 소리도 지울 수 있을 듯하였지요.

얼마를 그렇게 흘러갔을까요. 방향을 틀어 구름다리 아래를 지나는데 갑자기 무서운 생각이 들더군요. 폐쇄된 구름다리가 삐걱삐걱 소리를 내는 것도 같고 누가 다리를 잡아당기는 것도 같구요. 너무 깊은 곳으로 들어와 있었는지 발이 땅에 닿지 않았습니다. 와락 겁이 나데요. 허겁지겁 헤엄쳐 물 밖으로 나왔습니다. 턱이 덜덜 떨리더군요. 차가 있는 곳을 향해 정신없이 뛰다가 무언가에 걸려 넘어졌습니다. 무릎이 깨졌는지 몹시 아팠어요. 무릎을 감싸쥐고 봤더니 발부리에 걸린 건 자전거 바퀴였습니다. 노란 안장이 달린 자전거 한 대가 넘어져 있더군요. 아마도 밤이어서 미처 자전거를 보지 못했던 탓일 겁니다. 차에 타자마자 문부터 잠그고 숨을 가다듬었습니다.

*

집으로 돌아와 고열로 심하게 앓았습니다. 저녁 무렵에 눈을 뜨니 밖이 무척 소란스럽데요. 평소 같으면 내 머리맡을 지키고 있어야 할 어머니가 보이지 않았습니다. 조금 후에 현관문이 열리더니 어머니보다 먼저 어머니의 신발 한 짝이 마루 위로 올라왔어요. 신발을 아무렇게나 벗어던져 신발이 마루 위까지 떨어졌던 거지요. 난 의아해했어요. 어머닌 여간해서 허둥거리시는 분이 아니거든요.

"시상에 뭔 난리다냐. 멀쩡하던 뒷집 애가 지난밤에 월류봉 물에 빠져 죽지 않았것냐."

"……!"

"아침 먹으라고 아무리 불러도 애가 없드란다. 방문을 열어봤더니 이불도 안 깔렸구. 뒷집 애가 사슴캉 같이 있다가 밤늦게 돌아온 적도 있고 허니께 지 아부지랑 바위산 밑엘 가본 모냥이여. 필시 사슴 우리에서 잠들었을 거라고."

"바위산 밑엘?"

"사슴 우리가 바위산 밑에 있거든. 바위산 밑에 사는 이가 지나다가 뒷집 애가 사슴 우리에 밥 넣어주는 걸 엊저녁에도 봤다누먼. 그런디 아무리 찾아도 애가 없드란다. 사슴들 아침을 굶길 애가 아닌디 말이여. 그래서 사람을 풀어 찾아봤디만 갸 자전거가 월류봉에 넘어져 있었다는구먼. 시체는 구름다리 아래 바위턱에 걸려 있구 말여. 기맥힌 일이제. 아매 갸가 예닐곱 살 먹었을 땐가, 물에 빠져 식겁한 후론 물가엔 절대 발도 들이질 않았다는디 그 밤에 집 반대짝인 월류봉엔 뭐하러 갔일꼬? 귀신에 홀리지 않고서야. 생전 물에 들어가지 않던 애가 밤중에 물엔 왜 들어가며……"

"그애가 월류봉 물에 빠져……"

"그리여. 그래서 뒷집이 저리 소란스럽구먼. 난리, 난리가 따로 없제. 바위산 밑에선 사슴들이 밥을 안 먹고 소리 없이 눈물만 뚝 뚝 흘린다누먼. 사슴이 영물은 영물인개비여."

나는 잠옷 치마를 들추고 상처 자국이 난 무릎을 보았습니다. 생각보다 상처가 깊어 빨리 소독하고 연고를 바르지 않으면 덧날 게 분명한데도 몸을 일으킬 수가 없었어요. 쥐가 난 것처럼 꼼짝 도 할 수가 없었습니다.

*

밤새 사슴이 우는 소리 같기도 하고 상피 붙은 오누이의 울음 소리 같기도 한 곡성이 들려 첫새벽에 뒤뜰로 나갔습니다. 새벽안 개에 휩싸인 불두화나무 아래 가만히 서 있다가 나무를 타고 오르 기 시작했습니다. 힘을 조금이라도 주면 부러질 것 같은 가는 나 뭇가지를 위태위태하게 딛고 서서 뒷집을 보았지요. 뒷집 아이의 자전거가 창고 앞에 세워져 있었습니다. 월류봉에서 보았던 노란 안장. 가지가 부러지거나 말거나 상관하지 않고 불두화나무에 걸 터앉아 꺼억꺼억 울었습니다. 등뒤로 무릎 위로 순백의 불두화가 소리 없이 지고, 먼 가지에 핀 불두화는 안개 속에 첨벙 빠진 듯이 보이는 그 첫새벽에요.

나무에서 내려가기 위해 몸을 일으켰을 때, 새벽안개를 헤치고 저절로 열린 대문을 지나 불두화나무 아래로 다가오는 한 마리 사슴을 봤어요. 사슴의 눈 속엔 안개가 자욱했습니다. 솜사탕 같은 안개가 움푹 뚫린 눈 안에서 뭉클뭉클 끝도 없이 쏟아져나오고 있었습니다. 저 안개를 헤치고 서울로 돌아가야 한다고, 막막한 심정으로 불두화나무에서 내려오니 안개도 사슴도 사라지고 아침해가 환히 떠올랐습니다.

햇살이 고루 퍼질 동안 땅바닥에 쪼그리고 앉아 무릎의 상처 자국을 오래 들여다봤습니다. 때없이 무릎이 아려와 손바닥으로 무릎을 쓸기도 했지요. 걸레로 방이나 마루를 닦다가 눈길이 굽힌 무릎으로 갈 때 문득, 수영장 탈의실에서 수영복을 도르르 말아 벗다가 뿌연 수증기 사이로 무릎이 보이면 문득, 앞으로 살아가는 날들 속에서 나는 얼마나 많이 문득, 무릎의 상처를 보게 될까. 내가 이승에 사는 동안 무릎의 상처 자국은 지워지지 않고 영원히 남아 있겠지요. 마침 시골집 옆으로 지나던 첫 기차가 괜찮다, 다 괜찮다, 쪼그리고 앉은 내 등을 위로하듯 두드리고 가네요.

*

그후로 집에 굴러다니던 노란색이란 노란색 물건들은 전부 쓰레기통에 버리고, 그것으로도 모자라 노란 자전거 안장을 연상시킬 수 있는 엷은 미색이나 겨자색 물건까지 죄 버린 후에도 나는 노란색을 바로 쳐다보지 못했습니다. 노란 간판 앞에서 기겁을 하고 돌아서기도 했고, 노란 옷을 입은 출연자 때문에 원고를 제때 못 써 방송을 펑크 내기도 했고, 노란 우산을 보고 비 오는 거리에 주저앉아버린 일도 있습니다.

지난 육 년간 두 명의 남자와 같이 잤고, 여자와 나는 방송국 로비에서 마주쳐도 무표정한 얼굴로 서로를 지나쳤으며, 이러는 우리를 보고 '어? 둘이 싸웠어요? 같이 일해놓고 모르는 사람들처럼 뚱하네'라는 말을 이제는 아무도 하지 않습니다. 사람들이 자전거를 까맣게 잊은 탓이지요. 물론 밤중에 여자가 전화로 내 이름을 부르거나 또 내가 자다가 벌떡 일어나 찬물에 얼굴을 담그지도 않습니다.

그러나 아주 가끔은 방송국 로비에서 여자와 정면으로 마주칠 때, 고개를 돌리려다가 여자의 턱밑 살이 보이면 왜 시골집 불두화가 퍼뜩퍼뜩 떠오르는지 모르겠어요.

파꽃

누구나 일생에 한 번쯤은 붉은 물이 뚝뚝 흐를 것 같은 강렬한 순간이 존재할 것이다. 간혹 어떤 사람은 지나치게 선명하고 짙어서 두 눈이 뽑힐 것 같은 시간이 자기도 모르게 지나갔다는 걸 뒤늦게 깨닫기도 할 것이다. 그러면 수렁에 발을 빠뜨린 것처럼 허둥대다가 진흙이 목까지 차올라 숨이 턱턱 막히게 될 즈음에야 어렵사리 수긍하겠다. 홍수가 잠든 마을을 삼키듯이 소리도 없이 왔다가 눈 깜짝할 사이에 뒤통수를 치고 가버려서 다들 그 순간을 선연한 핏빛으로 기억하는지도 모르겠다.

　그가 현관문을 열고 들어섰을 때 아무도 그를 바라보지 않았다. 안채가 돌아앉아 있어서 대문께의 기척을 들을 수는 없지만 마당에 깔린 흰 잔돌이 발에 밟히는 소리가 들렸는데도 누구도 그에게 신경을 쓰지 않았다. 어머니만이 자네 왔나 하는 뜻으로 잠깐 고개를 들었을 뿐, 그를 바라보지는 않았다. 그는 이런 무관심쯤이야 아랑곳없다는 얼굴을 하고 성큼 마루로 올라섰고 한 치의 망설임도 없이 안방으로 쑥 들어갔다.

"고치려면 며칠 걸리겠는데요."

안방의 티브이를 안고 마루로 나온 그가 누구에게랄 것도 없이 혼잣말처럼 중얼거렸다.

"어…… 안 되는데. 애들이 봐야 하는데……"

내 말이 끝나기도 전에 티브이를 안고 나가던 그가 갑자기 그 자리에 우뚝 서버렸다. 어머니는 등을 돌린 채 마루를 닦는 중이었고 올케는 도마질을 하느라 고개를 숙이고 있어서 그의 수상쩍은 거동을 알아채지 못한 눈치였다. 굳어졌던 그의 얼굴과 목이 달아오르기 시작한 것은 길고 지루하게 느껴지던 일 분이나 이 분쯤의 시간이 흐르고 난 뒤였다. 노르께한 피부에 꽃물이 드는 걸 보고 있자니 민망해져서 나는 눈길을 창밖으로 돌릴 수밖에 없었다. 바람이 부는지 마당엔 함박눈이 사선으로 흩날리고 있었다. 쌓인 눈 위에 또 눈이 내려 일정한 간격으로 찍힌 그의 발자국이 대부분 지워지고 뒤축이 움푹 들어간 자리만 희누르스름하게 보일 뿐이었다. 그때였다, 뒷목에서 선뜩한 기운이 느껴진 것은. 깜짝 놀랄 만큼 차가운 게 빠른 속도로 뒷목을 타고 등줄기로 내려간다고 느낄 즈음, 다행스럽게도 굳었던 몸이 풀린 모양이었다.

"가게에서 보던 티브이 가져다드릴 테니 고치는 동안 보세요."

과일 씨를 뱉듯 나오는 대로 툭 던지곤 그만이었다. 그러고는 엉거주춤 몸을 숙여 한쪽 팔꿈치로 문을 열고 티브이를 안은 자세 그대로 뒤로 돌더니 슬며시 열린 현관문을 엉덩이로 닫았다. 마루 에는 여자들이 세 명이나 있었고 건넌방엔 두 남자가 있었지만 누구도 그를 도와줄 생각을 하지 않았다. 올 적에도 그랬듯 현관을 나서는 그의 등에 대고 수고했다거나 잘 가라거나 하는 흔히 할 법한 인사치레도 하지 않았다. 우리는 그가 오면 오는구나, 가면 가나보다, 무심히 그를 맞고 무심히 그를 보냈다. 그가 닫았으니 보지 않아도 문은 완벽하게 닫혔을 것이다. 한 줄기의 바람도 들 어오지 못하게. 그는 그런 사람이었다. 오늘이 어머니 생신이어서 가족들이 모였다는 것도 미리 알고 있었을 것이다. 한 시간쯤 지 난 후에 그가 가게에서 보던 티브이를 가져와 코드를 꽂고 만화영 화를 연속으로 내보내는 유선방송에 채널을 고정시키자 그를 에 워싸고 있던 크고 작은 아이들이 환호성을 질렀다.

"서비스 하나는 끝내주네요. 수리하는 동안 보라고 자기 가게 에서 보던 티브이를 손님 집에 달아주는 사람은 아마 저 사람밖에 없을 거예요. 그것도 이 추운 날에 발품을 두 번씩이나 팔면서요."

올케는 세심한 그의 배려에 감격한 모양이다.

"그분 이름이 뭐죠? 뭐라고 불러야 하나요?"

그의 이름? 나는 알고나 있느냐는 표정으로 어머니를 건너다보았다.

"글쎄다. 대전전파사 작은 총각 아니냐."

어머니는 심드렁하게 대답을 했지만 당황한 표정을 숨기지는 못했다. 나 역시 그의 이름은 고사하고 나이조차 모르고 있었다. 나보다 한두 살은 아래로 보여 그 정도 되었겠거니 막연히 짐작만 하고 있을 따름이다. 그는 우리집의 온갖 것들을 세세하게 알고 있지만 정작 우리는 그에 대해 아는 게 전혀 없었다.

"제가 시집와서 그분을 처음 뵈었을 땐 먼 친척이거나 아니면 그분의 부모님이 우리집 드난살이를 한 줄 알았어요. 그런데 어머님과 형님이 그분을 대하는 품으로 봐선 그런 것 같지도 않구요. 이도 저도 아니니까 궁금하잖아요. 누구예요, 그분은?"

"아무도 아냐. 그냥 친한 이웃이라고 알면 돼."

올케는 그와 우리의 관계를 꼬치꼬치 캐물었다. 남편과 남동생과는 달리 집요한 데가 있었다. 남편도 올케처럼 그가 궁금한 눈치였고 양자로 들어온 남동생도 그에 대해 궁금해했다. 하지만 올케처럼 캐묻지는 못했다. 지나가는 말로, 누구야? 하고 물었을 뿐이다. 그때도 나는 그랬다. 아무도 아니라고. 사실 따지고 보면 남편이나 양자로 들어온 남동생이 할 일을 그가 대신 하는 셈이었다. 두 남자가 새로운 가족으로 들어왔는데도 어머니는 여전히 그를 불렀다. 남편과 남동생은 퓨즈도 제대로 갈아끼우지 못하는 위인들이었다. 그러니 무슨 염치로 캐물을 수가 있겠는가. 집을 둘러보면 벽에 박힌 못이나 마당의 빨랫줄에 이르기까지 구석구석 그의 손이 닿지 않은 곳이 없다. 우리는 하수구가 막혀도 그를 불렀고 물이 새어나와도 그를 불렀다. 어느 날엔 철물점에 들러 굵은 철사를 사가지고 왔고 또다른 날에는 점심을 먹다 말고 페인트통에 방수액을 넣어가지고 뛰어왔었다. 그런 사람의 이름을 우리는 여태 모르고 있었던 것이다. 어이가 없어 절로 한숨이 나왔다. 열대여섯 살이나 먹었을까. 얼떨결에 딸려온 실뭉당이 같은 몰골로 마루 끝에 걸터앉은 그를 본 게 엊그제 같은데 벌써 삼십 년이라니. 이제 그도 하루가 다르게 흰머리가 늘어나고 오랫동안 앉았다가 일어서려면 우두둑, 무릎관절이 꺾이는 소리에 무참해질 나이가 되었다.

"형님!"

올케의 고함소리에 정신을 차리고 보니 흘러넘친 물에 부엌 바닥이 흥건하게 젖어들고 있었다. 설거지를 하려고 물을 틀어놓은 것도 모르고 개수대 앞에 멍하니 서 있었던 것이다. 스웨터 앞자락이 흠뻑 젖어 밑으로 늘어지는데도 나는 축축한 기운도 옷이 무거워졌다는 것도 느끼지 못하고 있었다. 젖은 스웨터를 갈아입고 마른 걸레로 부엌 바닥을 닦고 있으려니 난데없이 등골이 서늘해졌다. 그는 대체 누구란 말인가.

사람들은 그를 '대전전파사 작은 총각'이라고 불렀다. 사장이던 형이 대전으로 이사를 가고 그가 전파사의 새로운 사장이 되었을 때도 사람들은 그를 '대전전파사 작은 총각'으로 불렀다. 적지 않은 나이에 엄연히 처자가 딸린 아저씨인데도 말이다. 삼거리에 대전전파사를 차린 건 그의 형이었다. 가랑비가 질금질금 내리던 늦가을 저녁, 삼거리를 지나던 아낙 하나가 간판을 달던 형을 처음 보았다고 했다. 도처에 물안개가 자옥하게 끼어 사물을 구분하기가 힘들었지만 낡은 간판들 틈새에 끼인 대전전파사 간판은 새것이어서 가로등 불빛에 유난히 번들거렸노라고 했다. 하지만 그가 누구이고 어디서 왔는지는 아무도 몰랐다. 오토바이에 부속품을 싣고 마을을 누비며 고장난 가전제품을 고치던 형은 노인들에게 인기가 있었다. 젊은 사람이 붙임성이 있다고들 했다. 제아무리 인기가 있어도 그는 타지 사람이었다. 암암리에 배척하는 분위기가 역력했다. 이 고장 처녀에게 장가를 들고 나서야 비로소 사람들과 섞이기 시작했다. 그가 형을 따라 우리집에 오던 날은 불볕이 따갑던 복중이었다. 그들 형제가 더위에 지친 후줄근한 몰골로 들어서자 어머니는 우물에 담가두었던 수박을 건져올렸다. 부엌에서 꺼내온 칼을 장독 뚜껑 모서리에 쓱쓱 문지르고 나서 수박을 절반으로 쪼갰다. 한눈에 봐도 무딘 식칼이었다. 형은 보름달처럼 잘린 수박을 덥석 베어물었다.

"가게 일거리가 늘어나서요."

입가에 흐르는 과즙을 소맷부리로 문질러 닦던 형이 마루 앞에 어정쩡히 서 있는 그를 가리켰다. 비쩍 마른 몸에 값싼 나일론 셔츠를 걸친 그는 사람들이 함부로 쓰다가 내돌리는 몽당빗자루 같았다.

"동생인가보네."

"네."

"중학교는 마쳤는가?"

"졸업하자마자 불렀습니다. 입도 덜 겸 기술이나 가르쳐볼까 하구요."

"한 가지 기술만 있으면 밥걱정은 안 해도 되지. 그나저나 군식구가 늘어 자네 색시가 고생이겠구먼."

그는 이마가 앞가슴에 닿을 정도로 고개를 수그린 채 자신이 들고 온 공구통만 만지작거렸다. 14인치 흑백 티브이와 라디오를 고치는 형 옆에 붙어앉아 십자드라이버나 나사를 집어주기도 했다. 그의 뒷목이 어찌나 가는지 내 눈엔 배배 말라비틀어진 오이처럼 보였다. 간신히 중학교만 졸업하고 한 입 덜기 위해 형에게 얹혀 살게 된 말라깽이 촌놈인 그나 무언가를 끊임없이 고치는 형에게 내 시선은 그리 오래 머물지 않았다. 무슨 일인가로 밖에 나갔다가 돌아와보니 그들 형제는 가고 없었다. 어머니는 대전전파사 작은 총각이 저의 형보다 속이 깊다고 했다. 소리도 없이 식칼을 갈아놓고 갔노라고 했다. 그때부터 어머니는 그를 '대전전파사 작은 총각'이라고 부르기 시작했고 그는 가전제품을 고치러 올 적마다 남자 손이 필요한 자질구레한 일을 덤으로 해주고 가곤 했다. 숫기라곤 눈을 씻고 찾아봐도 없는 그가 어떻게 덤으로 다른 일을 할 생각을 했는지, 어머니가 차린 밥상 앞에 스스럼없이 앉을 수가 있었는지 그건 모를 일이었다. 한창 자랄 나이에 형수 손에 얻어먹는 눈칫밥이 오죽하겠냐며 밥상을 따로 봐주기는 했지만 어머니가 다른 사람들에 비해 잔정이 많거나 친절한 편은 아니었다.

그 시절 나이든 어른들은 다들 품이 넉넉했다. 정육점에 고기를 한 근 끊으러 가도 집집마다 주는 고기의 양과 질이 달랐다. 없는 집이나 식구가 많은 집은 비계를 적당히 섞고 곱창이나 허파 따위의 부산물을 한 덩이씩 얹어주고 식성이 까다롭거나 식구가 단출한 집은 연한 살코기를 주었다. 젊은 여자가 삼거리에 야채 가게를 새로 차렸다고 해도 얼마 지나지 않아 파는 콩나물의 양도 달라졌다. 첫날은 일률적으로 양이 같지만 시간이 지나면 콩나물을 집는 여자의 손이 커지기도 하고 작아지기도 하는 거였다. 그런 시절이었으니 몽당빗자루 같은 그한테, 시키지 않아도 이 일 저일 찾아내서 곧잘 할 줄 아는 기특한 남자애한테 밥상을 차려주는 건 마을에서 흔한 일이었다.

하굣길에 오토바이 소리가 요란해 돌아보면 형의 허리춤에 매달린 그가 어디론가 가고 있었다. 그의 손에서 흔들리는 철제 공구통도 그들의 존재도 비포장도로에 뽀얗게 날리다 사라지는 먼지처럼 내겐 그때뿐이었다. 새로 사야 할 노트나 볼펜만큼도 주의를 끌지 못했다. 그가 일하는 모습을 실제로 본 건 그다지 많지 않았다. 나는 쟁반에 담긴 과일 껍질이나 물린 밥상의 흔적 따위로 그가 다녀갔다는 걸 알았다. 그가 남긴 것들. 잘 빠지지 않던 속옷 서랍이 매끄럽게 빠진달지, 굴러다니던 송판 쪼가리로 만든 의자가 나무 그늘에 되똥하게 놓여 있기도 했다. 나이가 들어가면서 솜씨도 늘어나 대문에 칠을 하거나 깨진 기와를 갈아끼운다거나 하는 덩치 큰 바깥일에도 손을 대기 시작했다.

"남 주긴 아까운 아인데. 부족한 딸이 하나만 더 있었더라도."

그가 왔다 가면 어머니는 그를 가족으로 들어앉히지 못해 안달했다. 나로 말할 것 같으면 그가 만들어준 나무의자에 앉아 편히 쉬면서도 조금도 고마운 줄을 몰랐다. 쑥쑥 빠지는 속옷 서랍을 잘도 여닫으면서도. 차곡차곡 개켜진 속옷을 조심스레 꺼내지 않고 손에 집히는 대로 꺼내 입어 마구 헝클어진 속옷을 그가 봤겠구나 하는 생각도 하지 않았다. 그는 있으되 보이지 않았고 존재하되 없는 사람이었다. 내 시선은 눈앞에 서 있거나 앉아 있는 그라는 존재를 단숨에 통과해 번번이 그의 등뒤에 있는 벽이나 액자에 고정되곤 했으니까.

이런 나와 달리 그는 나의 모든 것을 봤을 수도 있다. 탱탱하게 여물어가는 가슴, 조금씩 넓어지는 등, 어떤 사이즈의 속옷을 입는지 보려고만 하면 얼마든지 보였을 것이다. 어깨와 등이 훤히 드러나는 민소매 티를 입고도 예사로 그를 대했고, 치맛자락이 말려올라가 허벅지가 드러나도 재빨리 치맛자락을 쓸어내리려는 동작을 취하지조차 않았다. 나는 동네 할아버지 앞에서도 그의 앞에서처럼 행동하지는 않았다. 무방비 상태로 열려 있기는 집도 마찬가지였다. 바쁜 일이 있으면 어머니는 그를 기다리지 않았다. 그에게 열쇠까지 맡겼다. 어머니가 없는 동안 어디를 고치라고 하면 그는 대문을 따고 들어와 집안을 휘휘 둘러보곤 일거리를 찾아 뚝딱뚝딱 고치고 나서 다독거릴 것들은 살뜰하게 다독이고 갔다. 비라도 올 기미가 보이면 마당에 내어 널은 고추며 빨래를 걷어두고 가기도 했다. 그의 행동은 차츰 반경을 넓혀 도시로 유학 간 내게까지 그늘을 만들어주었다. 대학에 입학한 뒤에도 그의 보살핌은 계속되었다. 서울까지 달려와 벽에 못을 치고 틀어진 문짝을 손보고 망가진 헤어드라이어를 고쳤다. 겨울이면 웃풍이 심한 셋집의 창문에 비닐을 덧대어주었고, 여름에는 '쫄대'라고 불리던 가는 막대로 방충망을 치고 가기도 했다.

"거래처에 온 김에 들른 길인데 어디 고장난 데 없어요?"

그때는 쓰던 물건이 고장나기보다는 마음이 자주 고장나 있곤 해서 작은 구멍가게에 불과한 전파사가 서울에 무슨 거래할 일이 그리도 많은 것인지 궁금해할 여력도 없었다. 그는 말했다. 수금할 것이 있다고, 도매상에 물건 하러 올라온 길이라고. 시골구석에서 가전제품을 얼마나 많이 팔기에 물건 하러 서울엘 다 오는

것이며 어찌하여 수금이 서울에까지 깔려 있었던 것인지 알아볼
생각도 하지 않았다. 간판이 대전전파사였듯 그의 주 거래처는 대
전에 있었는데도.

"이거 어머니가 갖다드리래요."

그의 손에는 김치통이나 밑반찬이 담긴 올망졸망한 짐들이 들
려 있었다. 나는 김치통이나 밑반찬에 표하는 관심의 반의 반만
큼도 그에게 눈길을 주지 않았다. 그는 애초에 자기가 앉을 자리
는 없다는 얼굴로 선 채 방과 부엌을 둘러보곤 했다. 고장이 났거
나 부서지려고 하거나 내가 조금이라도 불편해하는 것들을 짧은
시간 내에 어쩜 그리도 귀신같이 찾아내던지. 선 자리에서 부서진
곳을 찾아내 후딱 고치고는 온다 간다 말 한마디 없이 사라져버릴
때가 많았다.

불편한 데 없어요?

고칠 거 또 있습니까?

서울 셋집까지 찾아와 고장난 데가 있느냐고 물어봐주면 온돌
방에 발을 들인 것처럼 몸과 마음이 편안해지곤 했는데도 나는 뭐
가 그리 바빴는지 그에게 밥 한 끼 따뜻하게 먹여 보낸 기억이 없
었다. 처음부터 끝까지 밍밍한 얼굴로 그를 맞고 그를 보냈을 것
이다. 제발 그에게 시원한 음료수라도 대접했기를, 차 한 잔이라
도 대접해서 보냈기를, 암만 머릿속을 헤집어보아도 그에게 일한
만큼의 대가를 지불한 기억이 내겐 전혀 없었다. 대가는 고사하고

저축한 돈을 찾아 쓰는 사람처럼 당당하기까지 했다.

"대가를 바라지 않고 그런 일을 하는 사람은 드물죠."

그와 우리의 관계를 두서없이 말하자, 입을 꾹 다물고 있던 올케가 매듭을 짓듯이 단호하게 대답했다. 날카로운 죽창에 심중을 꿰뚫린 것처럼 저릿하게 통증이 느껴졌다. 왜 진작 그 생각을 못했을까. 스테인리스 개수대에 흩어진 물방울들이 도르르 굴러들어와 가슴에 차게 맺히는 것 같았다.

"저어 형님, 혹시……"

올케는 무슨 말을 하려다가 말곤 황급히 냉장고 문을 열었다. 딱히 꺼낼 것도 없는 눈치였다. 냉장고 안에 든 반찬통을 이것저것 뒤적거리기만 했다. 나는 올케가 하지 못한 말을 알고 있었다. 무심결에 운을 떼고는 당황해서 냉장고 안을 뒤적거리는 올케처럼 혹시 내가 모르는 사이 똬리를 틀고 있을 실마리를 찾아 머릿속을 더듬기 시작했다. 어느 한순간, 벌건 그의 얼굴이 보이는 것도 같았다.

왜? 왜? 왜?

확 붉어진 얼굴로 두 주먹을 쥐고 쏟아놓던 말.

당신이 내게 어떻게 이럴 수가 있어요?

아슴푸레 풀어진 기억의 끄트머리를 용케 끄집어냈다. 생애 단한 번, 그가 내게 대든 적이 있었다. 고등학교 이학년 여름방학 때였다. 그가 역으로 들어서는 나를 보았다. 그도 어디론가 가기 위해 역에 나온 길이었을 것이다. 그는 반가운 마음에 앞뒤 생각 없이, 어? 안녕하세요, 환하게 웃으며 동작을 크게 해서 손을 흔들었다. 엉겁결에 손을 흔들었지만 곧 자신의 행동에 수줍어졌을 것이다. 나는 고개를 숙이고 역사 안으로 들어섰기 때문에, 그 시절엔 누구도 보려고 하지 않았기 때문에 손 흔드는 그를 보지 못했다. 낯익은 목소리가 들려 천천히 고개를 들고 그를 보았을 때 머쓱해진 그의 손은 벌써 아래로 내려진 후였다. 난 그가 내게 인사를 한 게 아니라고 생각했다. 우리집을 무시로 들락거렸지만 대화를 나눠본 사이가 아니었다. 어머니와 친한 사람이지 나와 친한 사람은 아니었다. 이거 말고 고장난 거 또 있습니까. 그가 하는 말이라는 게 고작 그 정도였으니까. 그것도 날 쳐다보지도 않고, 내가 입은 치마나 의자나 방바닥에 시선을 던지고 머뭇머뭇 말하곤 했으니까. 그는 집에서 만나면 아는 사람이지만 길에서 만나면 모르는 사람이었다. 길에서 마주쳐도 인사도 나누지 않았다. 그건 그도 그랬고 나도 그랬다. 설혹 손 흔드는 그를 보았다고 해도 내 뒤에 오는 누군가에게 인사하는 거라고 생각했을 것이다. 더구나 잇몸을 환하게 드러내며 다정하게 웃는 그라니.

그가 내게 인사를 한 게 아니라고 단정하고 나는 무표정한 얼굴로 그를 지나쳐 매표구로 갔다. 차표를 사며 그에게도 저런 얼굴이 있구나, 하는 생각을 잠시 했을 뿐이다. 역에 있던 사람들이 흘끔흘끔 그를 훔쳐보기 시작했다. 돌아서서 빙그레 웃는 사람도 있었다. 그제야 아차, 싶어 돌아봤지만 그의 얼굴은 이미 벌겋게 변해버린 뒤였다. 처음부터 그 광경을 지켜본 사람들에겐 여드름 자국 숭숭한 사내 녀석이 새침한 여자애한테 수작을 걸다가 퇴짜를 맞은 걸로 보였을 것이다.

역사 뒤 후미진 곳으로 불려나간 나는 돌연한 그의 행동에 말을 잃었다. 왜? 왜? 왜? 내 인사를 받아주질 않습니까. 당신이 내게 어떻게 이럴 수가 있어요? 불타는 얼굴로 덤비듯 따지는 그를 오래 쳐다볼 수가 없어서 담을 따라 일렬로 늘어선 샐비어에 눈을 주고 멍하니 있었다. 쨍한 햇볕에 화르르 불이 붙을 것 같은 샐비어나 그의 얼굴이나 붉디붉기는 매한가지였다.

이유를 알 수 없는 마음의 분란 때문이었다고, 금기의 구역으로 정해진 곳들을 샅샅이 섭렵하고픈 열망 탓에 고개를 들 수가 없었노라고, 고개를 숙이고 있어서 반가운 얼굴로 인사하는 당신을 보지 못했노라고, 당신에게 부러 무안을 주기 위해 혹은 고등학교에 다니지 않는 당신이 부끄러워 모른 체한 게 아니었다고 말하지 못했다. 고개를 들면 머릿속을 단단히 막고 있던 코르크 마개가 화산이 터지듯 날아가버리고, 그러고 나면 안간힘을 다해 다지고 잠재워두었던 열망들이 파죽지세로 솟구쳐올라 정말이지 나는, 나를 걷잡을 수 없을 듯하여서 고개를 숙이고 다니는 거라고, 머릿속 코르크 마개가 열리지 않게끔 땅만 보고 다니는 거라고 그가 알아듣게 조곤조곤 말하지 못했다. 속에서 바글거리던 말들이 입을 열기도 전에 공중으로 흩어져버려서.

때맞춰 기차가 들어왔다. 천둥 치듯 들어오는 기차를 보곤 플랫폼을 향해 전속력으로 뛰었다. 가까스로 출발하는 기차에 뛰어올라 난간의 손잡이를 잡고 역사 뒤를 쳐다봤다. 그는 여전히 두 주먹을 불끈 쥔 채 그 자리에 서 있었다. 내가 탄 기차를 바라보지도 않았다. 기차가 속력을 내기 시작하면서 역사 뒤에 붙박인 말뚝처럼 보이던 그도, 둘둘 뭉쳐진 샐비어의 붉은 빛덩어리도 시야에서 빠르게 사라져버렸다. 그리고 나는 그 일을 까맣게 잊고 지냈다.

*

나는 간혹 내가 인간이 아니고 기계였으면 좋겠다는 생각을 할 때가 있다. 자신을 다스릴 수 없을 때는 스위치를 누르면 자동적으로 통제되는 로봇이 되는 꿈을 꾸기도 한다. 내 딴엔 튼튼하게 죄었다고 생각했던 잠금장치가 예고도 없이 풀리는 바람에 등에서 식은땀이 흐를 때가 한두 번이 아니다. 사람이 아니고 기계라면 뚜껑을 열고 잠금장치가 제대로 죄어졌는지 점검이라도 할 수 있으련만. 아까만 해도 그랬다. 티브이를 안고 나오다가 그녀의 말 한마디에 몸이 굳어졌다. 그 꼴을 기와집 아주머니에게 들키지 않았으니 망정이지 안 그랬으면 기와집에 발걸음도 하지 못할 뻔했다.

"티브이만 갖다줄 게 아니고 가게에 있는 물건들 몽땅 실어다 주지 그래요."

기와집 말만 나오면 눈에 쌍불을 켜는 아내였다. 오늘은 가게에 손님도 없고 해서 일찍 안채로 들어갔다. 우리나라와 브라질이 하는 축구 경기를 보기 위해서였다. 보나마나 질 게 뻔한 게임이지만 그래도 혹시나 하는 생각으로 경기가 종료될 때까지 지켜볼 작정이었다. 인생에서는 이변을 기대하는 것 자체가 어리석은 일이지만 축구에서는 기대를 품어봄직도 했다. 다른 것도 아니고 축구니까 말이다. 채널을 맞추려는데 코미디 프로를 보고 있던 아내가 이마를 찌푸리며 가게의 티브이는 어쩌고 안채로 들어왔느냐고 물었다. 티브이를 고치는 동안 보라고 기와집에 갖다주었다고 했더니 대뜸 눈썹꼬리를 하늘로 치켜들고 덤볐다. 저녁때가 지났는데도 저녁 할 생각은 안 하고 축구가 끝날 때까지 옆에 붙어앉아 고시랑거렸다. 기와집 양자의 결혼식 때 일을 생각하면 지금도 심사가 사나워지려고 한다. 기와집에 가서 전 좀 부치랬다고 안색이 하얗게 변하던 아내였다.

"기와집 일에 나까지 끌어들일 생각 말고 당신이나 열심히 충성하구려."

물론 나는 혼주의 손이 미치지 못하는 자질구레한 뒷일을 봐야 할 테지만 그건 어디까지나 결혼식 당일에 해야 하는 일이다. 결혼식 하루 전에는 여자 손이 필요한 일들이 기와집 부엌에 산더미처럼 쌓여 있을 텐데 저러구러 방구들만 지고 누웠으면 뭘 하나 싶어 슬쩍 말을 건네봤더니 예상대로 아내는 엉덩이도 들썩거리지 않았다. 정에 굶주리고 산 나에게 마음 비빌 자리를 마련해주신 분이 기와집 아주머니 아닌가. 그걸 뻔히 알면서도 아내는 끝내 기와집에 가지 않았다. 한 대 쥐어박고 싶었지만 고생만 시킨 게 미안해서 꾹 참았다. 오늘날 이만큼이라도 살게 된 데는 아내의 공이 컸다. 그런 탓에 아내가 종알종알 볶아대도 무던히 참아 넘기는 편이다.

양옆에 붙은 가게를 사들여 확장공사를 하고 통유리로 갈아끼우기 전, 대전전파사라는 간판과 썩 어울리던 구멍가게 시절을 잊지 않고 있다. 가게 왼편에는 모서리마다 긁힌 자국이 선명한 철제 책상이 있었고, 책상 위에는 속지의 테두리가 인주처럼 붉은 두 권의 장부와 공구들이 어지럽게 흐트러져 있었다. 새로 출고된 가전제품보다는 기름때가 긴 부속품들이 훨씬 많이 쟁여져 있던 가게. 무더운 여름이면 아침부터 밤까지 벽에 붙은 선풍기가 덜덜덜 돌아가고, 한겨울에는 우그러진 양은주전자에서 끓는 보리차 소리가 문밖으로 사정없이 빠져나오던 곳. 가운데가 우묵하게 들어간 바닥을 길과 같은 높이로 돋우고 나무로 된 네 개의 유리문을 알루미늄 새시로 바꾼 건 아내와 결혼하고 난 후의 일이었다. 유리문은 사철 말갛게 닦여 있고 집과 가게 안팎이 청결했으며 아내는 누구보다도 자주 가게 앞에 물을 뿌려 지나가는 행인들의 눈을 시원하게 만들었다. 몸이 잰 아내는 성격마저 사근사근해서 사람들은 내게 처복이 있다고들 했다.

"기와집 딸도 내려왔겠네…… 맨날 뚱해가지고…… 여자라고 고분고분한 맛이 있길 하나. 아무리 좋게 봐주려고 해도 영 밥맛이야."

내게 들으라고 하는 말이다. 아내는 명혜씨를 깎아내리지 못해 야단이다. 막돼먹은 여자는 아닌데 명혜씨에게만은 가시부터 박고 봐야 직성이 풀리는 모양이다. 저게 뭘 알고 저러는 게 아닌가 싶어 가슴이 뜨끔했지만 그렇다고 나더러 어쩌란 말인가. 명혜, 그녀의 이름을 가만히 부르면 파릇파릇 봄물이 드는 것만 같은데 나더러 어쩌란 말인가.

큰딸을 낳을 때 아내는 산통으로 무진 고생을 했다. 양수가 터지고 한참이 지났는데도 아이는 나올 생각도 하지 않았다. 양수도 없이 마른 아이를 낳느라고 연방 비명을 질러대는 아내를 보다못해 남자에겐 출입이 금지된 산실까지 들어가 아내의 손을 잡고 같이 힘을 주었다. 아내는 엄마를 부르며 용을 쓰다가 바드득 이를 깨물다가 혼절하기도 했다. 이러다 사람 잡는 것 아니냐고, 어떻게 좀 해보라고 보건소가 떠나가게 고함을 질렀더니만 보건소에 상주하는 젊은 의사가 들어와 분만촉진젠가 뭔가 하는 주사를 아내의 팔에 놔주었다. 딸이 세상에 나오기까지 아내의 몸부림은 이루 말로 형용할 수가 없을 지경이었다. 산통이 극에 다다르던 순간 아내가 한 욕을 난 지금도 또렷하게 기억하고 있다.

"씨발놈!"

아이가 세상에 나오려고 머리를 자궁 밖으로 막 내밀던 그 순간에, 아내는 땀이 번들거리는 얼굴로 이를 악물고 자신의 온 힘을 끌어모아 내게 씨발놈이라고 욕을 했다. 산통으로 정신이 혼미해진 사람의 입에서 부지불식간에 새어나온 욕이라면 발음이 그토록 정확하지는 않았을 것이다. 아내가 하고 싶었던 욕이 하필이면 왜 씨발놈이었을까. 아내에게 욕을 들어도 싸지만 그렇다고 죽을 죄를 지은 건 아니다. 하늘에 맹세코, 난 명혜씨에게 욕정을 품어본 적이 없으니까.

*

대전전파사의 문은 굳게 잠겨 있었다. 유리문을 여러 번 두드렸는데도 인기척이 없었다. 가게에 불을 켜두고 나간 걸로 봐서 멀리 간 것 같지는 않았다. 나는 유리에 얼굴을 박고 가게 안을 훑어보았다. 김치냉장고와 에어컨, 세탁기, 가스오븐레인지, 시디플레이어, 전기 압력솥. 가전 3사에서 나온 각종 제품들이 가게 안을 가득 메우고 있다. 계산대와 마주 보이게 놓인 장식장 아래 네모난 공간이 눈에 띄었다. 티브이 한 대가 들어가면 딱 맞을 공간이다. 그가 우리집에 가져온 티브이가 놓였던 자리일 것이다. 가장자리와 가운데 절반이 컴컴해서 한층 우멍해 보이는 공간을 나는 눈이 시리도록 쳐다보았다. 보일 듯 보이지 않는 저 네모난 공간처럼 빈 채로 남은 그의 마음을 기어코 확인하고야 말겠다는 듯이. 다리에 쥐가 나도록 서 있었는데도 그는 오지 않았다. 다리를 두드리며 전파사 앞에 서 있는데 호프집에서 나온 남자 둘이 힐끔힐끔 곁눈질을 하며 지나갔다.

어쩌면 그가 없는 게 잘된 일인지도 모른다. 그가 가게에 있었더라면 나는 열에 들뜬 얼굴로 문을 활짝 열고 들어갔을 것이다. 생전 가게 근처에도 오지 않던 내가 밤중에 나온 걸 보고 당황한 그는 더듬거리며 소파에 앉으라고 권할 것이고, 뭐든 대접을 해야 하는데 있는 건 커피뿐이어서 낭패한 얼굴로 서 있다가 별수없이 서툰 솜씨로 분말 커피를 탈 것이다. 나는 커피를 탈 동안도 기다리지 못하고 거친 숨을 몰아쉬며 그의 등에 대고 말할지도 모른다. 앞뒤에 놓인 말을 전부 잘라먹고 삼십 년의 세월을 단숨에 건너뛰어 한다는 말이. 이제는 너무 많이 쓰여 나달나달해지고 뜻조차 모호해진…… 미안합니다…… 정도겠다. 그는 차 스푼에 담긴 분말 커피를 반은 흘리고 나머지 반만 간신히 종이컵에 넣는 중이거나, 아니면 차 스푼을 놓치고 돌아서서 본래도 커서 겁이 많게 생긴 눈을 한층 크게 치켜뜨고 날 쳐다볼지도 모른다. 심호흡을 하고 머릿속을 정돈해서 말을 한다고 해도 내 입에서 나온 말은 고작 이 정도겠다.

미안해요. 삼십 년 동안 한 번도 당신을 똑바로 쳐다보지 않아서 미안해요. 당신은 늘 내 옆이나 뒤에 있었는데도 없는 사람으로 여겨서 미안해요. 길을 가다가 팔을 조금만 부딪쳐도, 이웃집 여자의 작은 호의에도, 식당의 서빙하는 종업원에게도 미안하다거나 고맙다고 깍듯이 인사하면서 당신에게만은 그러질 못했어요. 당신을 향해 웃은 적이 없고, 고맙다고 말한 적도 없으며, 미안하다고 말하지 못해서 미안해요.

나는 말로써 내 마음을 전달하는 데는 실패할 것이다. 세상에 존재하는 모든 어휘를 총동원한다고 해도. 그가 요행히 말의 행간에 숨은 뜻을 이해한다고 해도 자의적으로 해석할 여지가 매우 높아서 내 뜻이 고스란히 전해지지는 못할 것이다. 그리고 내가 확인하고 싶은 것들을 그도 내게 말하지 않을 게 분명했다. 그도 나처럼 말하지 못할 테니까.

*

큰딸은 이상하게도 명혜씨를 많이 닮았다. 올해 중학교에 들어간 딸이 안방 문을 열고 들어올 때 하마터면 명혜냐고 부를 뻔했다. 허리에 두두룩하게 살이 오르고 눈 밑에 잔주름이 잡히기 시작한 지금의 명혜씨가 아닌 그 옛날 기와집 명혜. 귀밑을 덮을락 말락 한 차랑차랑한 참머리도 그랬지만 교복을 입은 태가 영락없이 명혜를 빼박았다. 그녀에 관한 기억이라면 어느 것 하나 선명하지 않은 것이 없다. 단발머리 중학생, 종종 땋아내린 갈래머리 여고생, 선머슴처럼 청바지에 티셔츠만 입고 다닌 대학 시절, 만삭이 되어 어기적어기적 걸어가던 뚱뚱한 뒷모습까지도 금방 본 것처럼 되살려낼 수가 있다.

티브이를 보다가 요새 한창 뜨는 여배우가 나오면 아내는 저 여자가 예쁘냐고 묻는다. 나는 속으로 그녀보다 예쁘다거나 그녀보다 못하다고 대답을 한다. 세상엔 그녀보다 큰 사람이나 작은 사람이 있고 흰 사람이나 검은 사람이 있을 뿐이다. 이렇듯 그녀는 세상을 보는 내 잣대 구실을 한다. 그럴 수밖에 없는 것이 내가 세상에 태어나 처음 본 여자가 명혜, 바로 그녀니까.

그녀와 같은 하늘 아래 살고 있다는 것이 내겐 더없는 행복이고 내가 숨을 쉴 때 그녀도 다른 곳에서 숨을 쉬고 있겠거니 여기면 마음이 물속처럼 고요해진다. 눈길 한 번 주지 않는 그녀지만, 곁에 있는 것만으로도 가슴이 뻐근해질 때가 있다. 생각에 골몰해 있을 때 자신도 모르게 잘근잘근 깨무는 검지손가락, 오른쪽보다 왼쪽이 더 많이 닳는 구두 뒤축, 어색하고 멋쩍을 때마다 콧등을 찡그리며 손을 이마에 갖다대는 습관, 나는 그녀의 많은 걸 알고 있다. 그녀가 자라나는 걸 봤고 늙어가는 모습도 봤다. 이러면 된 것 아닌가. 사랑이 무어 그리 대수인가.

어린 시절, 갖고 싶은 걸 가져보지 못한 아이여서 나는 포기하는 데도 도가 텄고 아픈 데도 이골이 나서 여간 아파도 통증을 느끼지 못한다. 사람들은 뭣도 모르고 인생, 인생, 하지만 거미줄투성이의 지루한 하루하루가 인생의 전부라고 해도 지나치진 않을 것이다. 햇빛이 쨍하게 드는 날은 기껏해야 일 년에 두어 번도 안 된다는 걸 나는 익히 알고 있다. 책에서 배운 것도 아니고 영화를 보고 느낀 것도 아니다. 잡초처럼 거칠게 살아온 날들을 밑천 삼아 감으로 때려잡은 것이다. 인간처럼 불공평한 게 어디 있으랴. 나는 내 인생이 불리하다는 걸 일찍이 간파해버렸고 그녀도 내 몫이 아니라는 걸 알았다. 그래도, 그래도 말이다, 나도 사람인지라 종종 가당찮은 꿈을 꾸기도 한다. 그녀가 날 위해 더도 덜도 말고 따뜻한 밥 한 그릇만 지어준다면, 맛깔스러운 반찬을 앞으로 밀어주거나 생선 가시를 알뜰하게 발라주는 그녀의 손을 내 생전에 볼 수만 있다면, 그녀를 쳐다보고 가슴 졸였던 날들이, 체한 것처럼 명치끝에 얹혀 있는 것들이 일시에 녹을 것만 같다. 맺힌 마음은 그런 꿈이라도 꿔서 달래기라도 하련만, 때없이 부글거리며 끓어오르는 것들이 있다. 그걸 뭐라고 표현해야 할는지.

문 두드리는 소리를 들은 게 화근이었다. 횡단보도 앞에 서 있는 그녀를 소리쳐 부를 때 나사가 풀리기 시작했고 그녀의 눈빛이 흔들리는 걸 봤을 때 급기야 잠금장치가 고장나고 말았다. 생전 가게 근처에도 오지 않던 그녀가 가게로 나온 걸 보고 전기 합선이 된 것처럼 스파크가 일면서 내 안의 무엇인가가 터져버렸다. 북받치는 감정이 한꺼번에 밀고 들어오는 바람에 화두처럼 품고 살아왔던 파꽃 얘기를 하고야 말았으니. 그해 여름, 마당가에 울려퍼지던 파꽃이라는 명랑한 소리가 아직도 귓가에 울리는데, 그때부터 파꽃은 사시사철 내 안에서 꽃을 피웠는데, 그 모든 것들이 사라지려 하고 있다. 이제 그녀를 볼 수도 없고 금방 감은 머리에서 풍기는 샴푸 냄새를 맡을 수도 없을 것이다. 앞으로 남은 내 인생은 지금보다 훨씬 팍팍해질지도 모르겠다.

*

몇 번 더 유리문을 두드렸다. 텅텅거리는 낮고 묵직한 소리가 가슴을 옥죄며 파고들었다. 나는 그제야 몸이 떨리는 걸 느꼈다. 두 손으로 얼굴을 감싼 채 하늘을 올려다봤다. 오늘따라 밤하늘엔 별도 뜨지 않았다. 어느새 눈이 그치고 찬바람만 날카롭게 부는 거리엔 사람들의 발길이 끊겨 있었다. 횡단보도를 건너려고 하는데 누군가 황급히 부르는 소리가 들렸다. 뒤를 돌아보니 뜻밖에도 그가 전파사 앞에 있었다.

"무슨 소리가 나기에 나왔더니만."

나는 그가 조금도 반갑지 않았다. 반갑기는커녕 가슴이 덜컥 내려앉았다.

"문을 일찍 닫네요."

"겨울엔 해가 짧아 손님이 빨리 끊기거든요."

손바닥을 비비며 어색하게 서 있던 그가 쌍화차를 내왔다.

"안에 사람이 있을 거라는 생각은 하질 않고 문이 밖에서 잠긴 줄만 알았어요."

"안채에 들어가 쉬느라고 문을 안에서 잠근 거였어요."

"방해가 된 셈이군요."

"안 그래도 가게에 나오려고 하던 참이었습니다. 테레비 말고도 손볼 게 몇 개 더 있거든요."

고맙게도 그는 내게 어떻게 왔느냐고 묻지 않았다. 쌍화차를 후룩후룩 마시더니 곧장 우리집에서 가져온 티브이를 꺼냈다. 그는 익숙한 손길로 티브이 뒷면의 고정된 나사를 풀기 시작했다. 작업대는 소파와 두어 걸음 떨어져 있어 시선 두기가 한결 편했다.

"일하는 게 재미있나봐요."

납땜인두로 티브이 뒷면을 지지는 중이어서 연기가 몹시 나는데도 그는 얼굴을 찡그리지 않았다.

"재미있다기보단 하면 할수록 저한테 맞춤한 일 같아요. 기계 냄새, 기름 냄새가 편하게 느껴지거든요. 처음엔 배가 고파 시작했는데 하다보니 이 일이 좋아졌어요. 기계는 손이 간 만큼 고쳐지고 무엇보다 사람처럼 속이 복잡하지 않고 단순해서 마음에 들어요."

"내 눈엔 복잡해 보이기만 하는걸요."

"전기회로나 계기판, 여러 가지 전선이 붙어 있어서 복잡해 보이지만 원리를 알고 나면 의외로 간단해요. 저는요, 나사가 빠졌거나 전선이 꼬였거나 끊긴 걸 보면 참을 수가 없어요. 그래서 부탁하지 않은 것도 고칩니다. 고쳐달라는 것만 손보면 한두 달 지나서 다시 부를 게 뻔히 보이거든요. 장사는 이렇게 하면 안 되는데 하면서도 절로 손이 가는 걸 어쩌겠어요. 사람 일이라는 게 이상도 하지요. 고치지 않아도 될 것까지 고쳐줘 손해를 볼 것 같은데도 한참 뒤에 따져보면 그게 외려 남는 장사였으니."

쌍화차만 마시고 일어설 작정이었다. 여기 올 때 마음과는 다르게, 바람 쐬러 나왔다가 들른 것처럼 하고 일어서야지, 했다. 그에게 물어볼 용기가 나지 않았다. 그나 나나 마흔이 훌쩍 넘은 터수에 그런 걸 물어보기도 열없는 일이기도 해서 그냥저냥 지내고 말자고 마음을 다스렸다. 뜨거운 쌍화차를 마셨더니 얼었던 속이 풀렸고 가게 안의 더운 공기에 몸이 녹진거렸다. 따뜻한 이곳을 두고 바람 부는 거리로 나갈 일이 꿈만 같기도 했다. 소파에 등을 깊숙이 묻고 하릴없이 찻잔을 만지작거리다가 티브이를 고치고 있는 그의 옆모습을 훔쳐보기도 했다. 그러다가 고맙다는 말이 불쑥 나왔다.

"여러모로 신경을 써줘서 고마워요. 내색은 안 하지만 어머니도 무척 든든하게 생각하고 계세요."

174

"제가 뭘 한 게 있다구요."

"우리한테 얼마나 힘이 되는데요. 그런데도 어머니와 난 거기가 고마운 거 잊고 살 때가 많아요."

"그 말은 어머니를 모르고 하시는 말씀이지요. 무심해 보여도 속이 깊은 분이세요."

"필요할 땐 가족처럼 대하고 그렇지 않을 땐 남처럼 대하기도 하고. 차라리 남이라면 예의라도 차렸을 텐데. 거기 기분은 생각지도 않고 우리 편한 대로만 한 게 아닌가 그런 생각이 들어서요."

"실은 그렇게 대해주는 게 저도 편해요. 그쪽 집과는 피 한 방울 섞이지 않은 남이지만 속으로는 남이라고 생각 안 하고 살거든요."

납땜을 하던 그가 일손을 놓고 창밖으로 눈을 돌렸다. 화약 냄새가 코끝을 확 스쳤다. 찢어진 비닐봉지가 유리창에 붙어 한동안 머뭇대더니 제풀에 날려 사라지고 바람이 문득문득 가게 유리창을 흔들며 지나갔다. 그의 눈이 작아지는가 싶더니 눈초리가 점점 아래로 처졌다.

"그쪽은 배고픈 거 모를 거구먼요. 무섭다 무섭다 해도 세상에 배고픈 것처럼 무서운 건 없네요. 어릴 적 내 소원은 밥을 실컷 먹는 거였어요. 그러다 형이 이곳에 전파사를 내면서 따라왔고요. 형수한테 밥을 얻어먹을 때는 눈칫밥이라 먹고 돌아서면 금세 배가 꺼지데요. 그래서 그쪽 집에도 자주 갔던 거구요. 어머니가 내 밥하고 그쪽 밥을 다르게 폈던 거 모르고 계시죠. 그쪽 밥은 밥알을 살살 흩어서 봉곳하게 푸고, 내 밥은 한 숟갈이라도 더 들어가게 주걱으로 꾹꾹 눌러 담아주더구먼요. 밥그릇이 크면 어린 마음에 상처를 줄까봐 밥은 그쪽이랑 같은 그릇에 담고요. 첨엔 밥만 보이더니 나중에는 집이 눈에 들어오데요. 식구 많은 곳에서 북적대며 살다가 그쪽 집엘 가면 조용해서 좋았어요. 무슨 일을 하든 어머니나 그쪽이 일절 상관을 안 하니까 재미도 나고요. 노는 손에 쉬엄쉬엄 고칠 거 고치면서 그쪽 집에서 편히 쉰 폭이지요."

"그래도 거기가 한 일을 생각하면……"

"그쪽이 아니었으면 파꽃도 꽃이란 걸 평생 모르고 살 뻔했으니 고마워해야 할 사람은 외려 난걸요. 파꽃, 기억 안 나시지요?"

"파꽃이라뇨?"

"내가 열아홉이었으니 그쪽은 스물이었을 거요. 서로 말도 섞질 않고 지내던 시절이었는데 그날은 별스럽게 말을 많이 했구먼요. 그해 어머니가 텃밭에 파를 심으셨어요."

그에게 텃밭 얘기를 듣고 나서야 빼곡하게 들어선 푸른 대파와 대궁 위로 꽃망울을 톡톡 터뜨리던 흰 파꽃이 떠올랐다. 머리카락처럼 가는 잡풀이 가랑가랑 자라던 마당가. 시종일관 얼굴을 간질이던 노란 햇빛.

"아! 맞아요. 파꽃을 보고 저것도 꽃이냐고 물었지요."

탁구공처럼 둥근 파꽃이 다문다문 피어 있었으니 7월 초순쯤 되었겠다. 햇살을 품은 호두나무 잎새와 텃밭에 가득한 대파가 한

데 어우러진 7월의 마당은 청렬한 푸른빛으로 차고 넘쳤다. 나는 평상에 앉아 마른빨래를 개켰고 그는 호두나무 그늘에서 선풍기를 고치고 있었다. 바싹 마른 순면의 여름옷들을 접어 개킬 때마다 파삭파삭 기분좋은 소리가 났다. 시원하게 울어젖히는 매미 소리, 이따금 호두나무 잎새를 흔들고 가는 바람, 그가 선풍기 부속품을 가지러 마당을 가로지르며 지나갈 적마다 물 묻은 맨발이 고무 슬리퍼에 닿아 질컥거리는 소리마저도 경쾌하게 들렸다. 텃밭의 파꽃이 눈에 띈 것은 그래서였는지도 모르겠다. 눈길을 확 잡아당길 순백의 흰빛도 아닌, 퇴색하고 바래서 흰빛이라기에도 뭣한 그런 볼품없는 꽃이 눈에 들어왔으니. 때마침 화단엔 화사한 여름꽃들이 앞다투어 피어나던 중이었는데도.

"파꽃이 피었네요."

신기한 듯 말하자 별안간 그가 불퉁거리며 성을 냈다.

"저게 무슨 꽃이에요. 어디 꽃이랄 수가 있나요?"

"왜요? 파꽃은 꽃이 아닌가요?"

"꽃밭에 핀 꽃만 꽃이지 텃밭에 핀 걸 누가 꽃으로 봐주기나 하나요. 말이야 파꽃이니 가지꽃이니 호박꽃이니 좋게들 하지만 그냥 파나 가지나 호박으로 보지 누가 저걸 꽃으로 봐요?"

"파꽃이 어때서요. 꽃만 화려하게 피우는 꽃나무보다는 쓰임새도 많잖아요. 보면 볼수록 대견하기만 한걸요. 파가 억세져서 못 먹겠다 싶어 눈을 거두면 저토록 안간힘을 다해 봐달라고 꽃을 피우니……"

"그럴까요…… 향기는 고사하고 파냄새나 풍기는 저것들도……
꽃 축에 들긴 할까요?"

"그럼요. 꽃밭에 핀 꽃만 꽃이 아니라 텃밭에 핀 꽃도 꽃은 꽃
이에요. 내 눈엔 하얀 파꽃이 예쁘기만 한걸요. 한 대궁에서 올라
와 둥글게 뭉쳐진 저 자잘한 꽃송이들 좀 보세요. 하나하나 뜯어
보면 별것 아닌데 자꾸만 눈이 가잖아요."

대궁 위로 안쓰럽게 피어난 파꽃을 보며 나는 힘을 주어 말했
다. 그는 이제껏 그 말을 잊지 않고 있었단 말인가. 그날 기분에
젖어 대수롭지 않게 흘린 말을.

"그 일이 어제 일만 같은데 벌써 옛날 일이 되고 말았구먼요.
그 시절을 어찌 건너왔나, 돌아보면 스스로도 기특하게 느껴질 때
가 있어요."

마루에서 뻣뻣하게 굳은 그를 봤을 때처럼 뒷목이 차가워져 몸
을 움츠리고 있는데 안채 쪽에서 슬리퍼를 끄는 소리가 들렸다.
문을 닫는다고 나간 사람이 어쩌구 하는 소리가 슬리퍼 끄는 소리
에 묻어 들리더니 안채로 통하는 문이 벌컥 열렸다. 잠옷 차림으
로 나온 그의 아내가 너무 놀라는 바람에 난 자리에서 머쓱하게
일어설 수밖에 없었다.

"어떻게 여길 다아……"

"티브이 맡긴 게 있어서 찾으러 왔어요."

내가 듣기에도 내 말이 군색한 변명처럼 들렸다.

"아…… 예."

긴가민가하는 꺼림칙한 표정을 감추느라고 여민 잠옷 앞섶을
다시 여미곤 하던 그녀가 마지못해 안채로 들어가고 난 뒤 한동안
침묵이 흘렀다.

"이만 갈게요."

그의 아내가 가게로 나올 때부터 가고 싶었지만, 그녀가 나오자
마자 일어서면 이상하게 보일 것 같아 참고 있던 중이었다. 밖으
로 나가려는데 그가 내 옷자락을 와락 움켜쥐었다.

"잠깐만요!"

그의 눈이 이글이글 타올라서, 불티가 탁탁 튈 것만 같아 두어
발짝 뒤로 물러섰다.

"파꽃도 분명 꽃은 꽃이지요? 꽃…… 맞지요?"

나는 그의 말을 잘못 들은 게 아닌가 내 귀를 의심했다. 그가 다
시 묻고 있었다. 열아홉의 풋풋한 청년이었던 그가, 구부정한 등
과 주름진 이마와 굵어진 손마디, 세월이 지나간 흔적을 감추려야
감출 수도 없는 중년의 사내가 되어 다시금 간절하게 묻고 있었
다. 파꽃도 꽃이냐고. 그가 지고 메고 끌고 온 시간들이, 어둠 속
에서 홀로 애를 태우며 견뎠을 시간들이 동시에 여러 곳에서 아우
성치는 것만 같아 나는 입을 어웅하게 벌리고 뒷걸음질을 쳤다.
내가 세 발짝 뒤로 가면 그는 두 발짝 다가와 충혈된 눈으로 물었

다. 파꽃도 꽃이냐고.

삼십 년을 한결같이 내 인생의 배경으로만 존재했던 그가 느닷없이 생의 전면에, 그것도 놀랍도록 생생하게 부각되는 순간에 나는 그만 말문이 막혀버렸다. 나는 빚진 게 없다고 소리치고 싶었다. 미안할 뿐이지 빚을 진 건 아니라고. 그럼에도 불구하고 당신은 왜 날 빚쟁이 몰듯 하느냐고 따지고 싶었다. 기미도 흔적도 없이 당신 혼자 꽃 피우고 열매를 맺었던 삼십 년의 시간을 난 정말로 몰랐던 것이지 모른 체한 게 아니었다고 항변하고 싶었다. 그랬는데 말이 나오지 않았다.

유리문을 등으로 밀고 나올 때에도, 전속력으로 달리는 차에 들이받힌 것 같은 얼굴로 가게 앞까지 따라 나온 그가 두 팔을 아래위로 번갈아 내흔들며 뭐라 뭐라고 외쳤을 때에도 나는 어어어, 외마디를 지르며 뒷걸음질을 쳤다. 등뒤로 주유소와 떡집이 거꾸로 뒤집혀 흔들흔들 지나갔다. 전봇대와 앙상한 가로수와 상점의 간판들이 눈앞에서 빙빙 돌았다. 발목이 접질리는 바람에 그예 길바닥에 주저앉고 말았다. 무릎에 얼굴을 파묻고 있으려니 따뜻한 물기가 눈가로 비어져나왔고, 그때야 비로소 혀 밑에 잔뜩 짓눌렸던 발음이 입 밖으로 새어나왔다. 파……꽃.

이 땅의
낯선 자

내가 그 택시를 타게 된 건 순전히 햇빛 때문이었다. 안과의사는 내게 햇빛을 피하라고 했다. 아무런 준비 없이 햇빛에 노출되는 일은 햇빛의 마성을 그대로 받아들이겠다는 선전포고와 같다고 누누이 강조했다. 지하에 머물다가 갑작스레 햇빛 속으로 나올 때는 더욱더. 그랬음에도 나는 백화점 지하에 있는 슈퍼마켓에서 두 시간 이상을 머물렀다. 생필품과 먹거리로 가득찬 비닐봉지를 양손에 거머쥐고 어깨로 백화점 유리문을 밀고 나오자마자 햇빛이 눈 속을 날카롭게 파고들었다. 재빨리 눈을 가렸지만 소용이 없었다. 이미 눈은 송곳으로 쑤신 듯 아프고 검은 눈물이 줄줄 흘러내렸다. 오늘은 왜 안 하던 마스카라까지 발랐을까. 손으로 눈을 가리느라 함부로 집어던진 비닐봉지가 옆으로 기우뚱 넘어지면서 차곡차곡 담은 내용물이 여차하면 길바닥으로 쏟아져나올 태세였다. 활짝 벌어진 비닐봉지 위로 납작하게 눌린 장미가 고개를 빼죽 내밀고 있다.

열한시 이십분. 열한시 정각에 출발하는 백화점 셔틀버스는 가고 없다. 슈퍼마켓에서 메모지에 적힌 구매 품목 이외에도 알 밴 조기 한 두름과 손가락으로 누르면 보라색 잉크가 묻어날 것 같은 가지 세 개와 새파란 아오리 사과 열 개를 더 골랐다. 물론 몸에 좋다는 붉은 포도주도 빼놓지 않았다. 남편은 오후 세시에 온다고 했다. 주말. 내친김에 꽃집에서 검붉다못해 새까맣게 보이는 장미 한 송이까지 곁들여 샀다. 오늘밤에는 검은 고양이처럼 새까만 립스틱을 바르고 검정색 슬립을 입을 작정이었다. 권태기에 접어든 남편을 도발적인 포즈로 유혹할 심산이었다. 그랬는데…… 꽃가게만 들르지 않았어도 열한시에 출발하는 셔틀버스를 탔을 거였다. 다음 버스를 기다릴 자신이 없었다. 그렇다고 저 짐을 들고 버스 정류장까지 걷는다는 건 암만해도 무리였다. 얼떨결에 엄마 손을 놓친 아이처럼 어벙벙한 얼굴로 텅 빈 셔틀버스 대기소를 봤다. 멀리 어릉거리는 풍경을 가르고 물 날린 청색 택시 한 대가 다가오는 게 보였다.

"사당동!"

택시를 향해 성마른 소리를 내질렀다. 선글라스를 낀 기사가 고개를 끄덕거렸다. 괜히 사당동을 부르며 악을 써댔군. 타면서 보니 빈 차였다. 두 명의 남자가 간발의 차이로 사당동을 부르며 택시로 뛰어들었다. 기사가 합승을 해도 괜찮겠느냐는 양해를 구하기 위해 뒤를 돌아보는 시늉을 했다.

나는 손거울을 들여다보며 사물거리는 눈가를 닦아내느라고 합승 따위엔 신경을 쓰지 않았다. 눈 주위에 번진 마스카라의 흔적을 없애는 일이 무엇보다도 급했다. 분첩으로 콧잔등에 맺힌 땀을 꼭꼭 눌러주고 나서야 합승한 두 명의 남자를 보았다. 아니, 보였다고 해야 맞는다. 차 안에서 겨우 햇빛을 피했으니까. 갓 이발을 했는지 면도날 자국이 또렷한 앞자리 남자의 뒤통수를 보며 후유, 한숨을 뱉고는 의자에 등을 깊숙이 묻었다. 햇빛 속에서는 사물이 제대로 보이지 않는다. 뿌연 부유물들이 눈앞에 떠다녀 꼭 어질병을 앓는 사람 같다. 흔한 안과 질환의 일종인데도 이상하게 잘 낫지 않았다.

내가 칼을 본 것은 총신대입구 전철역쯤이었을 것이다. 모퉁이를 돌아 언덕배기만 오르면 내가 사는 아파트 단지여서 발치에 둔 비닐봉지를 간추리고 그 속에 끼워둔 지갑을 꺼내려고 허리를 구부렸을 때였다. 그때, 심상찮은 빛이 반짝거렸다. 햇빛이라고 하기엔 빛이 너무 강해 눈이 자동으로 감겼다가 떠졌을 때. 내 앞자리, 기사 옆에 앉은 면도날 자국이 선명한 남자의 손에 칼이 쥐여 있는 걸 봤다. 나는 사태의 심각성을 눈치채지 못하고 잘 벼린 칼날에 부서지는 생선 비늘 같은 햇빛의 입자들을 피하기에만 급급

했다.

"계속 갓!"

운전석을 향해 고개를 약간 튼 앞자리 남자가 사리문 이빨 새로
이 말을 질경질경 씹어뱉었을 때에야 슬며시 등을 곧추세웠다.

"허어, 앤 아직도 물인지 불인지 도통 모르는 눈치야."

옆에 앉은 뚱보가 엄지손가락으로 날 가리키며 콧김 빠지는 소
리를 냈다.

"냅둬라. 곱게 자란 기집들일수록 원래 맹한 법이야."

그제야 난 그들이 한패라는 걸 알았다.

"경부고속도로로 진입햇! 딴짓하면 그대로 쑤시는 거 알지?"

면도날 자국이 손에 들고 있던 칼을 기사 허벅지에 바짝 들이대
었다. 말로만 들은 회칼이었다. 정육점에서 쓰는 칼에 비하면 좀
긴 편이고 흰빛을 띠었으며 몸체가 가늘고 얇았다. 낭창낭창한 저
칼은 칼끝을 살짝 갖다대기만 해도 무엇이든 사악사악 원하는 모
양대로 쉽게 썰릴 것 같다. 싱크대 안, 칼꽂이에 꽂혀 있을 무딘
내 칼이 생각난다. 오래전, 남편이 독일 출장을 갔다 오면서 사다
준 쌍둥이칼이었지만 이제는 날이 무딜 대로 무뎌져 애호박이나
오이 같은 무른 재료를 썰 적에도 팔목에 잔뜩 힘을 주어야만 했
다. 면도날 자국이 들고 있는 얄팍한 칼이 몹시 탐난다. 남편은 칼
을 갈아준다 준다 하면서도 몇 달째 미루고 있다. 칼은 남편에게
중요한 물건이 아니었다. 무딘 칼은 매일 쓰는 내게만 심각한 문

제였지 남편에겐 오늘 꼭 파지 않아도 되는 귀지 같은 것, 뭐 그런 종류의 하찮은 문제라 쉽게 잊어버렸을 것이다. 그런데 왜, 이 위급한 순간에 미루기만 하고 칼을 갈아주지 않은 남편에게 불같이 화가 나는 것일까? 뜨거운 불덩이가 아랫배에서 치솟아오르는 걸 누르기 위해 숨을 배까지 깊게 들이마신 후 천천히 토했다.

"쑤시는 것도 그냥 쑤시는 게 아니고 쑤신 상태에서 칼을 한 바퀴 돌리면 지옥이 눈앞에서 왔다갔다한다지."

면도날 자국의 협박이 계속되었다. 기사의 허벅지에 겨눈 칼이 다시 반짝 빛을 발했다. 망할 놈의 햇빛. 선글라스를 낀 기사의 표정을 읽을 수는 없지만 그도 나처럼 피가 마르는 것 같을 거다. 자꾸만 칼이 탐난다. 저 칼로 검무를 춘다면. 검무용 칼과 비슷한 크기였다. 날아갈 듯 가벼운 남색 갑사 도포를 차려입고 반짝이 달린 갓을 쓴 내가 보인다. 붉은 입술로 갓끈을 물고 눈초리를 치켜올려 좌중을 훑으면 숨소리조차 들리지 않는 완전한 침묵. 잘랑잘랑 방울을 흔든다. 허잇샤, 허잇샤. 몸이 겅중겅중 솟구친다. 뽀얀 버선발이 위태위태하다. 머리 위에서 교차하는 칼의 명징한 소리. 가벼운 칼이라야 춤이 가능하다. 토요일 오후마다 국립국악원에서 살풀이를 배웠다. 사장의 스케줄을 짜고 시급히 결재해야 할 서류를 올리는 일 따위의 시시한 비서 업무에서 벗어날 수 있는 토요일 오후. 무엇보다도 회사의 제복이 싫었다. 화사한 색조로 정돈된 화장을 하고, 있는 듯 없는 듯 행동은 날렵하게, 사장의

부름엔 간단명료하게, 매사에 빈틈이 없어야 한다. 토요일 오후
가 되면 비서실장의 지긋지긋한 잔소리와 제복을 벗어던지고 그
모든 '간단명료'들을 벗어던지고 느려터진 걸음으로 흐느적흐느
적 국립국악원의 언덕길을 올라갔다. 남편은 살풀이를 추는 나를
연습실 유리창으로 훔쳐보곤 반쯤 넋이 나간 얼굴로 청혼을 해왔
다. 내 청혼을 받아주겠니. 두 달만 지나면 살풀이를 끝내고 검무
를 배울 텐데. 남편은 이 말을 청혼의 승낙으로 여겼다. 열이 오른
다. 버선만 있다면, 솜을 넣은 버선만 있다면 저 날씬한 회칼을 잡
아채어 이 열기를 그대로 끌어안은 채 작두 위에서 사뿐사뿐 춤이
라도 추겠다.

"어쩔 셈이슈?"

기사가 면도날 자국을 슬쩍 떠본다. 불안한 목소리는 아니었다.

"너? 아님 저 여자?"

"둘 다."

"새애끼, 우리 같은 손님 몇 번 받아봤냐? 배때지 내미는 거 보
니 초짜는 아닌 것 같고."

"두어 번."

"그럼 잘 알겠네. 돈 다 뱉어내, 새꺄!"

면도날 자국보다 옆자리에 앉은 뚱보의 입이 거칠었다. 성급히
본심을 드러내는 걸로 보아 뚱보는 면도날 자국의 졸개임이 분명
했다.

"오늘 사납금도 못 채웠는데."

기사도 만만찮다. 이 판국에 사납금이 문젠가.

"안다, 임마. 내 친구 중에도 운전대를 잡는 녀석이 있어서. 그래도 어떡허냐, 재수 옴붙었다고 생각해야지. 억울하면 불우 이웃 돕는 셈 쳐도 되고."

어르고 달래는 품으로 보아 확실히 면도날 자국이 한 수 위다. 멀리 고속도로 톨게이트가 보였다. 여기서 잘만 하면 이 상황에서 벗어날 수도 있다. 창 쪽으로 빠르게 몸을 트는 순간, 뚱보의 팔이 내 어깨를 왁살스럽게 잡아챘다. 훅 끼치는 역한 땀냄새. 흔히 중국집 주방에서 맡게 되는 들척지근하고 구리터분한 냄새가 귓바퀴로 목 언저리로 끈끈하게 감겨왔다. 나는 뚱보에게 안긴 상태에서 벗어나려고 상체를 옆으로 비틀었다. 뭔가, 허리께에 딱딱한 것이 느껴졌다. 칼 아니면 총? 눈이 마주친 뚱보가 프프프, 웃었다. 맥이 풀렸다. 다른 사람들에겐 우리가 다정한 한 쌍의 커플로 보일 것이다. 불룩하게 앞으로 나온 뚱보의 배가 아래위로 심하게 들썩거렸다. 통행권을 받아가세요. 높낮이가 없는 기계음이 끝나기가 무섭게 기사는 마그네틱 선이 그어진 통행권을 빼 면도날 자국에게 디밀었다.

"저 여잔 어쩔 거유?"

"두고 보면 알아. 죽고 싶지 않으면 운전이나 잘해."

면도날 자국은 웃음까지 띤 평온한 얼굴로 대꾸했다. 다른 차에서 보면 택시를 대절한 어느 고객이, 기사 양반, 오늘 날씨 좋죠? 한가하게 여담이나 즐기는 걸로 보일 만한 풍경이다. 뚱보의 겨드랑이에 눌린 어깨가 욱신거리기 시작했다. 그래도 혼자가 아니고 같은 배를 탄 사람이 있다는, 기사와 나는 같은 편이라는 생각이 앞으로 다가올 위기에 대한 불안감을 어느 정도는 해소해주었다. 톨게이트를 벗어나 네 줄로 흩어지는 자동차들의 꽁무니를 따라가다가 차선을 건너 1차로로 접어들었다. 푸른 숲을 휙휙 지나친다. 120, 125? 아니 130쯤, 점점 속도가 붙는다. 내 어깨를 안고 있던 뚱보의 한쪽 손이 꼼지락거리는가 싶더니 몸 여기저기를 더듬기 시작했다. 큰 지렁이 한 마리가 속옷 안으로 기어들어와 꿈틀꿈틀 몸을 트는 것 같다. 지렁이는 꼬리를 잘라버려도 그 순간 머리를 위로 틀어 몸을 꿈틀하면 그뿐, 제 꼬리 잘린 것에는 아랑곳하지 않고 가던 길을 계속 가는 미련한 놈이 아닌가. 끼아악! 소리를 지르자 입을 막으려고 달려드는 뚱보의 배를 와락 밀쳐냈다. 뚱보의 손에 쥐어 있을 칼이나 총 따위는 안중에도 없었다. 그깟 것들이 지금 몸속에서 꿈틀거리는 지렁이에 비기겠는가 말이다.

"아니, 이년이 죽으려고 환장을 했나."

한 대 치려고 위로 쳐든 뚱보의 손안에 든 건 칼도 총도 아닌 핸드폰이었다.

"야, 물건 기스 내지 마. 떨이로 팔아치울 일 있냐?"

면도날 자국이 돌아보며 인상을 썼다. 공중에 쳐들린 뚱보의 손이 힘없이 스르르 아래로 내려왔다.

"에이 씨팔. 난 이런 년들 보면 오장육부가 다 꼬여. 잘 처먹고 살았나봐. 피부에 윤기가 잘잘 흐르고 군살도 없는 걸 보면. 야! 니들은 처먹는 데 억수로 돈 들이고 처먹어서 불린 살 빼는 데는 그 몇 배의 돈을 싸 바른다며?"

"……"

"이런 년들 돈 좀 나눠 쓴다고 집어 처넣는 놈들은 또 뭐야."

뚱보가 비닐봉지를 발로 툭 걷어찼다. 그 바람에 불안하게 꽂혀 있던 포도주 병이 또그르르 굴러나왔다.

"어쭈구리! 포도주씩이나. 오늘밤에 남편하고 한잔하려고 샀냐? 꼴에 밝히긴."

둥근 칼라의 드레스 셔츠를 받쳐 입은 뚱보가 실쭉 웃음을 날렸다. 짧은 목에 둥근 칼라는 어울리지 않아. 갑갑해. 단추라도 하나 열어놔. 남편이라면 그렇게 말했을 것이다. 뚱보는 이빨로 포도주 병의 뚜껑을 따 면도날 자국에게 건넸다.

"많이 마시진 말고."

"알았어. 근데 안줏거리는 없나?"

고개를 흔들었다. 씨발년, 도대체 협조를 안 해. 뚱보가 투덜거리며 비닐봉지 속을 휘젓기 시작했다. 한참 만에 뚱보의 손에 딸려 나온 건 안줏거리가 아니라 지갑이었다.

"어디 보자, 얼마나 들었나. 이게 뭐야? 겨우 팔만원. 야! 현금 좀 가지고 다녀라. 현금 가지고 다니면 누가 잡아먹냐. 카드가 하나, 둘, 셋이라…… 어? 두 개는 골드네."

"현금만 빼고 카드는 얌전히 집어넣어."

"그래도 골든데…… 형, 우리 마스크 쓰고 사백만 빼자."

뚱보가 면도날 자국에게 사정조로 말했다.

"쌍, 둔하긴. 카드는 위험해. 지난달에 메추리알 그 새끼 짭새한테 딸려가는 거 코앞에서 보고도 지금껏 정신을 못 차렷!"

면도날 자국에게 통바리를 먹은 뚱보가 날 한번 노려보고는 병나발을 불었다. 눈가죽에 지방질이 많이 끼고 쌍꺼풀이 넓게 잡혀 있어 제아무리 상대방을 노려봐도 눈이 매섭게 보이지 않고 떨해 보였다. 뚱보가 살진 뺨을 실룩거리며 지갑 속에서 주민등록증을 뺐다.

"에…… 이름이 윤명주라…… 이거 사람 기죽게 맨드누면. 야, 이년아. 누군 어릴 적에 보푸라기 팍팍 이는 엑슬란만 신물나도록 입고 살았는데 니년은 이름부터 명주냐…… 앙!"

"……"

"천구백육십오년생이면…… 어디 보자…… 이런 서른셋이잖아. 팍 쉬었구먼. 니 남편은 뭐하냐?"

"……"

"요새 년들은 주민등록증을 까보지 않으면 이십댄지 삼십댄지 분간이 안 돼. 니 남편 뭐허는 놈이냐구? 이래도 말 안 할래."

뚱보는 생긴 대로 무지막지하게, 구둣발로 내 발등을 밟아 비틀더니 자근자근 밟았다. 허리가 푹 꺾였다.

"형씨! 우리 좋은 말로 헙시다."

더이상 보고만 있을 수 없었던지 기사가 거들고 나섰다. 쇳소리가 간간이 섞인 친근감을 주는 목소리였다.

"넌 신경 끄고 운전이나 해."

면도날 자국의 응원에 신이 난 뚱보가 빈 포도주 병을 거꾸로 들고 눈을 부라렸다.

"너 이거 보이지? 저 기사 양반 말마따나 좋은 말로 할 때 술술 불어. 그 잘난 면상이랑 아랫도리를 날깃날깃하게 그어놓기 전에."

띨해 뵈는 인상과는 달리 세게 나온다. 이판사판. 일단 배수진을 치고 버텨보자.

"니 남편 뭐해?"

"S투자신탁에 다녀……요."

"직위는?"

"대리."

"부서는?"

"자금부."

"자금부라, 물건 제대로 골랐네. 하루 현금 동원 능력이 얼마래더냐?"

면도날 자국이 묻었다. 얇은 입술에 쪽 빠진 하관. 저 친구는 신경이 날카롭겠다. 좀더 고분고분해져야겠다.

"그런 건 잘 몰라요."

"허긴, 사내놈이 집구석에 와서 회사 일을 미주알고주알 주절거리는 것도 꼴불견이지. 집이 사당동이랬지. 몇 평에 사냐?"

"서른세 평."

"젊은 게 스물네 평이면 됐지 서른세 평이 뭐야, 서른세 평이!"

염장 지르고 자빠졌네, 어쩌구 하며 제풀에 푹푹거리던 뚱보가 급기야 지갑으로 머리를 후려쳤다. 그래, 때려라, 때려!

"애새끼는."

"⋯⋯"

"귓구멍이 막혔냐? 애는 몇 명이나 까질렀냐구."

"없어요."

"없다니, 이게 누굴 갖고 놀려고 들엇!"

또 지갑이 날아왔다. 지갑 속에 들어 있던 은행 카드와 전화 카드가 우수수 떨어져내렸다. 치마 위로 떨어진 전화 카드를 만지작거리며 기어들어가는 목소리로 말했다.

"정말로 없어요."

"결혼한 지는 얼마나 됐어?"

"오 년."

"이런 제길, 내가 눈이 삤지. 하필이면 팍 상한 걸 골랐구먼. 형,

애 얼마 부를까. 한 일억?"

"미쳤냐. 애도 없는데 마누라 밑으로 일억씩이나 처넣는 골 빈
놈이 어딨어."

"허긴 길거리 나서면 쌔고 쌘 게 기집인데. 그러니까 내가 애들
을 잡자고 했잖아."

"어린이 유괴했다가 잡히면 바깥세상 구경은 엄두도 못 내. 내
조카가 있어서 하는 말이 아니고 어린이 유괴하는 인간은 인간도
아냐. 비록 세상이 드러워서 나쁜 짓을 해 먹고 살더라도 우리만
큼은 인간적으로 하자."

"니 남편 어디 나왔냐. 어느 대학 나왔냐구?"

"H대."

"대갈빡 잘 굴리겠는걸. 형, 애 얼마 받을 거야?"

"글쎄…… 삼천만 받을까."

삼천이라니. 내가 삼천밖에 안 된다니. 한 번도 내 값어치를 돈
으로 환산해보지 않았다. 그런데 납치범에 의해 적나라하게 드러
나는 내 몸값. 억울했다. 얼마나 용을 쓰며 살아왔는데 겨우 삼천
밖에 안 된다니.

"에이, 그건 너무 적어. 천오백씩 나누면 쓸 게 뭐 있어. 자금부
대리래잖아. 강남 살고. 오천 부르자고. 있는 놈들한텐 오천이 돈
이겠어?"

"거래를 할 때는 그쪽에서도 수긍할 수 있는 합당한 가격을 불

러야 뒤탈이 없는 거야. 같이 산 세월이 이십 년 넘은 망구라면 이삼억도 부를 수 있어. 미운 정 고운 정 다 든 정값이거든. 자식이라도 있으면 또 모르겠다. 계모 손에 애 키우게 될까봐 벌벌 떨기라도 하지. 쟤는 애도 없이 오 년 살았대잖아. 똥값이지, 뭐."

"재수…… 엿……"

뚱보가 창문을 열고 잇새로 침을 찍, 뱉는다. 모멸감으로 입술을 깨물었다. 너희는 모른다. 내 남편이 얼마나 나를 사랑하는지. 그는 나를, 내 살풀이춤을 보지 않으면 잠들지 못한다.

"요샌 한 달에 반 이상을 증권회사 객장에 나가 있어. 객장에 앉아서 전광판을 뚫어지게 보고 있으면 주식 시세표는 간데없고 살풀이를 추는 니가 보여. 니 손짓, 니 눈길…… 니가 몸을 기울였을 때 모였다가 살짝 외로 틀 때 흩어지는 치마 주름 같은 것들."

신혼 초. 남편은 밤마다 하얀 명주 수건을 던져주며 살풀이를 추어달라고 떼를 썼다. 나는 흰 한복을 입고 기꺼이 그의 앞에서 춤을 추었다. 깊은 곳에 웅크린 그의 영혼을 명주 수건 하나로 불러내었다. 남편이 혼자서 건너왔을 유년과 성년의 강들. 가슴 안에 잣 껍데기처럼 딱딱하게 맺혀 있었을, 그를 위태롭게 했을 거센 물살들을 다 잊으라, 풀라, 다독거렸다. 우리가 풀어야 할 수많은 살들. 맺힌 데는 풀고 끊긴 곳은 이으면서 천천히 아주 천천히. 그는 멀찍이 떨어져 앉아 내 한 동작 한 동작을 들이마시듯 음미하곤 했다. 나울거리는 수건 자락에 정신을 빼앗기다가 외씨버선을 치켜들며 한나, 두울, 세에엣, 나붓이 팔을 내리면 그제야 내쉬는 그의 숨소리. 저고리 고름을 풀고 치맛말기를 끄르고 우리는 구석기시대보다도 아득한 곳으로 거슬러올라가 밤마다 만나곤 했다. 나는 자신이 있었다. 남편은 나를, 내 살풀이를 포기하지는 않을 것이다.

"내 남편은 부르는 대로 돈을 줄 거예요."

킥, 하는 소리가 뚱보의 입에서 새어나온 순간, 면도날 자국이 싱긋이 웃으며 돌아보았다.

"왜, 자존심 상했냐? 나는 일반적인 시세를 얘기했을 뿐이야."

웃으니까 인상이 아까와는 딴판이다. 쪽 빠진 하관이나 얇은 입술이 날카롭게 보이는 게 아니라 단정하게 보인다. 치열도 고르고 칫솔이 쉽게 닿지 않아 누렇기 십상인 양쪽 어금니도 깨끗하다. 돈만 주면 막가는 행동은 안 할 사람 같다.

"보기보다 되게 순진하네. 니 낯짝으론 삼천도 많아. 앤 물정을 몰라도 한참 몰라. 야!"

왜? 면도날 자국의 웃음 때문에 자신감이 붙어 턱을 뚱보 쪽으로 빳빳이 치켜들었다.

"자판기 회사 사장이 사원들에게 설문지를 돌렸대. 만약 당신이 자판기 회사 사장이라면 어떤 자판기를 만들고 싶냐구."

잘 나가다가 삼천포로 빠진다더니 이건 또 무슨 얘긴지.

"백원을 넣으면 섹시한 여자가 나오는 자판기를 만들겠다는 것이 2위였어. 그럼 니 생각에 1위는 뭘 것 같냐?"

"……"

"1위는 말이야, 마누라를 집어넣으면 백원이 나오는 자판기였어. 알겠니? 이게 싸나이들의 심보라구."

뚱보의 얘기를 듣고 보니 쬐끔 자신이 없어진다. 요즘은 주식시세에 따라 남편의 성감이 좌우되는 것 같다. 주식시세가 내려가면 그의 성감도 현저히 떨어졌다. 곰곰 생각해보니 살풀이도 주식시세 앞에서 맥을 못 춘 지 오래였다. 권태기는 남들에게나 해당되는 말인 줄 알았었다.

"어…… 얼마를 요구할 건가요?"

나는 무지막지한 뚱보와 상대하지 않고 그보다는 인간적인 면도날 자국과 협상하기로 마음을 먹었다. 그는 어린이 유괴만은 절대로 하지 않는다는 자기만의 룰을 가지고 있는 사람이 아닌가.

"삼천."

면도날 자국이 짧게 대답했다. 오늘 장사 조졌네. 뚱보가 툴툴거렸다.

"만약에 돈을 주지 않으면 날 죽일 건가요."

"그건 니 남편 나오는 폼을 봐서 결정할 일이고. 야! 김천쯤에 내려서 전화하자."

"에이, 형, 귀찮게 그럴 건 뭐 있어. 지금 하지, 뭐."

면도날 자국이 날쌔게 팔을 뒤로 뻗어 뚱보의 핸드폰을 확 잡아채고는 눈을 매섭게 치떴다.

"꼬리 잡히려고 환장했어? 전화번호 추적이 기본이라는 거 몰라? 이동중에는 공중전화가 가장 안전하단 말이야."

"야, 전화번호 댓!"

뚱보가 화살을 내게로 돌렸다. 남편을 시험하고 싶다. 남편을 시험하기에 이보다 더 좋은 기회는 없지 않은가. 누구 암 걸려 죽일 일 있어? 생선을 태웠다고 쌩 토라지던 그. 아침마다 마시는 과일 주스에서 뭔가 씹힌다고 인상을 구기던 그. 주서기로 갈면 나가는 과육이 많아 믹서로 갈아 건더기까지 마시게 한 건데. 점점 자신이 없어진다. 과연 그가 삼천만원을 가지고 나와 날 찾아갈는지. 그는 아직도 멀쩡한 승용차에 키를 꽂을 때마다 다달이 붓는 적금을 깨서라도 새 차로 바꾸고 말겠다고 노래를 불렀었다. 삼천만원이면 새 차를 두 대는 뽑을 수도 있는 돈이다.

"기사 양반, 그 색안경 좀 벗을 수 없소?"

회덕 인터체인지에서 길이 막혀 가다 서다 하니까 지겨웠던지 면도날 자국이 기사에게 딴지를 걸었다. 아까처럼 막말이 아니어서 듣기에는 편했다.

"내 선글라스 말이오?"

"그렇수. 우리 형님이 늘 폼으로 색안경을 쓰고 다니거든. 아까부터 티꺼웠수. 꼭 형님 옆에 앉아 있는 것 같아서."

아무 소리 없이 기사가 선글라스를 벗었다. 선글라스를 선반 위에 얹기 위해 쭉 뻗은 오른쪽 팔의, 반쯤 걷어올린 소매 틈새로 문신이 보였다. 용이라고 새긴 모양인데 조잡한 솜씨 덕에 뱀 같았다. 손마디를 와르르 꺾던 면도날 자국도 기사의 팔에 새겨진 용문신을 본 모양이다.

"기사 양반도 큰집 출신이슈?"

"그렇소."

"어쩐지 그래 보이더라니. 운전대는 어떻게 잡게 됐수? 용하슈."

"마누라 고향 사람이 하는 회사라……"

"드러워. 어디서나 인맥이구면. 난 말이오. 큰집을 나와설랑 이동네에서 손 씻고 착실하게 살아보려고 했던 적이 있소. 할망구가 어찌나 울고불고 매달리는지 마음이 짠했다 이거요. 국가가 인정하는 자격증도 없고 가방끈도 짧은 놈이니 밑바닥부터 착실하게 기다가 불쌍한 기집 만나 애새끼 까지르며 한번 살아봐야겠다, 하루 한 끼라도 깨끗한 밥 먹어야겠다 했는데 니기미, 공장에서도 전과가 있어서 안 받아줍디다. 할 수 없이 노가다판을 기웃거려봤수. 몸으로 때우는 일이라면 자신이 있기도 했고. 쓰펄, 노가다판에서도 물먹입디다. 내 마빡에 전과자라는 딱지가 붙어 있는 것도 아닌데 귀신같이 알더라고. 우리가 뭐 보균자라도 되냐, 이 말이오. 내 말은. 열만 팍팍 받고 술집 기도로 돌다가 다시 이 짓이우."

운전기사는 묵묵히 면도날 자국의 얘기를 들었다. 팔에 조잡한 문신이나 새기고 전과까지 있는 걸로 보아, 면도날 자국의 인생보다 크게 낫지 않았을 자신의 젊은 날을 생각하는 것일까. 눈썹 숱이 무성하고 눈초리 밑에 희미하게 칼자국이 남아 있는 기사의 얼굴을 룸미러로 흘끔흘끔 훔쳐봤다.

"이 세상에는 확실한 금이 있다 이거요. 금 이쪽과 저쪽. 금 이쪽에 있는 것들은 저쪽 금은 안 보고 다른 쪽 금을 보지. 어떡하면 중류나 상류층으로 발돋움할 수 있을까 하는 배부른 수작들. 더이상 갈 데가 없어. 세상이 날 여기까지 민 거야. 좆만한 새끼들. 삐끗 발을 잘못 디뎌 수렁에 빠졌으면 기어올라와 다시 살 기회를 줘야지. 수렁에 빠졌다가 젖 먹던 힘을 다해 기어올라오는 놈을 여럿이 합심해 등 떠밀면 어쩌냔 말이야. 나도 인간인데 가만있겠냐구. 떼미는 손모가지라도 잡아끌고 같이 죽자고 물귀신 작전을 쓸 수밖에. 결론적으로 말해 나 같은 인간도 금 안에서 살고 싶었다 이 말이오."

에…… 드러워, 페, 페, 페에. 면도날 자국은 창문을 열고 나오지도 않는 침을 혓바닥까지 내밀며 억지로 뱉었다. 그러고는 의자 등받이에 몸을 푹 파묻은 채 고개를 위로 쳐들고 있는 걸로 보아, 아마도 택시 천장을 멀거니 올려다보고 있는 모양이다. 어쩌면 면도날 자국은 자신이 페, 페, 페에로 표현한 더러운 세상에 대해 지금보다 더 지독한 복수를 꿈꾸고 있는지도 모른다. 나 또한 내가 알게 모르게 수렁에 빠진 그의 등을 떠민 적은 없는가.

창밖엔 부드러운 햇빛이 들판과 산등성이를 골고루 비추고 있다. 움푹 들어간 골짜기나 아득히 높은 산마루에도 똑같이 따뜻하고 부드러운 빛이 넘실거린다. 그럼에도 산마루보다 골짜기가 더 어두워 보이는 건 움푹 들어간 지형 때문이리라. 어두운 골짜기……에 마음이 쓰인다. 골짜기는 만물이 잠드는 깊은 밤에도 홀로 잠들지 못하고 깨어 높은 곳에 자리한 산마루를 부러워했으리라. 골짜기는 가슴에 품고 있던 계곡을, 방울방울 눈물로 만든 계곡물을 쉬지 않고 흘려보내도 산의 아래로 아래로만 흐를 뿐 정작 닿고픈 산마루에는 미치지 못하니. 그래서 같은 바람소리도 산마루보다 골짜기에서 들리는 바람소리가 더 깊고 휘휘했던가. 산마루에 비해 햇빛이 두텁지 못한 골짜기엔 낙엽이 쌓이고 퍼런 이끼도 지저분하게 끼지만 그래도 정작 키워야 하는 나무만큼은 산마루보다 많고 더 튼실하게 자란다는 걸 혹여 골짜기는 잊고 있었던 건 아닌지. 목을 길게 빼고 면도날 자국의 눈을 가만히 들여다보고 싶어졌다.

"사실은 이번 참에 한탕 크게 하면 이 바닥을 뜨려고 했수. 드러운 세상이지만 할망구 죽기 전에 소원이나 풀어주려구. 하루에 기차가 두세 번 서는 그런 작은 역 앞에다 방앗간을 차리고 싶었수."

"니기미, 촌구석에서 방앗간을 해 몇 푼이나 번다고."

"초 치지 말고 듣기나 해, 새꺄!"

면도날 자국은 뚱보를 향해 주먹을 쥐어 보이고는 하던 말을 계속했다.

"우리 할망구 소원이 방앗간 하는 거유. 왜 시골에서는 방앗간이나 양조장을 젤로 치지 않소? 한밑천 잡으면 방앗간을 번듯하게 차려서 장날마다 참기름도 짜고, 고추도 빻고, 가래떡도 빼면서 바쁘게 살고 싶었소. 피댓줄 돌아가는 소리를 노랫소리 삼아 고추 매운 내에 눈물도 흘려가며 흰 떡쌀 가루를 부옇게 뒤집어써가며 그렇게 말이오. 조기축구회나 들어 새벽마다 공을 차고 가끔은 소방대 자치대원으로 나서서 불난 집에 가 불도 꺼주고 하면서."

으이구, 지겨운 십팔번 또 시작하네. 뚱보가 혼잣말로 작게 구시렁거렸다. 나는 계속 이어지고 있는 면도날 자국의 꿈 이야기를 듣지 않았다. 면도날 자국이 꿈꾸는 그런 작은 역 앞에서 유년기를 보낸 기억이 내겐 있었다.

면소재지 역전통. 집 뒤로는 작은 강이 흐르고 앞으로는 철로가 있어 언제나 기차 소리, 물소리들로 꽉 찬…… 언젠가는 저 소리들이 나를 미치게 하리라, 시도 때도 없이 방바닥을 흔드는 기적 소리를 저주하며 잠이 들고 끼익, 선잠을 깨우는 군용열차 서는 소리…… 어디론가 훌쩍 달아나고 싶은 욕망이 목젖까지 차올라오는…… 방바닥에 엎드려 그 소리들에 정신이 팔리지 않도록 행간마다 자를 대고 책을 읽는 것으로 다독여왔던 떠도는 자의 열망이 불시에 바늘보다 날카롭게 솟아 뼈를 뚫고 살을 뚫어 온몸을 들쑤시고 끝내는 고열에 시달리게 하던 곳.

　그런 곳을, 면도날 자국은 고개를 쳐들고 택시 천장이 그곳이기나 한 것처럼 멀거니 올려다보며 흠모하고 있다. 과연 그곳에 그의 분방한 영혼을 부려놓을 수나 있을는지. 피댓줄 소리를 음악 삼아 잠들더라도 새벽 기차가 지나가는 소리에 잠이 깨면 불현듯 가래처럼 솟구치는 떠도는 자의 욕망을 어이 다독일는지. 그는 세상을 많이 알아버려서 유년기의 나처럼 행간마다 자를 대고 책을 읽지는 못할 것이다. 그것은 선잠이 붙은 눈가의 눈곱을 터는 것처럼 간단한 일은 결코 아님을 알기 때문에.

　날마다 아귀찬 여인네들이 싸움판을 벌이고, '도라꾸'라고 불리던 트럭들이 먼지바람을 일으키며 어디론가 지나가던 역전통 삼거리. 물소리도 가라앉고 기차 소리도 뜸할 무렵이면 어김없이 등장하는 '한푼 줍쇼'들. 구걸하는 거지보다 상이군인들이 무서웠다. 그들은 빚을 받으러 온 채권자처럼 당당한 얼굴을 하고 있었다. 햇빛을 등지고 포목점 안으로 들어온 그들은 갈고리 끝에 위태롭게 매달려 달랑거리는 깡통을 코앞으로 들이밀었다. 눌러쓴 벙거지 아래로 살기 찬 눈초리를 번뜩이며 길게 내뱉는, 하안푼 줍쇼오.

　그때 나는 그들이 말하는 한푼이 얼마인지 몰랐다. 깡통에 동전 떨어지는 소리가 작게 들리면 여지없이 쇠갈고리가 앞섶으로 날아올 것만 같아 집히는 대로 동전을 집어 있는 힘껏 깡통에 던졌다. 가능하면 짤랑 하는 소리가 크게 들리도록. 그뒤, 가게 벽에 진열된 푸르고 누런 비단 속으로 숨어들어가 눈만 내놓은 채 느릿느릿 사라지는 상이군인들의 뒷모습을 지켜보았다. 쨍쨍한 햇빛과 상이군인 옆으로 길게 드리워지던 구부정한 그림자까지. 그 선명한 명암의 대조를.

나는 상이군인들의 봉이었다. 그들은 내가 가게 지키는 날을 알고 서너 명씩 몰려들었다. 당시 역전통 삼거리의 가게들과 '한푼 줍쇼'들은 일종의 협약을 맺고 있었다. 가게에 들르는 '한푼 줍쇼'들이 원체 많아 장사에 지장이 있으니 한 달에 한 번씩만 들러 약속된 금액을 수금해가기. 그런데도 '한푼 줍쇼'들은 내가 포목점에 나와 있으면 번번이 협약을 깨고 가게로 들어왔다.

"야, 이눔들아. 돈 준 지가 언젠데 발써 오노!"

엄마에게 들키면 날벼락이 떨어지지만, 그땐 '한푼 줍쇼'들이 정오의 뜨거운 햇살을 받아 다글다글 끓는 미장원 양철 지붕을 지나 다리 건너로 사라진 뒤였다.

"니는 우째 그리 등신 겉노 말다. 돌라 한다꼬 집히는 대로 다 주나? 내 이담에 저놈들한테 돈을 주면 성을 간다, 성을 갈아."

엄마는 발을 동동 구르며 사라져버린 '한푼 줍쇼'들에 대한 분함을 나한테 풀었다. 엄마의 '등신'이란 말이 고스란히 가슴에 와 얹혔다. 열패감으로 몸을 떨면서도 나는 그들이 말하는 한푼이 얼마인지 엄마에게 묻지 못했다. 그들이 엄마에게 원하는 한푼과 내게 원하는 한푼이 다를 것이라는 막연한 생각 때문에. 지금은 그들이 말하는 한푼이 얼마인지 협상을 벌일 정도로 장족의 발전을 했다. 꼭 그 상이군인들만큼 악의에 찬 눈을 가진 이들과.

"아무리 시골 방앗간이래도 천오백으론 방앗간 보증금도 안 될 거야."

뚱보는 이미 내 몸값 삼천만원을 받은 걸로 계산했다.

"얘 넘기고 딱 한 건만 더 하지, 뭐."

면도날 자국이 두 팔을 쭉 펴고 기지개를 켜며 말했다. 이들의 말을 듣고 있으면 사람을 납치하는 일이 대문 열린 집에 들어가 신발 한 짝 들고 나오는 것보다 쉬운 일인 것 같다.

"이번엔 망구로 찍자고. 물 좋은 동네에서."

"술 깨게 창문이나 내려. 괜히 술 취해서 다 된 밥에 코 빠뜨리지 말고."

면도날 자국의 목소리가 많이 누그러졌다. 꿈 이야기가 그를 녹녹하게 만든 걸 거다. 이들은 돈만 준다면 나를 순순히 풀어줄 것 같다. 난 절대 이들을 고발하지 않겠다고 속으로 다짐했다. 순전히 면도날 자국의 꿈 때문에. 전화를 받은 남편은 당황하겠지. 삼천만원을 어떻게 마련하나. 머릿속으로 빠르게 계산을 했다. 한 달에 오십만원씩 붓고 있는 이천만원짜리 적금을 당겨 찾고, 남편 회사에서 천만원쯤은 대출받을 수도 있을 것이다. 남편은 자기 차를 볼 적마다 이놈의 똥차, 하며 부아를 낼지도 모른다. 새 차가 남편의 눈앞에서 왔다갔다하는 동안 신경질을 받아주기만 하면 된다. 그런데 다달이 오십만원씩 붓던 적금은 아무리 생각해도 아까웠다. 어떻게 부어온 건데. 여름휴가도 가까운 계곡에서 당일치기로 때우고 하나쯤은 꼭 갖고 싶었던 샤넬 핸드백을 포기하면서 버틴 이 년 팔 개월이 아닌가. 이제 사 개월만 더 부으면 이천만원을 손에 쥐는 건데. 마른침을 삼켰다. 혓바늘이 서려는지 입이 마르고 입술도 까스스하다.

"니 남편 삼천 들고 너 찾으러 오면 골 빈 놈이다."

뚱보가 순해지려는 마음을 뒤집었다.

"걱정 마시오. 찾으러 올 거요."

그때까지 입을 다물고 있던 기사가 내게 들으라고 하는 말인지, 아니면 납치범들에게 하는 말인지 모를 말을 꺼냈다.

"여자하고 옷은 새것일수록 좋다는 말이 있긴 하지만 같이 살 비비고 산 세월에는 못 당하는 것이오."

"순정 소설 쓰고 자빠졌네. 기집은 재수야, 오래 끼고 살 게 못 돼."

말하는 본새라니. 면도날 자국이 한 모금 마시고 준 술을 혼자서 나발을 불더니 술이 오르는 모양이었다.

"기사 양반, 이해하슈. 뚱보 쟨 여자한테 된통 당한 경험이 있어서 여자만 보면 머리부터 흔들어요. 여자 잘못 만나 이 길로 빠졌고, 큰 거 한 건 할 뻔했는데 막판에 여자가 찌르는 바람에 큰집에서 푹 썩고 나왔거든요. 여잔 엄마도 믿어서는 안 된다는 게 쟤 인생관이우."

"기집들이란 애저녁에 싹수머리라곤 없는 것들이어서 인간적으로 대해주면 금세 대가리 밟고 올라서는 족속들이라."

뚱보의 숨소리가 거칠어졌다.

"야! 너, 이 장미 입에 물엇!"

이 무슨 수작이람?

"안 물어!"

꽃잎이 몇 개 떨어져나가고, 줄기가 발길질에 짓이겨져 장미라고 부를 수도 없는 쓰레기에 가까운 꽃을 입에 쑤셔넣으며, 꽃이니 물라 한다. 한번 장미면 영원한 장미란 말이지. 아랫입술을 깨물었다.

"이년이, 탱고를 추는 무희들처럼 입술로 장미를 물란 말이야. 나도 꽃 좀 감상하게."

뚱보가 꽉 다문 내 입에 장미를 쑤셔넣었다. 가시에 입술이 찔렸는지, 아니면 줄기가 이에 씹혔는지 비릿하고 씁쓸한 맛이 느껴졌다. 장미를 입에 넣을 때부터 헉헉거리던 뚱보가 양복저고리를 벗어 휙 던졌다. 다리 위에 떨어진 뚱보의 양복저고리를 걷어내던 찰나, 뒤를 돌아보던 면도날 자국과 눈이 마주쳤다. 나는 면도날 자국에게 간절한 눈빛으로 도움을 청했다. 새애끼, 그러게 술 좀 작작 처먹지. 면도날 자국은 별일 아니라는 듯 휘파람까지 획획

불어젖혔다. 배신자. 눈에서 불이 일었다.

"널 떨이로 넘기게 생겼는데 재미라도 봐야지, 안 그러냐? 바다에 배 지나간다고 자국 나는 거 아니니."

턱을 바싹 들이밀고 느물거리던 뚱보의 얼굴이 별안간 비루먹은 개처럼 일그러지기 시작했다.

"썅! 재미 좀 보겠다니까 운전사 새끼가 재 뿌리고 있네."

가속페달을 얼마나 밟아댔는지, 바람이 삭삭거리며 유리창을 긁었다. 뒤이어, 끼익 하는 소리가 나자마자 상체가 앞으로 확 쏠렸다. 앞차의 꽁무니를 들이받은 모양이었다. 삐뚜름하게 앉아 있던 뚱보는 앞으로 쏠리다가 유리창에 박았는지 코를 싸쥐고 길길이 날뛰었다. 앞차에서 팔을 걷어붙인 중년 사내가 뭐라 뭐라고 고함을 지르며 내리고 뒤에 달려오던 차들이 줄줄이 멈추기 시작했다. 어디선가 사이렌 소리가 요란하게 들렸다.

"도대체 어떻게 된 일이오?"

어디에 숨어 있었는지 갑자기 나타난 교통경찰이 기사에게 물었다.

"보시다시피 뒷좌석에 응급환자가 있어서요."

기사가 창 너머로 고개를 빼고 천연덕스레 대꾸했다. 교통경찰보다 먼저 앞차의 중년 사내가 뒷문을 벌컥 열었다. 뚱보의 양복저고리를 덮고 웅크리고 있는 난 영락없는 환자 몰골이었다.

"얼굴색이 허옇고 식은땀까지 흘리는 걸 보니, 응급환자 맞는 것 같은데. 그래도 그렇지 비상등을 켜고 갓길로 가든가 해야지요."

"맹장이 속에서 터진 모양이오. 배를 잡고 나뒹구는데 사람 잡겠다 싶어서."

"급하게 됐구먼요, 일일구로 전화해서 구급차를 부르든가 하시지 않구."

"구급차가 올 때까지 어떻게 기다립니까. 이러다 일 치러요. 구급차보단 내 차가 빨라요."

"그래도 사고 처리는 해주셔야지요. 사람 안 다친 게 다행이지 원, 그렇게 죽기 살기로 달려오면."

팔을 걷어붙이고 나올 때 기세와는 딴판으로 중년 사내의 음성이 많이 누그러졌다. 아마도 운전기사의 의협심에 감동을 받은 눈치였다. 기사는 차 번호와 전화번호를 중년 사내에게 적어주며 견적이 나오면 연락을 달라고 했다.

"이 남자분 둘은 합승 손님이거든요. 경관님이 알아서 다른 차를 잡아주시든지."

"아, 알았소. 이 사람들은 걱정 말고 병원으로 빨리 가요."

문이 닫히는 소리에 감았던 눈을 떴다. 졸지에 갓길로 내몰려 어정쩡하게 서 있는 면도날 자국과 뚱보가 보였다. 아주 짧은 순간이었지만, 나는 면도날 자국의 눈에서 회한과 일말의 안도감이 서로 교차하는 것을 똑똑히 보았다. 못 볼 걸 본 것처럼 눈을 꾹 감고 몸을 낮게 웅크렸다. 갓길에 서 있는 면도날 자국의 눈에 내 등이 보이지 않도록. 택시가 출발하는 소리에 이어 바람이 차창에 스치는 소리, 방앗간의 발동기 돌아가는 소리가 영화의 배경음악처럼 간간이 섞였다.

"그 사람들, 쫓아오지 않을까요?"

"걱정 말아요. 그리 배포 큰 인간들은 아니니. 놀라셨죠? 이제 그만 일어나요."

룸미러 속에서 기사가 환하게 웃고 있었다. 면도날 자국과 뚱보를 갓길에 떨군 후, 삼십 분이나 달렸는데도 나는 여태 맹장 터진 여자 행세를 하며 뒷좌석에 웅크리고 있었다.

"배고프지 않아요? 저기 영동에서 요기나 하고 서울로 올라갑시다."

고속도로 변에 붙은 '영동'이라는 표지판이 구원의 상징이라도 되는 양 눈에 들어왔다.

"여기까지 왕복 택시 대절비에다 아까 사고 난 것도 서울 가서 변상해줘야 해요. 오늘 사납금은 채워야 하니까."

기사는 끝까지 사납금 타령이었다. 나는 하마터면, 지옥까지 갔다가 온 판국에 사납금 따위가 뭐 그리 대수냐고 따지고 들 뻔했다.

"여긴 버섯찌개가 유명한데, 저 집 괜찮겠어요?"

기사는 복숭아꽃이 지천인 언덕 앞에 차를 세웠다. 톨게이트를 빠져나오자 거대한 연분홍 물결이 펼쳐져 얼떨떨하던 참이었다. 뭐에 크게 놀란 듯 화들짝 피어난 꽃 무더기 속에 파묻힌 한옥의 낮은 처마엔 '버섯찌게'라는 간판이 매달려 있었다. '버섯찌개'를 '버섯찌게'로 잘못 알고 써붙인 간판이 어쩐지 정겹게 느껴지는 집이었다.

"본디 영동은 복숭아로 아주 유명한 곳이었는데 지금은 거의 없어졌지요. 처음 한두 집이 복숭아밭에 표고버섯을 재배하기 시작하더니 이젠 버섯밭으로 변했어요. 요새는 영동 하면 복숭아보다 표고버섯으로 유명합니다."

나는 기사의 말에 건성으로 대꾸했다. 택시에서 내리다가 택시 앞좌석의 등받이에 끼여 있던 회칼을 발견하곤 기사가 눈치채지 않게 핸드백 속에 숨기느라 정신이 없었다.

"먼저 들어가서 음식 시켜놓으세요. 전 조금 있다가 갈게요."

"빨리 와요. 여긴 기사식당이라 음식이 금방 나옵니다."

기사가 식당으로 들어가는 걸 확인하고 나서 나는 식당 반대 방향인 언덕으로 올라갔다. 초록이 한창인 4월에 도도한 연분홍이라니. 수만 송이의 꽃이 조랑조랑 매달려 있는데도 늙은 복숭아나무는 취한 기색도 없이 의연하게 서 있다. 눈이 시려 고개를 젖히니 멀리 산을 뒤덮은 시커먼 차일이 보였다. 사방을 둘러봐도 온 산이 시커먼 차일투성이고 훤한 데라고는 내가 서 있는 복숭아밭 뿐이었다. 이곳이 표고버섯으로 유명하다더니 표고균을 넣은 통

나무들을 줄을 맞춰 얼기설기 세우고 나무 위에 시커먼 차일을 쳤을 것이다. 햇빛은 버섯의 적이니. 어둠의 기운을 빨아먹고 사는 버섯 나무 아래 햇살의 힘을 받아 만개한 복숭아꽃이 지천인 게 신기했다. 나는 핸드백 속에 든 면도날 자국의 회칼을 조심스레 꺼냈다. 다행히 햇빛은 없었다. 회칼을 눈높이까지 들고 아래에서 위로, 위에서 아래로 꼼꼼하게 훑어봤다. 칼날과 칼등도 세심하게 살폈다. 앞으로는 팔목에 힘을 주고 고기나 채소를 썰지 않아도 된다. 칼을 갈아놓지 않았다고 남편에게 눈 흘길 일도 없을 것이다. 낭창낭창한 회칼은 날이 부러질지언정 무뎌지는 일은 없을 테니까. 칼을 쓰는 동안 손가락만 조심하면 되겠다. 칼을 높이 치켜들고 아래로 힘차게 내리그었다. 사악, 허공이 베이는 소리.

도마령

내 나이 스물이 되고서야 부모도 여러 종류가 있다는 걸 알았다. 기를 제 밤낮으로 애를 쓰기는커녕 부부싸움 뒤끝이나 일이 제대로 풀리지 않는다고 성질껏 아이를 패는 부모도 있고, 진자리 마른자리 갈아주지는 못할망정 제 설움에 겨워 아이가 싸고 또 싼 기저귀를 밤새 차고 있게 해 아이의 사타구니가 습진으로 문드러지도록 만드는 부모도 여럿 있고, 일생을 아낌없이 자식을 위하기는 고사하고 늙어 숨 놓는 날까지 온갖 사고를 다 치고 다녀 무던히도 자식 속을 썩이는 부모도 더러 보았다. 자식을 위해 손발이 다 닳도록 고생한 부모들은 무언가를 더 못해줘 늘 미안해하는 반면 아무것도 해준 게 없는 부모들일수록 효도란 말을 방패막이로 내세워 자식을 꼼짝 못하게 옭아매는 데 탁월한 수완을 지니고 있다는 것도 뼈가 굵고 나서야 알았다.

다행히 나는 부모 복이 좀 있는 편이다. 비록 홀어머니일지라도 든든하기가 태산 같고, 내게 위험이 닥치면 언제라도 달려올 만반의 태세를 갖추고 있던 분이 내 어머니였다. 나는 어머니 뒤에 숨어 산들바람도 춥다고 때때로 엄살을 떨기만 하면 되었다. 그래서 어머니는 내게 그냥 어머니가 아니라 그늘 깊은 나무인 동시에 큰 백이기도 했다. 그런 어머니가 병으로 쓰러졌다. 나는 갑자기 맞은 벼락에 어찌할 바를 모르고 허둥댔으며, 그럴 적마다 자주 발목을 삐었다. 길바닥에 주저앉아 접질린 발목을 만지고 있노라면 심장 뛰는 소리가 갈비뼈가 툭툭 부러져나가는 소리로 들려 제풀에 깜짝깜짝 놀라기도 했다.

한동안 나는 고개를 뒤로 돌리지도 못했다. 고개를 돌리면 등뒤에 잠복해 있던 내 생의 나쁜 기운에게 여지없이 따귀를 맞을 것 같아서였다. 그것도 한두 대가 아니라 연타로 계속해서 맞게 될까봐.

어머니가 뇌졸중으로 쓰러진 건 재작년 여름이었다. 이 병원 저 병원 전전하며 오랫동안 치료를 받았는데도 왼팔을 쓸 수가 없었고 왼쪽 다리는 지팡이를 짚고 겨우 걸을 수 있는 정도였다. 그 외에도 시간을 보지 못했고 돈을 계산하지 못했다. 말하는 것과 기억력은 전과 다름없는데 수에 대한 개념만은 무지한 상태였다. 원래 어머니는 암산이 뛰어난 분이셨다. 계산이 얼마나 빠르고 정확

했던지 다들 혀를 내두를 정도였다.

내가 첫째를 낳기 위해 대학병원 분만실로 들어갔을 때였다. 보호자 한 사람만 들어올 수 있는 곳이어서 어머니가 머리맡을 지키고 있었다. 나는 병원을 뒤집을 듯이 소리를 질러댔다. 난산이었다. 고통을 견디다못해 머리카락을 한 줌씩 뜯어내자 담당 의사가 손을 침대 기둥에 묶어버렸다. 산기라는 게 이상해서 멀쩡하다가도 몇 분 간격으로 뼈마디가 내려앉는 통증이 몰려오곤 했다. 통증이 멎은 사이에 간호사가 들어와 분만하고 나면 몇 인실에 입원할 건지 알고 싶다고 했다. 초주검이 된 나는 이것저것 따져볼 겨를도 없이 특실이라고 대답했는데, 내 대답을 귓등으로 들은 어머니는 특실과 2인실, 3인실의 가격만 차례로 물어보고는 나중에 알려주겠다고 했다.

곧 통증이 시작되었고 손이 묶인 상태에서 힘을 쓰다보니 침대가 사시나무처럼 흔들렸다. 어머니는 침대가 흔들리지 않게끔 침대 머리를 부여잡고 힘을 주어라, 좀더 힘을 줘, 큰 소리를 지르는 사이사이 속으로는 덧셈과 곱셈을 하느라고 정신이 없었다. 언제나 암산을 할 때면 소리 없이 입술을 달싹거려서 나는 입술 모양만 보고도 어머니가 하는 계산이 곱셈인지 덧셈인지 금방 알 수가 있었다. 몇 초나 흘렀을까. 순식간에 암산을 해치운 어머니는 땀으로 범벅이 되어 소리지르는 내게 대학병원은 개인병원과 달라서 분만을 하면 사흘이나 병원에 있어야 된다고 말했다. 그러고는 특실은 사흘에 얼마이고 2인실과 3인실은 얼마인데, 2인실은 침대가 두 개여서 환자가 불편하지 않고 보호자도 심심치 않아 좋다며 자꾸 2인실을 권하는 거였다.

나는 아파서 머리가 돌아버릴 지경인데 어머니는 애가 나오려면 아직도 멀었다면서 머리맡에서 돈 계산만 하니 금방이라도 눈이 튀어나올 것만 같았다. 나는 이를 갈며 어머니에게 바락바락 소리를 질러댔다. 놀라서 헐레벌떡 뛰어온 간호사가, 이러다간 머리카락뿐 아니라 임신부의 치아와 혀도 남아나지 않겠다며 나무젓가락을 붕대로 친친 감아 내 입에 재갈을 물리고 돌아갔다. 나는 손이 묶이고 재갈이 물린 상태에서도 어머니에게 지지 않으려고 특실을 외치며 얼마간 용을 쓰다가 아이의 울음소리를 듣고 기절하고 말았다. 2인실에 누워 있을 줄 알았는데 깨어나보니 특실이었다.

"정신이 드나? 아들이다, 아들!"

아들을 낳아보지 못한 어머니는 입을 함지박만하게 벌리고 다물 줄을 몰랐다.

"구녕새가 큼직큼직한 게 영판 즈이 외할아부지다. 느이 아부지가 살았으마 이 병원 간호사실과 의국이 온통 꽃밭에 묻혔을 거라. 통 큰 양반이 외손주를 봤으니 오죽했겠나. 니가 이등실에 누웠으면 저승에서도 느이 아부지가 섭섭해했을 기다."

어머니의 말을 종합해보면 2인실에 있어야 할 내가 특실에 누운 건 순전히 아들 덕이고 돌아가신 아버지의 위신을 세우느라고 그리된 모양이었다. 사실 형편을 따지고 들자면 2인실도 내게는 과분했다. 병원을 나가는 즉시 대학병원 특실에 사흘 동안이나 누워 있었던 걸 누구보다도 후회할 사람이 바로 나였다. 어머니가 나보다 계산이 빨랐을 뿐이고, 죽을 만큼 배가 아파야만 애가 나온다는 사실을 미리 안 것뿐 아무 죄도 없었다. 그런데도 산통을 겪던 당시에는 맹세코 어머니보다 미운 사람은 이 세상에 없을 거라고 생각했다. 머리 풀고 애 낳는 딸을 앞에 두고 돈 계산이라니. 그런 어머니 덕에 편히 살아왔으면서도 나는 그 사실을 잊고 있었다.

병원에서 퇴원을 한 어머니는 우리집에 석 달 가까이 계셨다. 집이 아파트여서 갑갑해했으며 딸네 집에 얹혀사는 것 같다며 견디기 힘들어했다. 어머니를 모시고 아파트 광장에 산책을 나가면 어머니처럼 수족을 쓰지 못하는 노인들이 간혹 눈에 띄었다. 내 깐에는 적적한 어머니의 친구를 만들어준답시고 절룩거리며 운동하는 노인들에게 음료수나 아이스크림을 건네며 살갑게 말을 걸기도 했다. 어찌어찌 어렵사리 안면을 튼, 풍 맞은 할머니를 친구로 붙여놓으면 한나절도 못 돼 산통을 깨놓곤 했다.

"친구도 나보다 나은 사람을 친구로 둬야지. 둘 다 절뚝절뚝 걸으면 사람들이 동물원 원숭이 구경하드끼 보지 않겠냐. 아서라, 우세스럽다."

어머니는 절룩거리는 친구를 영 마음에 들어하지 않았다. 피차 같은 처지여서 위로가 될 것 같은데도 한사코 성한 사람만 고집했다. 몸이 성한 할머니들은 내온 다과만 똑 따 드시곤 어머니와 말 몇 마디 나누는 둥 마는 둥 하다가 손자가 학원에서 돌아올 시간이라며 부리나케 집으로 가기에 바빴다. 그러구러 마음에 드는 친구분도 없이 적적하게 지내던 어머니는 석 달을 채 넘기지 못하고 시골로 내려갈 준비를 했다. 딸네 집과 뒷간은 멀수록 좋다는 고릿적 얘기를 철석같이 믿는 어머니로서는 버틸 만큼 버틴 셈이었다. 당신의 두 다리만 성했어도 병원에서 나온 그날로, 내 집 두고 딸네 집에 얹혀 지내다니, 그 꼴처럼 비기 싫은 기 없다, 쐐기처럼 쏘아붙이고는 붙잡는 손이 무색하게 뒤도 돌아보지 않고 뿌르르 내려갔을 것이다.

늙어버린 여자와 늙기 시작하는 여자가 만들어내는 일상은 대체로 평온했다. 아침에 일어나 밤새 쌓인 눈을 치우고 대문 앞에 떨어진 신문을 주워오고 어머니가 드실 약을 챙겼다. 어머니의 약은 양·한방을 넘나들며 다양했는데 식후 삼십 분마다 먹는 혈전약과 혈류 개선제는 양방에 속하고, 짬짬이 먹는 천마를 달인 물은 한의사가 권하는 거였고, 목욕 후 냉수에 타서 마시는 동충하초는 중풍에 좋다고 전해 내려오는 민간요법이었다. 어머니는 그중에서도 천마를 달인 물에 기대를 거는 눈치였다. 해발 일천이백 미터 고지대인 삼도봉에서 캐온 야생 마의 효험으로 인해 봄이

오면 지팡이를 짚지 않고도 걸을 수 있을 거라고 굳게 믿고 있었다. 그래선지 내가 커피를 자주 마시는 걸 보고도, 그게 무슨 보약이라고 꼬박꼬박 때맞춰 찾아 마시냐며 하루에 서너 번도 더 했을 잔소리를 전혀 하지 않았다. 어머니는 수족을 쓰지 못해 바깥출입이 자유롭지 않았는데도 마을에서 일어난 일은 물론이거니와 육십 리 밖에서 일어난 일까지 소상하게 알고 있었다. 어머니가 전하는 어느 동네 아무개 집안의 일을 나는 인내심을 최대한 발휘해 재미난 얼굴로 들어주었으며 이야기 도중에 얼굴을 찡그리거나 어머니의 말을 중간에서 자르지도 않았다. 기분이 좋아진 어머니는 웃으면 한쪽 입가가 찌그러진다는 사실도 잊고 연해 웃음을 터뜨렸다. 나는 한 손으로 턱을 괸 태만한 자세로 누워 어머니의 얘기를 듣고 있었고 마루에 걸린 사진 속의 젊은 아버지는 고개를 갸웃 숙이고 이런 모녀를 바라보고 있었다.

말갛게 닦인 유리문 밖에서는 아침부터 내리던 함박눈이 오후가 되면서 싸락눈으로 변해 바람을 타고 푸슬푸슬 흩날렸다. 이렇게 큰 눈은 당신 생전에 처음 보는 것 같다며 어머니는 오른손으로 마비가 된 왼손을 잡아 무릎 덮개 속으로 깊숙이 밀어넣었다. 시남시남 찻물 끓는 소리가 정겹게 들리고 어머니의 목소리도 나른하게 잦아들었다. 싸락눈이 그치고 유리문으로 들어온 햇빛이 마루에 고루 퍼져 있었다. 햇빛을 등지고 모로 누운 자세여서 등과 엉덩이가 따뜻해 그런지 자꾸 눈이 감겼다. 끓는 물에 분말 커피를 타 마시고는, 집에 내려오자마자 문갑 위에 던져둔 책을 찾아 펼쳤다.『자전거 여행』은 김훈이라는 작가가 자전거를 타고 전국 산천을 직접 돌아본 연후에 쓴 에세이라고 했다. 작가는 서문에서 책을 팔아 자전거값 월부를 갚아야 한다며, 사람들아, 책 좀 사가라고 당당히 외치고 있었다. 하긴 작가가 서문에 쓸 말이라는 게 책을 사라는 얘기 외에 주저리주저리 쓸 게 뭐가 있나 싶기도 했지만, 그래도 대놓고 책을 사라고 쓰는 작가도 그리 흔치 않을 거라는 생각에 실실 웃으며 책장을 넘겼다.

한 장의 사진이 눈길을 붙들었다. 사진은 책의 첫머리에 나와 있었는데 도마령을 넘어가는 김훈을 사진작가가 멀리서 망원렌즈로 잡은 것이었다. 자전거를 탄 김훈은 눈이 하얗게 덮인 도마령을 넘고 있었고, 그의 등뒤로 구불구불 펼쳐진 소백산맥이 보였다. 잎 진 겨울이어서 산들은 어느 때보다 제 생긴 모습을 충실히 드러냈으므로 난 대뜸 그 산을 알아보았다. 책에 나온 도마령은, 지금이라도 마당에 나가 까치발을 들면 산마루가 엇비스듬히 보일 것이다. 그 산 밑에서 나고 자란 내가 지금 그 산의 사진을 보고 있는 셈이다. 그런데 도마령이라니.

"엄마, 이것 좀 보세요."

"왜? 그 책에 머시 났더나."

눈을 찡그리고도 뵐질 않아 책에서 멀찌막이 떨어지는 어머니를 위해 문갑 안에서 돋보기를 찾아냈다.

"여는 영동에서 이리로 넘어오는 고자리재 아이가."

"고자리재가 맞죠?"

"맞고말고, 내가 그 재를 모를 리 있나. 느이 아부지가 넘던 재아이가. 이 사람 참말로 빌나대이. 뭐에 씌어 그 험한 재를 자전거로 넘었일꼬. 영동에서 황간으로 쪼매만 둘러 오마 이리로 들어오는 질이 오죽이나 좋나. 고속도로다 국도다 쌔고 쌘 게 질이구마는."

어머니의 말마따나 쌔고 쌘 게 길인데 어쩌자고 이 남자는 그재를 넘었단 말인가. 당신이 평생 등 비비고 살아온 산이 책에 난게 신기해서 그런지 어머니는 책을 잡고 놓지 않았다.

"고자리재 이름이 도마령이래요. 도마령이라고 들어본 적 있어요?"

"도마령이라…… 이 골짝에서 태어나 여직꺼정 살았어도 그런말은 첨 듣는다."

이곳 사람들은 도마령을 고자리재라고 불렀다. 워낙 산세가 깊고 험해 가도 가도 그 자리라고 해서 생겨난 이름이 고자리였다. 내 복장을 지르기로 작정을 했는지 김훈은 고자리재를 자전거로 산들산들 넘고 있었다. 그 재는 아무나 넘는 재가 아니었다. 내게는 전설의 재였고 어머니에게는 바라보기만 해도 애가 끓는 재였다. 몇 해 전 고자리재가 새로 닦인 걸 알았어도 부러 나는 그 길을 가지 않았다. 그 재 밑에서 태어나 살았어도 한 번도 그 재를 넘지 못한 것이다. 길의 초입에서 차를 돌린 것만 해도 열 번은 넘으리. 그 길엔 가보지 않은 자의 열망과 그리움, 얘기로만 전해들은 전설까지 보태져 꼭꼭 숨어 있어야 마땅했다.

한데 '풍류'라고 이름을 붙인, 한눈에 봐도 비싸 보이는 자전거를 탄 모던한 차림의 사내가 모던한 폼으로 재를 넘고 있었다. 그 모습이 콩알만큼 작게 나와 자세히 보이지는 않지만 분명 그는 원색의 사이클복에 질 좋은 스포츠 장갑을 끼고 그 재를 넘었으리라.

그는 「길들의 표정―덕산재에서 물한리까지」라는 글 속에다가, 이런 일이 생길 줄 미리 안 사람처럼 '길에는 본래 주인이 없어 그 길을 가는 사람이 주인이다'라고 신경준의 『도로고』 속에 들어 있는 말을 인용문으로 넣어놓았다. 나는 마루에 걸린 아버지의 흑백사진을 물끄러미 쳐다보았다. 그와 동시에 어머니의 눈길도 아버지의 사진으로 옮겨왔다. 어머니와 나는 같은 생각을 하고 있었다. 지금이 이런 세상인데…… 하는. 책장을 앞으로 넘겨 작가의 출생 연도를 살폈다. 1948년생. 아버지는 1934년생이다. 열네 살밖에 차이가 나지 않는데 두 사람은 달라도 너무 다른 모습으로 그 재를 넘은 것이다. 액자 속의 아버지는 새파랗게 젊다. 서른다섯 살 되던 해에 찍은 사진이라고 하니 지금의 나보다도 훨씬 젊은 셈이다.

"망할 놈의 영감태기 죽긴 죽었는갑다. 사람이 이리 반빙신이 됐는데도 멀거니 바라보기만 하니."

어머니는 젊어서 돌아가신 아버지도 저승에서 당신과 같이 나이를 먹고 있을 거라고 생각하는 모양이다.

"아매 니가 시 살인가 니 살 때 일일 기다. 어이구, 말도 마라야. 테레비에 나오는 아프리카 난민들맨키로 빼빼 말라빠진 기 똑 죽을 것만 같더라고. 그래서 느이 아부지한테 전보를 안 쳤나. 니가 우떤 딸이고. 널 낳았을 때 느이 아부지가 저녁마동 엎드려서 자기 주먹이랑 니 머리랑 대보미, 아가야 언제 클래, 언제나 클래, 했던 사람 아이가. 시방도 그 모습이 눈에 선하다. 그런 사람이 전보를 받고 눈에 비는 기 있었겠나. 휴전선 밑에서 영동꺼정 날아오다시피 왔는데 영동에 떨어지니 한밤중이라 차도 없고 해서 급한 김에 고자리재를 넘었더란다. 지금이사 고자리재에 사는 멧돼지가 질로 무섭다 카지만 그 시절엔 호랑이도 살았다. 멧돼지는 짐승 축에 끼와주지도 않았다. 지포 라이터를 켰다 껐다 하미 느이 아부지가 질도 없는 그 재를 넘어 안 왔나. 새북에 마당으로 들어서는데 얼굴이 허연 게 반은 죽었더라."

수없이 들은 이야기였다. 아무리 감동적인 얘기라도 반복해서 듣게 되면 김빠진 사이다처럼 밍밍해지기 마련이다. 나는 읽던 책으로 눈을 돌렸다.

'도마령 옛길은 산의 기세가 숨을 죽이는 자리들만 신통히도 골라 굽이굽이 산을 넘어갔다. 그 길은 느리고도 질겼다. 길은 산을 피하면서 산으로 달려들었고, 산을 피하면서 산으로 들러붙었다.

그 길은 산속에 박힌 산간 마을들을 하나도 빠짐없이 다 챙겨서 가는 어진 길이었다. 어두워지는 산은 무서웠다'라고 김훈은 고자 리재에 대해 쓰고 있었다. 아직도 도로 번호가 없는 비포장 소로 를, 멧돼지를 쫓는 사냥꾼들만 이따끔씩 지나다닐 뿐인 길을 아버 지는 사십 년 전 한밤중에 넘었으니.

젊은 아버지는 구두를 신고 있었을 것이다. 길 없는 길을 헤쳐 가까스로 산을 넘으면 또다른 산이 앞을 가로막고, 캄캄한 산속 어디에선가 짐승의 눈이 분명한 불빛이 번쩍이면 입이 바싹 마른 아버지는 지포 라이터를 켜고 또 켰을 것이다. 목숨이 경각에 달 린 어린 딸 생각에 마음이 급해져, 서둘러 앞을 헤쳐나가느라 손 은 가시에 찔리고 발이 진창에 빠지기도 했을 것이다. 그 밤, 달이 라도 떴으면. 어머니의 이야기에 말려들면 안 된다. 나는 나를 질 책하였다. 나와 반대로 어머니는 당신이 판 감정의 질곡으로 하염 없이 빠져들고 있었다.

"느이 아부지 손재주가 얼매나 좋았게. 돌아댕기미 본 건 있어 서, 한 날은 뒤뜰에 있는 대나무를 베어다가 군디흔들요람를 매줬다 아이가. 동네 사람들이 전부 구경을 안 왔나. 우는 너를 군디에 태 우고 흔들면 촉새맨키로 금방 자지러지게 웃었다. 느이 할무이는 아 까물씬다꼬 난리를 쳤지만서도."

어머니는 이 절호의 기회를 그냥 넘길 사람이 아니었다. 돌아가 신 아버지에 대한 기억을 윤색하고 미화하는 데 평생을 바친 사람

답게 이번에도 아버지의 절절한 부성과 손재주에 초점을 맞추면서 이야기를 매끄럽게 이어나갔다.

"니가 60년에 태어났으니 그때만 해도 어려운 시절이었제. 도회지도 살기 힘든 판에 이런 깡촌이사 말할 것도 없었다. 사램이 어리석어도 우째 그키 어리석었겠나. 미군부대에 다니는 느이 아부지 덕에 미제 분유가 흔했는데도 그기 머시 그키 아깝든동 한 번도 우유병에 분유를 폭폭 퍼넣덜 못했다. 니가 첫아를 키울 때 분유를 병에 열두 숟갈이나 넣는 걸 보고 내는 깜짝 놀랬는 기라. 너는 분유를 먹은 게 아니고 멀건 분윳물만 먹고 큰 꼴이라. 우리 식구들 모두 키가 큰데 너만 작은 걸 봐도 그렇고. 느이 할무이가 고만 넣으라고 자꾸 잔소리를 해대니 맘놓고 믹일 수가 있나, 분유통을 딜다봐도 영어를 모르니 몇 숟갈을 넣어야 하는지 알 수가 있나. 이 등신이 분유를 두어 숟갈 넣어 물만 뿌예지면 니 입에 우유병을 물리곤 했어. 우유병을 소독할 줄도 몰랐으니 세균이 우글우글했을 긴데 니가 안 죽고 살아난 것만 해도 용타."

우유병에 득실거리는 세균을 본 듯하여 어깨가 떨리는데 별안간 말을 끊은 어머니는 밭은 숨을 몰아쉬었다. 그러고는 아까보다 한층 깊고 말간 눈으로 나를 말똥히 건너다봤다. 누군가를 말똥하게 쳐다보는 버릇은 어머니가 뇌졸중으로 쓰러지고 나서 생겨난 현상이다. 나는 어머니의 눈이 말똥거리기 시작하면 다른 뇌졸중 환자들처럼 좀전까지의 일을 말짱 잊어버리고 엉뚱한 소리나 하게 될까봐 전전긍긍하곤 했다. 정신까지 놓게 된다면 모든 게 끝이라는 생각에 지레 겁을 집어먹었다. 그러나 어머니의 정신은 당신의 표현대로 삼끈보다도 질기고 칡넝쿨보다도 굳건했다.

"니가 아프리카 난민맨키로 빼빼 마른 것도 갑작시리 분유를 띠서 안 그렇나? 느이 아부지가 가져온 미제 분유를 반도 못 먹이고 큰집 임재에게 줬으니. 다 큰 지지바한테 언제꺼정 미제 분유를 믹일 기냐고 느이 할무이가 오죽이나 들볶아야지. 하기사 집안에 사내꼭지라곤 달랑 임재 하나밖에 없었으니 느이 할무이사 손주 입에 우유병을 물리고 싶은 건 당연지사고. 느이 아부지가 니 러온 그 이튿날인가 널 업고 큰집엘 건너갔더니라. 느이 큰어무이가 임재 입에 우유병을 물려도 입으로 밀어내고 받아묵지를 않는거라. 애 마른 느이 할무이는 턱 받치고 옆에 붙어앉아서 좋은 기라고 자꾸 묵으라 해쌓아도 젖 묵던 아가 하루아침에 분유를 묵을 기가? 나중에 믹일 기라고 우유병을 이불 속에 파묻어놨는데 분유 냄새를 맡은 니가 바로 이불 속으로 들어가더라. 하이고오야, 쪼맨한 기 우유병을 들고 빠는데 무섭데. 병 속에 든 분유가 회오리바람을 일으키며 니 입으로 빨려들어가는 걸 보곤 인제는 내 새끼 살았다 싶더라. 그질로 니 얼굴에 화색이 돌았고 느이 아부지는 부대로 돌아갔다. 시방 생각하마 그때 넌 영양실조에 걸린 기라. 요새야 지천에 흔해빠진 기 분유지만도…… 야야! 왜 이리 목이 마치냐. 우유 쫌 도고!"

마른침을 다시며 힘들게 말을 이어가던 어머니의 얼굴이 벌게 지는가 싶더니 버럭, 소리를 질렀다. 어머니가 지른 큰소리는 아마도 지금쯤은 백골이 진토되었을 할머니를 향한 서운함의 다른 표현이었을 것이다. 나는 전자레인지에 '흔해빠진' 우유를 데우면서 다시 한번 사진 속의 아버지를 힐끔 쳐다봤다. 귀 위로 바투 친 머리, 짙은 눈썹, 완강해 보이는 사각턱.

"자알났제, 느이 아부지. 인물 잘났다고 호가 난 대구 김서방에 델 기가, 서울 송서방에 델 기가. 느이 아부지 인물에 비하마 그건 인물도 아이다. 코 다닥 눈 다닥 오종종해 얻다 쓸 기고. 하나같이 널푼수라고는 없어 뵈는 상들이제."

다부지게는 생겼으나 결코 미남은 아니었다. 그렇다고 아버지는 미남이 아니고 그저 그렇게 생긴 얼굴이라고 바른말을 할 수도 없었다. 몸이 성할 때도 어머니 앞에서 아무도 그런 말을 하지 못했다. 하물며 몸이 성치 않은 지금에야.

만일 내가 그 말을 한다면 어머니는 당장에 부모 자식 간의 연을 끊자고 덤빌 사람이었다. 아버지에 관해 바른말했다가 어머니가 평생 얼굴을 안 본 사람이 한 사람 있었다. 거창으로 시집간 고모였다. 말년에 서울 아들네로 거처를 옮긴 고모가 암으로 해골처럼 말랐다는 소식이 들려왔을 때도 어머니는 서울 우리집에만 들렀다가 그냥 내려갔고, 가랑가랑 목숨을 이어가던 고모가 세상 버렸다는 전화가 왔을 때도 문상조차 가지 않았다.

고모는 왜 어린 내게 시부저기 아버지의 얘기를 꺼냈던 것일까. 타박타박 걷던 십 리 길 내내 사방에서 풍겨오던 꽃향기 때문이었을까. 그날 고모는 다부지게 여며두었던 마음 한 자락을 슬며시 풀어놓는 실수 같은 건 하지 말았어야 했다. 사리분별을 하기엔 내 나이 너무 어렸으므로.

고모는 아버지보다 두 살 위였다. 거창에서 포목상을 하던 고모부에게 시집을 갔다고 해서 우리는 고모를 거창 고모라고 불렀다. 꽃불을 지른 듯 고자리재가 진달래로 활활 타오르던 초봄에 연지 곤지를 찍은 고모는 가마를 타고 고자리재를 넘어 37번 국도인 신풍령 쪽으로 신랑을 따라갔다고 한다. 그래선지 고모가 친정 나들이를 할 때도 매번 초봄이었다. 꽝꽝 얼어붙었던 땅이 녹진해지고 아지랑이가 아물아물 피어오르면 겨우내 눈가가 짓무른 할머니는 때없이 신작로에 나와 앉아 버스를 기다렸다. 하루에 두 번 마을 앞을 지나는 버스가 한바탕 먼지를 일으키고 지나가면 어떨 땐 꼭 거짓말처럼 뽀얀 먼지 속에 수굿이 등을 숙인 고모가 서 있곤 했다. 고모의 양단 두루마기 색깔과 막 봉오리를 터뜨리기 시작하는 산천의 진달래는 언제나 그렇듯 썩 어울렸다. 집으로 들어서자마자 고모의 가방에서 나오는 알록달록한 비단 쪼가리들. 그것들은 밥상보, 책상보, 때로는 쪽이불로 화려하게 변신을 해 큰집과 우리집의 쿨쿨한 기운을 일거에 몰아내곤 했다. 그해 친정 나들이를 마친 고모가 시집으로 가던 날은 유난히 봄볕이 고왔다.

"같이 갈래?"

여느 때처럼 동네 어귀에서 버스를 기다리던 고모가 갑자기 내 손을 잡아끌었다. 날 길동무 삼아 거창행 버스가 있는 황간 시외 버스 정류장까지 십 리 길을 걸어가겠노라고 했다. 황간에 도착하면 버스에 태워 보내겠으니 걱정 말고 들어가라며 배웅 나온 어머니와 할머니의 등을 떠밀었다. 도마령에서 물한계곡으로 이어지는 비포장 소로를 따라 몇 개의 산밑 마을을 지나왔을 때였다. 발부리에 채는 잔돌을 피해 걷는 게 지루했던지 아까부터 조금씩 뒤처져 걷곤 하던 고모가 난데없이 돌아가신 아버지의 얘기를 꺼냈다. 나는 고모의 발끝에서 싸락싸락 감겼다가 풀어지는 비단 치맛자락에 홀려 그 길이 지루한지 어쩐지도 몰랐었다.

"야야! 니는 느이 아부지가 어떤 사람인 중 모르제. 느이 어무이 말처럼 사내 중의 사내인 것만은 분명하나 재미있는 구석도 많았대이. 니가 섬돌 위를 앙종앙종 걸어댕깄을 때일 기다. 아매 너 더댓 살은 실히 먹었을 기라. 그런 아를 둔 아 아부지가 이북이 쳐니러온다고 멀쩡하게 잘 댕기던 미군부대를 하루아침에 관뒀으니 집에선 속이 터지나 안 터지나. 겁은 많아가주고. 곧 쳐니러온다 카두만 쳐니러오긴 멀 쳐니러와. 가가 여서 꼬박 이태는 놀았다. 놀아도 머하고 논 중 아나? 마작에 폭 빠져설랑 저녁마동 이 질을 걸어 마실 댕깄다 카드라. 여는 동네가 작으니 마작하는 사람이 없었는 기라. 그러이 마작 친구를 찾아 십 리 발품을 멀다 않고 팔은 기다."

"마작이 먼데?"

"있다, 그런 기. 신멋 든 치들이 화투맹이로 가주고 노는 기. 마작만 하마 괜찮게? 나중에 들으니 요정 기생한테 폭 빠져 난리도 아니었다 카데. 오죽하마 느이 어무이가 당산나무에다 입던 속치마를 다 걸어놨겠나. 그것도 해필이마 고자리재 당산나무에 속치마를 걸어놓는 바람에 산짐승을 잡으러 댕기던 포수의 눈에 띈 기야. 지 딴엔 고자리재 당산나무가 동네 어구에 있는 당산나무보다 영험할 기라고 그리한 모냥이지만 사람 구경 하기 힘든 산날망에 허연 치마가 각중에 펄럭이니, 니도 함 생각해봐라. 영락없이 구신 형상이지 머겠노? 다른 포수가 놀랠깨비 속치마를 없앨라 캐도 누가 정성으로 비손한 긴데 부정 탈까 싶어 포수가 산밑 동네마동 찾아댕기미 주인을 수소문했더란다. 나중에 알고 보이 속치마 임자가 느이 어무인 기야. 느이 아부지한테 달라붙은 기생을 떨라고 그캤단다. 얼매나 무서웠겠노? 젊은 여자가 오밤중에 고자리재 날망꺼정 올라갈라마. 그때사 우리도 느이 아부지가 그카고 댕긴 걸 알았는 기라. 본시 지 서방한테 해로운 말은 요맨치도 안 하는 사람이 느이 어무이고. 무시라, 그런 일이 없었으마 느이 아부지 바람난 건 아무도 모리고 지나갔을 기다."

고모의 기억 속에 들어 있는 아버지는 어머니에게 들었던 아버지의 얘기와 달라도 너무 달랐다. 심통 난 얼굴로 발에 걸리는 자갈을 툭툭 걷어차며 가다보니 시외버스 정류장이 코앞에 있었다. 정류장에 도착하자마자 고모는 벽에 걸린 거울 앞에 서서 입술을 옆으로 갸름하게 벌리고 루주를 발랐다. 귀퉁이가 깨어지고 한쪽 면이 부옇게 변한 정류장 거울 속에 꽃잎처럼 피어나던 고모의 얄브스름한 입술. 그래서였던가. 버스를 타고 집으로 돌아왔는데도 고모의 얄브스름한 입술이 내내 어른거렸다. 마작…… 마실…… 기생…… 내 말을 듣고 파랗게 질린 어머니는 그 자리에서 싹 돌아앉았다.

"흥! 동냥아치 찬밥덩이 던져주듯 어쩌다 내미는 그깟 비단 쪼가리!"

그러곤 그만이었다. 다시는 고모의 얼굴을 보지 않았다. 큰어머니도 고모와 비슷한 실수를 할 뻔한 적이 있었다.

"산달이 다가와 느이 아부지가 휴가를 내고 집에 내려와 있었거든. 촌이 얼매나 바쁘냐. 농사일이라곤 할 중도 모리고 그렇다고 빈둥빈둥 놀기도 뭐허고 그란께 느이 아부지가 소여물을 떠맡고 나서데. 한 이틀은 잘하두만 그것도 꾀가 난께 지때지때 안 허고 한꺼번에 닷새 치의 소여물을 썰어놔야 혀. 한 번에 후딱 해치우고 만판 놀아뿔라고. 느이 어무이는 한쪽 다리로 작두를 눌러줘야 했는디 만삭의 임신부가 얼매나 심이 들겄어. 낭중에는 느이 어무이가 주리를 트는데 까딱하믄 널 작두 우에서 낳을 뿐했구먼."

여기까지 얘기를 술술 풀어가던 큰어머니는 아차 싶었는지, 그래도 통 큰 디린님 덕에 입 호강은 했제, 하며 느닷없이 말을 바꿨다. 큰어머니가 입 호강을 했다는 말은 쌀을 살 돈으로 수박을 사는 그런 아버지의 내력을 말하는 것이었다. 앞뒤 재지 않고 덜컥 일부터 벌이고 보는 아버지 탓에 가끔씩 하는 입 호강이 싫지 않으셨던지 큰어머니는 그전에도 얼핏 그런 말을 비친 적이 있었다.

"내 정신 좀 봐라야. 정지에서 머시 타는갑다. 화근내가 진동을 하네."

나지도 않는 화근내 핑계를 대며 황급히 부엌으로 사라지는 큰어머니를 보곤, 차암 성님도 아 듣는 데서 벨소릴 다…… 하며 어머니는 말끝을 흐리고 말았다. 안색까지 변했던 어머니가 그쯤에서 일을 마무리한 것은 얘기 후반부에 비친 입 호강 때문이거나, 평소 시동생이라면 끔찍하게 아꼈던 큰어머니의 속정 때문이었는지도 모른다. 그후로 큰어머니는 좋은 말이라도 아버지에 관한 얘기라면 일절 입에 담는 법이 없었다.

지금 와서 돌이켜봐도 이상한 건 여섯 살 때 돌아가신 아버지에 대한 기억이 내겐 전혀 없다는 점이다. 흐릿한 기억을 더듬어보면 그 시절에 살았던 집이나 마을의 고샅길, 사촌과 물고기를 잡으며 놀던 도랑, 꼬부장하게 허리가 굽은 뒷집 할머니까지도 기억이 나는데 정작 아버지의 실루엣은 머릿속 어디에서도 보이지 않았다. 나는 아버지의 직장 때문에 서로 떨어져 살아 그렇겠거니 여기며 어머니가 들려주는 아버지에 대한 얘기를 곧이곧대로 믿고 자랐다. 어머니의 말에 의하면 아버지는 참으로 훌륭하고 늠름한 사람으로서 지금까지 살아 계셨다면 우리나라 역사의 한 페이지를 새로 쓰고도 남을 만한 그런 위인이었다.

그런데 가장 가깝다고 여겼던 고모와 큰어머니의 입에서 무심결에 아버지의 불미스러운 일화들이 새어나왔으니. 어머니가 기를 쓰고 아버지의 불미스러운 일을 덮으려 하면 할수록 점점 의혹만 커지는 거였다. 혹시 아버지는, 좋게 말하면 아무 생각 없이 살다 간 사람이고, 나쁘게 말하자면 허랑방탕한데다가 난봉꾼의 기질마저 있는 그렇고 그런 사람이 아닐까 하는. 그뿐만이 아니었다. 내가 들은 얘기는 빙산의 일각일 수도 있었다. 그도 그런 것이 고모와 큰어머니가 누군가. 아버지의 측근 중의 최측근이요, 가족이 아니던가. 부지불식간에 말을 꺼냈다고는 하나 아버지의 치명적인 약점은 덮어주었을 확률이 높다. 그렇다면 아버지는? 온갖 상상을 다 하다가 어쩌면 그 이상으로 최악일 수도 있다는 결론을 내렸다. 그렇지 않고서야 어머니가 저럴 수는 없었다. 마치 남편 우상화에 목숨을 건 사람처럼 행동할 때가 많았기 때문이다.

아무튼 그 일로 인해 나는 일대 혼란을 느꼈고, 어머니가 새롭게 덧칠하는 아버지의 일화들을 모조리 의심하기 시작했다. 아버지의 실체에 대한 의문이 꼬리에 꼬리를 물었지만 파헤쳐볼 시도는커녕 의심하는 눈치를 겉으로 내보이지도 못하고 자랐다. 첫째는 아버지를 미화하는 데 전력투구하는 어머니가 애처로워서였고, 둘째는 애비 없는 후레자식이라는 소리를 듣지 않고 자라나는 일만으로도 늘 힘에 겨웠기 때문이다. 다 커서는 눈앞에 널린 일을 헤쳐나가기에 바빴고, 요즈막에 와서야 겨우 한가해졌지만 반생을 넘어 산 마당에 옛날 일을 들춰내 옳으니 그르니 가리는 것도 새삼 우스울 것 같아서였다. 돌아가실 때까지는 어머니의 말을 액면 그대로 믿는 척하는 게 효도하는 길이라고 은연중에 난 그리 생각하고 있었다. 그렇게 하기로 작정하고도 어머니의 말이 도가 지나치면, 실상은 그렇지가 않죠? 되묻고 싶은 마음이 굴뚝같을 때도 있었다. 끓어오르는 마음을 간신히 가라앉히고 돌아서면 이내 다른 의심이 똬리를 틀고 일어섰다. 내가 속아주는 체하고 있다는 걸 어머니는 진작부터 알고 있는 게 아닌가 하는 생각.

"무신 놈의 오줌이 이리도 마렵노."

어머니는 지팡이를 손수건으로 말아 쥐고 절뚝거리며 화장실로 들어갔다. 뇌졸중이 오고부터 어머니가 가장 불편해하는 것은 화장실에 가는 일이었다. 몸의 반쪽이 마비되면서 방광 기능도 마비가 되었는지 잠시도 오줌을 참지 못했다. 어머니가 쓰러진 후 집을 장애인용으로 개조했는데도 불구하고 화장실이 거실보다 낮았다. 화장실의 높은 문턱에서 한차례 멈칫거리던 어머니는 몸을 지팡이에 의지한 채 마비된 왼발을 끌다시피 화장실 바닥에 내려놓고 버팀목 구실을 했던 성한 오른다리로 화장실 바닥을 딛고서야 간신히 숨을 몰아쉬었다. 변기 옆에 붙은 장애인용 손잡이를 잡고 바지를 내리기까지 족히 십 분은 걸렸다. 그런 까닭에 자주 오줌을 지렸다.

"얼른 죽어뿌리야지, 이래 살아 뭘 하겠나. 사는 게 욕이다이."

새듯이 질질 흐르는 오줌 소리에 어머니의 한숨이 젖어들었다. 울음을 참는 듯한 기척이 화장실에서 들리기가 무섭게 날 선 내 눈길이 아버지의 사진 위로 화살처럼 날아가 꽂혔다.

당신은, 당신의 아내가 오줌을 지리는 지경이 되어서까지 기를 써서 채색하고 변호하지 않아도 되는 그런 삶을 살 수는 없었는가? 오로지 진실만을 말하게 할 수는 없었는가? 아버지는 알까. 생전의 자신보다 늙은 딸이 측은한 눈길로 자기를 바라보고 있다는 것을. 그럴 리야 없겠지만, 어머니의 믿음처럼 저승에서도 이승의 일을 훤히 꿰고 있다면 지금 아버지는 어떤 기분일까.

마음이 사뭇 불량해졌다.

손에 들고 있던 책을 마룻바닥에 던지고는 개수대에 담겨 있던 그릇과 커피잔, 물잔 따위를 왈각달각 거칠게 씻기 시작할 무렵 변기 속의 물이 내려가는 소리가 들렸다. 볼일을 마치고 일어서려는 어머니를 다시 변기에 앉히고 옷을 벗겼다. 마비가 된 왼쪽 다리와 팔만 부실할 뿐 어머니의 속살은 아직도 눈이 부시게 희고 윤기가 흘렀다. 어느 누구도 칠순을 바라보는 노인의 몸이라고는 생각하지 않을 것이다. 옛날엔 더욱 희고 매끄러웠을 거다. 아이가 자라나 어른이 되고 강산이 몇 번씩 변하기도 하는 세월 동안

옷 속에 단단히 감추어져 있었을 어머니의 아름다운 몸. 가슴이 우묵하게 패는 것 같아 어머니의 등을 미는 손에 절로 힘이 들어갔다. 비누 거품이 어머니의 등에서 부글부글 일었다. 내 속에서도 아버지에 대한 원망이 거품처럼 일어났다.

"야가 누구 살 껍디기를 삐낄라 카나. 살살 쫌 해라."

거품이 묻은 몸을 한차례 헹구고 머리를 감기고 전신에 오일을 바르느라고 나는 어머니의 말에 신경쓸 겨를이 없었다. 어머니가 한 손으로 서툴게 옷 입는 걸 지켜보는데 그만 겨드랑이가 축축해졌다. 월급을 올려달라고 툴툴거리던 간병인의 얼굴이 떠오르고, 어쨌든 다음달에는 월급을 올려줘야 하지 않겠는가 하는 생각으로 머릿속이 복잡한데, 목욕을 하고 나서 기분이 좋아진 어머니는 또 물색없이 아버지의 얘기를 꺼냈다.

"우째 그리 대중이 없는 사람인지 머든 사믄 통째로 사야 직성이 풀리는 사람이 느이 아부지였다. 지독히도 더운 여름이었을 기라. 왜 엉뚱하게 꽁치가 묵고 싶던공. 말이 떨어지기가 무섭게 느이 아부지가 대뜸 꽁치 한 짝을 사오더라. 냉장고도 없던 시절에 꽁치 한 짝을 다 어짜겠노. 소금 단지 안에 넣어두곤 지져 묵고 구워 묵고. 그 꽁치를 없애느라고 얼매나 애를 묵었던지 시방도 꽁치라 카마 넌덜머리가 난대이. 그뒤로 내는 느이 아부지한테 무신 말을 몬했다."

아버지에 대한 얘기는 매번 이런 식이었다. 시작은 흉보는 것처럼 하는데 끝까지 들어보면 교묘하게 아버지를 띄워주는 그런 얘기. 여섯 살 때 돌아가신 아버지는 내 나이 마흔을 넘긴 지금에도 우리와 더불어 살고 있었다. 밥상머리에, 부엌 언저리에, 마당가, 혹은 이불 속까지 따라와 질기게 붙어 살았다. 세월이 흐를수록 희미해지기는커녕 아버지는 점점 굳고 단단하게 뿌리를 내리며 생과 사의 경계를 무시로 넘나들었다.

"내는 화장품이라곤 내 손으로 안 사봤다. 구리무랑 분이랑 전부 느이 아부지가 때맞추 사 날랐제. 좋다는 건 그때 다 안 써봤나."

귀에 딱지가 앉도록 들어온 얘기. 건성으로 들어주면 그뿐이었는데 왜 그랬는지. 장애인은 도와주는 게 능사가 아니었다. 장애를 극복할 수 있도록 최대한 운동을 시켜야 한다. 먹고, 입고, 화장실에 가는 기본적인 일은 당신 손으로 하게끔 간병인도 나도 손을 대지 않았다. 목욕을 하고 난 뒤 당신 손으로 입은 옷은 볼만했다. 한 손으로 끌어올린 바지는 오른쪽 엉덩이에 비스듬히 걸려 있고 윗옷의 칼라는 안쪽으로 돌돌 말려 있어서 흡사 멱살이 잡혀 옷과 몸이 함께 못에 걸린 것 같은 모습이었다. 그런 몰골을 하고 앉아 볼그족족하게 상기된 얼굴로 아련한 추억을 더듬는 어머니를 더이상 봐줄 수가 없었다. 아련한 추억이라는 것도 대부분 어머니가 조작해낸 게 분명하지 않은가. 듣기 좋은 꽃노래도 하루이틀이지. 나는 기어이 고함을 빽, 지르고 말았다.

"입가에 흐르는 주스나 닦고 말하세욧!"

전에 없던 일이었다. 확 들이민 손거울과 벌건 내 얼굴을 흘끔거리던 어머니는 그제야 사태를 파악했는지 손에 들고 있던 주스 잔을 탁자 위에 슬그머니 내려놓았다.

"야가 왜 이리 성질을 팩팩 내쌓아. 여 니러온 지 미칠이나 됐다꼬. 벌쌔 심이 들어 그카나?"

아버지에 대한 얘기를 할 때의 그 기세는 다 어디로 갔는지 어머니의 목소리는 표 나게 풀이 죽어 있었다.

"아니…… 그게 아니고…… 이젠 제발 아버지 얘긴 그만했음 싶어서."

내 말을 끝으로 한동안 정적이 흘렀다. 미동도 하지 않고 서로의 눈치만 살폈다. 규칙적이던 어머니의 숨소리가 점점 거칠어지고 있었다.

"왜? 느이 아부지 얘기가 그리 듣기 싫더나?"

노염 탄 목소리였다. 나는 대답을 하는 대신 고개를 돌려버렸다. 내가 생각해도 놀라웠다. 몸이 불편한 어머니 앞에서 이런 식의 반발을 하리라곤 예상치도 못한 일이었다. 분이 받친 어머니의 다음 말을 기다렸으나 어머니는 손거울에 얼굴을 박고 입가에 흐르는 주스를 손수건으로 꾹꾹 눌러 닦고 있었다. 좀전의 일은 말끔하게 잊어버린 듯 입을 닦아내고도 입술을 오므렸다 폈다, 고개를 돌렸다, 턱을 들었다 하며 한동안 손거울에서 얼굴을 떼어내지 않았다. 병이 깊어 그런가. 예전 같으면 결딴이 나도 진작 났을 일

242

이었다.

"중풍이라 카는 빙이 이리 숭한 건 줄 누가 알았일꼬. 질질 흘리쌓고, 참말로 걱정이다. 서리 맞은 풋고추맹이로 이래 시르죽은 꼴로 저승에 가마 느이 아부지가 기겁을 하고 도망갈 긴데. 보나마나 느이 아부지는 저승에서도 멋쟁일 긴데."

"저승이 있긴 어디 있다구 그래요. 저승 갔다 온 사람 보셨어요?"

"모리는 소리 허들 말어라. 이날 입때 내가 누운 방 옆이 바로 저승이거니 하고 살았다. 저승이 없는 거 겉으믄사 내 살도 안 했네. 발쎄 재가를 했거나 그랬겠지. 너는 내가 너 믿고 산 중 알제? 천만에. 느이 아부지가 옆방에 누워 있거니, 다 보고 있겠거니 해서 산 기야. 그란께 내가 이리됐다고 너무 맴 쓸 거 없다, 그 말이다."

"……"

"사실 말이지…… 느이 아부지 살았을 적엔 큰 정도 없었다. 그랬으마 느이 아부지를 따라 살제 뭐하러 시가에 눌러살았겠나. 군부대 옆이라 물설다 캐도 말이다. 하나밖에 없는 낭군인데 잘해줘야지, 암만 맴을 다잡아도 이상하게 정이 안 가더라. 정이 안 가는데야 벨수 있나? 그저 건성으로 떠받들고 살았었다. 부부의 정이 뭔지 그런 것도 모리고……"

망치로 뒤통수를 세게 얻어맞은 기분이었다. 지금 이 말은, 아버지와의 금실이 유별나게 좋았을 것이라는 내 추측을 완전히 뒤

엎는 말이 아닌가.

"느이 아부지가 명줄을 탁 놓은께 그때사 맴에 사무치더라, 모든 것이…… 사무친다는 말이 뼈가 녹는 것처럼 아픈 말이라는 것도 그때사 첨 알았네. 잘해준 건 하나도 생각이 안 나고 못해준 것만 생각이 나데. 느이 아부지가 죽고 나서야 내는 진정으로 느이 아부지를 사랑하게 되었다. 참, 사람 마음이라 카는 건 요상시럽기도 하제."

세상에 사랑이라니, 기막히게도 어머니는 사랑에 대해서 말하고 있었다. 어머니의 입에서 나온 사랑이라는 말이 아주 낯선 단어처럼 생각되었다. 아프고 나서부터 머리가 하얗게 세어버려, 백발이 된 어머니가 사랑이라는 말을 입에 올리는 것부터가 희한하기도 했다.

"햇수로 치면 느이 아부지랑 칠 년은 산 텍이지만 실지로 같이 산 건 삼 년도 채 안 될 기라. 직장 땜에 노백이로 떨어져 살았으니. 평생 살 대고 살아도 모리는 기 사람 속이라는데 그 잠깐에 느이 아부지를 우째 다 알겠나. 어떨 땐 이런 사람도 겉고 또 어떨 적에는 저런 사람도 겉은 기라. 내는 좋은 쪽만 믿기로 했다. 입만 열면 느이 아부지 얘기를 했으니 니가 신물을 낼 만도 하제. 그 얘긴 너한테 한 얘기가 아니고 실은 내가 내헌티 한 얘긴 기라. 내가 그 힘으로 이적지 안 살았나. 그래도 내 아조 없는 소린 안 했다."

'내가 내헌티 한 얘기'라는 어머니의 말이 정면으로 날아와 가슴에 붙어버렸다. 그 말은 끈끈이라도 달려 있는 양 떼어내려야 떼어낼 수도 없게 딱 달라붙어 가슴 한쪽을 시시각각 갉아먹기 시작했다.

어머니의 사랑 앞에서 내 사랑은 참으로 무력하였다. 나는 사랑이라는 말을 지금껏 소리 내어 말해본 적이 없고 글로 써본 적도 없으며 들어본 적도 없는 것 같았다. 내가 알던 사랑이라는 단어와 어머니의 사랑이라는 단어는 전혀 별개의 뜻을 가진 생판 다른 낱말 같았다.

"너한테 부탁이 하나 있대이. 내 죽은 후에 시건방지기 사회봉삽네 어쩝네 하미 멀쩡한 장기를 띠서 누구 줄 생각일랑 아예 하들 말어. 내는 요대로 살다가 내 몸뚱이 고스란히 가주고 저승 느이 아부지한테 갈 기라. 뭔 욕심이 많아 죽은 몸꺼정 악착겉이 챙기갈라꼬 그카나 싶제? 그래도 내 입장은 그기 아인 기라. 다리도 절뚝거리는데 장기라도 하나 없어봐라. 저승에 있는 느이 아부지가 십 리 밖으로 도망가마 그땐 억울해서 우짤 기가. 당신이 맽기고 간 이승에서의 임무를 마치고 인자 내 여 왔소, 죽어서라도 느이 아부지 앞에서 한분 뻐시봐야 안 되겠나?"

얼마 전부터 정수리에 오백원짜리 동전만한 공간이 생겼다. 말로만 듣던 원형탈모증이었다. 오백원짜리 동전만한 크기라고는 해도 휑하게 드러난 머릿밑이 여간 민망한 게 아니었다. 궁여지책으로 왼쪽 머리를 오른쪽으로 넘겨 간신히 가리고 다녔다. 바람이라도 드세게 불어 휑한 머릿밑이 드러나면 머리 주인인 나보다도 그걸 본 상대방이 더 무참해했다. 지금 내 심정이 그랬다. 애써 가리고 있던 어머니의 원형탈모증을 목도한 것 같은 무참함.

"그러니까 운동하세요. 부지런히 운동하면 마비된 팔과 다리도 풀릴 거예요."

다리를 쭉 뻗고 앉아 있는 날 맥없이 바라보던 어머니는 부스럭거리며 지팡이를 짚고 일어섰다.

"하마, 느이 아부지헌티 갈 때꺼정 죽어라고 운동해야제."

어머니의 성성한 백발과 아버지의 흑단처럼 검은 머리. 어머니는 아버지의 사진이 걸린 벽을 향해 한 걸음 한 걸음 힘겹게 내딛기 시작했다. 바싹 말라비틀어진 어머니의 왼팔이 옆구리에서 떨어져나와 허공에서 덜렁거릴 때 눈이 아렸고, 가늘어진 왼쪽 다리를 질질 끌고 가서 오른쪽 다리 근처에 힘들게 붙일 때마다 번번이 옆으로 휘어지고 마는 어머니의 왼발을 보곤 참았던 욕이 터져나왔다. 빌어먹을!

여유만만한 모습으로 빙그레 웃는 아버지의 사각턱 밑에 떠억 자리잡은 나비넥타이. 딴에는 멋을 부려 찍느라고 그랬는지 모르지만 아버지의 흑백사진은 조잡한 하트 문양 속에 들어 있다. 잔뜩 옆으로 뉘어 길게 뻗쳐 쓴 글씨체로 인쇄된 '삶이 그대를 속일지라도'로 시작하는 푸시킨의 시가 사진의 삼분의 이쯤 차지하고, 삼분의 일가량 남은 여백에 검정 하트 문양이 그려져 있다. 그 문

양 속에서 나비넥타이를 맨 아버지가 생뚱맞게 웃고 있는 것이다. 그것도 민짜가 아니라 물방울무늬 나비넥타이다. 어머니는 물방울무늬를 '땡땡이 가라'라고 말했다. 니 아버지는 나비넥타이도 그냥 나비넥타이를 매는 게 아니라 새뜻한 '땡땡이 가라'로만 맬 만큼 멋쟁이였다고. 아아, 빌어먹을 땡땡이 가라 나비넥타이!

울컥 복받쳐 올라오는 게 있어서 읽다가 던져둔 책을 집어들고 바깥으로 나왔다. 싸락눈은 그쳤지만 바람은 여전히 사납게 불고 있었다. 머릿밑이 보일세라 얼른 책으로 정수리를 가렸다. 책의 각진 면 사이로 고자리재가 보였다. 보고 싶지 않아서, 보지 않으려고 눈을 감아도 갓 인쇄되어 새벽에 배달되는 조간신문의 1면 사진처럼 고자리재는 한달음에 달려와 내 앞에 새뜻하게 펼쳐졌다. 재의 초입에 들어선 회갈색 자작나무 숲과 그 너머 시루떡처럼 겹겹이 포개진 흰 능선들이 어느 때보다도 가까이, 또렷하게 보인다. 저 재에 싹이 트고 꽃이 피면 그땐 고자리재를 넘을 수 있을까. 어머니의 한 생이 고스란히 담겨 있는 재. 돌이켜보면 누구에게나 고자리재는 있었을 것이다. 오래전부터, 아득한 훗날에도, 사방 도처에, 혹은 저마다의 가슴에.

거미집

1

바람이 오두방정을 떠는가, 방문에 붙은 칸살이 요란하게 흔들
린다. 문풍지로 바른 얇은 종잇장이 바람을 이겨내기에는 버거운
가보다. 엄동설한보다 날 선 바람이 문풍지를 헤집고 위풍당당하
게 쳐들어와 노인이 누워 있는 안방을 온통 후질러놓는다.

"추부_{추위}가 갔나 했디만…… 이놈우 우풍."

노인은 얇은 담요 한 장을 반으로 포개 접어 깐 바닥에 돌아누
워 캐시밀론 이불을 코까지 푸욱 뒤집어쓴다. 어쩨, 등이 좀 배기
는 것도 같다.

"죽을 때 싸갖고 갈라요? 장롱 속에 처재어놓은 목화솜 요때기

랑 이불 좀 꺼내 덮으소. 청승 그만 떨고."

양지뜰댁은 오던 길로 정지에 들어가 불을 지피고는 방으로 들어와 아랫목에 깔린 꼬질꼬질한 캐시밀론 이불과 얇은 담요를 보곤 팩, 하고 소가지부터 내질렀다.

"너도 이담에 운신하기조차 심에 부칠 정도로 삭아봐라. 만사가 귀찮아질 테니께."

고시랑대는 노인의 낮은 소리가 윗목에 크게 틀어놓은 티브이 속으로 빨려들어간다. 칙칙거리는 잡음과 함께 아홉시 뉴스를 진행하는 티브이 속의 남자는 어제와 똑같은 표정으로 하루 사이에 일어난 많은 사건들을 전해준다. 연속극이 아니면 눈길조차 주지 않는 티브이를 크게 켜놓는 것이 노인의 습관으로 굳어진 지 오래였다. 티브이를 켜면 보지 않아도 누군가 옆에 있는 것처럼 위안이 된다.

"이러다가 귀청 떨어지겠어요."

어쩌다 집에 내려오는 딸들의 지청구가 대단해도 여지껏 티브이 볼륨을 줄여본 적이 없는 노인이다.

"어이구, 하여간에 늙어가면서 어무이 고집은 점점 더 대단해지는 것 같소."

연방 눈을 흘기면서도 양지뜰댁은 티브이 볼륨을 줄이지 않는다. 그래서 티브이에 나오는 인물들이 저마다 마구 고함을 질러대는 것 같다. 저 혼자 왕왕거리는 티브이를 제외하면 방안에 있는 모든 물체들은 죽어 있다. 칠이 벗겨진 장롱과 반닫이는 오랜 세월 동안 먼지를 쓰고 제자리에 요지부동으로 앉아 있다. 방안에 괴어 있는 정적이 가시처럼 노인의 잔등을 후벼판다. 햇빛이 있는 동안은 떠도는 먼지라도 보여 그런대로 지낼 만하지만 사위에 어둠이 깔리면 컴컴한 낭떠러지로 발을 헛디디는 기분이 된다. 금방이라도 저승사자가 넘볼 것 같은. 이러다가 숨이 멎어버리면……아직은…… 혀가 바짝바짝 타들어간다.

"아무래도 내 쎄가 시남시남 굳어지는 것 같혀. 요시는 건건이 맛도 잘 모리겄고, 짜분지 싱거분지도 모리고 벌로 묵어야."

"어무이, 이래 살아 무얼 하겄소. 고만 죽으소. 무슨 미련이 그리 많아 질긴 명줄을 놓지 못해요. 저녁 자시고 주무시는 듯이 가소. 지금 가야 호상이오. 복 중에 제일 큰 복이 죽음 복이라는 말도 안 있소?"

차로 삼십 분이면 닿게 되는 면소재지에 살고 있어 사나흘 돌이로 들여다보는 양지뜰댁이 제 오라비들 험담 끝에 마침표를 찍듯하고야 마는, 죽으라는 소리가 오늘따라 노인의 명치끝을 아프게 찌른다. 늙어가면서 기쁨이나 설렘 같은 좋은 감정은 점점 엷어지는 데 반해 이상하게도 서러움이나 노여움은 새록새록 진하게 느껴진다. 고만고만한 팔 남매의 배를 채워주기에 바빴던 그 시절이 그래도 노인의 한창때가 아니었을까. 빈 조롱만 남기고 훌훌 떠났으면 떠난 자리 돌아보질 말든가, 휑하니 보기 싫으니 빈 조롱은 네가 맡으라고 서로 흔들어댄다. 그러잖아도 조롱은 부서질 듯 위태로운데. 노여움이 턱까지 차올라 뒷목이 뻣뻣해진 노인은 끄응, 하고 가래 끓는 소리를 내며 돌아눕는다. 젊었을 적엔 우람한 뒷산처럼 세월에 씻긴 흔적이 좀체 나지 않을 성싶던 노인이 이제는 검불처럼 파삭 늙었다. 그 모습이 안쓰러워 죽으라고 험한 소리를 할 때는 언젠가 싶게 양지뜰댁은 가방에서 누룽지사탕을 꺼내 노인에게 건넨다.

"짠한데 군입이라도 다시소."

"그려. 소태같이 입이 써 애들모냥 사탕이라도 물어야지."

노인에게 사탕을 건네주고 난 양지뜰댁은 자신도 사탕을 한 개까 입에 넣고 우물거린다. 노인의 입 주위엔 쪼글쪼글한 주름살이 잡혀 있어 사탕을 입속에서 굴릴 때마다 입 모양이 우습다. 꼭 속이 덜 찬 콩 주머니 같다.

"많이도 늙었소."

"시월 이길 장사 있더냐?"

"참말로 어무인 오래도 살었소."

노인은 치맛자락을 끌어올려 물기가 괴어 사물거리는 눈가를 꾹꾹 찍는다. 기와지붕이 샌 지는 오래전이고 서까래까지 무너져 내려앉은 친정의 아래채처럼 그녀의 사그라진 모습을 찬찬히 살펴보던 양지뜰댁은 노인의 젊은 날을 떠올린다.

흰 무명 저고리에 검정 몸뻬를 입은 엽렵한 아낙. 머릿수건을 잘끈 동여매고 깨밭을 맬 때도 남이 두 고랑을 매면 자신은 세 고랑을 매고 나서야 허리를 펴던 사람. 반거충이 남편을 대신해 나무를 해도 장정 짐으로 두 짐은 되어야 성이 풀리던 사람. 버섯을 따도 한 삼태기는 채워야 하고 도토리를 주워도 소쿠리가 차지 않으면 어두워도 산에서 내려오지 않던 일 욕심 많던 사람.

"그때 생각나요?"

"언지 쩍?"

"내가 밥해 먹을 때."

"그리여."

노인은 팍팍했던 시절의 한 갈피로 빨려들어간 듯 실눈을 내리뜨고 얕은 숨을 내쉰다.

"내가 손이 작아놔서 어무이 배 많이 곯았지. 내 깐에는 아무리 밥을 많이 한다고 해도 식구들 수대로 밥을 푸다보면 꼭 한 그릇이 모자랐어. 어린 소견에도 일하고 돌아온 어무이 배는 곯릴 수 없고 해서 나는 배부르다고, 나는 밥을 푸기 전에 먼저 먹었다고 벅벅 우겨도……"

"내 속으로 난 자슥인디 얼굴상을 보믄 몰러? 밥을 묵었는지 안 묵었는지."

"하루종일 일하고 들어와 애헌티 젖을 물려야 하는 사람이 멀건 숭늉 한 대접으로 배를 채우곤 했으니, 정녕코 어무이 속병은 그때 생겼을 거유."

"그딴 소리 말어. 맏딸로 태어난 죄루다 자슥들 중 니가 질로 고생이 많었구먼. 넌 딸이라기보담은 동지구먼, 고생 동지."

틀니를 빼놓아 잇몸뿐인 허전한 입으로 노인이 흐물떡 웃는다. 모처럼 모녀간에 아옹다옹하지 않고 맞는 밤이 좋은가보다. 그런 노인을 보고 있자니 양지뜰댁의 속이 또 뒤집어지고 만다. 젖먹이였던 큰딸을 데리고 친정에 더부살이하던 기억이 불현듯 났기 때문이다.

군부대에서 문관으로 근무하던 남편이 휴전선 근처로 부대를 옮기는 바람에 위험해서 같이 갈 수가 없노라고, 잠시만 친정에 있으라고 해서 본의 아니게 친정살이를 했다. 말이 더부살이지 씀씀이가 헤픈 남편은 두 입을 맡긴 요량으론 과하다 싶을 만큼의 돈을 매달 장인어른의 용채에 보태 쓰시라고 보냈다.

그런데도 노인은 젖먹이 큰딸만 보면 눈을 하얗게 흘겼다. 첫딸이라 귀애하던 남편이 미군부대에서 어렵사리 구한 분유를 부쳐와 아이에게 먹였다. 양지뜰댁의 품에 안겨 우유병을 빠는 젖먹이가 못마땅한 노인은 지지배에게 미제 분유가 가당키나 하냐며 구박이 자심했다. 양지뜰댁은 노인의 눈을 피하느라고 뒤꼍에 숨어서, 언제 호통이 날아올까 조마조마한 마음에 얼른 우유병을 흔들어 아이에게 먹이곤 트림을 시킬 엄두도 내지 못했다. 시어머니가 며느리에게 딸을 낳은 주제에 무슨 유세로 미제 분유까지 먹이냐고 그런다면 말이 되지만, 친정어머니가 당신 딸과 외손녀한테 그렇게 모질게 구는 경우는 듣도 보도 못했다. 거기다가 노인은 한술 더 떠서 장정인 두 오라버니가 몸이 부실해 힘을 못 쓴다며 손녀가 먹을 분유를 시도 때도 없이 푹푹 퍼가곤 했다. 큰딸은 그때 젖배를 곯아서 지금도 몸이 약하다. 부글부글 끓는 속을 가라앉히느라고 잇몸을 사리문 양지뜰댁은 오도독 이를 갈아붙이며 오금을 박는다.

"이젠 어무이도 아들네와 합쳐야지."

양지뜰댁의 서슬에 찔끔했던 노인의 귀가 아들이라는 소리에 번쩍 열린 것도 잠깐, 노인은 어느 아들? 큰 소리로 되받고 싶어지는 마음을 꾹 누르고 언제나 그랬듯 두 아들의 역성을 들고 나온다.

"너희 큰오래비는 시장에서 장사를 하니 저희들 끼니 끓여먹기에도 바쁘고, 대구 둘째 오래비는 오라 오라 하지만도 너희 올케가 몸이 약해 제 몸 추스르기도 바쁘니."

유행가 후렴처럼 노인의 입에 붙어 있는 말을 양지뜰댁은 야멸치게 자른다.

"시끄럽소, 마. 그 말이 무슨 보약이라고 재탕 삼탕 우려먹어요. 물리지도 않소?"

홱 돌아누운 양지뜰댁의 뒤통수가 사뭇 흔들린다. 뒤뜰, 앙상한 나뭇가지를 흔드는 바람소리가 드세게 방문을 두드린다. 금세라도 벌컥 열릴 듯 문고리에 걸린 방문이 사납게 요동을 친다.

"아이고, 저놈우 바람."

문득 추위를 느낀 노인이 담요를 잡아당기며 진저리를 친다.

2

양지뜰댁은 신문지와 휴지, 찌그러진 종이 상자 따위를 모아둔 가연성 쓰레기를 한뎃솥이 걸린 아궁이에 쓸어넣는다. 화닥닥 불이 잘 붙다가도 며칠 전에 온 함박눈이 채 녹지 않아, 아궁이의 젖은 밑바닥에 놓인 종이에 불기가 닿으면 어김없이 매운 연기를 내며 꺼지고 만다. 쓰레기가 불에 잘 타게끔 부지깽이로 휘젓다가 매운 연기에 그만 양지뜰댁은 눈물을 주르르 흘린다. 시골에까지 쓰레기종량제를 실시한 이후 쓰레기를 버리는 일이 쉽지 않은 터라 부엌에서 나오는 음식물 찌꺼기는 모았다가 이웃집 축사에 줘버리고 나머지 쓰레기는 불에 태워 처리해온 터였다. 혼자 살림에 무슨 쓰레기랴 싶어도, 사람 살아가는 일의 절반이 버리는 일인지 한 달에 두어 번 묶어 내놓는 쓰레기 뭉치가 제법 만만찮다.

여름내 탐스러운 주황색 꽃을 피웠던 능소화의 가는 줄기가 삭풍에 위태로워 보인다. 금방이라도 가지가 뚝뚝 부러질 것만 같다. 한뎃솥은 현관에서 기역자로 구부러진 옆뜰, 한적한 곳에 걸려 있다. 대문에서 현관까지, 현관에서 옆뜰까지 철마다 다투어 피어나는 꽃들이 담을 따라 촘촘하게 들어서 있다. 불두화와 라일락, 목련, 능소화, 줄장미, 수국, 백합.

양지뜰댁의 두 딸은 많은 꽃 중에서도 유독 능소화를 좋아했다. 능소화가 만개할 무렵이면 딸들은 꽃그늘에 나와 앉아 커피를 마시곤 했다. 재재거리는 종달새를 닮아 자신들의 주변 이야기를 털어놓기도 하고, 온 동네 소식을 물어와 미주알고주알 전하는 양지뜰댁의 얘기를 싫은 기색 없이 들어주던 자상한 아이들이다.

꽃나무가 그늘을 드리우는 바람에 새로운 묘목을 심을 자리가 없어 녹슨 펌프가 있는 곳까지 화단으로 일굴 즈음, 작은딸이 펌프를 없애자는 제안을 했다. 새벽마다 졸린 눈을 비비고 일어나 엄마의 일손을 덜어준답시고 고사리 같은 손으로 펌프를 자아 양동이마다 물을 가득 채워주던 딸들. 펌프 주둥이에서 솟구쳐나온 물로 등목을 시키면 한여름이라도 '아, 추위'를 연발하며 달팽이처럼 몸을 말던 딸들의 그림이 묻은 펌프를 없앤다면 이담에 혼자 남아 무얼 회고하고 살 것인가. 녹슨 펌프를 그대로 놔두자고 부득부득 우기는 양지뜰댁에게 '그렇게 해, 엄마. 펌프 주변에 빨간 덩굴장미를 올리면 어울릴 거야. 여름날 녹슨 펌프 주위에 흐드러지게 피어 있는 줄장미. 어때, 근사하겠지?' 하며 방그레 웃던 큰딸. 큰딸은 흉물스럽게 녹이 슨 펌프도 빨간 장미와 조화시켜 새로운 아름다움으로 만들어낼 줄 아는 다감한 아이였다.

이렇듯 자별한 두 딸을 가리킬 때, 노인은 눈을 샐쭉하게 내리뜨곤 쓰지도 못할 지지배들이라고 말했다. 딸들의 이름도 불러주

지 않고, 너희 두 지지배들은 뭐허냐, 그게 안부인사였다. 혼자 힘
으로 애면글면 모은 재산, 쓰지도 못할 지지배들 밑구녕으로 죄
쓸어넣다가는 나중에 쪽박 차기 십상이니라. 말끝마다 역장 지르
기 예사인 노인은 여느 친정어머니들처럼 다정한 구석이라곤 손
톱만큼도 없었다.

3

　암회색으로 착 가라앉은 하늘이 심상찮은 기색이더니 그예 비
늘 같은 싸락눈이 푸슬푸슬 떨어진다. 양지뜰댁은 재를 잘 다독거
리고 나서 치마를 툭툭 털며 서둘러 일어선다. 집안으로 들어서기
가 무섭게 보일러 스위치부터 올린다. 혼자 사는 집이어서인지 써
늘한 냉기가 곳곳에서 묻어난다. 노인을 닮아 어려서부터 절약하
는 데는 이골이 난 양지뜰댁이지만 기름만은 아낌없이 썼다. 바닥
에 시멘트를 얇게 깐 탓으로 써늘하던 거실이 쉽사리 달아올라 따
끈해진다.
　"마룻바닥이라고 꼭 방정맞은 사내 같구먼."
　빨갛고 조그만, 오래 사용해 이제는 검자주색으로 변한 찻주전
자를 가스레인지 위에 올려놓고 불을 켠다. 검은 양귀비 가루가
든 작은 약병에 적당히 데워진 주전자의 물을 조심조심 따른다.

잦은 염색 탓에 솔이 시꺼멓게 변한 칫솔로 물이 가루에 잘 섞이게 젓고 나서 염색할 때마다 입는 낡은 티셔츠를 걸쳐 입는다. 신문지를 깔고 비닐을 어깨에 두른 후 염색 장갑을 낀 양지뜰댁은 거울을 보며 천천히 빗질을 한다. 빗질하다 말고 머리카락이 듬성듬성한 앞머리를 자세히 바라보기도 한다. 머릿밑이 훤히 보일까봐 여간 신경쓰이는 게 아니다. 염색약이 흘러내리기 쉬운 이마와 귀, 목 부위에 마사지 크림을 꼼꼼하게 바른다. 염색한 뒤 마사지 크림을 휴지로 닦아내면 살갗에 묻은 염색약이 거짓말처럼 깨끗하게 지워진다는 것도 딸들이 가르쳐주었다.

양지뜰댁은 칫솔에 염색약을 묻혀 앞머리부터 조금씩 빗어내린다. 군데군데 희끗한 머리카락이 너무 검게 칠해진 것도 같다. 딸들이 염색해줄 때는 몰랐는데 혼자 머리를 염색하기란 쉽지 않다. 뒷목이 당기고 염색약을 칠하느라고 위로 잔뜩 쳐든 팔이 저려오기 때문이다. 딸들의 부재를 뼈아프게 느낀 건 처음으로 혼자 머리를 염색할 때였다. 양지뜰댁은 얼굴을 거울에 바짝 들이대고 염색약이 제대로 칠해졌는지 살핀다. 거울 속에 비친 자신의 모습이 우스꽝스럽다.

어깨에 두른 비닐을 벗고 염색약을 갤 때 사용하고 남은 주전자의 물을 다시 끓이기 시작한다. 찻주전자에서 나온 김이 주방 옆으로 난 작은 창을 부옇게 흐려놓는다. 김 서린 창으로 내다보는 바깥의 풍경은 우울하다. 나목들은 말라빠진 밑동을 차고 단단한 땅속에 가까스로 집어넣고 안간힘을 쓰며 버티고 있다. 커피잔을 들고 앉으려는데 의자가 놓인 마룻바닥에 삐죽하게 튀어나온 것이 눈에 띈다. 밑으로 손을 넣어 빼보니 외손자의 장난감 권총이다. 달포 전 딸들이 왔을 때 놓고 간 것이다.

"할머니, 빠앙, 빵, 탕탕!"

외손자들이 오면 적막하던 집안이 열기로 달아올랐다. 아이들은 집안을 활기 있게 만드는 이상한 힘을 가지고 있다. 건전지가 든 장난감 권총에서는 방아쇠를 당길 때마다 총구에서 빨간 불꽃이 일면서 타타타, 요란한 소리가 났었다. 그때마다 양지뜰댁은 외손자들을 말리곤 했다.

"아서라, 할미 정신 잃겠다."

"할머니가 정신 잃으면 내가 찾아줄게."

이갈이를 하느라고 앞니가 빠져 발음이 불분명한 외손자 때문에 집이 떠나가도록 왁자하게 웃어젖힌 게 불과 달포 전인데 지금은 몇 년 전의 일처럼 아득하기만 하다. 양지뜰댁은 장난감 권총을 슬며시 당겨본다.

"타타타."

투명한 총구에서 이는 불꽃은 바랜 형광등 불빛처럼 희미하고, 총소리 또한 외손자가 내던 그 소리가 아니다. 어쩐지 쓸쓸하게 들린다. 딸들 덕분에 다 늦게 맛 들인 커피를 달게 마시는데 전화벨이 울린다.

"언니, 요즘 어머닌 어떠셔?"

서울에 사는 막내 여동생 정자였다.

"늘 그렇지, 뭐."

"오빠들은 전화 자주 해?"

"전화야 자주 하지."

"와보지는 않구?"

"기사 편에 밑반찬 보냈더라."

"왜 달랑 기사만 보내. 자기네가 와서 들여다보면 다리에 종기라도 날까봐 그렇대?"

수화기 저편에서 분을 못 참아 헉헉거리는 소리가 손에 잡힐 듯 가깝게 들린다.

"그렇잖우, 언니. 우리 어머니가 어떤 어머니유. 그저 아들, 아들, 아들밖에 없는 분 아니우. 일구월심 아들만 떠받들어 키워놨으면 아들네로 가서 대우를 받으며 살아야지. 나이 팔순에 노친네 혼자 시골에 박혀 산다는 게 말이나 되우?"

"그럼 어쩌겠니."

"어쩌긴, 오빠네로 가든가, 아니면……"

양지뜰댁은 정자의 말없음표 뒤에 숨겨진 뜻을 안다. 두 오라버니와 여동생들은 두 딸마저 시집을 보내 아무 거칠 것 없는 양지뜰댁이 노인을 모시는 게 가장 타당하다는 의견을 암암리에 서로 나눈 적이 있었다. 노인과는 가까운 거리에 살고, 같이 늙어가는 터수에 딸 삼아 친구 삼아 오순도순 살아가는 모습도 보기 좋을 거라고, 그렇게만 한다면 두 사람의 생활비는 넉넉하게 대겠노라고 두 오라버니가 나서서 말했다는 걸 안다.

처음 둘째 여동생에게 그 말을 들었을 때 양지뜰댁은, 나 혼자 먹고살 만큼은 돼, 하는 말로 다시는 그 말이 나오지 않도록 못을 박았다. 그러나 노인이 마른 짚단처럼 쇠잔해갈수록 잦은 병치레로 두 오라버니 집을 전전하다 고향으로 내려오면 꺼진 불씨가 도로 붙듯 동생들 중 누군가는 조심스레 그 말을 꺼내곤 했다.

"너희는 희나리 고추 먹어봤니? 손톱도 들어가지 않는, 이삭으로 주운, 도토리만한 마늘을 까먹어봤냐구. 혼자 힘으로 두 딸을 키우며 사는 것도 서러운데 툭하면 어무이는 내 속을 뒤집었다구. 어무이가 일 년 농사를 지어 제일 좋은 건 두 오라버니네로 올려보내고, 다음 치는 너희들 나눠주셨어. 내 몫은 아무도 가져가지 않는 희나리 고추와 도토리만한 마늘뿐이었다구. 당신이 뼈빠지게 농사지은 것, 남의 식구 될 내 딸들에게는 못 먹이겠다는 심보셨어. 농사철마다 오르내리며 일손을 거들어주어도 내게 주는 건 아까워 바들바들 떠셨지. 이래도 내가 모셔야겠니? 말들 좀 해봐?"

노인의 생일날, 둘째 오라버니네서 형제들이 모두 모였을 때 기어이 양지뜰댁은 폭발하고 말았다.

"생살 도려낸 곳에 왕소금 훌훌 끼얹는 것맨치로 모질게 쐐기

박지 말어라. 그래, 나나 먹는 찌끄러기 너를 주었다. 임의로운 딸이라고 그캤다. 나도 이날 입때 희나리 고추와 도토리만한 마늘만 먹고 살아왔구마. 내사 어서 죽어삐리야 만사가 펜치. 모진 게 목심이더라고."

때아닌 노인의 팔자타령에 양지뜰댁이 화를 풀었지만 가슴에 앙금은 아직도 씨앗처럼 남아 있다. 양지뜰댁은 힘없이 수화기를 내려놓는다. 마루에 놓인 장난감 권총을 보자 문득 이번 주말에 오겠다던 큰딸의 말이 생각난다. 왜 그걸 잊고 있었을까. 요즘 들어 정신이 깜박깜박한다니까.

"장모님이 담근 백김치 맛은 기가 막혀요. 아삭하게 씹히는 배추도 그렇고 혀끝을 톡 쏘는 국물 맛도 일품이지요. 술 먹은 다음날이면 백김치 생각이 간절할 때가 많아요."

너스레를 잘 떠는 맏사위의 넓적한 얼굴이 떠오른다. 양지뜰댁은 신문지에 싸인 저장 배추를 꺼내 씻느라고 부산하게 움직이기 시작한다. 딸과 사위가 손으로 쭉쭉 찢은 백김치를 숟가락 위에 척 걸쳐 달게 먹는 모습이 눈앞에 환히 보이는 것 같아 소리도 없이 웃는다. 염색약을 바른 머리를 감아야 할 시간임을 까맣게 잊은 양지뜰댁은 열십자로 자른 배추에 소금을 뿌리느라 상체를 잔뜩 구부리고 있다. 노인의 거취 문제는 해가 뜨기 무섭게 꾸물꾸물 스러지는 새벽안개처럼 잊힌 지 오래였다.

4

따뜻한 아랫목에 드러누운 노인은 모처럼 평온함을 느낀다. 온기가 집 안팎에 스며 있어 집안에 흐르는 공기조차 부드럽게 느껴진다. 정오의 부신 햇살이 창을 뚫고 들어온다. 점심으로 먹은 국밥 때문에 뱃속이 든든하다. 아들네가 가져다주는 밑반찬에 된장찌개 한 가지만 호르르 끓여먹던 노인은 이웃집에서 가져다준, 무쇠솥에 시래기와 콩나물, 숭덩숭덩 썬 감자를 넣어 푹 곤 장국이 오랜만에 입맛을 당기게 했다. 불기가 잘 드는 아랫목에 누워 있으려니 뻣뻣하던 허리가 녹진녹진해지는 것도 같다. 막 잠이 들려는데, 마당을 가로지르는 발소리가 들린다.

"왔냐?"

양지뜰댁을 그다지 반기지 않는 노인의 심드렁한 품이 여전하다. 숱이 적은 머리를 빗어 넘겨 쪽을 찐 머리, 수긋이 굽은 체수가 한결같다. 노인은 양지뜰댁의 인사를 받는 둥 마는 둥 하고는 곧장 다락으로 올라가 잘 말려 분홍색이 도는 오징어 두 마리를 내온다. 내 집에 오는 손님에게는 입맛부터 다시게 해야 한다는 법칙을 딸이라고 해서 예외를 두지 않는다. 경우 바르기로야 마을에서 노인을 따라갈 사람이 없다.

간혹 버스를 탈 때, 혼자서 타면 반드시 돈을 내고 여럿이 탈 때에는 경로우대증을 내민다고 한다. 이유인즉 버스를 멈추게 하는 것, 버스의 문을 여닫는 것도 다 사람의 공이 드는 일인데 늙은 게 무슨 훈장이라고 경로우대증을 내밀며 공짜 차를 타는 것은 도리가 아니며, 여럿이 탈 적에는 타는 길에 한 사람 더 묻어 타는 것이니 그때에는 경로우대증을 내밀어도 그다지 허물이 되지 않는다는 노인 나름대로의 계산법이었다.

지금도 한 달에 몇 번씩 밑반찬을 나르는 둘째 아들의 기사를 빈손으로 돌려보내는 법이 없다. 아들네 집으로 갈 보퉁이와 기사에게 줄 보퉁이를 따로 챙겨 기사 손에 들려 보내는 노인이다. 그토록 경우 바른 사람이 왜 손녀들에게는 경우 없이 구는지 양지뜰댁은 지금도 그 속내를 헤아리기 어렵다.

"웬 오징어유?"

"너희 큰오라버니네서 가져온 거야."

"눈에 불이 나 암것도 안 보이더라면서 그 와중에 오징어는 어떻게 챙겨오셨소?"

얘기를 하면서 양지뜰댁은 픽 웃어버린다. 형제들 중에 살기가 넉넉한 탓도 있었지만 그간 노인에게 세세한 신경을 써준 사람은 둘째 오라버니였다. 잦은 안부전화와 밑반찬을 줄곧 대는 일이며, 노인이 크고 작은 병치레를 할 적마다 그 뒷감당을 둘째 오라버니가 떠맡곤 했다. 시장통에서 청과물 도매상을 하는 큰오라버니 내외는 새벽 네시부터 밤늦게까지 꼬박 가게에 매달리느라고 지금껏 집안일에 빠지는 게 다반사였다. 장남이란 말뚝만 박아놓고 일이 생길 적마다 쏙쏙 빠지는 큰오라버니가 얄미워 올여름에는 아예 노인을 그쪽으로 보내버렸다. 큰올케도 쉽게 그러라고 허락을 해줘 아주 안 올 것처럼 보따리를 싸가지고 갔다.

큰올케는 노인을 집에 혼자 두기가 맘에 걸려, 이웃에 살고 있는 딸 연희에게 낮 동안 할머니의 말벗이라도 해드리라고 신신당부를 했다고 한다. 그렇게 당부까지 하고 시장에 갔다 오니 노인은 고향으로 내려가겠다며 생떼를 썼다. 등을 꼬부리고 모로 누워, 여기선 눈에 불이 나 못 살겠으니 고향으로 데려다달라며 눈을 착 감고 누워 계시는데 이 일을 어쩌면 좋겠느냐고 큰올케가 징징 우는 투로 양지뜰댁에게 전화를 했었다.

내막을 알아봤더니 문제의 발단은 연희였다. 재바른 연희는 남편이 출근하기가 무섭게 네 살배기 아들을 들쳐업고 건너와서 할머니의 아침상을 봐드렸다고 한다. 밥상머리에 붙어앉아 노릇노릇 구운 갈치 접시를 노인 앞으로 밀며 수입 갈치가 아니어서 드실 만할 거라고 자꾸 권했다는 것이다. 작은 갈치 한 마리에 족히 만원은 하는데, 그 비싼 걸 어찌 아녀자가 덥석 먹겠느냐고 노인은 일껏 생각해 갈치를 한 토막만 먹고 세 토막은 남겼다고 한다. 그런데 연희가, 구운 갈치를 남기면 굳어져 맛이 없다며 제 아들과 둘이 갈치 세 토막을 남김없이 먹어치웠다고 한다.

"저녁때 즈이 남편이 친정으로 퇴근을 하니까 넓적하게 쓴 괴기를 아까운 기색도 없이 듬뿍 넣구 끓여설랑 저희 식구끼리 둘러

앉아 퍼먹는 걸 본께 고마 눈에서 불이 나더구마. 지 애비 등골 빠지는 중은 모리고. 키워서 시집보냈으면 고만이제 내 시중 든다는 구실로 새끼와 서방꺼정 달고 와 아귀아귀 퍼묵는데 하이고, 그 집에 하루도 더 있고 싶지 않더라."

"연희 고것이 어무이한테 드시란 소리도 안 하고 쇠고기를 지들끼리만 먹어요?"

"왜 안 해. 먹으라고야 해쌓지. 괴기 한 점이라도 먹었다간 체할 것 같아 속이 안 좋다믄서 괴기 국물에 밥 두어 숟갈 비벼 먹었구마."

"어무이 벨난 성질 땜에 괜한 애만 잡을 뻔했네. 어무이 말만 들으면 할머니는 밥 안 주고 지들끼리 돌아앉아 고기 뜯어먹은 꼴밖에 더 되우?"

"누가 밥을 안 줬다고 했냐."

"어무이는 말을 해도 꼭 그렇게 하세요. 어무이, 지금이 산에서 소나무 껍질 벗겨 먹던 왜정 땐 줄 아슈? 아님 육이오 난리통이우? 연희가 저희 집에 쌀이 없고 고기가 없어 친정에 얻어먹으러 온 줄 알아요? 다아 어무이 때문에 일삼아 온 거라구요. 손녀가 고기 좀 먹으면 어때서 그 꼴을 못 보우. 걔들이 남이우? 남들은 눈에 넣어도 아프질 않다는데 어쩌면 어무이는 손녀 입에 고기 한 토막 들어가는 꼴을 못 보우, 못 보길. 그것도 병이우, 벼엉."

집으로 돌아오는 차 안에서 마구 퍼붓는 양지뜰댁에게 둘째 오라버니가 어머니 그러신 게 어디 하루 이틀이냐며 그만 좀 해두라고 말리지 않았다면, 기실 양지뜰댁은 끝도 없이 퍼부었을 것이다.

"어떻게 하시려우?"

앞니로 오징어 다리를 씹다 말고 양지뜰댁이 불쑥 묻는다.

뭘 말이냐, 하는 뜻으로 노인은 눈을 치켜뜬다.

"거처를 정해야 될 거 아니우? 봄이 오기 전에."

양지뜰댁은 '봄이 오기 전에'라는 말에 힘을 준다. 노인이 고향을 떠나지 않고 눌러 있으면 양지뜰댁은 자신의 힘만 컨다고 생각한다. 누워서 똥오줌이라도 싸는 날엔 그 뒷감당은 양지뜰댁의 차지가 될 게 너무도 분명한 터라 어느 오라버니 집으로든 보내버려야 자신의 신상이 편할 것 같아 요즘 들어 부쩍 서두르는 낌새가 역력하다.

"추분 겨울도 갔는데 해동하면 파릇파릇 올라오는 새싹이나 보고 가야지."

"징그럽지도 않소. 평생 농사일로 뼈마디가 물렀으면서도 여태 농사 타령이우."

노인은 꼿꼿한 큰딸의 시선을 애써 무시하고 벽에 걸린 영감 사진을 멀거니 바라본다. 겨우 알아볼 수 있을 정도로, 흰 두루마기에 갓을 쓴 영감의 얼굴이 누렇게 변해 있다.

"넌 동동골 밭을 개간할 때 일을 발쎄 잊어삐렸구마. 머리를 한 갈래로 종종 땋아내려 처자 티가 완연한 너부터 코흘리개 정자까

270

지 딸 여섯을 일렬로 세우고, 지게를 진 너희 두 오래비를 앞에 세워 동네를 빠져나갈 때는 뒤통수가 얼매나 간지럽던지. 없이 살아놔서 큰애기꺼정 밭으로 내몬다고 동네 사람들 입방아가 뒤통수에 딱 달라붙는 거 같더라고. 그래도 어쩌냐. 동네 애 우는 소리만 들려도 내 새끼들 배고파 우는 소리 같으니. 그 시절에는 박토일망정 손바닥만한 땅이 한 뼘이라도 있으면 허리 펴고 살겄다 싶더구마."

어느새 노인의 눈에 물기가 배어오른다.

"그 시절을 어떻게 잊어요. 큰애기가 괭이자루를 질질 끌고 동네 앞을 지나기가 부끄러워 둘째 오라버니 지게에 괭이자루를 슬쩍 올려놓았는데, 지게를 짊어진 터에 괭이 한 자루 더 지고 가면 어떻다고 둘째 오라버니는 번번이 지게를 옆으로 기우뚱 뉘어 괭이를 땅바닥에 떨어뜨리곤 했어요."

"너희들 고생한 거 다 안다. 알고말고."

노인은 설움이 복받쳐 입술을 앙다문다.

"누에밖에는 돈을 살 것이 없어 잠실 가득 누에를 치고도 한 채반이라도 더 칠 욕심으로 안방꺼정 누에 채반을 들여놓았는디, 뽕잎을 묵고 기어나온 누에들과 같이 자고 일어난 너거들 등에는 누에 터진 퍼런 물이 빠질 날이 없었구마. 등가죽은 퍼레도 누에처럼 살이나 올랐으면 좋으련만. 갈빗대 우두두한 너희들에게 멀건 시래기죽 한 그릇씩 멕이고 돌아누우면 금방 이놈 저놈 뱃속에서 꼬르륵거리는 소리가 들려 간이 오그라져 붙는 것 같은디, 채반

위에서는 누에들이 사각사각 뽕잎 갉아먹는 소리가 들려 환장하 겠더구마. 내 새끼들은 굶는 판에 누에헌티는 밤참까지 멕이는구 나 허고."

"아이고, 징그러운 세월."

양지뜰댁은 오징어를 힘주어 씹는다. 어금니에 새로 해 넣은 틀 니가 제대로 맞지 않아 씹을 적마다 버거덕버거덕, 소리가 난다.

"지천에 버려진 게 내 땅이고 심기만 하면 싹이 돋는 세상인데, 어찌 땅을 버리고 가겠냐."

"농사를 지을 기력이나 있소? 그렇다고 농사가 돈이 되는 세상 이오? 가을걷이해서 자식들 나눠주는 재미에 여기 눌러 있고 싶겠 지만, 어무이가 주는 고춧가루를 먹는 자식은 아무도 없소. 고추 라고 닦지를 않아 먼지투성이인데다가 눈이 어두워 쥐똥조차 가 려내질 않고 빻아서 주니 그 고춧가루를 누가 먹겠어요. 쉬쉬하며 쓰레기통 속에 버릴 수밖에."

고춧가루가 떨어질 때 되지 않았냐며 챙기려고만 하면 아직 많 이 남았다고 결사적으로 나서서 말리는 자식들의 수상쩍은 기미 로 미루어 긴가민가하긴 했었다. 그래도 설마 내 자식들이? 하는 마음에 차마 거기까지는 생각을 못하고 있던 터에 양지뜰댁을 통 해 사실을 확인한 노인은 한순간 잡고 있던 끈이 떨어진 듯 맥을 놓고 만다. 노인은 그예 아랫목에 깔린 담요를 덮고 누워버린다.

"그려, 젊어서는 남편 보고 살았지만 이제는 두 아들 보고 살어야지. 내사 더 바랄 것이 뭣이 있나. 막둥이로 정자를 낳고는 기가 막히더라. 행여 아들 하나 더 건져볼 욕심으로 낳다보니 줄줄이 딸 여섯을 내지른 꼴이라 삼줄을 끊자마자 정자를 엎어놓고 동동골 밭으로 기다시피 걸어갔더니라. 동동골 밭에 쏟아지던 그 푸진 햇볕. 등줄기를 지질 듯이 뜨겁더라. 죽으라고 핏덩이를 엎어놓은 에미가 지 등이 쪼매 뜨겁다고 그늘에 엎어져 있으니, 내 속이 말이 아니었다. 느이 아부지는 딸이라고 들여다보지도 않고, 옆집 성님이 미음으로 거둔 정자도 제 몫을 챙기며 사는 시상인디 더 마음 쓰일 일도 없지. 앞으로 내 명줄 놓는 날꺼정은 아들네서 살어야제."

"암요. 지성으로 떠받들던 아들들인데 그 아들들 그늘에서 여생 편히 사셔야지."

아들 얘기가 나오자 보드랍던 양지뜰댁의 말투에 다시 가시가 박힌다. 노인은 양지뜰댁의 시선을 피해 바람소리에 귀를 모은다. 장사 일로 바쁜 큰아들네로 다시 갈 수도 없는 노릇이고 어찌되었든 살림이 넉넉한 둘째네로 가긴 가야 하는데, 아파트 현관에 들어서기만 하면 눈초리가 차가워지는 둘째 며느리를 생각하면 지금도 등골이 서늘하다. 성품이 걱실걱실한 큰며느리는 서운한 일이 있으면 대놓고 벌컥거리기는 해도 푼푼한 인정 탓에 가까이만 가도 훈김이 돌았다. 둘째 며느리는 얌전한 행동거지와 깍듯한 예의범절이 몸에 배어 드러내놓고 탓할 곳은 없지만 발 뻗을 곳이 한 군데도 없는 좁은 마음밭이라 늘 찬바람이 났다. 둘째네에서는 첫날은 그런대로 구색을 갖춰 대접을 받지만 이튿날이 되면 얼굴빛이 달라지는 며느리였다. 한가한 시간이면 친구들이 며느리에게 놀러오라고 전화질을 해댔다. 그러면 며느리는 곁눈으로 노인을 힐끔거리며, 집에 어른이 계셔서…… 하며 한껏 뜸을 들이다가 전화를 끊고 나서 쉬느니 한숨이었다. 며느리의 한숨 소리는, 저 늙은이 어서 안 가나, 등 떠미는 소리로 들려 노인의 숨을 턱턱 막히게 했다.

작년에 닷새 동안 둘째네에 머물렀을 때는 며느리가 연거푸 세 끼나 땅콩죽을 쑤어 내놓았다. 땅콩의 고소한 맛이 입에 착착 감겨 달게 죽 그릇을 비웠었다. 그동안 혼자 끓여먹느라고 비었던 속에 땅콩죽이 들어가면서 그만 탈이 나고 말았다. 설사통을 만나 연방 화장실을 들락거리다가 생각 없이 벗어놓은 노인의 속옷을 보고 기겁한 둘째 며느리는 아들네 딸네로 전화질을 해 온 집안을 벌컥 뒤집었다. 이제 어머니가 똥까지 싸세요, 하면서.

전화를 받고 헐레벌떡 내려온 딸들이 멀쩡한 노인을 보곤 제 올케에게 설사 좀 한 걸 가지고 그 난리를 쳤냐고 면박 주는 것으로 끝냈지만, 지금도 그때 일을 생각하면 둘째네로 갈 마음이 싹 없어진다. 그런 마당에 '봄이 오기 전에'라고 다부지게 못을 박으며 아들네로 등 떠미는 큰딸이 야속하기만 하다. 네가 내 속에 들어와보아라, 하는 말이 곧 입에서 나올 것만 같다.

"정지 살강에 고구마 쪄둔 것 좀 갖고 온나!"

속이 차지 않으면 서운한 마음이 더욱 복받치는 터라 찬 고구마로라도 속을 채워야겠다고 생각한 노인은 양지뜰댁을 향해 볼멘 소리를 내지른다.

5

"아이들은 아이스크림이라도 사주는 할미를 좋아하지."

토독토독, 손끝에서 뒹구는 주판알이 사랑스럽다. 양지뜰댁은 전자계산기보다는 오래 써서 손에 익은 주판으로 계산하는 걸 즐긴다. 이달에 들어올 가게 월세와 정기예금 이자를 계산하고 전기요금, 수도요금 등 잡다하게 지출할 각종 세금을 계산하고 또 계산한다. 양지뜰댁에게는 주판알을 굴리고 있는 지금이 가장 행복한 시간이다.

내 시대는 여자가 자신과 해로할 남자를 고를 수 있는 행운이 없었지. 그러나 난 남은 인생을 살필 수 있고, 나 자신을 위해 돈도 시간도 쓸 수가 있어. 그것만으로도 족해. 모든 걸 전부 내주었으니 책임지라고 뒤엎어지는 일, 사랑이라는 허울 좋은 명목으로 한쪽에서 일방적으로 하는 찐득찐득한 요구에 넌덜머리를 내는 다른 쪽이 있다는 걸 분명히 기억하고 있어야 해. 그래야만 늙어서도 지청구꾸러기가 되질 않아.

늙어 오갈 데가 없는 노인을 보며, 적어도 자신만은 그런 꼴이 되지 않겠노라고 매번 암팡지게 다짐을 하면서도 양지뜰댁은 이해할 수 없는 대목이 있다. 어머닌 뭘 믿고 당신 입속의 사탕마저 아들 입에 물렸는지.

"내가 소싯적 야수교를 다녔으면 이런 꼴로 살지는 않았을 거야. 무서운 너희 외할아버지 눈을 피해서라도 신식 교육을 받았을 거여."

이런 노인의 푸념이 아니더라도 노인은 셈이 빠르고 기억력이 뛰어나며 상대방의 속내를 짚어내는 데는 귀신같은 구석이 있어 촌에서 썩기는 아깝다고들 했다. 농사일에 반거충이였던 아버지를 뒤로하고, 모 심을 땅 한 뙈기 없는 형편에 줄줄이 딸린 자식들 제 앞가림을 할 만큼 번듯하게 키운 것만 봐도 노인은 확실히 여느 촌로와는 달랐다. 그럼에도 왜 자신의 뒷날을 생각하지 않고 자식들에게 퍼주기 바빴을까? 내게는 애면글면 모은 재산, 아이들 밑으로 죄 들이밀다가는 늙어서 쪽박 차기 십상이라고 젊어서부터 듣기 싫게 잔소리를 해댔으면서 왜 자신의 노년은 생각하지 않았을까. 둔한 사람도 아니면서. 손녀들에게 박정하게 대하는 것이나, 남의 뒤는 걱정하면서 자신의 뒤는 생각하지 않는 어머니의 속마음은 정녕 모르겠다고 양지뜰댁은 고개를 잘래잘래 흔든다.

"어무이 같았으면 큰딸이 집 장만한다고 돈을 빌리러 왔을 때

덥석 쥐여주었을 거야."

그 일을 생각하면 지금도 속이 싸하다. 몇 년 전에 전세를 살던 큰딸이 이번에는 분양을 받을 것 같다고, 어머니가 천만원만 빌려 주면 아파트를 장만할까 하는데 어떻게 생각하냐고 속을 떠보러 내려온 적이 있었다. 박서방 월급을 착실히 모으면 몇 년 안에 원 금은 갚아드릴 수 있어요, 하는 큰딸의 뒤통수에 대고 아랫동네 이장 집 거덜난 얘기를 해버렸다.

"집 장사 한다는 이장네 셋째 사위 있잖냐? 그 사람이 요전에 부도를 냈단다. 이장네 산 팔고 소 판 돈 죄 들어가고 그것도 모자 라 빚보증까지 서준 판이라 논밭전지는 물론이고 선산까지 넘어 갈 지경이란다."

자신의 말이 채 끝나기도 전에 고개를 푹 숙인 큰딸이 안쓰러워 가슴이 떨리는데도 양지뜰댁은 마음을 모질게 먹었다.

"너 돈 준 거 알아봐라. 둘째, 뽀르르 내려올 거다. 안 그래도 가 게 넓혔으면 좋겠다고 노래를 하는 눈치던데. 잘 풀리면 다행이지 만 만약 일이 꼬이면 다 같이 죽는 거야. 나, 늙어서 너희 집에 얻 어먹으러 가면 좋겠니? 남편 보기 거북하고 시집 보기 민망한 법 이야, 이것아."

빈손으로 큰딸을 올려보내고 집으로 돌아오는 길에 자꾸만 다 리가 꺾였다. 어떻게 키운 딸인데 시집을 보냈다고 이렇게 내쳐도 되는 것인가. 눈앞이 뿌예져 길바닥에 주저앉고만 싶었다. 그 이

듬해 집값이 다락같이 치솟아, 집은 고사하고 전셋값까지 따라 뛰는 통에 큰딸은 아파트 평수를 줄여서 이사를 했다. 지금 사는 집을 장만하기까지 고생고생하는 큰딸을 보며 양지뜰댁은 수십 번도 더 후회했다. 그때 천만원을 들려 보냈던들 지금쯤…… 집값은 다락같이 올랐는데도 은행 이자는 제자리여서 은행에 돈을 넣어둔 사람은 바보라는 말이 공공연히 나돌 때였다.

속깊은 큰딸은 집값이 치솟아 허리가 휠 지경이면서도 볼 때마다 웃는 낯이었다. 둘째 딸이 제 아이 머리를 빗어주다가, 몸치장에는 젬병인 엄마를 둬 집에 있을 적에 아무렇게나 하고 있는다며, 언젠가 외판원이 집에 들어와서 자신은 쳐다보지도 않고 파출부에게 주인 아주머니냐고 묻는 바람에 민망했다며 툴툴거렸다. 딸은 은연중에 어머니의 습관을 닮는다고 하는데 딸아이가 자신을 닮을까봐 겁이 난다고 설레발을 치는 둘째 딸에게 큰딸이 한마디 했다.

"일찍 혼자되신 엄마가 화장을 곱게 하고 예쁜 옷만 입고 집에 있었다고 생각해봐라. 남들 입방아에 상처투성이가 되었을걸."

탄탄한 노후를 위해 자신의 청을 묵살한 에미가 무에 그리 이뻐 편들어주니? 하는 눈길로 큰딸을 넘겨다보다가 콧마루가 시큰해져 양지뜰댁은 큰딸을 외면해버렸다. 노인이라면 큰딸의 말이 채 끝나기도 전에 옜다, 하고 통장째 맡겼을 것이다. 그러니 자신처럼 내내 가슴 아파하지도 않고 그저 큰딸의 처분만 기다렸을 것이다. 모든 걸 주었으니 내 짐은 가볍다, 하고. 통장을 받은 큰딸은 물 먹은 솜을 한 짐 짊어진 기분이었을 테지. 어느 쪽이 옳은가. 갑자기 머릿속이 어지럽다.

양지뜰댁은 곧 들이닥칠 아이들을 생각하고 백김치가 익었는지 확인하기 위해 부산스레 스테인리스 김치 통을 연다. 백김치가 알맞게 익어 흡족해진 양지뜰댁은 냉장고 문을 소리 나게 닫는다. 밥을 안칠까 하다가 밥보다는 아이들이 밀고 들어올 유리문부터 닦는 게 급할 것 같다. 현관 유리문에 묻은 먼지를 닦는데, 짚북데기를 깔아둔 화단에 뭔가 뾰족 솟아오른 게 보인다.

"저게 뭘까?"

짚북데기를 뒤적거리던 양지뜰댁은 눅눅하게 녹은 땅을 뚫고 가까스로 고개를 내민 파란 싹을 발견하곤 소스라친다. 모진 바람이 조그맣게 촉을 내민 여린 싹을 금방 짓이겨놓을 것만 같다. 양지뜰댁은 못 볼 걸 본 것처럼 서둘러 짚북데기를 덮어주고 돌아선다.

"아직 바람 끝이 매운데 벌써 봄인가."

조그맣게 촉을 내민 여린 싹이 꼭 노인의 남은 목숨줄 같아 가슴께가 서늘해진다. 새끼 거미는 어미 거미의 등을 파먹고 자란다지. 어미의 등을 껍질째 파먹으면 새끼는 자라고…… 새끼에게 등을 내준 어미는 숨을 거둔다지. 양지뜰댁은 축축한 눈가를 닦으며 노인이 있는 쪽으로 고개를 돌린다. 먼 데 풍경이 가깝게 느껴진다.

미노

그가 과천 경마장에 있을 줄은 몰랐다. 십오 년의 세월이 흘렀지만 나는 한눈에 그를 알아보았다. 5월의 바람 속에 희누르스레하게 드러나던 좁은 등허리. 전속력으로 달리는 말의 잔등에 엎드린 채 연거푸 채찍을 휘두르던 가는 팔도, 울근불근 도드라지던 말의 앞다리뼈 뒤쪽에 착 붙은 그의 다리도.

순식간에 우두두둑, 말발굽 소리와 더불어 사라졌다가 경주로를 한 바퀴 돌아 구르듯 달려오는 말 위의 그를, 둥근 모자를 깊숙이 눌러쓴데다가 휙 지나가는 옆모습이어서 얼굴을 보지는 못했지만, 시야를 가리던 뿌연 흙먼지 속에서도 나는 등허리와 팔과 다리만 보곤 단박에 기억해냈다.

교복 바지에 검은 폴라 티를 입은 열네 살의 그가 감나무 위에서 나뭇잎 사이로 수줍게 몸을 숨기던 일도, 그의 이름이 민호가 아닌 미노라는 것도.

1

왜 일천이백 미터를 단거리라고 했을까?

사람에게는 백 미터가 단거리니까, 그럼 말은 사람보다 열두 배나 빠르고 멀리 뛴다는 얘긴가. 기현의 손에 이끌려 관람대 중간에 자리를 잡고 앉아 있으면서도 나는 경주마들이 달려야 할 거리 계산에만 골몰해 있었다.

출발선에 선 경주마들에게는 일천이백 미터 단거리도 길게 느껴질 것이다. 말을 전혀 모르기 때문에 내가 뛰어본 거리로 말이 달려야 할 거리를 가늠해보았다. 여태까지 뛰어본 거리라야 고작 초등학교와 중고등학교 체육대회 때 단거리 백 미터와 오래달리기 종목에 속하는 팔백 미터였다. 뛸 때마다 단거리 백 미터도 아득히 멀기만 했다. 숨이 끊어질 정도가 되어야만 백 미터 결승선이 눈에 들어왔고, 숨과 정신이 전부 빠져나간 몸이 한지처럼 얇아지다가 파삭하게 부서질 무렵에야 팔백 미터 결승선이 가물가물하게 보였었다. 달릴 때는 백 미터가 팔백 미터의 팔분의 일의 거리로 느껴지지 않았다. 산책할 때는 비교적 정확하게 거리 계산이 되지만 달릴 때는 한결같이 멀게, 먼 거리는 영원히 결승선에 도달하지 못할 것만 같이 생각되었다.

달리기를 늘 1등만 했는데도 그랬다.

팔백 미터 오래달리기를 하려면 좁은 학교 운동장을 세 바퀴나 돌아야 했다. 운동장을 돌다가 정신을 차리고 주위를 둘러보면 어느새 꼴찌를 따라잡고 중간도 따라잡아서 체육 선생님이 나를 기준으로 운동장을 몇 바퀴 돌았나 셀 정도인데도 달리기 전에는 두려움 때문에 잔뜩 긴장해 있고 달리기가 시작되면 숨이 끊어질 것 같은 고통에 휩싸이곤 했다. 순위 경기는 기록경기와 달라 뛰면서 2등과의 거리를 적절히 조절해도 되련만, 달리다보면 죽을힘을 다해 앞으로만 내달리게 되는 거였다. 그래서 나는 달리기를 잘하면서도 달리기를 좋아할 수가 없었다.

경기 시작 전인데도 벌써부터 말과 기수의 헐떡이는 소리가 들려오는 듯했다. 쉼없이 달려야 하는 경주마와 말 위의 기수가 안쓰러워 그만 집에 가고 싶어졌다. 기현이 경마장에 가자고 했을 때 선뜻 따라나선 게 후회가 되기도 했다.

기현은 마권 판매소에서 산 경마 정보 신문에 코를 박고 있다. 그는 자신이 베팅한 말과 기수, 다른 말들의 이름과 승률이 적힌 전적표를 꼼꼼하게 읽고 있을 것이다. 나는 마권을 살 때부터 돈을 딸 생각보다는 날리는 쪽에 마음을 두고 있어서 기현이 뽑아든 경마 정보 신문에는 눈도 주지 않았다. 마권 구입표에 수성 사인펜으로 표기를 할 때도 마찬가지였다. 단식이니, 복식이니, 연식이니 하는 것에도 건성이었고 얼마를 걸지 깊이 생각하지도 않았다.

기현이나 나나 경마장이 처음이었다. 그랬는데도 기현은 달랐다. 예상지를 챙겨 글자란 글자는 모조리 읽었고, 의문 나는 사항은 마권 판매소 직원에게 문의하고 베팅할 말에 대해서도 나처럼 이름으로 감을 잡아 아무 말이나 찍지 않고 예시장에 나온 말을 보고 신중하게 분석한 후 결정했다. 기현이 경마에 큰돈을 걸어서가 아니라 그는 단돈 천원을 걸었어도 그렇게 할 사람이었다. 내가 1등에서 2등까지 말 순위를 맞히는 복승식으로 마권을 사려고 했을 때도, 우리 같은 초보자들에겐 배당금액은 적더라도 3등 안에 들어오는 말을 맞히는 게 유리하겠다며 연승식으로 바꿨고, 내가 기현과 같은 말에 돈을 걸었을 때도 따면 좋겠지만 잃으면 배로 잃게 되니까 서로 다른 말에 돈을 걸자고도 했다. 승패를 가리는 일이라면 아무리 사소한 일일지라도 사생결단을 하고 덤벼드는 기현의 버릇을 아는 터라 나는 그가 하자는 대로 순순히 따를 수밖에 없었다. 베팅 현황판에 불이 들어오고 말과 기수들이 경기장으로 속속 입장하는 모습이 멀티비전을 통해 보였을 때도 나는 말과 기수들을 건성으로 보았다.

출발을 알리는 나팔 소리에 이어 발주기의 문이 열렸다. 그와 동시에 발주기 안에 나란히 서 있던 경주마들이 터진 봇물처럼 앞으로 내달리기 시작했다. 말발굽 소리와 사람들의 함성이 뒤를 따랐다. 발을 구르는 사람들. 자기가 찍은 말의 번호나 이름을 외치는 사람들. 멀티비전을 지켜보며 경기가 시작되기를 기다리던 좀 전의 그들이 맞나 싶을 만큼 표변해 있었다. 기현도 흥분했는지 나팔 소리가 들리기 무섭게 자리에서 일어서더니 돌돌 말아 쥔 경마 정보 신문을 냅다 흔들었다. 비록 손에 경마 정보 신문을 말아 쥐고는 있었지만 일정한 리듬으로 강하게 흔드는 품이 반정부 구호를 외치며 거리를 행진하던 어떤 열사의 모습과 흡사해 보였다. 달아오른 얼굴이, 자기가 찍은 말의 번호를 짧게 끊어 외치는 소리가 그 시절 구호 소리를 연상케 했다. 기현의 머리에 흰 띠만 둘러놓으면 영락없겠다는 생각이 들자 절로 쓴웃음이 나왔다.

경주로에는 뿌연 흙먼지가 가득했다. 달리는 기수의 머리와 말의 머리가 얼핏 드러났다가 먼지 속으로 숨어버리기도 하고, 그런가 하면 말과 기수의 뒷모습이 확연히 보이기도 했다. 뿌연 흙먼지 속에서도 내가 베팅한 말이 아슬아슬하게 눈에 잡혔다. 그 순간이었을까. 내 말을 치고 나오던 5번 말과 말 위의 기수가 눈을 찌르듯 스쳐갔다. 미노? 스치듯 지나갔는데도, 얼굴은 보이지 않았지만 등과 팔, 다리만으로도 나는 5번 말의 기수가 감골의 그 미노라고 단정해버렸다. 십오 년 동안이나 만나지 못했는데도 늘 봐온 사람처럼 단번에 알아보았다.

질주하던 말들이 경기장 저쪽으로 멀어지자 일어섰던 사람들이 자리에 앉아 멀티비전 쪽으로 고개를 돌렸다. 멀티비전을 보면서 자신이 찍은 말의 번호를 외치거나 아욱아욱, 비명에 가까운 소리를 질러댔다. 나는 먼지가 채 사그라지지 않은 경주로와 말들이 사라진 경기장 저쪽을 바라보았다. 경기장을 에두른 은색 철제 벽 너머로 파란 잔디가 펼쳐져 있고, 잔디 위에는 인공 원두막이 드문드문 세워져 있었다.

왜 미노는 하고많은 직업 중에서 하필이면 끝없이 달려야만 하는 직업을 택했을까? 몸에 있던 수분은 모조리 증발되고 귓속 가득 바람소리로 얼얼하겠지. 말을 몰고 저 큰 경기장을 돌자면 몸이 재로 변해 풀풀 날아가는 것만 같을 거야. 그런 생각에 잠겨 있으려니 사람들이 외치는 소리가 차츰 뒤로 밀려나면서 어두운 고목나무 구멍 속에 홀로 들어앉은 기분이 들었다.

몇 분이나 지났을까. 물리적인 시간이야 몇 분 되지 않았겠지만 마음으로는 지루하도록 긴 시간이 흐른 후에야 경기장 저쪽으로 멀어졌던 말들이 하나둘 경주로에 모습을 나타내기 시작했다. 이번에는 사람들이 한꺼번에 일어서더니 관람대 앞쪽으로 몰렸다. 사전에 미리 짜고 약속한 듯이 보고 있던 대형 멀티비전에서 미련 없이 눈을 떼고 한 발이라도 경주로 가까운 곳으로 다가서려고 야단이었다. 설혹 운이 좋아 관람대 맨 앞에서 본다고 해도 멀티비전에서처럼 달리는 말과 기수의 세세한 동작까지 볼 수는 없으련만. 사람들에게 떠밀리면서도 나는 미노의 모습을 놓칠까봐 겹쳐진 어깨들 틈으로 고개를 한껏 빼 전방을 주시했다. 그때까지도 골인 지점을 향해 전력질주하는 미노의 뒷모습과 미노가 탄 말의 엉덩이와 목덜미가 보였었다. 그랬는데 누군가에게 발을 밟혀 고개를 숙인 사이, 미노가 탄 말은 어디에도 보이지 않았다. 미노가 몇 등으로 들어왔는지 보지도 못했다. 나는 힘없이 계단에 쭈그리고 앉았다. 돈을 잃은 사람들이 가지고 있던 마권을 공중에 뿌리기 시작했다. 마권들이 바람에 떨어지는 꽃잎처럼 머리 위로 하얗게 흩날렸다.

"왜 그러고 앉아 있어?"

사람들 속에 파묻혀 있던 기현이 다가와 내 어깨를 두드렸다.

"우리 둘 다 말짱 황이야."

속이 상했는지 기현은 연방 입맛을 다셨다.

"이게 이래 보여도 베팅 금액이 많을 때는 한 판에 삼십억 가까이 걸린대."

"삼십억?"

벌린 입이 다물어지지 않았다.

"생각보다 큰 판이지."

"엄청나네."

그때였을 것이다, 오십대 초반으로 보이는 한 여자가 계단에 무너진 것이. 웨이브를 잘게 넣은 파마머리의 여자는 며칠 씻지 않은 얼굴을 하고 있었다. 등산복 차림에 운동화를 신은 모습과 앞춤에 찬 전대가 도통 어울리지 않았다.

"여기 사는 사람일 거야."

"여기서?"

"꾼이야, 저 여자. 가진 돈 다 날리고 빌린 돈도 날리고 어쩜 집 나왔을지도 몰라."

기현이 작게 속살거렸다. 다행히 여잔 울지 않았다. 풀어진 눈동자가 눈 안에 건공 떠 있을 따름이었다.

"둘러보면 저런 사람들 많아. 경마도 맛 들이면 발 빼기 힘들다더라. 일종의 중독인 셈인데…… 어쩌다가, 츳츳."

기현이 낮게 혀를 찼다. 계단을 올라오면서 발밑에 쌓인 마권들을 무심코 밟고 지나가려다 한 발 뒤로 물러섰다. 이젠 아무짝에도 쓸모없는 종이에 불과한 마권을 밟는 게 아니라 계단에 무너진 여자의 등을, 숨을 헐떡이는 미노의 등을 밟고 가는 느낌이 들었던 건 무슨 일인지.

"기현씬 몇 번 말에 걸었지?"

"벌써 그것도 잊었어? 5번 말, 사자후에 걸었잖아. 이름을 보곤 어쩜 복병일지도 모르겠다고 옆에서 거들기까지 하고선."

"아…… 그랬었지. 그런데 5번 기수 이름이 미노 맞지?"

"아마 백미노가 맞을걸. 전적이 괜찮기에 찍었더니 김샜어."

"어릴 때 걔 별명이 도미노였어. 좀 커서는 백미러였구."

"5번 기수, 아는 사람이야?"

"한동네에서 자랐어."

"어…… 그래."

"자세히 보진 못했지만 감골에 살다가 이사간 애가 분명해."

"감골? 처갓집은 지산이잖아."

"지산을 감골이라고도 부르거든. 아니, 지산보단 감골이라고 해야 사람들이 알아."

"제대로 못 봤다면서 5번 기수가 감골에 살다가 이사간 사람이라는 건 어떻게 알았어?"

"그냥 알아보겠던데……"

만난 지가 오래되어도, 자세히 보지 않아도 저절로 알게 되는 현상을 기현에게 설명할 수 없어서 말끝을 얼버무리고 말았다. 시골에서 자란 아이들은 세월이 흘러도 서로 알아보는 법이라고, 서울에서 나고 자란 기현에게 그런 말을 해봐야 이해하지 못할 것이다.

"감골이라니까 무지 시골 같다야."

벌쭉 웃는 기현의 등뒤로 경주로가 손바닥만하게 보였다. 경기장에서 날아온 듯싶은 화약 냄새가 코끝을 스치고 지나갔다. 천지가 조용해지면 사방에서 툭툭 감 떨어지는 소리가 들리던 곳에서 나고 자란 미노가 매일 전장에 나가듯 저러고 어찌 사는지. 혹여미노는 그때 그 감을 잊고 있는 건 아닌지.

2

사람들은 미노와 내가 자란 마을을 감골이라고 불렀다. 지도에
는 엄연히 지산이라고 표기되어 있지만 어느 누구도 감골을 지산
이라고 부르지 않았다. 지산은 지도에나 나와 있고, 감골로 배달
되는 편지의 겉봉에 쓰여 있거나 지산초등학교, 지산우체국 따위
의 공공건물 명패에만 존재했다. 오죽하면 시내버스 옆구리에 붙
은 지산이라는 지명 옆에 괄호를 치고 붉은색으로 감골이라고 써
넣었을까. 지금도 육십대를 훌쩍 넘긴 사람들은 자기 마을 이름
이 지산이라는 걸 모르는 이가 많다. 감골이라고 해야 버스를 타
지 지산행이라고 하면 아예 그 버스에 오르지도 않는다. 그런 탓
에 지산행 버스들은 언제까지나 지산 옆에 괄호를 치고 감골이라
고 붉은 글씨로 적어가지고 운행했다.

감골은 가로수가 감나무인 것은 말할 것도 없고 멀리서 보면 마
을 전체가 감나무 숲에 휩싸여 있었다. 여느 시골처럼 감나무가
집안이나 밭 가에 띄엄띄엄 서 있는 게 아니라 뒤란이나, 삽짝 옆,
샛길, 야산에까지 빽빽이 심겨 있어 처음 감골에 발을 들인 사람
들은 감나무에 갇힌 기분이 든다고 했다.

감나무가 사람을 잡겠어.

체머리를 흔들며 서둘러 마을을 빠져나가는 타지 사람들을 감
골 사람들은 이해할 수 없어했다. 그들은 평생을 감나무 아래에서

살아왔으며 감나무와 고락을 같이했고, 빈 자투리땅이 보이면 그곳이 평평하든 비탈지든 가리지 않고 고욤나무나 감나무를 심었다. 그런 후에 오면가면 애 보듯 둘러보며 나무가 자라기를 바라고 적당히 자란 나무에다 접을 붙일 생각에 마음이 흐뭇해지는 사람들이어서 더욱더 그랬다.

감이 토시락토시락 저희들끼리 익어가는 소리가 들리면 사람들의 발걸음이 바빠지는 때이기도 했다. 뜯들 때를 기다리지 못해 설익은 밥을 국에 한술 말아 후루룩 마시곤 헐렁한 바지를 툴툴 털며 이리저리 뛰어다녔다. 들판에 쓰러진 탐스러운 벼도 뒷산의 불타는 단풍도 감골 사람들의 눈길을 잡아당기지 못했다. 오로지 그들의 눈과 마음은 감나무에만 매여 있었다.

그리하여 서리 내리는 늦가을엔 집집마다 들어선 감 타래에 조랑조랑 매달린 곶감들이 꽃처럼 피어나 한 폭의 수채화가 되는 마을이었다. 한겨울이면 아이들은 아랫목에 엎드려 살얼음 낀 수정과를 마시며 감나무 숲을 훑는 앙상한 바람소리에 등을 부르르 떨지만, 실상은 감나무 숲에서 우는 바람소리가 아이들의 생각을 키우고 속을 살찌워 감골의 겨울바람은 그들에게 더없는 스승이기도 했다.

감맛이 뛰어나 조상 대대로 맏물 감을 나라님께 진상하던 마을. 감골에서는 사람이 아니라 감이 주인이라고 마을 사람들이 모두 인정하는 그런 곳. 감골 사람들에겐 감이 그냥 감이 아니었다.

"이상도 해라. 감을 쳐다보고 있자믄 감들이 내게 말을 걸어 와 심심치가 않어. 감이 묻고 내가 답허고 하루가 금방이여. 감을 딸 적엔 얼매나 맴이 애린 중 아냐. 퍼런 감들이 발갛게 익어갈 적 엔 꼭 죽은 느이 아부지가 감으로 맺힌 것도 같고, 먼저 간 내 엄 니 아부지도 감으로 맺힌 것 같아서 그럴 겨. 감이 익으면 시상 무 서울 것이 없어. 조상들이 바알갛게 눈뜨고 지켜주는데 머시 무서 워. 가을에 담 너머로 남의 집을 한번 둘러봐라. 뜰에 핀 어떤 가 을꽃도 감만치 이쁜 게 있나. 집집이 바알간 감이 몽실몽실 달리 면 맴이 다 푸근해져버려. 감은 버릴 게 없는 과실이여. 열매도 주 고 감잎차 맨들어 먹으라고 이파리도 주고, 다른 과실나무처럼 약 치고 거름하라 성가시게 허길 하나. 사람이 감나무만큼만 하면 그 건 사람이 아니고 천살 겨."

어머니에게 감은 이러했다. 감골에서 감을 가장 빠르게 깎고 잘 삭히기로 소문난 미노 어머니에겐 감이 어떤 의미였을까.

"어쩌쩌쩌쩌……"

큰길에서 사기그릇 쪼개지는 듯한 소리가 들리면, 저 망할 놈의 백가, 한동안 뜸하다 했더니만 또 시작이구먼, 하고 마을 사람들 너나없이 고개를 외로 틀고 문단속부터 시작했다. 얼큰하게 취해 팔자걸음으로 비틀비틀 걸어오던 미노 아버지는 눈에 띄면 아무 리 나이가 많은 할아버지라 할지라도 대뜸 상욕부터 질러넣곤 했 다. 이어 미노네 집에서는 살림살이 깨지는 소리가 요란했고 다음

날이면 미노 어머니는 얼멍덜멍 부어오른 얼굴로 우리집에 일하러 오곤 했다.

"미노네 친정이 양반이어서 저러고 살지 다른 사람 겉으믄 사택도 없다. 벌써 도망질을 놔도 수십 번은 놨을 거여."

어머니는 미노 어머니의 사람됨을 두둔했지만 한편으로는, 저런 반편을 봤나 하는 얼굴빛을 완전히 숨기지는 못했다. 매타작을 당했으면 하루쯤은 방안에 엎드려 살림이야 어찌되든 상관을 안 하면 미노 아버지도 저리 막 나가지는 못하는데 무슨 영화를 보겠다고 서방한테 맞은 년이 첫새벽부터 푸르뎅뎅한 얼굴로 남의 일을 하러 다니나 하는 얼굴.

남이야 무슨 말을 하건 말건 미노 어머니는 멍든 얼굴을 숙이고 한쪽 구석에 앉아 감을 돌려 깎았다. 손에 잡힌 감이 쉴새없이 돌아가고 미노 어머니의 무릎 위엔 끊어지지 않은 감 껍질이 똬리 모양으로 쌓여갔다. 다른 여자들의 손에 든 감은 빙그르르 도는 데 반해 미노 어머니의 감은 팽그르르 팽그르르 돌았다.

"손에 발동기를 달았나, 쉬엄쉬엄 하소. 그런다고 일당을 더 주는 것도 아닌데, 뭐."

감 깎는 속도에 숨이 찬 여자들이 퉁을 줘도 미노 어머니는 허리 한 번 펴는 법이 없었다.

미노 아버지가 노상 주사만 부리는 사람은 아니었다. 미노처럼 키는 작지만 몸집이 다부진 백씨는 동네에서도 알아주는 장사였다. 힘을 써야 할 일엔 몸을 사리지 않고 불끈불끈 잘도 하다가 술이 들어가기만 하면 개망나니가 되니 감골에서 그를 좋아하는 사람은 하나도 없었다. 술에 취하면 미노 어머니를 작신하게 두들겨 패고 나서 개개풀린 눈으로 미노를 보며 늘 하는 말이 있었다.

"뼛골 빠지게 일해 처멕여 키워놨디만 얻다 눈 똑바로 뜨고 대들엇! 이이…… 그랴아, 장날만 돼봐라이. 싸까스단에 확 팔아넹길 틴께."

미노 아버지의 사기그릇 쪼개지는 듯한 소리가 끝나기도 전에 이웃 아낙들은 미노네 집 쪽으로 일제히 고개를 빼곤 '출세허지, 출세햐. 싸까스단에 올려만 놔보소. 미노야 물 만난 고기제. 어디 간들 저 집구석만 못할까' 하고 단체로 입방아를 찧어댔다.

그런 날 밤이면 미노는 감나무를 탔다. 미노 어머니의 속울음 소리가 들리지 않는 먼먼 곳으로 가고 싶었겠지만 마을에서 가장 먼 곳이 우리 감나무 숲이었다. 이 나무에서 저 나무로 날다람쥐처럼 옮겨 다니며 밤새 감나무 가지를 훑고 다녔다.

"애린 게 맴이 북받쳐서 안 그러냐."

달 뜬 밤엔 어머니가 열어놓은 뒷문으로 감나무에 거꾸로 매달린 희끄무레한 물체가 보일 때도 있었다. 풋감 같은 아이. 글 모르는 아버지를 둔 덕분에 이장 어른이 지어준 백민호라는 이름이 졸지에 면사무소에서 백미노로 뒤바뀐 아이. 마을에 떠도는 소문처럼 어쩜 미노는 자기 전에 식초를 한 대접씩 먹는지도 모른다. 그렇지 않고서야 몸이, 그것도 남자애의 몸이 둥근 원으로 변할 수 있는 것인지.

운동회 날이 다가오면 나는, 미노가 서커스단에 팔려가기를 진심으로 원했다. 미노가 있는 한 단상에 오를 수가 없었기 때문이다. 단상 위의 미노는 여자애보다도 무용을 잘했다. 오학년이 되면서부터 남자가 다른 것도 아니고 무용을 한다는 게 부끄러웠는지 팔과 다리를 대충 놀렸는데도 단 아래 어떤 이의 동작보다도 아름다웠다. 숫제 육학년 때는 홍시처럼 벌겋게 달아오른 얼굴로 무용을 했다. 그토록 하기 싫어했어도, 무용 지도를 맡은 여선생님의 강압에 의해 미노는 초등학교를 졸업할 때까지 단상을 떠날 수 없었다.

1985년 10월. 그해 감은 유난히 달았다. 토요일 오후만 아니었으면 떨어진 감에 입을 대지는 않았을 것이다. 상강이 지날 무렵이어서 그런지 삶은 계란을 덮은 하얀 막처럼 투명하게 얇아진 감 껍질 밖으로 홍시의 붉은 속살이 비어져나오려 하고 있었다. 농익을 대로 농익었는데도 껍질이 터지지 않은 걸로 보아 나무에서 금방 떨어진 게 분명했다. 감나무 잎사귀 위에 살포시 얹혀 있어서 안 그래도 붉은 감이 더더욱 붉게 느껴져 먹음직스럽기도 했다.

책가방을 손에 든 채 허리를 굽히려는데 감나무 잎 사이로 들어온 한줄기 햇살에 저절로 눈이 감겼다. 비가 지나간 뒤끝이어서 포슬포슬한 흙 위로 쑥 올라온 무청의 푸른빛이 제빛보다 푸르게 보이고 무밭 가에 가지를 드리운 아름드리 감나무 잎새도 단풍이 들어 더욱 고와 보였다.

감나무 그늘에서 보면 햇빛에 닿는 모든 것들이 다 그러했다. 햇빛에서 그늘을 보면 그늘이 전보다 더 어둡고 고요해 보이듯, 그늘에서 햇빛을 보면 햇빛이 비치는 쪽의 모든 것들이 제 가진 빛보다 진하고 빛나게 보여 눈을 뜰 수가 없었다.

무청의 푸른빛과 단풍 든 잎새에 홀려 감을 줍기 위해 굽혔던 허리를 펴고 일어섰다. 그때, 감나무 위에서 어떤 미세한 움직임 같은 것이 느껴졌다. 잘게 일렁이는 물결이나 부드러운 공작 털이 등에 난 솜털을 살살 쓸어주는 듯한 간지러운 느낌. 그리고 갑작스레 찾아온 수상한 정적.

고개를 젖혀 감나무를 쳐다봤을 때, 나뭇잎 사이로 가만히 몸을 숨기는 아이가 보였다. 몸을 나무에 착 붙이면서 동시에 한쪽 다리를 다른 가지로 옮기는 동작이 너무나 조용하고 유연하여 발레의 한 동작을 연상시켰다. 상강이 지날 무렵의 감나무는 잎새가 무성하지 않아 몸을 숨길 수가 없는데도 나무 위의 아이는 감나무 속으로 스며들기라도 할 듯이 나무에 착 달라붙어 있었다. 미노. 저토록 작고 가는 몸을 가진 사내아이는 근동 마을을 통틀어 미노 밖에 없다.

저절로 떨어진 감은 주인이 없지만 가지를 흔들어 떨어뜨린 감은 주인이 있는 법이다. 미노는 내가 주인 있는 감에 손댔다는 걸 알고 무안해할까봐 감나무 위에 사람이 없는 양, 자기가 감을 따고 있지 않았던 양 가만히 나뭇잎 사이로 몸을 숨긴 거였다. 내가 떨어진 감을 주인 없는 감으로 여기고 주워들고 지나가기를 나무 위에서 기다리면서.

나는 감나무 위의 미노를 못 본 것처럼 얼른 홍시를 주워들고 무밭을 헤쳐 나왔다. 무청의 억센 잎에 스친 알종아리가 따가운지 어떤지도 모르고 한시바삐 무밭을 나와야 한다는 생각뿐이었다. 내가 무밭을 벗어날 때까지 미노는 숨도 쉬지 못하고 움직이지도 못할 테니까.

어쩌자고 마을의 큰길을 두고 샛길로 질러온 것인지. 샛길로 오지 않았으면 미노네 무밭을 지나지도 않았을 테고, 무밭 가에 떨어진 감도 보지 않았을 것. 토요일 오후여서 도시락을 가져가지 않은데다 학교에 남아 환경 정리를 하다보니 하교가 늦어졌고 배도 고팠다. 때마침 떨어진 홍시에 발목이 잡혀 일이 그렇게 된 것이었다.

그전 같으면 떨어진 감인 줄 알았다고, 니네 감 내가 먹어도 되지? 하며 자연스레 지나갈 일인데도 그날은 그렇지가 못했다. 중학생이 되면서부터 또래 남학생들과 소원해지기 시작했다. 사춘기로 접어드는 나이여서 그랬을 것이다. 초등학교에 다닐 때는 남자애 여자애 구별 없이 잘 어울려 다니다가도 중학교에 들어가기만 하면 서로 소 닭 보듯 했다. 나나 미노뿐만 아니라 마을 아이들

전부가 그랬다. 전 같으면 별일 아닌데도 그날 미노는 내가 지나
갈 때까지 감나무 위에 숨어서 숨도 쉬지 못하고 내내 벌을 섰던
거였다.

　무밭을 나와 집으로 올 때까지 손에 감이 있다는 걸 몰랐다. 마
루에 걸터앉으면서 보니 손에 든 감이 짓이겨져 교복 앞자락에 감
물이 벌겋게 묻어 있었다. 감물은 한번 들면 절대 빠지지 않는다.
그로부터 상강을 두 번이나 넘기고 중학교를 졸업할 때까지 내 하
얀 춘추복에는 무슨 표지처럼 감물이 또렷하게 남아 있었다.

3

　경마장 직원에게 기수 대기실의 위치를 물어본 건 기현이었다.
그냥 집으로 가겠다는 내게 미노를 만나보라고 했다. 시골에서 같
이 자란 친구라면 할말도 많고 반가울 테니 보고 오라고 등을 떠
밀었다. 우월한 자의 너그러운 얼굴로 선심 쓰듯 말했다. 보고 와.
미노의 작고도 가는 몸이 그를 품이 넉넉한 남자로 만들어주었을
것이다. 조심해서 내려가. 기현은 지하 계단을 굽어보며 어두운
내 발밑까지 세심하게 살펴주고 돌아갔다. 계단을 한 칸씩 밟고
내려가는데 투다닥닥, 어디선가 감들이 앞다투어 떨어지는 소리
가 들렸다.

"어? 넌……"

쭈뼛거리며 기수 대기실의 문을 열었을 때, 미노는 날 알아봤다. 미노가 금세 알아보고 다가와준 게 고마워 코가 맹맹할 지경이었다. 그만큼 기수 대기실은 살풍경했다. 비좁아터진 대기실엔 땀내, 담배 연기가 자욱했고 한 패의 기수들이 모여 앉아 내기 바둑을 두는지 바둑돌이 움직일 때마다 고성이 오갔다. 그나마 몇몇 기수들은 러닝만 걸친 속옷 바람이어서 눈을 어디에 둘지 망설여지는 곳이기도 했다. 애인이야? 체격이 하나같이 작고 날렵하게 생긴 기수들이 입가에 묘한 웃음을 띠며 알은체를 해왔다. 미노는 내게 쏠린 동료들의 시선을 등으로 가로막다시피 하고는, 날 밖으로 밀어내며 저기로 가자고 했다. 미노가 말한 '저기'는 기수 대기실을 돌아 나오면 보이는, 지상으로 오르는 계단 바로 옆에 놓인 두 개의 긴 나무의자였다.

"주변이 없긴 여전하구나."

내 말에 미노가 미소를 지었다. 나무의자 오른쪽엔 커피 자판기가 놓여 있었다. 자판기 옆 쓰레기통 속에는 구겨진 종이컵들이 수북했고 바닥엔 휴지가 지저분하게 나뒹굴고 있었다.

"네가 날 찾아올 거라는 생각은 했었어. 서울에 있는 고등학교 선생님이라는 소식도 들었고 결혼해서 서울에 산다는 소식도 들었으니까 설마 한 번은 경마장에 오겠지, 그럼 날 알아보겠지, 그랬어."

"그랬구나. 이사간 후에도 쭉 감골 소식을 듣고 있었구나."

"감골 사람이야 어딜 가도 감골 사람이지. 몸 떠난다고 마음까지 떠나지나. 아버지가 여기저기서 감골 소식을 물어오니까."

미노네는 중학교 일학년 때 서울로 이사를 갔다. 그러니까 우린 감나무 위와 아래에서 스치듯 서로 본 게 마지막인 셈이다. 세월이 많이 흘렀는데도 미노는 감나무 위에 서 있던 그때 키 그대로였고, 몸집도 그때 그대로였다. 얼굴만 나이를 조금 먹어 뵌달 뿐.

"니네 아버진?"

"술버릇은 여전해서. 요즘도 한 번씩 집안을 뒤집지. 그래도 그때만큼은 아니야. 이젠 내가 돈을 버니까."

"돈 많이 벌어?"

미노니까 그렇게 질문할 수 있었다.

"기수란 직업이 고되긴 하지만 돈이야 벌 만큼 벌지."

"결혼은 했니?"

"네가 결혼하면 나도 해야지 했는데 얼굴 좋은 거 보니까 너 잘사는 것 같고, 이젠 나도 해야지. 아마 곧 하게 될 거야."

미노는 자기 결혼 얘기를 남 얘기 하듯 했다. 그러고는 이내 목소리를 바꿔 내게 물었다.

"기억나니? 어릴 적 나는 높이뛰기 명수였어."

미노의 말에 난 좀 어리벙벙해졌다. 높이뛰기라니? 내 기억 속엔 감나무 위의 미노와 단상 위의 미노만 있는데.

"넌 무용 했었잖아."

"그건 초등학교 때고 중학교 때 말이야."

중학교 때라면 기억에 없는 게 당연했다. 미노와 내가 나온 시골 중학교는 남자반이 네 학급, 여자반이 두 학급으로 중학교에 들어가자마자 서로 반이 갈렸다. 반이 달랐으니 체육을 같은 시간에 하지 않았고, 미노가 체육시간에 높이뛰기 하는 걸 내가 볼 수도 없었다. 또 높이뛰기는 달리기처럼 교내 체육대회에 포함되는 종목도 아니었고, 그 시절엔 학교에 육상부가 없었으니 전국대회 같은 큰 경기에도 나가지 않았다. 그러니 미노가 높이뛰기를 잘했다고 해도 내가 알 턱이 없었다.

"중학교 일학년 때 미노 넌 4반이었고 난 6반이었어. 체육시간이 각기 달랐으니 네가 높이뛰기를 잘했어도 나야 모르는 얘기지."

"별걸 다 기억하네. 어떻게 내가 몇 반이었는지도 다 아냐?"

"그걸 왜 몰라. 감골 애들이 몇 명이나 된다고……"

미노를 찾아 기수 대기실로 들어서던 순간처럼 둘 사이에 말이 끊기자 갑자기 어색한 침묵이 흘렀다. 잠깐의 침묵도 못 견디겠는지 미노가 부스럭거리며 일어나 자판기로 다가갔다.

"어떤 걸로 뽑아줄까?"

"밀크커피."

컵을 일찍 꺼내 그런지 종이컵 밖으로 떨어진 커피 방울이 눈물처럼 컵의 옆구리를 타고 또그르르 흘러내렸다. 미노는 휴지로 커피잔 옆을 꼼꼼하게 닦아 내게 내밀었다.

"조심해서 잡아. 손에 묻으면 끈적거릴 거야."

지나치게 달고 텁텁한 커피였다. 이 커피를 마시고 나면 가야 하고 다시는 미노를 보지 못할 거라는 생각이 들어 나는 달고 텁텁하기만 한 자판기 커피를 아껴가며 조금씩 마셨다.

"처음으로 높이뛰기를 하던 중학교 체육시간이 생각나. 내 차례가 되어 지주에 걸친 바가 한 칸씩 위로 올라갈 때마다 아이들은 함성을 질렀고, 체육 선생님은 저놈을, 어떡하든 저놈을 높이뛰기 선수로 만들어야 하는데 하며 학교에 육상부가 없는 걸 통탄했었지. 난 높이뛰기 선수가 될 생각은 추호도 없었어. 단지 높이 뛰는 그 순간이 좋았을 뿐이야. 공중으로 한껏 솟구쳐올라 바를 뛰어넘을 때, 공기의 저항을 온몸으로 느끼며 허공을 가르고 날아올라 바 위에 엇비스듬히 몸을 눕히면 푸른 하늘이 코앞에 바싹 다가와 있었지. 고백하자면 그때 난, 높이뛰기 하는 날 네가 봐줬으면 했어. 넌 모르겠지만 난 학교가 파한 후 어둑어둑할 때까지 운동장에 혼자 남아 높이뛰기를 했었어. 끝없이 높게 하늘로 솟구쳐오르고 싶었으니까. 장대높이뛰기가 있다는 건 그로부터도 한참 후에 알았다. 장대를 짚으면 하늘로 아주 높이 솟구쳐오를 수 있다는 것도, 바를 뛰어넘기 직전에 몸을 지탱해주던 장대를 버릴 수 있어야 한다는 것도. 중학교 때 체육 선생님은 왜 내게 장대높이뛰기가 있다는 걸 가르쳐주지 않았을까. 물론 그후로도 오랫동안 내겐 몸의 중심을 받쳐줄 장대 따위는 없었던 셈이지. 물수제비를 뜨는 납작한 돌처럼 가볍게 몸을 날려 스스로 솟구쳐올라야만 했어."

내게 속말을 털어놓는 게 힘들었던지 미노는 얘기 도중 간간이 천장을 올려다보기도 하고 쓸데없이 헛웃음을 웃기도 했다. 감골에서 밤새 감나무 가지만 훑고 다니더니 서울로 이사온 후에도 감나무에서 떨어질세라 애를 끓인 건 마찬가지였구나. 미노를 똑바로 쳐다보지 못하고 옷자락만 만지작거리다가 불쑥 한다는 말이 무용 얘기로 다시 돌아가고 말았다.

"……무용 할 때도 그랬니?"

"말 마라. 무용 할 땐 그 자리에서 당장 땅속으로 꺼지고 싶었어."

그랬겠다. 무용 할 때마다 넌 홍시처럼 얼굴이 벌겠으니. 정작 무용을 하고 싶어하던 사람은 나였는데.

"높이뛰기를 계속하지 그랬어."

"그러잖아도 경주로를 돌 땐 꼭 높이뛰기 하는 기분이야. 그래서 난 기수라는 직업이 좋아. 말을 몰고 경주로를 달리고 있노라면 하늘로 솟구치는 기분이 들거든."

"말을 몰고 달리면 숨이…… 숨이 차진 않니?"

미노는 내 말에 답하지 않고 지하통로로 우르르 들어오는 말들을 쳐다봤다. 나무의자가 놓인 벽면이 방음 유리여서 말발굽 소리가 들리지는 않았다. 그래서 유리 저편으로 지나가는 말 무리가 영화 속의 장면처럼 비현실적으로 느껴졌다. 지하통로로 들어오던 말 한 마리가 별안간 앞다리를 번쩍 들어올리고는 한차례 몸을 부르르 떨더니 대열을 이탈해 이리로 다가오는 게 보였다. 말을 몰고 가던 기수가 채찍을 휘둘러봐도 아무 소용이 없었다.

"전에 자주 타던 말이야. 날 알아보고 이쪽으로 오는 거야."

"타고 싶은 말을 네가 정할 수도 있니?"

"아니, 조교사가 시키는 대로 타야 해. 하지만 내가 속한 마방의 말이어서 자주 탔었어. 저놈 이름이 스카이블루야."

스카이블루. 그래서 미노는 말을 타면 푸른 하늘로 솟구치는 기분이 든다고 말했던 것일까. 스카이블루가 꼬리를 바짝 올리고 다가와 유리벽에 코를 문지르기 시작했다. 스카이블루의 코에서 뿜어져나온 김 때문에 유리벽이 금방 뿌예졌다. 미노도 뿌예진 유리벽에 대고 얼굴을 마주 문댔다. 미노와 스카이블루는 서로 얼굴을 비비며 대화를 나누고 있는 것처럼 보였다. 소리를 내도 들을 수 없는 방음벽을 사이에 두고서. 나는 미노 옆에 서서 옛 주인이 그리워 유리벽에 얼굴을 문지르는 스카이블루를, 그 말의 눈을 한참 들여다봤다. 스카이블루의 눈엔 그리움이 가득했다. 오래도록 누군가를 그리워한 사람은 그리움이 담긴 눈을 대번 알아보는 법이다.

4

미노네가 서울로 떠난 그해 초겨울. 입동이 지나고 소설이 지날 무렵에도 미노네 무밭 가의 감나무에는 감이 그대로 달려 있었다. 뭐가 그리 급했는지, 미노네는 그 감을 하나도 따지 못하고 이사를 갔다. 제풀에 마르고 시든 잎들이 떨어지고 반물렁이가 되거나 홍시가 된 감들만 나무에 주렁주렁 달려 있었다. 세상의 모든 붉은 것들이 다 스러진 겨울 초입에 무채색의 스산한 풍경 속에서, 미노네 나무 위에 달린 붉은 감들은 연하장 속에서 금방 튀어나온 듯 별나게도 도드라져 보였다. 까치밥으로 몇 개의 감만 달고 있을 뿐인 헐렁한 다른 나무들과 대비가 되어 더 그렇게 보였을 것이다. 풀죽어 지내던 어느 한 날, 미노네 무밭에 가봤다. 나무 위의 감은 그냥 두고 가면서도 밭에 심은 무는 밭떼기로 중간상인에게 넘겼는지 무밭이 텅 비어 있었다.

무를 아무렇게나 쑥쑥 뽑아낸 흔적들. 밭 가에 수북이 버려진 무청더미를 보자 그만 목이 메었다. 무참히 뽑힌데다가 서리를 몇 번씩 맞았을 텐데도 무청은 여전히 청청한 기운을 잃지 않고 있었다. 견딜 수 없는 기분이 되어서, 운동화 앞부리로 무청더미를 두어 번 걷어차다가 무너지듯 나무 아래 주저앉고 말았다.

텅 빈 무밭 가, 붉은 감이 달린 나무 아래에 나는 한참을 쪼그리고 앉아 있었다. 홍시를 쪼아먹던 까치들이 검고 흰 날개를 펄럭이며 뒷산으로 날아간 뒤에도. 대기를 죄듯 일순간 덮쳐오던 저물녘의 막막한 고요 속에서도. 얼마나 오래 무밭 가에 쪼그리고 앉아 있었던지 다리에 감각이 없어져 버르적거리며 일어나 주위를 둘러보니 하늘엔 별이 총총했다. 캄캄한 어둠을 헤치고 집으로 돌아오던 그 밭둑길이 내겐 처음으로 걷는 길처럼 낯설고도 멀었다. 운동화를 적시고 양말을 축축하게 만들던 밭둑의 이슬에 젖은 풀들.

"우리 감나무 여전하지? 무밭 가의 그 나무 말이야."

미처 쥠쇠를 덜 쥔 것처럼 허술한 표정으로 미노가 말했다.

"그 나무…… 이젠 감이 조금밖에 안 열려."

"해거리를 하나보다."

"그럴까?"

"아마도."

"왜 그동안 감골에 안 왔었니?"

"마음으로야 수십 번도 더 갔지. 특히 감을 딸 계절이면 감골이 눈에 선했어. 감 따는 날이 우리 마을의 축제였잖아. 머릿수건을 쓴 아낙들 분주히 오가고, 온 마을 사람들이 감나무 밑에 모여들어 하루종일 술과 흰 쌀밥으로 배를 불렸지. 앞뒷산에 어둠이 내려도 램프처럼 붉게 익은 감들이 마을 전체를 환하게 밝혀주어 무섭지가 않았어. 그 풍경을 어떻게 잊을 수가 있겠니. 가진 못해도 늘 머리를 그쪽에 두고 잤는걸."

"니네 이사가고 난 후로도 오랫동안 네 얘기, 니네 엄마 얘기,

많이들 했어. 들인 자리는 표가 안 나도 나간 자리는 표가 난다면서."

"그랬어?"

누구보다도 미노네 얘길 많이 한 사람은 어머니였다. 말끝마다 미노네, 미노네를 달고 살았다. 요새 젊은 여자들은 감을 잘 깎지도 못하면서 커피 내라, 짬뽕 시켜라, 새참은 귀신같이 챙긴다고. 잠깐 뒷전을 보면 일당 올릴 생각부터 한다고. 어머니는 손 빠르고 말수 적은 미노네를 두고두고 아쉬워했다.

까맣게 잊고 지내다가도 감을 딸 때가 되면 마을 사람들 중 누군가가 흐리마리한 얼굴로 미노 얘기를 꺼내기도 했다. 그도 그럴 것이 감나무 우듬지에 달린 감은 언제나 미노 차지였기 때문이다. 우듬지의 감은 장정들도 따기를 꺼렸다. 나무의 제일 높은 가지에 올라서서 망태를 둘러멘 채 장대를 뻗쳐올리는 것만도 힘이 드는데 우듬지의 감까지 따야 하니 그 일이 쉽지만은 않았을 터였다. 높은 가지는 위태로울 정도로 가는 법이니까. 그럴 때면 감골의 사내들은 미노를 나무에 올려보냈다. 미노는 감골의 사내들과는 달리 장대를 쓰지 않고 감을 털었다. 눈 깜짝할 사이에 감나무의 맨 윗가지까지 올라가, 자신이 딛고 선 나뭇가지를 다리에 힘을 주어 와락와락 흔들었다. 가는 나뭇가지가 출렁일 때마다 미노의 몸도 사정없이 출렁거렸다. 저러다 나무에서 떨어지면 어쩌나. 나는 목이 타들어가서 감나무를 쳐다볼 엄두도 내지 못했다. 고개를 푹 숙이고 투다닥, 땅에 떨어지는 감들만 바라보았다.

바래다준다면서 미노는 자꾸 따라왔다. 지하 계단을 올라와 관람대를 지나고, 광장을 지났는데도 돌아갈 생각을 하지 않았다. 계속 따라올 작정인가보았다.

"어떤 말이 좋은 말이니? 고르는 법 좀 알려줘."

입을 꾹 다물고 바지 주머니에 손을 찌른 채 따라오는 미노에게 말을 고르는 법에 관해 물어보았다. 좋은 말이면 어떻고 나쁜 말이면 어떤가. 내겐 하등 상관없는 일이었다. 그래도 묵묵히 걷는 것보다는 그런 말이라도 하는 편이 나을 것 같아서였다.

"발굽에서 등까지의 길이와 앞가슴에서 엉덩이까지의 길이가 비슷해서 균형이 잘 잡힌 말. 걸을 때 보폭이 넓은 말이 좋은 말이야. 무엇보다도 가장 중요한 건 말의 눈이야. 달리고 싶은 욕망으로 두 눈이 이글거려야 해."

"욕망?"

"그래, 욕망."

미노는 둘러메치듯 무뚝뚝하게 말했다. 지구 끝까지라도 쫓아올 것 같던 미노는 잔디가 깔린 쉼터에 이르자 걸음을 멈추었다. 지금도 경마장 안에서는 한 사람의 인생이 걸린 전쟁이 벌어지고 있을 텐데 그런 것에는 아랑곳없다는 듯 수소 풍선을 손에 쥔 아이가 잔디 위를 뒤뚱뒤뚱 걸어가고 있었다. 간이매점과 인공호수를 더듬던 미노의 눈길이 원두막에 가 머물렀다.

"저 원두막에서 기다려줄래? 마지막 경기가 남았거든. 끝나자마자 옷 갈아입고 바로 올게. 꼭 기다려야 해."

경기 시간이 임박했는지 미노는 그 말만 뱉어놓곤 들입다 뛰기 시작했다. 기다려줄래? 다른 말은 귀에 들어오지 않고 오직 그 말만 귓속에서 웅웅거렸다. 기다려줄래? 미노는 그 말을 좀더 일찍 했어야 했다. 그랬으면 나 역시…… 미노에게 할말이 있었다.

네가 서울로 떠난 다음에도 오면가면 무밭 가의 감나무를 봤다고. 여고생이 되어서도 대학생이 되어서도 교사가 되어서도 방학은 매번 닥쳐왔고, 감골로 내려갈 때마다 큰길을 두고 일부러 샛길로 질러갔었다고. 바람 앞에 맨살을 드러낸 앙상한 감나무를 볼 때면 네가 춥겠구나, 마음이 아파서 이내 돌아섰다고. 돌아서면서 그래도 어디서든 저 감나무처럼 튼튼하게 뿌리를 내리고 살거라, 속으로 중얼거렸다고.

잎새 무성한 감나무 아래를 지나올 땐 한결 마음이 편했다고. 나무 그늘 속으로 한줄기 햇살이라도 들어오면 습관처럼 나무 위를 쳐다봤다고. 감나무가 멀어질 때까지 돌아보고 또 돌아봤다고. 널 보듯 무밭 가의 감나무를 봤다고……

5월의 바람 속에 달리는 말들과 늦어버린 말, 하지 못한 말들이 분별없이 떠도는 경마장을 벗어나 나는 마임 배우처럼 팔과 다리를 구십 도 각도로 들어올리며 뚜벅뚜벅 지하철역을 향해 직선으로 걸어갔다. 어느 한 날, 내가 텅 빈 무밭을 봐버린 것처럼 미노가 허겁지겁 달려왔을 때 봐야만 할 텅 빈 원두막. 그 원두막이 등에 매달린 채 끌려오는 것만 같아서.

그 재난의 조짐은
손가락에서 시작되었다

때가 왔음을 알리는 예사롭지 않은 기척에 다들 빳빳하게 굳은 자세로 숨을 죽였다. 작은 유리 너머로 들어온 햇살이 잠깐 걷히는가 싶더니 스테인리스 집게가 유리관에 연이어 부딪혀 쨍쨍거리는 소리가 들렸다. 귓속을 긁어대는 저 소리. 등줄기에 소름이 쫙 끼쳤다. 오늘 또 누군가 당할 터였다.

예외 없이 김선생의 굵고 단단한 다섯 개의 손가락이 통 안으로 곧장 직진해 들어왔다. 짧게 다듬어진 손톱과 그 밑에 음험하게 드러난 벌그스름한 살갗. 나는 사력을 다해 몸을 벽에 바짝 붙였다. 절로 꼬리에 힘이 주어지면서 엉덩이께의 털이 꼿꼿하게 곤추섰다. 다음 순간, 반대 방향에서 찌익, 하는 단말마의 비명이 들렸다. 불에 달군 쇠꼬챙이에 눈과 귀가 단번에 꿰어지는 듯한 통증이 온몸을 훑고 지나갔다. 동료의 비명소리는 점점 크게 부풀어 올라 좁은 통을 한껏 달구었다. 우리들이 내뿜는 열기와 습기, 비명으로 플라스틱 통이 팽창에 팽창을 거듭하다가 엿가락처럼 늘어진 게 아닐까. 간신히 눈을 열고 보니 김선생의 억센 손아귀에 등짝을 잡힌 동료가 공중에서 네 발을 버둥거리고 있었다. 귀에서 입으로 흐르는 갸름한 옆선, 적당히 군살이 오른 꼬리 부분, 윤기나는 하얀 털. 아, 그녀는 곰실이었다.

나는 그렁그렁한 그녀의 눈망울을 차마 보지 못하고 어두컴컴한 두 개의 동굴 안, 수풀이 무성하게 웃자란 김선생의 콧구멍만 노려볼 뿐이었다. 숨을 쉴 때마다 풍기는 인간의 역한 노린내. 우욱, 비틀거리며 벽에서 떨어져나왔다. 곰실이가 잡혀가면서 내지른 처절한 울음소리로 한동안 통 속이 웅웅거리며 미세하게 흔들렸다.

이제 그녀는 건넌방 실험대 위에서 주사를 맞고 낱낱이 해부될 것이다. 김선생은 안경을 오른쪽 검지손가락으로 밀어올리며 곰실이의 토막난 몸을 집게로 뒤적거려보기도 하고 그 가운데 한 토막을 야릇한 액체가 든 비커 속에 집어넣기도 할 것이다. 곰실이는 자신의 몸이 토막토막 잘려나가는 걸 생생하게 느끼며 지독한 고통 속에 죽어갈 것이다. 나는 심한 허탈감으로 꼬리를 내리고 바닥에 납작 엎드렸다. 동료들은 자신이 선택당하지 않았다는 것에 기뻐할 뿐 잡혀간 곰실이 따위는 완전히 잊어버린 눈치였다.

다시 들어온 김선생은 멸치와 익히지 않은 고구마를 통 속으로 들이밀었다. 동료들은 일제히 달려들어 먹이를 갉아먹느라고 정신이 없었다. 그들의 맹렬한 식욕은 극도의 긴장감 다음에 오는 허기 때문일까? 아무것도 먹지 않고 엎드려서 통 저쪽에 홀로 떨어져 있는 쭈쭈까를 바라보았다. 그는 천천히 물을 마시고 있었다. 왼쪽으로 늘어진 쭈쭈까의 기다란 꼬리를 앞발로 슬쩍 건드렸다. 고통을 같이 나눌 동료는 쭈쭈까뿐이었다.

"시로, 뭘 좀 먹질 않구서."

"멸치의 비린내가 역겨워."

쭈쭈까는 뾰족한 턱을 내 얼굴 가까이로 들이밀고 코를 심하게 벌름거렸다.

"곰실이 때문이지?"

나는 대답 대신 통 위를 올려다보았다. 무심하게 비쳐드는 햇살을 뚫고 금방이라도 곰실이가 하얀 털을 휘날리며 쪼르르 기어들어올 것 같았다.

"이런 일이 처음은 아닌데, 이상해. 참을 수 없는 기분이야. 김선생이 실험용으로 곰실이를 선택하지 않았으면 나 또한 잡혀간 동료쯤은 아랑곳하지 않고 먹이를 탐하느라 정신이 없었을 거야."

김선생은 종족이 불어나는 걸 방지하기 위해 우리들의 성을 거세했기 때문에 곰실이를 소유하고픈 욕망은 없었다. 그저 곰실이와는 오래 같이 있고 싶었다. 곰실이의 옆구리에 엉덩이를 붙이고 있노라면 그녀의 하얀 털에서 전해지는 따스한 온기에 기분이 좋았고 세상이 평화로워 보였다. 그 모든 것을 한순간에 잃었다고 생각하니 몸을 가눌 수 없을 지경이었다.

"시로, 우린 사육당하고 있어. 인간에게 편안한 잠자리와 깨끗한 먹이를 제공받는 대가로 그들은 우리의 몸을 요구해. 우리도 언젠가는 곰실이처럼 제단 위에 실험용으로 바쳐질 거야."

쭈쭈까는 한숨을 깊게 내쉬었다. 나는 내게 다가올 최후를 생각했다.

"인간들은 그런 비정한 짓을 저지르면서 얼마나 오랫동안 자신들의 생명을 연장시키려는 것일까?"

"끝이 없겠지, 욕심투성이 고등동물이니까. 세상에 병균이 존재하는 한."

"왜 우리에게 혹독한 짓을 하는 거지?"

"우리의 유전자가 인간들과 흡사해 실험용으론 적격이래."

눈앞을 덮쳐오던 골이 깊게 팬 세 가닥의 손금과 그 손금을 중심으로 전후좌우 자잘하게 금이 간 김선생의 손바닥을 생각하니 치가 떨렸다. 손바닥에 퍼진 굵고 가는 손금은 인간들의 욕망을 나타내는 표상 같았다.

"쭈쭈까, 무엇 때문에 그들은 자연의 이치를 거스르려고 할까?"

나는 애써 분노를 누르며 말했다.

"인간은 알 수 없는 동물이야. 도대체 생각의 맥을 짚을 수가 없어. 이런 것 같으면서도 저렇고, 아무튼 우리의 징그러운 적인 것만은 분명해."

쭈쭈까의 말을 듣고 있으려니 문득 며칠 전의 일이 떠올랐다. 그날 한밤중에 눈을 뜬 건 째지는 듯한 여자의 고함 때문이었다.

"죽여라, 죽엿! 이 짐승만도 못한……"

어둠의 깊이와 농도로 보아 자정이 지난 시간이었음에도 불구하고 안채에서는 물건이 부서지는 소리와 함께 부인의 바락바락 악 쓰는 소리가 뒤섞여 들려왔다. 나는 안채에서 나는 소리를 놓치지 않으려고 쫑긋 세운 귀를 갈라진 콘크리트 벽 틈새에 갖다댔다. 거반 흥분해서 소리치는 부인의 날 선 목소리뿐 작게 웅얼거리는 김선생의 목소리는 제대로 들리지 않았다. 나무로 된 가구나 도자기 등 무거운 물건을 아무렇게나 메어치는 둔탁한 소리, 유리나 사기그릇 같은 얇은 것들이 어딘가에 부딪혀 절단이 나는, 파장이 한없이 높고 날카로운 소음이 삼십여 분간 지속되더니 어느 순간 소란이 거짓말처럼 끊겼다. 얼마나 시간이 흘렀을까? 자꾸 감기는 눈꺼풀을 힘들게 밀어올릴 즈음, 아득한 저편으로부터 수 돗물이 떨어지는 소리와 함께 뒤꿈치를 들고 걷는 조심스러운 발소리가 가물가물 잡혔다. 문이 닫히는 소리, 옷깃이 실험실 집기에 닿아 쓸리는 소리에 이어, 통 가까이에 있던 스탠드의 불이 켜졌다. 밤이 깊을수록 천박하면서 동시에 야릇한 느낌을 주는 스탠

드의 주황색 불빛이 직사각형 뿔테 안에서 불안정하게 움직이는 김선생의 다갈색 눈동자를 선명하게 비추었다. 김선생은 단추가 떨어지고 앞자락이 한 움큼은 찢겨나간 잠옷 바람으로 책상 앞에 앉아 어디론가 전화를 걸고 있었다.

"이 시간에 자지 않고 뭐했어…… 으응……"

평소 그답지 않게 축축한 목소리였다.

"개새끼!"

수화기 속에서 여자의 거침없는 욕설이 흘러나왔다. 왼쪽으로 실긋 기울어진 입가에 웃음을 머금은 채 여자의 욕설을 끝까지 다 들은 김선생은 다른 번호를 눌렀다. 수화기 안에서 굵은 남자의 음성이 튀어나오면 소스라치게 놀라며 전화를 끊었고, 가냘픈 여자의 음성을 찾아 또다른 번호를 눌렀다. 손에 땀이 맺혀 숫자가 적힌 동그란 구멍에서 손가락이 미끄러져 나오곤 했지만 김선생은 게슴츠레 눈을 뜨고 전화기 번호판을 집요하게 눌렀다.

"내가 잠을 깨웠구나. 지금 잠옷 입고 있어? 아냐? 그럼 속옷 차림이겠군. 그것도 아니라구? 아, 알몸이다, 그치?"

상대방은 수화기를 내려놓은 눈치인데도 김선생은 무엇에 도취된 듯 중얼거렸다. 위로 고개를 들고 있어서, 천장을 향해 뚫린 김선생의 동공에 묻은 외로움이 내가 있는 곳에서도 훤히 보였다. 전화를 끊고 난 김선생이 돌연 자신의 바지를 절반 정도 까 내렸다. 그러고는 수화기로 꺼멓게 드러난 성기를 문지르기 시작했다.

벌겋게 달아오른 얼굴이 점차 일그러지고 굵은 핏줄들이 얼굴 표면으로 흉측하게 불거져나올 무렵 방아깨비처럼 아래위로 춤을 추던 김선생의 성기에서 희뿌연 액체가 솟구쳐나왔다.

인간을 이해하기란 얼마나 힘든 일인지.

붉은 깨꽃이 무더기로 핀 화단 앞, 아치형의 흰 창문으로 얼굴을 내밀곤 하던 김선생의 아내는 인간의 생김새치곤 아름다운 편에 속했다. 그런 아내를 둔 김선생은 왜 야심한 시간에 실험실로 나와 저런 행동을 하는 걸까. 더구나 웃을 때에도 소리를 내지 않던 부인이 한밤중에 김선생에게 악을 쓰며 덤벼드는 일은 상상할 수도 없었다.

"우리는 인간들과 싸워야만 해. 저들의 생명이 소중하다면 우리 생명도 소중한 거야."

쭈쭈까는 이갈이용 나무막대를 쏠다가 등을 곧게 폈다. 등을 곧게 폈다는 것은 긴장하고 있다는 뜻이 담긴 네발짐승들만의 신호였다.

"인간의 질병 중에 암이라는 무서운 병이 있어. 인간의 머리로도 아직 그 병의 원인을 찾아내지 못한 모양이야. 그래서 김선생은 우리를 암에 걸리게 하고 있어. 발병 원인이나 치료 방법을 찾아내려고."

"인간 대신 우리를 실험한단 말이지?"

"처음엔 암을 일으키는 화학물질을 투여했어. 그런데 그 방법은 오랜 시일이 걸리니까 안 되겠나봐. 그러는 동안 많은 인간들이 죽어나가니까."

"그럼…… 우리는…… 저들에 의해……"

"실험쥐를 제외한 등줄쥐나 집쥐들이 해를 끼치니까 인간들은 생리적으로 쥐를 미워하지. 김선생은 그 방법을 포기하고 선천적으로 암유전자를 가진 우리 종족을 생산하고 있어. 짧은 시간에 암 발생 과정을 관찰할 수 있게끔. 그뿐이 아니야. 다른 방 동료는 밥도 먹질 않고 잠도 자질 않아. 체중도 우리에 비해 현저히 떨어지고. 알아봤더니 이상한 가루약을 투입당했다는 거야."

쭈쭈까가 투지에 불타는 눈길로 쏘아보았다. 나는 눈이 부셔서 그를 외면하고 말았다.

"시로, 탈출해야만 해. 난 널 쭉 지켜보고 있었어. 넌 강하니까 이 일을 충분히 해낼 수 있으리라 믿어."

"탈출이라니…… 그리고 무슨 일을?"

"이 일을 등줄쥐와 집쥐들에게 알려야만 해. 이대로 가다가는 삼천육백만 년 전에 지구상에 모습을 드러낸 우리 종족들은 인간들에게 말살당하고 말 거야. 우리의 번식력으로도 인간을 당해낼 수는 없어. 천적인 고양이나 여우, 담비, 족제비보다 악랄한 적이 인간임을 알려야 해. 그들과 싸워 이겨야 우리가 살아남을 수 있어."

"왜 하필 나야? 내가 어떻게 그런 일을……"

"네가 아니면 누가 가겠니. 고구마를 갉아먹느라고 정신없는 저들을 봐. 우리가 기대를 걸고 있는 쥐는 시로, 너뿐이야."

말을 마친 쭈쭈까는 눈을 감고 바닥에 길게 엎드렸다. 눈곱 낀 눈, 늘어진 귀, 윤기 없는 수염. 한꺼번에 몰려든 피로 탓인지 그의 얼굴이 수년은 늙어 보였다.

며칠 후, 김선생의 어린 아들이 아버지와의 약속을 어기고 실험실로 몰래 숨어들어왔다. 장난꾸러기 티가 역력한 꼬마는 조심성 없는 행동거지로 실험실의 집기를 흩뜨려놓았다. 호기심 어린 눈으로 우리가 있는 곳을 들여다보기도 하고 통을 흔들어대기도 했다. 동료들이 놀라 찍찍거리며 도망 다니는 꼴이 재미있는 모양이었다. 통 속으로 손을 집어넣어 주물럭거리기도 하고 그중 한 마리를 꺼내 수염을 뽑기도 했다. 한참 그러다 심드렁해졌는지 통 위로 난 창문을 닫지 않고 실험실 문도 열어둔 채 나갔다.

기회는 이때다. 쭈쭈까를 바라봤다. 쭈쭈까의 눈이 반짝 빛났다. 나는 그것이 무엇을 의미하는지 안다. 같이 가자, 쭈쭈까. 간절한 눈빛으로 말했다. 난 너무 늙었어. 쭈쭈까가 고개를 흔들었다.

"시로. 잊지 마라, 너의 사명을."

통의 모서리를 기어오르며 나는 쭈쭈까와 작별했다. 가뭇없이 사라진 곰실이의 그렁그렁한 눈망울이 자주 앞길을 막았으므로 실험실에서 현관으로 이어지는 좁다란 복도가 내겐 너무 길었다.

낮은 산기슭 갈참나무 구멍 속에서의 생활은 참으로 고적한 나날이었다. 새벽녘이면 키 작은 잡풀의 이슬을 핥아먹으며 지냈다. 때때로 먹이를 찾으러 길을 떠났다가 다람쥐나 산토끼, 새 따위의 다른 짐승들을 만나기도 했지만 넓은 세상에서는 놀랄 일이 아니었다. 나는 천적인 올빼미나 말똥가리만 만나지 않게 되기를 빌었다. 그렇게 지내는 동안 산에서는 밤이 빨리 오는 걸 알게 되어 해가 지면 서둘러 잠자리에 들었다. 숲속에서 몇 날 며칠 비가 내릴 때는 외로움이 뼈에 사무쳤다. 축축한 한기에 몸을 떨며 견뎌야 하는 밤은 길고도 무서웠다. 그런 밤에는 한밤중에 깨어나 수음하던 김선생의 외로움을 짐작할 것도 같았다. 실험실에서 느꼈던 인간에 대한 적의, 쭈쭈까가 심어준 사명감이 조금씩 흐려지더니 나중에는 헷갈리고 말았다. 그것은 탈출한 뒤 알게 된 인간들의 다양성 때문인지도 모르겠다. 내 의사와는 상관없이 착착 진행되고 있을 인간을 향한 복수극이 은근히 불안해지기 시작하는 거였다. 뱃속이 무지근하기도 하고 뒤가 마렵기도 했다. 원인인즉, 한때 머물렀던 주목 농장 여주인 때문이었다. 그녀에 대한 상심이 워낙 커, 인간에 대한 원한으로 주체할 수 없었던 시절이 아득한 옛일처럼 느껴졌다.

막아야 할까?

내 힘으로 어떻게?

생각이 거기에 미치면 이명처럼 들려오는 곰실이의 처절한 비명.

실험실을 탈출한 후 한동안은 광활한 세상을 활보할 수 있는 자유를 얻었다는 기쁨에 들떠 있었다. 세상은 더없이 넓었으며 자연이라는 이름 아래 존재하는 지상의 모든 아름다운 것들에 대해 경탄해 마지않았다. 하늘, 바람, 숲, 들, 꽃, 물. 자연이 신비하게 느껴질수록 실험실에서 태어나 느낌이나 판단력을 빼앗기고 오로지 실험용 동물로 사육당하며 살아온 지난날에 대한 회한으로 마음이 가득찼다.

그러던 어느 아침, 한적한 시골길을 기어갔다. 밥 속의 콩처럼 드문드문 박힌 농가를 지나 도시로 들어가는 외곽 지대에 다다랐다. 나직한 집들이 빼곡하게 들어찬 개천가 동네였다. 생활폐수와 인근 공장에서 버려지는 공업용 폐수가 한데 섞인 개천은 하루종일 썩은 내가 진동을 했다. 포장이 되지 않은 개천 둑 위의 신작로는 때없이 먼지가 풀썩 일곤 했다. 신작로 양쪽으로 지루하게 늘어선 점방들의 유리창에는 검고 찐득한 먼지가 지나온 세월의 켜만큼이나 두껍게 쌓여 있었다. 어느 점방에는 부스스한 머리에 무릎 나온 바지를 아무렇게나 걸쳐 입은 늙수그레한 여자가 앉아 있었다. 고정되었거나 천천히 움직이는 눈동자는 미래에 대한 기대나 설렘, 희망 같은 건 아예 없어 보였다. 개천에서 불어온 바람이 날림으로 달아낸 점방의 알루미늄 새시 문을 사납게 흔들고 지나가면 점방 안은 한층 깊고 음습해 보였다. 그나마 정물처럼 앉아 있던 늙은 여자가 파리똥이 발린 부엌으로 들어가버리고 나면 점방은 괴괴하기 이를 데 없었다. 엇 추워, 테가 찌그러진 모자를 푹 눌러쓴 사내가 안으로 들어섰어도 밖에서 보는 점방은 활기차 보이지 않았다. 새시 문을 밀고 들어설 때 잠바의 소맷부리를 비집고 나온, 살비듬이 까슬까슬하게 일어난 사내의 무참한 팔목 때문이었을까. 개천가의 모든 풍경이 막막하게 느껴질 따름이었다.

"에잇, 더러운 쥐새끼!"

점방에서 나온 사내가 나를 보곤 카악, 가래침을 돋워 개천에 뱉었다. 그리고 손마디를 꺾으며 발에 걸리는 돌부리를 걷어찼다. 날아오는 돌부리를 피해 도망을 치면서 개천가에 버려진 허연 밥알과 너저분한 음식 찌꺼기에서 인간들의 어쩔 수 없는 권태를 보았다.

도시에는 많은 인간들이 살고 있었다. 인간들의 걸음걸이에는 조바심이, 반들거리는 구두코와 달리 구둣솔이 미처 가지 않은 구두 뒤축에는 감추지 못하는 누추함이 배어 있었다. 낮에는 눈에 띌세라 행동을 삼가고 숨어 있거나 쓰레기통을 뒤져 과자 부스러기를 주워먹으며 지냈다. 주로 행인들이 뜸한 자정에서부터 새벽이 어스레하게 밝아올 때까지 기어다녔다. 그 시간에도 몇 차례씩 마주치는 인간들이 있었다. 청소부였다. 그들은 졸린 눈을 비비고 찬 공기에 입김을 토해내며 밤거리로 나왔다. 쓰레기를 가득 실은 리어카를 힘겹게 끌며 언덕길을 오르는 청소부와 정면으로 마주친 적도 있었다. 자신의 힘에 벅찬 리어카의 무게 때문인지 청소부는 내게 어떤 적의나 반감도 나타내지 않았다. 나는 아무것도 보지 않은 것처럼 무표정하게 지나갔다. 쓰레기를 실은 리어카가 멀어질수록 청소부는 보이지 않고 커다란 리어카가 혼자 굴러가는 것처럼 보였다. 청소부가 리어카의 무게에 짓눌려 짜부라지지 않았나 걱정이 되어 뒤를 돌아보니 다행히 바퀴 밑으로 허청허청 걷고 있는 청소부의 발뒤꿈치가 보였다. 긴 여정을 통해 만난 인간들은 누구나 청소부의 리어카만큼이나 무거운 짐을 하나씩 등에 걸머지고 걸어가고 있었다. 열린 세상에의 자유로움은 잠깐이었고 실험실 통 속에 갇혀 지내던 생활에 대한 일말의 그리움, 혼자 감당하기엔 버거운 나의 사명, 불확실한 미래에 대한 두려운 감정들이 시각마다 가슴을 옥죄어왔다.

여름의 중턱에 접어들면서 비가 질금질금 내리더니 닷새 전부터 무섭게 퍼붓기 시작했다. 먹구름을 뒤집어쓴 하늘은 낮이 되어도 밝아질 기미를 보이지 않았다. 태풍까지 불어닥쳐 숲 전체가 소리 내어 곡을 했다. 임시로 찾아든 갈참나무 구멍 속으로도 비바람이 사정없이 들이쳤다. 여린 나뭇잎들이 사방으로 흩날렸다. 구멍 속으로 들어온 빗물에 털이 젖어 몹시 떨렸다. 갈피를 잡을 수 없었다. 지금쯤 등줄쥐들은 신이 나 있을 거였다. 그들은 기민한 동작으로 뚫어놓은 둑의 구멍을 확인하고 불어난 물의 높이를 측정하고 있을지도 모를 일이었다. 도시를 빠져나와 눈이 쌓인 들판으로 등줄쥐를 찾아갔을 때, 등줄쥐의 우두머리가 내게 말했었다.

"인간들도 들쥐인 우리를 괴롭히지는 못해. 넓은 들판에 사는 우리를 저희가 무슨 수로 잡겠어. 인간들은 우리의 배설물을 통해 옮는 유행성출혈열이라는 병만 무서워하지만 천만의 말씀이야."

등줄쥐는 상하 한 쌍의 앞니를 드러내고 쾌활하게 웃었다. 알맞게 살이 오른 몸에는 투사다운 힘센 기운이 흘러넘쳤다.

"나의 자랑스러운 앞니를 봐. 이 무기로 위대한 신화를 창조할 거야. 안 그래도 우리는 지난가을부터 거대한 둑에 구멍을 뚫는 작업을 해왔어. 이젠 내년 여름에 장마가 지기를 기다리는 일밖에는 없다구. 인간들은 작은 구멍이 자신들을 파멸시키리라고는 생각지도 못할 거야. 저 둑은 인간들이 차지한 땅 중에서도 가장 높은 곳에 있지. 볼만한 구경거리가 될 거야. 물론 우리에겐 노아의 방주가 따로 있어. 시로, 걱정 마. 쭈쭈까로부터 부여받은 너의 사명을 우리에게 맡겨."

나는 실험실에서 일어났던 일, 인간들에 의해 무참히 죽어간 흰쥐들을 생각하며 등줄쥐의 말을 감동적으로 받아들였다. 쭈쭈까의 말대로 우리는 인간들과 싸워 이겨서 살아남아야만 했다. 그러나 도시에서 만난 인간들은 적으로 삼기에는 나약한 구석이 많았다. 내 거처에 찬밥을 넣어주던 농장 여주인의 살가운 손을 어찌 외면한단 말인가.

면장갑을 끼고 일해서 그런지는 모르지만 그녀의 손은 나무를 기르는 손치고는 유난히 희었다. 햇빛을 받으면 새하얀 우윳빛이 되고 그늘에서 보면 연한 분홍빛을 띠었다. 흰 손을 뻗어 컵이나 찻잔을 잡으면 그녀의 손에 감싸인 컵과 찻잔은 본래의 형태보다 기품 있어 보였다. 수돗물이 쏟아지는 개수통에서 물과 비누 거품 사이로 열 개의 손가락들이 미끄러지듯 바쁘게 움직일 때의 아름다움이란. 아무리 봐도 진화가 덜 된 듯한 인간의 귀. 조물주가 얼굴에 눈과 코와 입을 붙이고 나니 귀를 붙일 자리가 없어 별수없이 얼굴의 옆댕이에 되는대로 갖다붙인 것처럼 어정쩡해 보이는 귀. 그 볼품없는 귀마저도 그녀의 것은 다른 인간의 것과 달리 친근감이 있었다. 설거지를 마치고 난 그녀는 창문을 열고 새들을 불러모았다. 휘익, 휘리릭. 휘파람 소리를 듣고 날아든 새들에게 싸라기를 던져주는 것으로 하루의 일과를 시작했다. 처마 아래 홈통을 타고 앉아 그녀를 바라보고 있는 내게 지붕에서 내려온 새앙쥐가 말했다.

"그녀는 개미 한 마리, 날아드는 풀씨조차 죽이지 않아."

앞마당은 함부로 날아와 뿌리를 내린 풀들이 아무데서나 자라고 있었다. 그래서 농장의 안채는 버려진 폐가처럼 보이기도 했다.

"여기는 우리들의 천국이야. 모든 생명은 그녀로부터 생존권을 보장받을 수가 있지. 그녀는 남은 음식을 버리지 않고 비닐봉지에 담아 부엌 뒷문께에 놔둬. 우린 그걸 먹고 살아."

새앙쥐의 말을 듣고 나서야 이 집에 온 첫날의 의문이 풀렸다. 실험실을 탈출한 뒤 개천가 동네를 지나 도시의 북쪽에 위치한 산

끄트머리, 넓게 자리잡은 주목 농장으로 들어서자 집쥐들이 반갑게 맞아주었다. 집쥐들은 인간처럼 어디에서 왔는가, 무얼 하다 왔는가 따위의 질문을 하지 않았다. 몸의 색깔이 다르다고 해서 이상한 눈으로 바라보지도 않았다.

"넌 희니까 인간들 눈에 띄지 않는 천장에 사는 게 좋겠어."

내 몸의 색깔을 염려한 천장쥐가 나를 천장으로 안내했다. 막상 천장 속의 칠흑 같은 어둠을 만났을 때, 소스라치게 놀라고 말았다. 천장에 엎드린 검은 쥐들은 어둠에 가려 반짝이는 두 눈밖에 보이지 않는 반면 내 몸은 밖에서보다 하얗게 드러났다. 두려워서 수염과 꼬리를 빳빳이 치켜든 내게 늙은 천장쥐가 따라오라고 명령했다. 그가 안내한 곳으로 가보니 천장 한 귀퉁이에 작은 구멍이 뚫려 있었다. 부엌이었다.

"벽, 천장, 선반이 모두 흰색이야. 네가 살기에는 안성맞춤이지."

그랬다. 흰 몸을 숨기기에는 온통 흰색투성이인 부엌이 적당했다. 늙은 천장쥐의 혜안이 놀라웠다. 선반 위에 자리를 잡아주고 천장으로 올라가면서 그는 내게 주의사항을 일러주었다.

"전기 코드를 갉아서 합선을 일으키거나 주인이 먹을 음식물을 훔쳐먹어 병균을 옮기면 안 돼. 그건 이 집에 사는 모든 쥐들이 지켜야 할 규칙이야."

처음엔 늙은 천장쥐의 말을 이해할 수가 없었다. 납득하기 어려웠다. 어찌되었든 여행으로 지친 내게 청결한 쉴 자리가 주어진 것만도 감사한 형편이었다. 그때, 조심스러운 동작으로 찬밥을 들이미는 손이 있었다. 순간적으로 내 등이 수축되면서 귀가 쫑긋 모아졌다. 앞발을 내밀고 밑을 내려다보니 찬밥이 담긴 밥그릇을 선반 위에 얹기 위해 까치발을 든 집주인 여자가 보였다. 직각으로 들린 안쓰러운 맨발. 몸의 무게를 감당하느라 발끝으로 붉은 피가 몰려 있었다. 당황한 나머지 나는 허드재비로 쓰이는 접시를 건드려 부엌 바닥에 떨어뜨리는 실수를 하고 말았다. 그녀는 선반을 살펴볼 생각도 하지 않고 깨진 접시를 주워 쓰레기통에 버렸다. 그러고 나서 아무 일도 없었던 듯 치마를 툭툭 털고 밖으로 나갔다.

"어제 그녀가 찬밥을 주었어."

"그녀라면 그러고도 남을 거야."

새앙쥐가 홈통을 타고 곳간으로 건너갔다. 슬레이트로 지붕을 덮은 곳간의 바깥 벽에는 왕겨를 넣어둔 가마니가 쌓여 있었다. 곳간 안에는 풀 베는 녹슨 기계와 쇠스랑, 괭이와 호미, 용도를 알 수 없는 빈 양철통 등이 차곡차곡 쟁여져 있었다. 곳간 옆 작은 마당을 지나면 그녀가 기거하는 안채였다. 그녀는 농장에서 일할 때를 제외하곤 거의 집에 틀어박혀 지냈다. 신문을 읽거나 차를 마시고 티브이를 보았다. 외출을 하지 않는 편이어서 인간들과의 접촉도 드물었다. 주목 농장에 살면서 다른 인간을 만난 건 거름용 계분을 대주는 아랫동네 김씨 부부와 가끔 와서 주목을 싣고 가는 트럭 운전사가 전부였다.

부엌 선반 위에서는 방과 마루가 환히 보여 그녀의 움직임을 놓치지 않고 관찰할 수가 있었다. 목이 긴 장화를 신은 그녀가 주목에 계분과 왕겨를 섞은 거름을 줄 적에도 나는 그녀를 따라다녔다. 처음에는 그녀와 사람 다섯 발짝 정도의 간격을 두고 기어다녔다. 내게 어떤 해도 끼치지 않는다는 걸 알았지만 그 정도의 간격은 두어야만 안심이 되었다. 여차하면 도망갈 수 있는 거리, 생태학적으로 더이상 좁혀질 수 없는 운명적 거리. 나는 다섯 발짝을 인간과 쥐 사이에 놓인 가장 적절한 간격이라고 여겼던 것이다. 그러다 차츰 거리를 좁혀 그녀의 발 옆에 바싹 붙어 기어다니기 시작했다.

이상한 점은 그녀의 발 옆에 바싹 붙어 기어다녔을 때보다 다섯 걸음 정도 간격을 두고 기어다녔을 때 그녀를 훨씬 자세히 볼 수 있었다. 가까이 다가가면 더 잘 보일 것 같은데도 그렇지가 않았다. 그녀의 발 옆에서는 민틋한 종아리와 불룩 솟은 무릎, 도톰하게 살이 붙은 허벅지, 앞뒤로 부드럽게 흔들리거나 이리저리 바쁘게 움직이는 팔만 보였다. 버려진 듯해 안타까운 그녀의 등, 넉넉한 엉덩이, 변화무쌍한 얼굴 표정은 보이지 않았다.

그녀 뒤를 졸졸 따라다니다보니 아름다움과 추함을 식별하는 안목마저 바뀌었다. 네 발 가진 짐승들의 물 흐르듯 유연한 등이 길고 둥글어 참을 수 없었고 앙증맞게 생각했던 나의 네 발은 짧아서 참을 수 없었다. 뾰주리감처럼 뾰족한 얼굴형도 경박해 보여 싫었다. 어떤 현상에 대해 반응할 때도 그녀처럼 느긋하고 싶었지만 본능적으로 타고난 빠른 동작은 숨길 수 없었다. 매사에 쪼르르 졸졸거리는 경망한 모양새가 심히 부끄러웠다. 조잡하고 조급하고 조악하여 견딜 수 없었다. 나는 그녀를 닮고 싶어 애가 탔다. 직립보행을 하는 인간에 대한 배타심은 어느덧 간 곳이 없었다. 이런 심사를 아는지 모르는지 그녀는 잠시라도 내가 보이지 않으면 아무때고 불렀다. 흰쥐야, 어디 있니?

언덕 아래 질펀히 펼쳐진 주목밭을 지나 계단식으로 정비된 옥잠화 밭고랑을 기어다니거나 앵두나무 가지를 타고 앉아 해바라기를 하느라 게으른 눈을 끔벅거릴 때, 흰쥐야, 어디 있니? 그녀의 높고 청아한 목소리가 귓가에 꽂히면 나는 날카로운 두 개의 앞니로 땅바닥을 파곤 했다. 내 이름은 시로라구요, 시로! 찌익, 찍찍 찍 찌이익. 그녀와 소통할 수 없는 안타까움에 수염과 턱이 거친 땅에 쓸려 짓이겨지는데도 멈출 수가 없었다. 여름이 닥쳐오면 어쩌나 하는 생각에 땅을 파는 나의 네 발과 턱이 사뭇 떨렸다. 나는 당신과 말을 하고 싶다, 말을 나누고 생각을 나누고 싶다.

"땅 파길 좋아하는 걸 보면 넌 천생 두더지를 닮았나봐."

내 마음을 알 길 없는 그녀는 딴청을 하기 일쑤였다. 볕이 참 좋네, 라며.

아랫동네에 사는 김씨가 계분을 한 리어카 싣고 와 거름 자리에 부렸을 적에도, 그녀가 창고에서 가져온 왕겨 한 가마를 통째 들이부어 계분을 덮어줄 적에도 따사로운 봄볕이 머리 위에서 일렁거렸다. 거름 자리 주변에 퍼진 지독한 분뇨 냄새가 빠진 후 찬거리를 사러 아랫동네로 내려가는 그녀를 졸래졸래 따라간 때는 해거름이었다. 담벽과 담벽이 입을 맞추듯 마주보는 좁은 골목을 지나는데 동료의 가느다란 신음소리가 들렸다. 끊길 듯 이어지는 고통에 찬 소리와 더불어 심하게 부패된 것에서 풍기는 악취가 코로 흡입되었다. 냄새와 소리의 진원지를 찾아 부산하게 몸을 놀렸다. 담도 없는 삼층짜리 다세대주택 앞 공터에 쟁여진 흰 쓰레기봉투 더미. 동료는 그 옆에서 처참하게 죽어가고 있었다. 일명 찍찍이라고 불리는 신종 쥐덫이었다. 커다랗게 벌어진 내 입에서 비명이 폭죽처럼 터져나왔다. 동료는 두껍고 네모난 종이 위에 딱 달라붙어 서서히 녹고 있는 중이었다. 네 발과 뾰족한 턱은 형체도 없이 사라지고 배의 절반, 엉덩이의 삼분의 일, 얼굴의 위쪽만 남은 흉한 모습으로 종이에 칠해진 아교처럼 끈끈한 성분과 최후의 사투를 벌이고 있었다. 벗어나려고 버르적거리면 거릴수록 몸이 점점 빨려들고 있었다. 해져 너덜거리는 검은 털 사이로 흐물흐물 녹아들어가는 연분홍색의 살과 흰 뼈들과 붉은 피가 보였다. 저럴 수가! 나는 동료를 향해 돌진했다.

"도와줄게!"

"가까이 오면 안 돼!"

한쪽 눈알이 빠지고 코도 절반만 남은 기괴한 몰골의 동료가 절규하듯 외쳤다.

"날 도와줄 순 없어. 어서 죽기만 바랄 뿐이야."

동료는 자신의 살과 뼈가 녹아 흐르는 걸 한쪽 눈으로 지켜보며 죽기 직전까지 덫에서 벗어나려고 꿈틀거렸다.

"누가 이런 곳에 쥐덫을 버렸지?"

쓰레기봉투를 버리러 나왔다가 동료의 주검을 본 여자는 징그럽다는 표정으로 빠르게 돌아섰다. 쓰레기봉투를 들고 공터에 나타난 늙은 사내가 담배꽁초를 태연히 동료의 몸 위에 던졌다. 동료의 몸이 녹아 흐른 질척한 물기가 종이의 한쪽 면을 반원 모양으로 검게 물들이고 앞발이 없어진 자리엔 한쪽 눈알이 떨어져 있었다. 사각의 종이 위에 반원 모양으로 번진 검은 물과 동료의 떨어진 한쪽 눈알을 멀리서 보면 물음표가 엎어진 것처럼 보였다. 그 물음표가 뒷걸음치고 있는 내게 묻고 있었다. 시로, 어떻게 하겠니?

"극악무도한 인간들, 죽일 테면 죽여라! 너희가 우리에게 행한 것과 똑같은 방법으로 되갚아주겠다! 죽이면 우리는 또 낳는다. 죽어간 동료들의 수의 제곱보다 많은 새앙쥐를 퍼뜨려 우리의 세를 불리겠다!"

나는 암컷 쥐와 교미하고 싶어 눈이 뒤집혔다. 온 도시를 헤매며 날이 밝아오도록 수백, 수만 마리의 암컷 쥐들에게 정액을 쏟아내고 싶어 배와 엉덩이가 벌벌 떨렸다. 그러나 난 성을 거세당한 한낱 실험쥐에 불과했다. 나의 성은 그리 오래가지 못했다. 다음날 저녁 기어이 주목 농장으로 기어들고 말았다. 하루 밤낮을 정신 나간 쥐처럼 날뛰었건만 미치지도, 발톱이 빠지지도, 앞니가 부러지지도 않았다. 나는 질기고 튼튼한 내 신경세포에 절망했다.

"어디 갔다 이제 왔니?"

그녀는 더러워진 발을 걸레로 꼼꼼하게 닦아준 다음 소파 위에 놓인 양말 속에 날 집어넣었다. 빨갛고 커다란 털실 양말은 그녀가 손수 떠준 내 집이다. 입구를 찾아 들락날락하기 편하게 양말의 발목에 빳빳한 철사를 넣었고, 어둠을 좋아하는 내 습성을 익히 알고 불빛이 새어들어오지 않게끔 초대형 사이즈로 양말을 넉넉하게 만드는 배려도 잊지 않았다. 다른 날과 다름없는 평온한 저녁이었다. 샤워를 마친 그녀는 과자통에서 두 개의 비스킷을 집어들고, 흰쥐야, 하고 불렀다. 활짝 편 그녀의 손바닥이 양말의 둥근 입구로 보였다. 손바닥에 얹힌 네모난 비스킷에서 풍기는 고소하고 짭조름한 냄새가 털양말 구멍 속으로 솔솔 흘러들어왔다.

내 망설임이나 기우는 눈앞의 행복에서 얼마나 자주 무너졌던가. 평소 같으면 한참 머뭇거린 뒤 그녀의 손바닥 위로 올라가 비스킷을 먹었을 것이다. 그러다 기분이 좋으면 손목을 타고 어깨까지 올라간 후에 그녀의 목덜미나 어깨 근처를 기어다니며 티브이를 보기도 했을 터였다. 그녀는 소파에 기대어 앉아 티브이를 보는 틈틈이 자신의 목덜미나 어깨에서 노는 나의 등을 부드럽게 쓸 어주거나 아니면 간지럽다고 킥킥거리며 웃기도 했을 것이다. 나는 그녀의 웃음에 조금쯤 슬퍼졌을까. 그녀가 인간임을 잊을 수는 있었을까?

이제 모든 일이 부질없었다. 하루 꼬박 굶은 배에서 쪼르륵 소리가 났다. 그래도 고소하고 바삭한 비스킷보다는 그녀의 따뜻한 체온이 그리웠다. 당장 그녀의 손바닥에 올라가 추위와 배고픔에 지친 내 몸을 누이고 싶었다. 나는 거듭되는 욕망을 뿌리치고 양말의 끝 쪽으로 내려와 어둠에 몸을 묻었다. 점차 인간화하는 나의 육신. 나는 쥐인가, 인간인가! 몸부림칠 기력도 남아 있지 않았다. 실험실을 떠나올 때 쭈쭈까가 마지막으로 했던 말이 비수가 되어 등과 배로 여지없이 날아왔다. 나는 눈을 꾹 감았다.

"우리가 널 지목한 건 시로 네가 특별해서야. 잘 들어. 너와 난 인간의 뇌세포를 가진 슈퍼 쥐야."

"그게 무슨 말이지? 난 그냥 실험쥐일 뿐이라구."

"다른 쥐들은 모르는 인간의 말을 우리만 알아들을 수 있는 게 이상하지 않았어?"

"그건 그냥…… 어쩌다가……"

"인간들은 뇌졸중이나 알츠하이머병, 정신분열증 같은 질병을 연구하기 위해 뇌 이식수술에 필요한 대체 뇌 부위가 필요했고 결국 인간 배아줄기세포를 너와 나의 뇌에 주입했어. 그래서 우리

둘은 인간과 같은 의식 활동이 가능한 거야."

"내가 생각이 많은 건……"

"그게 바로 머리에서 인간의 뇌세포가 수백만 개로 증식되고 있다는 뚜렷한 증거지. 네 몸에 작은 컴퓨터 칩이 들어 있다는 걸 잊지 마. 앞으로 너의 행적은 연구소 컴퓨터에 낱낱이 기록될 거야. 내 말 명심해. 자, 빨리 가라! 시로. 시간이 없어."

"같이 가자, 쭈쭈까. 너도 슈퍼 쥐잖아."

"중대한 임무를 행하기엔 난 너무 늙었어. 같이 가면 너의 짐만 될 거야."

실험실에서 현관으로 이어지는 좁다란 복도를 빠져나와 밖으로 걸음을 내딛기 직전 나는 마지막으로 내가 태어나고 자란 건물을 돌아봤다. 그 건물의 간판에 쓰인 인간의 글씨는 이러했다.

암 줄기세포 생물학·의학 연구소.

그해 봄 내내 나는 여름이 오는 걸 두려워하며 지냈다. 여름에 일어날 재난을 하루속히 그녀에게 알려주고 싶었다. 그녀만은 화를 모면하도록 해주어야 했다. 그러나 의사를 전달할 방법이 없었다. 대화도 통하지 않는 그녀에게 어떻게 알려야 할지 난감한 일이었다. 대지에 푸르름이 더해갈수록 절망의 깊이도 더해갔다. 나는 그녀의 얼굴을 바라볼 용기마저 사라졌다. 정신적 지주가 되어주었던 쭈쭈까가 원망스러웠다. 애당초 나를 이런 곤경의 늪으로 안내한 것은 쭈쭈까였기 때문이었다.

등줄쥐들이 뚫은 둑의 구멍들이 눈앞에 자주 어른거릴 즈음, 나는 기신거리며 늙은 천장쥐에게 갔다. 등줄쥐로부터 받은 밀명, 즉 여름에 많은 비가 오면 일제히 높은 산으로 올라가도록 집쥐들에게 당부하는 일을 천장쥐에게 넘겨주었다. 그녀에게 쏠리는 마음을 정리할 겸 주목 농장을 떠나기로 했다. 이 땅의 수많은 동료들에게, 찍찍이라고 불리는 신종 쥐덫에 사로잡혀 죽어간 동료에게 비겁한 도망자가 되어도 좋았다. 그녀의 얼굴을 가슴에 화인처럼 새기고 주목 농장을 떠나왔다. 갈참나무 구멍 속으로 숨어들었을 당시 나는 털이 빠지고 비루해져 거리의 부랑자와 다를 바 없었다.

갈참나무가 밑동까지 심하게 흔들렸다. 빗물이 얼굴을 때리는 통에 눈을 뜰 수 없었다. 가까운 골짜기에서 나무 부러지는 소리가 들렸다. 보지 않아도 둑 안에 강물이 차올라 위험 수위가 높아졌다는 걸 알 수 있었다. 빗줄기가 정이 되어 작은 머리통을 쪼았다. 가야 한다. 가서 막아야 한다. 둑이 터지면 농장의 그녀도 실험실에 갇힌 쭈쭈까도 무사하지 못할 것이다. 흙탕물은 소용돌이치며 도시 전체를 순식간에 집어삼키고 낮은 야산들도 그 붉은 혓바닥 속에 잠길 것이 분명했다.

둑이 있는 들판으로 내달렸다. 심장은 폭풍이 몰아치는 듯 거칠게 뛰었고 빗소리에 산과 들이 울렸고 내 머리와 근육, 달리는 다리도 함께 울렸다. 산을 지나고 마을을 지났다. 벌써 논밭의 낮은 고랑에 물이 들어와 있었다. 생각대로 도시의 저지대는 물에 잠겨 있었다. 인간들은 올여름 피서를 가기 위해 장만한 알록달록한 색깔의 보트를 타고 높은 건물로 노를 저어 갔다. 구명조끼를 입은 몇몇의 인간들도 보였다. 그들은 머리에 보퉁이를 이고 가슴까지 차오른 물을 건넜다. 아이를 목말 태우고 로프를 잡고 건너는 인간도 눈에 띄었다. 세상이 물바다였다. 그리고 아우성. 그 와중에도 이층 창틀에 붙어서서 쇠갈퀴로 무언가를 건져올리는 여자.

나는 부서진 문짝을 타고 둑 쪽으로 떠내려갔다. 물살이 세서 뒤집힐 뻔하기도 하고 건물의 모서리에 부딪히기도 했다. 둑은 어디쯤일까? 들판이 물에 잠겨 앞을 분간하기가 힘들었다. 멀리 눈에 익은 경치가 다가왔다. 산을 깎아 낸 길 아래, 나란히 있던 세 채의 농가가 물에 잠기고 지붕만 간신히 물위에 떠 있었다. 지붕에 올라앉아 구조를 요청하는 인간들이 손을 흔들었다. 하늘에는 다섯 대의 헬리콥터가 끈 떨어진 방패연처럼 높게 떠 있었다. 물밑에 잠긴 둑을 찾느라고 흙탕물을 오래 바라보고 있었더니 물멀미가 났다. 눈앞에서 가파른 절벽이 물밑으로 까무룩 내려앉았다가 떠오르곤 했다. 절벽 밑으로 한 무리의 잠수부가 보였다.

"저기 좀 봐. 밑에서 물이 솟아오르고 있어."

"내려가보자."

산소통을 멘 두 명의 잠수부가 물속으로 뛰어들었다. 물위로 얼굴을 내민 미루나무 우듬지가 거친 물살에 위태로워 보였다. 가파른 절벽과 미루나무. 둑이 있던 장소였다.

"구멍을 찾았어! 무너지기 직전이야, 급해!"

보트에 남아 있던 나머지 잠수부들도 모래를 담은 주머니를 가슴에 끌어안고 첨벙첨벙 물속으로 뛰어들었다. 우리들의 원한으로 파놓은 수많은 구멍을 몇 개의 모래주머니로 어찌 막을 것인지.

나는 물이 솟아오르는 지점을 향해 망설임 없이 뛰어들었다. 물은 부드러운 손길로 나를 감싸안았다. 나는 숨이 다하는 순간까지 존엄을 잃고 싶지 않았다. 우주가 생긴 이래 최초로 자살을 선택한 쥐 시로이자, 삶과 죽음의 경계를 뛰어넘은 완전한 생물이고 싶었다. 구멍 속에 몸을 끼워 강둑이 무너지는 것만 막을 수 있다면. 그녀의 창백한 얼굴이 물속에 잠겨 일렁거렸다. 나는 있는 힘을 다해 눈을 홉뜨고 그녀의 얼굴을 따라 깊이깊이 내려갔다. 등줄쥐들이 뚫은 구멍 속으로 내 몸이 송두리째 빨려들기를 원하면서.

해설
–
이지은
(문학평론가)

그녀의 이름들

시어머니와 엄마가 다르다는 데에는 설명이 필요 없겠다. 며느리와 딸, 시누이와 언니가 다르다는 것도. 그렇다면 딸과 맏딸이 같지 않다는 데에는 설명이 필요할까? '맏딸은 살림 밑천'이라는 말이 괜히 생겨난 게 아니듯, 삶이 고단할수록 맏딸은 엄마에게 동지로 여겨진다. 그렇다고 엄마에 대한 맏딸의 감정이 신뢰와 연민으로만 이루어져 있을까? 가부장제는 여성을 특정한 자리에 배치하고 구속한다. 따지고 보면 가부장제하에서 남자들은 아버지·남편·아들·사위 등 각기 다른 이름을 지니는 듯하지만 기실 가장家長이라는 하나의 자리를 차지하고 있다. 가장에게 가부장제는 아주 간단한 형태다. 그러나 가부장제가 할당하는 여성들의 위치는 서로 충돌하기 십상이고, 여성의 곤경도 여기에서 비롯된다.

바로 그렇기 때문에 '정상 가족'이라 불리는 우리 사회의 가장 기초적인 공동체의 모순은 여성들의 시차視差를 통해서 드러날 수밖에 없다. 여자는 이름이 많고, 이름들은 가족관계 내부의 중층적 모순을 드러낸다.

이현수의 첫 소설집 『토란』 초판이 2003년에 출간되었으니, 이 개정판은 거의 이십 년 만에 재출간되는 셈이다. 이 책에 수록된 총 열 편의 단편은 1991년부터 2002년까지 쓰였다. 이들은 모두 다른 색깔을 발하지만, 기본적으로 공유하는 요소가 있다. 일단 『토란』은 여성의 눈으로 세계를 읽는다. 수록된 소설은 딸·아내·며느리의 위치에 있는 여성을 1인칭 서술자로 삼거나(「토란」「도마령」「파꽃」), 3인칭 시점이더라도 실연한 레즈비언(「불두화」), 노년의 맏딸(「거미집」) 등에 초점을 맞추고 있기 때문에 우화적 성격이 짙은 「그 재난의 조짐은 손가락에서 시작되었다」를 제외하고는 모두 여성의 시선으로 전개된다. 그리고 무엇보다 중요한 점은 여자들이 세계를 읽는 데 방해가 되는 아버지나 남편이 소거되어 있다는 것이다. 아버지는 부재하고(「도마령」「마른 날들 사이에」 등) 시아버지는 무능력하다(「토란」). 또, 남편은 아내의 위기를 감지하지 못한다(「비하리에서, 나는」「이 땅의 낯선 자」). 작가는 남자들을 작품의 후면으로 물린 뒤에 다양한 여자들의 자리를 비추고, 이들의 관계를 클로즈업한다. 이 소설들은 지금 여기에서 어떻게 '다시' 읽힐 수 있을까.

그런데 달리 생각해보건대, 소설이 '다시' 읽힐 수만 있다면 그것은 언제나 '처음' 읽히는 것이 아닐까. 이는 단지 새로운 세대의 독자를 처음으로 만난다는 뜻이 아니다. 재출간된 『토란』에서 새로 발견되는 질문들이 있다면, 그리고 그 답이 기존에 의미 지어진 방식과 달리 제출된다면, 이때 소설은 언제나 '처음' 읽히는 이야기일 수밖에 없다. 그런 점에서 『토란』이 처음 출간될 당시 "여인의 특수한 삶에 내재된 보편적 의미"[*]를 궁구한 소설로 읽혔다는 것은 무척 흥미롭다. 초판의 해설이 토속적 서정이나 방언, 전통적 삶의 양식에 대한 주목을 바탕으로 '인생-(남성)-보편'이라는 의미를 끌어냈다면, 이젠 '엄마-딸' '시어머니-며느리' '레즈비언 커플'과 같은 다양한 여성들 사이의 관계가 더욱 중요하게 다가온다. '삶의 보편적 의미'로부터 '여성들 사이의 차이와 관계성'에 이르기까지는 『토란』이 건너온 시간, 혹은 독자가 세련해온 젠더 감수성과 이에 따른 독법의 변화가 놓여 있다. 그리고 그 간극만큼 『토란』은 '다시' 그리고 '처음'으로 읽힌다. 이 글에서는 세계와 독자의 변화를 염두에 두고 『토란』을 두 겹으로 읽고자 한다.

---

[*] 방민호, 「'인생파' 소설」, 『토란』, 문이당, 2003, 282쪽.

쉼없이 말하는 (시)엄마: 「토란」 「도마령」

　표제작 「토란」은 시부모의 극적 화해를 주선했다 낭패를 보고
만 며느리 '나'의 이야기다. 요리에 대한 시어머니의 집착과 정성
은 대단하지만 그녀는 평생 자기 부엌을 가져본 적이 없다. 그런
시어머니가 모델하우스마다 돌며 부엌을 살피고 다닌다 하니 자
식 된 도리로 안타까울 수밖에. 그러나 이 집의 진짜 문제는 시어
머니에게 부엌을 장만해드리는 데 있는 게 아니라, 시부모를 한집
에 살게 하는 데 있다. 시어머니는 평생 무능한 한량이었던 남편
과 마주앉아 있는 것조차 견디지 못한다. "지 성질을 못 이겨 파르
르 넘어가는" 시금치만 봐도 "먼 일을 시작하면 석 달을 못 넝기
는 인간"(11쪽)이 생각나 울화가 터지고, 남편 베레모만 봐도 소
리를 꽥 지른다. 그런 노부모를 한집에 살게 하려는 자식들의 시
도가 성공할 수 있을까.

　이 소설은 한 가족의 저녁식사 자리라는 한정된 시간과 공간을
배경으로 하지만, 요리 과정에 대한 탁월한 묘사와 입체적인 설계
로 이야기를 풍부하게 풀어내는 텍스트다. 음식 재료를 다루는 고
부姑婦의 재빠른 손길이 소설 전체의 기본 리듬을 형성하고, 시어
머니의 거침없는 입담과 며느리의 기민한 눈치가 완급을 조절한
다. 또, 시어머니·며느리의 요리와 대비되는 남편·시누이·시아
버지의 난데없는 합주는 '주방-거실'이라는 공간적 대비뿐 아니

라 가족구성원들이 차지하는 집안 내의 위치를 단적으로 보여준다. 물론 여기서 드러나는 것은 비단 딸과 며느리의 차이만은 아니다. 냄비 끓는 소리와 악기 소리가 뒤섞여 요란한 가운데 시어머니가 "당신 아들의 하모니카 소리만 골라내겠다는 듯"(40쪽) 음악을 경청할 때, 시어머니와 며느리가 같은 부엌에 있다고 해도 그들의 자리가 같지만은 않음이 절묘하게 드러난다. 사실 이 소설의 진짜 합주는 시어머니의 남편 욕과 발화되지 않는 며느리의 속내, 그리고 부엌의 요리하는 소리가 한데 어울리며 발생하는데, 이는 결국 시어머니가 상을 엎으며 끝이 난다.

  언뜻 「도마령」은 「토란」과는 정반대에 놓인 소설 같다. 「토란」이 '시어머니-며느리'를 중심으로 이야기를 전개한다면, 「도마령」은 '엄마-딸'의 관계를 중심에 두고 아버지를 그린다. 「토란」의 시어머니가 남편 험담을 빼고 말을 못한다면, 「도마령」의 어머니의 모든 이야기는 고작 칠 년, 실제로는 삼 년도 같이 못 살고 죽은 남편의 칭찬으로 귀결된다. 딸 걱정에 그 험하다는 고자리재를 한밤중에 넘었다는 일화는 이미 수없이 들었고, 쌀 살 돈으로 수박을 사오는 철없는 씀씀이도 어머니 앞에서는 "아버지 탓에 가끔씩 하는 입 호강"(236쪽)으로 회고되었다. 그러나 어머니가 쏙 뺀 이야기 중에는 아버지가 마작에 미치고 요정 기생한테 폭 빠져 어머니 속을 꽤나 썩였던 일, 그런 아버지의 바람기를 잡으려고 고자리재 당산나무에 자신의 속치마를 걸어놨던 일이 있다. "남편 우상화에 목숨을 건 사람처럼"(237쪽) 행동하는 어머니를 안쓰럽게 여기는 '나'는 젊은 아버지의 사진을 보며 묻는다.

당신은, 당신의 아내가 오줌을 지리는 지경이 되어서까지 기를 써서 채색하고 변호하지 않아도 되는 그런 삶을 살 수는 없었는가? 오로지 진실만을 말하게 할 수는 없었는가?(239쪽)

그러나 어머니의 '아버지 미화'가 과연 맹목적인 사랑 때문일까? 어머니는 아버지 이야기를 듣기 싫어하는 '나'에게 이렇게 말한다. "그 얘긴 너한테 한 얘기가 아니고 실은 내가 내헌티 한 얘긴 기라. 내가 그 힘으로 이적지 안 살았나."(244쪽) 그러니까 어머니는 남편 없이 딸을 키우며 고단한 세월을 건너오는 동안 "느이 아부지가 옆방에 누워 있거니, 다 보고 있겠거니"(243쪽) 여기면서 버틸 수 있었다는 거다. 없는 아버지에게 의지해 살아왔으니 어머니는 "좋은 쪽만 믿기로"(244쪽) 하며 아버지의 자리를 더 크고 믿음직스럽게 만들어왔던 것이다. 「도마령」의 어머니는 아버지에 관해 말하면서, 아니 상상에 가까운 믿음직한 남편상을 만들어내면서 고된 삶의 보상을 기약하였고, 그것을 살아가는 힘으로 삼았다.

그렇다면 「토란」의 시어머니의 "입에 붙어버린 이 푸념"(16쪽)은 어쩌면 「도마령」의 어머니와 그리 다르지 않은 감정을, 그러나 상반되는 방식으로 표출한 것이 아닐까? 노년 여성 세대는 '아내/어머니'라는 규범적 정체성에 의해 억압받기도 했지만, 주어진 그 과업을 수행하는 것 외에 성취할 수 있는 대안을 상상하기도 어려웠을 것이다. 게다가 현실적으로 남편은 '아내/어머니'에게 규범과 책임을 강제할 수 있는 사람이자 동시에 보상을 줄 수 있는 (거의 유일한) 사람이다. 「토란」의 시어머니나 「도마령」의 어머니가 '아내/어머니'라는 인생의 과업을 수행하면서 끊임없이 남편에 관해 말하는 것은, 가부장제의 바깥을 상상할 수는 없을지라도 그 구조 안에서 살아남으려 분투했던 나름의 생존 전략이 아니었을까? 즉, 현실적으로 가부장(제)에 종속되었던 노년의 여성들이 남편에 대해 끊임없이 험담 혹은 미화하는 것은 당장 벗어날 수 없는 현실을 푸념하거나 미래의 보상을 기약하며 생의 의지를 다지는 생존 방법인 셈이다. 더불어 그러한 발화에는 자기 삶에 대한 해석이 수반될 수밖에 없는데, 그렇다면 그녀들은 자기 서사를 자신이 원하는 대로 작성하고 있었던 것이기도 하다. 요컨대 『토란』에서 (재)발견되어야 할 '전통적 삶의 양식'은 단순히 음식 재료나 소재의 토속성이 아니라 '남편의 험담/미화'라는 여성들의 유구한 문학 양식인 사설辭說이다.

애증의 동지 (맏)딸: 「거미집」 「마른 날들 사이에」

「도마령」이 '엄마-딸'의 동거를 "늙어버린 여자와 늙기 시작하는 여자가 만들어내는 일상"(222쪽)으로 그리고 있다면, 「거미집」은 이 관계를 좀더 심화하여 보여준다. 「도마령」의 서술자는 '늙기 시작한' 딸로서 아버지에 대한 어머니의 망상적인 집착을 연민과 냉소가 뒤엉킨 심정으로 바라본다. 「거미집」 또한 할머니가 된 맏딸(양지뜰댁)의 어머니(노인)에 대한 복잡한 감정을 그려내는데, 이번엔 갈등을 유발하는 핵심 요소가 엄마의 남편이 아니라 아들들이다. 노인과 양지뜰댁은 모녀 관계라기보다 차라리 "고생 동지"(256쪽)에 가깝다. 엄마가 하루종일 밭일을 하고 맏딸이 살림을 도맡았던 어려웠던 시절, 식구 수보다 밥 한 그릇이 모자라면 서로 배부르다며 식사를 거르던 이들이 엄마와 맏딸이었다. 그러나 "고생 동지"는 말마따나 '고생'에 한해서만 그랬던 것이고, 좋고 맛있는 것을 나눌 때 엄마는 아들밖에 몰랐다. 한집에 살던 시절은 말할 것도 없고, 남매가 모두 장성한 후에도 엄마는 "일 년 농사를 지어 제일 좋은 건 두 오라버니네로 올려보내고" 큰딸 몫으로는 "아무도 가져가지 않는 희나리 고추와 도토리만한 마늘"(264쪽)을 남겼다. 노인 편에서 보면 "나나 먹는 찌끄러기"를 받아줄 사람은 "임의로운 딸"(265쪽) 양지뜰댁뿐이었던 것이다.

어디 그것뿐인가. 노인은 양지뜰댁의 두 딸, 그러니까 외손녀들을 "쓰지도 못할 지지배들"(259쪽)이라 불렀다. 노인은 "지지배에게 미제 분유가 가당키나 하냐며 구박"(256쪽)하다못해 "장정인 두 오라버니가 몸이 부실해 힘을 못 쓴다며 손녀가 먹을 분유를 시도 때도 없이 푹푹 퍼가곤"(257쪽) 했다. 맏딸에 대한 노인의 홀대가 외손녀들에게까지 이어질 때, 양지뜰댁의 서러움과 원망은 더 사무친다. 노인에게 연민과 노여움이 섞인 복잡한 감정을 느끼기에, 양지뜰댁은 자기 큰딸의 세심한 마음씨가 더욱 안쓰럽다. 딸은 어머니의 동지이기 때문에 함께 서러워야 하는 것일까? 자신 외에는 어머니의 고단함을 아무도 모를 터이니 그저 속깊은 맏딸이 되어야 하는 것일까? 딸이자 어머니인 양지뜰댁은 자신의 딸에게 "고생 동지"의 자리를 대물림하지 않고자 하지만, 그것이 도리어 딸에게 서운함을 안길까 걱정한다. 「거미집」은 양지뜰댁이 딸로서, 또한 어머니로서 맺고 있는 두 개의 모녀 관계를 겹쳐놓으며 엄마와 맏딸 사이의 연민, 동지애, 신뢰는 물론이고 여기에 섞여 있는 서러움과 원망의 감정까지 짚어낸다.

한편, 「마른 날들 사이에」의 여자는 어려서부터 '엄마'와 '에미'를 구별해왔다. 왜냐하면 그녀의 할머니가 "애비가 누군지도 모르는 딸을 낳은"(59쪽) 엄마를 "에미란 년"(58쪽)이라 불렀기 때문이다. 여자에게 '엄마'가 가부장제하에서 여성에게 기대되는 책무에 충실한 여성이라면, '에미'는 그러한 규범에서 이탈하여 곧잘 남의 입에 오르내리는 여성이다. 에미는 여자를 "갈보 년

딸"(61쪽)이라 놀림받게 만들었고, 늙은 영감의 여관을 물려주었다. 여관을 팔고 산장을 운영하는 여자가 엄마와 에미의 구별을 그만두게 된 것은 모창 가수와 어느 아이엄마를 만나면서다. 모창 가수는 산장의 오랜 단골로, 올 때마다 점점 '진짜'가 되어가는 듯하다. 한편, 가족과 함께 산장에 머문 아이엄마는 안쓰러울 정도로 가족에게 헌신하는 '진짜' 엄마였다. 그러나 여자는 나이트클럽에서 취객에게 가짜라고 행패를 당하는 모창 가수와 남자들을 유혹하는 아이엄마를 목격한다.

여자는 이제 에미와 엄마를 분간하는 짓 따위는 하지 않겠다고 마음먹는다. 양면이 있어야 동전이 되고 모든 물건마다 겉과 속이 조금씩은 다르다는 엄연한 사실을 그동안 잊고 있었던 것이다.(79쪽)

이제 여자에게 '엄마-에미'는 '진짜-가짜'가 아니라 모든 사람과 사물이 품고 있는 '조금씩 다른 겉과 속' 같은 것이다. 소설은 여자의 이후의 삶을 보여주진 않지만, 마지막 장면에는 여자의 응어리가 풀릴 거라는 희망적인 암시가 새겨져 있다. 중요한 점은 여자의 삶에 대한 낙관이 자신을 얽매던 '에미의 팔자'를 끊어내는 방식으로 이루어지지 않았다는 점이다. 여자에게 찾아온 마음의 안정은 에미와의 완전한 분리가 아니라 여성의 삶에 가해지는 '진짜-가짜'의 낙인과 손가락질을 넘어 에미의 삶을 있는 그대로 보려고 하는 데서 얻어진다. 「마른 날들 사이에」 또한 에미에 대한 딸의 심정을 단일한 색채로 그리지 않는다. 에미에 대한 여자의 그리움에는 미움과 원망이 짙게 배어 있다. 소설의 결말은 이 양가적인 감정의 어느 한쪽만이 진짜인 것이 아니라 모순적인 전체가 "엄연한 사실"에 가까이 있음을 확인시켜준다.

돌아본 사랑의 얼굴들: 「미노」「파꽃」「불두화」

「미노」「파꽃」「불두화」는 지나간 사랑에 관한 이야기다. 그런데 여기서 말하는 '사랑'은 결혼으로 귀결되는 통상적인 의미의 사랑은 아니다. 「파꽃」과 「미노」는 사랑인지도 모르게 지나가버린 어린 시절의 사랑, 아니 사랑이라고 이름 붙이기에도 겸연쩍은 모호한 감정을 뒤늦게 확인하는 이야기다. 먼저 「미노」의 '나'는 우연히 들른 경마장에서 십오 년 전 소식이 끊긴 친구 미노를 알아본다. 그런데 이 마주침은 우연이되 우연이 아닌 오랜 기다림의 결과였다. 유년 시절 미노와 '나'는 가까운 이웃 사이였으나 소년 소녀들 특유의 낯가림으로 제대로 인사 한 번 해보지 못했고, 미노의 갑작스러운 이사로 소식이 끊겨졌다. 미노는 어른들을 통해 '나'의 근황을 듣고 있었는데, "설마 한 번은 경마장에 오겠지, 그럼 날 알아보겠지"(301쪽)라고 생각했단다. 미노의 막연한 기다림과 '나'

가 자신을 알아봐줄 것이라는 믿음, 그리고 오랜 시간이 흘렀음에도 불구하고 한눈에 그를 알아본 '나'의 응답. 그러나 '나'는 그 응답이 너무 늦었다는 것 또한 알아채고 기다려달라는 미노의 말을 저버린 채 경마장을 떠난다. 시차를 두고 반복되는 어긋남과 그것이 남기는 감정. 이것도 사랑이라고 부를 수 있을까.

「파꽃」의 명혜와 '대전전파사 작은 총각'의 감정은 「미노」의 인물들이 나눈 것보다 좀더 모호한 듯하다. 기와집 딸 명혜는 어린 시절부터 줄곧 받아온 전파사 남자의 호의와 배려에 무감각하였다. "실몽당이 같은 몰골"(153쪽)의 소년 시절부터 결혼을 하고 가정을 이룬 지금까지 그의 호의는 삼십 년간 지속되었는데도 말이다. 명혜는 이제야 스스로에게 묻는다. "그는 대체 누구란 말인가."(같은 쪽) 새삼 그의 존재에 대해 질문하자 명혜는 자신이 무심하게 흘려버린 그의 친절에 미안함을 느낀다. 물론 지난 세월에 대한 기억은 양쪽이 다르다. 어려서 형님 집에 얹혀살았던 그에게 기와집은 "마음 비빌 자리"(165쪽)였고, 이는 명혜 어머니의 세심한 배려 덕분이었다. 그의 호의는 어려운 시절 마음을 내주었던 기와집 아주머니에 대한 고마움, 그리고 "세상에 태어나 처음 본 여자"(170쪽) 명혜에 대한 막연한 사랑에서 비롯된 것이었다.

「파꽃」에서 뒤늦게 남자의 호의에 고마움과 미안함을 느끼는 명혜의 감정도 울림을 주지만, 명혜에 대한 남자의 감정도 좀더 들여다볼 필요가 있다. 그는 명혜를 "세상을 보는 (……) 잣

대"(같은 쪽)로 생각한다. 그는 화단에 끼지도 못하는 파꽃도 꽃이라고 했던 명혜의 가벼운 한마디조차 자기 삶을 돌보는 힘으로 소중하게 간직했다. 또, 명혜에게 동경에 가까운 사랑을 품고 있지만 "하늘에 맹세코, 난 명혜씨에게 욕정을 품어본 적이 없"(167쪽)다고 말한다. 그러면서도 그는 "가당찮은 꿈"으로서 명혜가 자신을 위해 "따뜻한 밥 한 그릇만 지어준다면, 맛깔스러운 반찬을 앞으로 밀어주거나 생선 가시를 알뜰하게 발라주는 그녀의 손을 내 생전에 볼 수만 있다면"(171쪽) 하고 바란다. 그가 사랑하는 명혜는 자신의 상상 속에서 만들어낸 허상에 가까운데, 거기에는 그가 유년 시절에 받지 못했던, 그러나 그리워했던 어머니나 누이의 사랑, 또래 여학생과의 친밀감이 덧씌워진 것처럼 보인다.

흥미로운 점은 '하늘에 맹세코 욕정을 품어본 적 없는' 순정의 대상인 '상상 속 명혜'가 전형적인 어머니나 아내의 모습을 띠고 있다는 것이다. 그는 한 번도 받아본 적 없는 사랑을 줄 사람으로 어떻게 지극히 규범적인 여성상을 상상했던 것일까? 어쩌면 이 질문은 소설이 처음 출간되었을 때엔 누락되었을지도 모르겠다. 그러나 지금 여기에서 다시/처음 읽힐 때, 그의 내면에 자리한 명혜의 이미지에는 그의 일방적인 환상이 투영되어 있음을 지적할 수밖에 없다. 그러나 그의 진부한 상상력을 탓하기 전에 그가 사랑을 보고 듣고 느끼고 감각할 수 있었던 방식이 지극히 제한적이었다는 점도 지적할 필요가 있다. 우리 역시 명혜에 대한 그의 감정,

그리고 그에 대한 명혜의 감정을 적절하게 표현하지 못하고 있는 것처럼. 연민, 미안함, 고마움…… 등으로 충분히 표현되지 않는 이들의 감정은 무엇일까. 이에 적확한 말을 찾지 못하는 것은 언어의 빈곤 탓일까, 혹은 '사랑'이라는 단어가 특정한 방식의 관계와 감정만을 지칭하는 말로 통용되면서 발생하는 곤경일까.

답을 찾는 일을 「불두화」에서 이어가보자. 이 소설은 사랑이라는 말에 존재하는 낯선 얼굴을 꺼내 보여준다. 라디오 작가인 서경은 특집방송 팀장인 기자와 사랑에 빠지게 되는데, 이를 통해 자신이 레즈비언임을 깨닫는다. 그러나 기자는 이 사랑이 세상 사람들에게 '병'으로 취급받을 뿐이라며 서경을 밀어낸다. 실연의 아픔을 이기지 못한 서경은 결국 고향 집으로 내려가는데, 이곳에도 또다른 사랑이 기다리고 있다. "열예닐곱 살가량 먹은 뒷집 사내아이"(131쪽)는 고등학교에 다니지 않는 대신 동네의 꽃과 나무, 동물에 대해선 훤히 알고 있다. 그는 서경을 위해 꽃을 꺾고 붕어를 잡아다 준다. 이렇게 「불두화」는 서경과 기자, 뒷집 아이, 그리고 전설 속의 "상피 붙은 오누이"까지 "금기의 구역에 발을 디딘"(141쪽) 이들을 보여준다. 이들의 사랑은 이별 혹은 죽음이라는 비극으로 끝난다. 소설은 세 가지의 사랑을 '금기'라는 말로 겹쳐놓지만, 텍스트가 다시/처음 읽히기 위해서는 각각에 합당한 이름을 붙여야 할 것이다. 사랑에 덧씌워진 신비로운 환상이나 지배적 이데올로기를 벗겨낼 때, 어떤 것은 더 자유로운 사랑으로,

어떤 것은 사랑이 아닌 집착으로 제 모습을 드러내지 않을까.

칼춤을 추는 여자: 「비하리에서, 나는」「이 땅의 낯선 자」

앞서 『토란』 전체에서 아버지나 남편의 자리가 후경화되어 있다고 지적했는데, 「이 땅의 낯선 자」와 「비하리에서, 나는」에는 가장이 부재한 공간에서 (성)범죄에 노출된 여성이 등장한다. 문제적인 지점은 이 소설들의 주인공이 가부장의 보호를 받지 못하면서도, 범죄를 겪는 내내 가부장(제)에 구속된다는 점이다. 먼저 「이 땅의 낯선 자」의 '나'는 남편과 로맨틱한 시간을 보내기 위한 장보기를 마치고 집으로 돌아가는 길에 강도들에게 납치되었다. 납치범들은 그녀가 탄 택시의 운전기사를 협박하여 시외로 도주하는 중이다.

"(……) 형, 애 얼마 받을 거야?"
"글쎄…… 삼천만 받을까."
삼천이라니. 내가 삼천밖에 안 된다니. 한 번도 내 값어치를 돈으로 환산해보지 않았다. 그런데 납치범에 의해 적나라하게 드러나는 내 몸값. 억울했다. 얼마나 용을 쓰며 살아왔는데 겨우 삼천밖에 안 된다니.

"에이, 그건 너무 적어. 천오백씩 나누면 쓸 게 뭐 있어. 자금부
대리래잖아. 강남 살고. 오천 부르자고. 있는 놈들한텐 오천이 돈
이겠어?"

"거래를 할 때는 그쪽에서도 수긍할 수 있는 합당한 가격을 불
러야 뒤탈이 없는 거야. 같이 산 세월이 이십 년 넘은 망구라면 이
삼억도 부를 수 있어. 미운 정 고운 정 다 든 정값이거든. 자식이라
도 있으면 또 모르겠다. 계모 손에 애 키우게 될까봐 벌벌 떨기라
도 하지. 쟤는 애도 없이 오 년 살았대잖아. 똥값이지, 뭐."

"재수…… 엿……"

뚱보가 창문을 열고 잇새로 침을 찍, 뱉는다. 모멸감으로 입술을
깨물었다. 너희는 모른다. 내 남편이 얼마나 나를 사랑하는지. 그
는 나를, 내 살풀이춤을 보지 않으면 잠들지 못한다.(195~196쪽)

놀랍게도 납치범들이 여자의 몸값을 계산하는 기준은 가부장
제가 여성에게 요구하는 규범과 일치한다. 한평생 아내 노릇을 했
다면 몸값이 올라가고, 그렇지 못했다면 "자식이라도" 낳아야 한
단다. 심지어 자식이 있어야 몸값이 오르는 이유도 아내가 그만
큼 소중해서가 아니라 "계모 손에 애 키우게 될까봐"서이다. 그러
니까 자식을 위한, 좀더 적나라하게 말하자면 아내에게 제공받을
양질의 재생산 노동력을 감안한 선택이라는 것이다. 그런데 '나'
는 남편의 아이를 낳은 것도 아니고, 오랜 세월을 함께한 것도 아

니니 "똥값"이라는 것이다. '몸값'에 자존심이 상한 '나'는 남편의 사랑에 기대를 걸어보지만, 남편의 계산법이 크게 다를 것 같지는 않다. 애초에 납치범들이 가부장제 공식에 따라 '나'의 몸값을 매겼기 때문이다.

오히려 납치범들의 논리를 전복하는 지점은 '나'가 그들의 흉기를 보면서 검무를 추고 싶어한다는 데 있다. "자꾸만 칼이 탐난다. 저 칼로 검무를 춘다면."(187쪽) '나'가 결혼을 하는 바람에 검무를 배우지 못했던 것을 상기한다면, '나'는 칼에 매혹될 때마다 잊고 있었던 내면의 욕망을 새삼 확인하는 것이리라. 납치당한 위급한 상황에 이 무슨 한가한 욕망 타령이냐고 할지도 모르겠다. 그렇다면 반대로 물어보자. 가부장제 시스템 속에서 그녀의 몸값이 정해지고, 그녀가 매긴 자신의 가치 또한 남편에 기대어 측정될 때, 그녀가 스스로를 정위하는 방법은 무엇이 있을까? 결혼 전의 욕망을 다시금 느끼는 것은 시스템으로 회수되지 않는 자기 자신을 확인하는 방법이라 할 수 있지 않을까?

그러나 소설은 가부장제 시스템 바깥을 쉽게 상상하지 않는다. '나'는 택시 기사의 임기응변 덕택에 위기에서 벗어났고, 탐내던 회칼을 손에 넣었다. 회칼을 들고 아무도 없는 언덕에 도착한 그녀는 무엇을 했을까? 자기 안의 욕망을 다시 일깨웠을까? "회칼을 눈높이까지 들고 아래에서 위로, 위에서 아래로 꼼꼼하게 훑어봤다. 칼날과 칼등도 세심하게 살폈다. 앞으로는 팔목에 힘을 주고 고기나 채소를 썰지 않아도 된다. (……) 칼을 높이 치켜들고 아래로 힘차게 내리그었다. 사악, 허공이 베이는 소리."(213쪽) 소설의 마지막에서 칼을 휘두르는 '나'의 행위는 검무인지 혹은 아내 역할의 일부인지 모호하다. 엄밀히 따지자면 어느새 '나'에게 칼은 춤의 도구가 아니라 부엌살림의 일부가 된 듯하다. 그럼에도 '나'가 자신의 몸값이 흥정되는 순간에 성취하지 못했던 결혼 전의 욕망을 떠올렸다는 것, 그럼으로써 몸값의 액수가 아니라 생의 의지를 통해 삶을 긍정했다는 것은 중요하다. 그녀의 검무는 연기된 듯하지만, 허공을 베는 행위 속에 여전히 잠재되어 있을 것이다.

「이 땅의 낯선 자」에서 유예된 칼춤은 「비하리에서, 나는」으로 이어진다. 소설은 주인공 나경이 이십 년 만에 고향집으로 돌아오는 데서 시작한다. 그녀는 고등학교 졸업을 한 학기 앞두고 성폭력 범죄 피해를 입었고, 그길로 집을 나갔다. 서울에서 직장을 구하고, 결혼도 하였으나 남편은 나경을 떠났다. 나경은 결혼한 뒤에도 "남편 쪽으로 얼굴을 돌리고 누우면 잠든 사이 검은 얼굴의 사내가 반대쪽에서 자신의 등뼈를 파낼 것 같았다"(101쪽). 그래서 남편에게 등을 돌리고 잤던 것인데, 남편은 그런 나경에게 다른 남자가 있다고 여겼다. 그날 밤의 범죄는 그날로 끝나지 않고 나경을 쫓아다니며 그녀의 삶의 터전, 가족, 미래를 빼앗아갔던 것이다. 이십 년 만에 고향에 돌아온 나경은 "검은 얼굴의 사내"

를 다시 마주하는데, 이제 나경은 달라져 있다. 이번엔 나경도 속수무책으로 당하지만은 않는다. 아니, 자신의 삶을 송두리째 파괴한 것이 누구인지 밝히고야 말겠다는 독기를 내뿜는다.

사내의 몸이 나경의 몸에 얹히는 순간, 사력을 다해 사내의 겨드랑이 살을 물어뜯었다. 손닿는 곳에 무기가 될 만한 것이 있었다면 망설이지 않고 사내의 숨통을 끊어버렸을 것이다. 주먹이 날아오고 바닥에 머리가 세차게 부딪히는데도 나경은 물고 있던 물컹한 살덩어리를 놓치지 않았다. 입안 가득 괸 피가 꿀꺽, 식도를 타고 넘어갔다. 사내가 비명을 지르며 활처럼 등을 구부렸고, 그 바람에 겨드랑이 살을 놓친 나경은 사내의 옷자락을 붙잡고 늘어졌다.(107쪽)

나경은 사내를 붙잡는 데 실패했으나 반드시 찾아내겠다는 의지를 다진다. 이제 그녀는 죄도 없이 도망가는 삶을 택하지 않는다. "악착같이 살아"(109쪽)남아서 그를 붙잡겠다고 다짐한다. 나경이 생의 의지를 복수를 꿈꾸며 다진다고 해서 부정적으로 여겨서는 안 된다. 나경의 결심은 단죄의 약속이며, 삶의 터전에서 물러서지 않겠다는 결단이다. 나경은 '검은 얼굴의 사내'에게 복수하겠다는 것이 아니라 자신의 삶을 있는 그대로 누리겠다고 선언하고 있는 것이며, 이를 위협하는 자 누구든 용서치 않겠다고 선

전포고하고 있는 것이다. 앞서 「이 땅의 낯선 자」의 회칼이 결국 검무의 도구에서 살림살이로 회수되어갔다면, 「비하리에서, 나는」의 나경은 자기 삶이 파멸된 바로 그 자리에서 다시 생의 의지를 다지고 있다.

재난의 조짐은 '앎'에서 시작되었다

『토란』은 여성들의 현실적 삶과 그 삶이 맺고 있는 모순적인 관계들을 두루 살핀다. 또, 그러한 삶에 새겨진 감정들이 단일하지 않음을 깊이 있게 조망한다. 소설들은 과거와 현재의 여성의 삶을 읽어내는 방식을 제안하고, 독자로 하여금 새로운 질문을 던지게 한다. 『토란』의 마지막 질문은 비-남성의 삶을 거쳐 비-인간 존재에까지 나아간다. 가령, 「그 재난의 조짐은 손가락에서 시작되었다」는 우화소설로 읽을 때, 쥐의 시선을 빌려 인간의 이기심과 이타심, 사악함과 나약함을 드러내는 텍스트로 이해된다. 그러나 인간중심주의에 대한 반성, 비윤리적 동물실험이나 공장식 축산에 대한 반대운동 등을 거치며 더디지만 진일보한 우리의 '앎'은 이 텍스트를 우화소설로'만' 읽는 것을 방해한다. 세계의 수많은 존재들의 다양한 시선을 인간의 시선으로 환원하는 것이 어떠한 폭력이 될 수 있는지, 어떻게 인간 중심의 논리를 재생산할 수 있는

지 '알기' 때문이다. 그렇다면 우리의 독해가 교란되는 텍스트의 입장에서는 "재난의 조짐"이라 할 수 있겠다. 이처럼 다시 읽기는 소설세계의 균열과 누수 지점을 감지해내고야 만다. 그러나 기존의 독해에서 간과되었던 '재난의 조짐'을 발견하는 일이야말로 다시 읽기를 처음 읽기로 만들어준다는 점도 기억할 필요가 있다. 다시 읽기를 통해 발견되는 소설세계의 부정합성은 지난 세계로부터 떨어져나온 우리의 자리를 되비추어주고, 지금 여기의 우리를 비추어줄 때 비로소 소설은 현재적 의미를 획득하게 된다. 다시/처음 읽기라는 두 겹의 독해는 바로 이 왕복운동 속에서 시작된다.

최근 한국문학에 쏟아진 질문은 우리의 '앎'과 독해의 민감도를 높여주었다. 그간 '문학적 장치'로서 등장한 비-남성적 존재를 살아 있는 실체로 발견해낸 작업들이 대표적일 것이다. 이렇게 단련된 안목으로 『토란』을 읽을 때, 우리는 새로운 답안과 질문을 발견하고, 부단한 질의와 응답을 수행하면서 이 소설들을 현재의 텍스트로 받아들이게 될 것이다. 이 글은 『토란』의 다시, 그리고 처음 읽기라는 이중 독해를 수행하려 했다. 그러나 이는 하나의 사례일 뿐, 다시/처음 읽기는 지금 여기의 독자를 통해서만 완성될 수 있다.

먼 이역의 땅에서 노파를 만났다. 노파는 내가 묵고 있는 곳의 옆집에서, 사람들과 왕래도 없이 혼자 살고 있었다. 모든 유리창엔 두꺼운 커튼이 쳐져 있었으며 부엌에서 흘러나오는 불빛이 아니라면 사람이 살고 있는지도 모를 정도로 노파의 단층 목조 가옥은 늘 괴괴한 적막에 싸여 있었다.

"옆집에서 건너오는 바람조차 싫어. 눅눅하고 쉰내가 나."

집 뒤의 정원이 작은 목책을 사이에 두고 이쪽저쪽으로 나뉘어 있어, 노파의 정원을 보지 않을래야 보지 않을 수 없는 형국이어서 그런지 집주인 여자는 노파를 참을 수 없어했다. 그도 그런 것이 노파의 정원은 다른 집들처럼 수영장도 꽃도 없이, 아무렇게나 방치해둔 널따란 잔디밭에 있는 거라곤 고작 두어 그루 나무뿐이었다. 그 황량한 정원에서 쉰 목소리로 고양이를 부르는 노파를 보았다. 바싹 마른 체구에 아래로 늘어진 길쭉한 주름살들이 얼굴 전체를 덮고 있었다. 한 백 년 전에 생겨난 듯싶은, 유리구슬처럼 박힌 노파의 잿빛 눈동자를 보고 나는 말할 수 없는 친밀감을 느꼈다. 또한 늙는다는 데 대한 어떤 두려운 감정도 들지 않았다. 오로지 노파처럼 늙고 단절되기 위해 온 생애를 쉼없이 달려온 것 같은 착각에 빠지기도 했다. 이렇듯 나는 세상의 모든 노인들에게 야릇한 동지애와 연대감을 느낀다. 아주 어려서부터 그랬다.

기억마저도 희미해진 어느 나른한 봄날. 난 겁도 없이 녹이 슨 철로를 통째 삼켜버렸다. 쇠에 난 녹이 그 쇠를 먹어치운다는 건 알았지만 몸주인 나까지 갉아먹을 거라고는 생각지도 않았다. 때때로 뱃속이 거북했으며, 잊을 만하면 녹슨 철로 위를 덜컹거리며 불규칙하게 달리는 기차 바퀴 소리가 목울대를 뚫고 쓴 물처럼 올라오기도 했다. 내가 녹을 먹고 녹이 나를 먹는구나. 방바닥에 납작 엎드려 있었던 밤사이, 철로 가에는 아주까리와 맨드라미, 채송화 따위의 잊힌 꽃들이 이슬을 머금고 피어났다. 왜 지금 하필이면 아주까리와 맨드라미, 채송화인가? 입춘 무렵, 뿌연 창밖을 바라보며 중얼거린다. 어쨌든 가거라, 이젠 더이상 내 것이 아닌 내 청춘의 자국들.

2003년 1월
이현수

나는 처음 쓴 소설로 등단했다. 어찌하여 내게 이런 행운이 따르나, 뛸 듯이 기뻤다. 한 편의 재고 없이 등단하면 불행해진다는 걸 그때는 몰랐다. 그것은 섶을 지고 불길로 뛰어드는 행위와 다름없다는 것도.

단편소설 하나를 어렵사리 완성하면 이게 과연 작품이 될까, 의심의 눈으로 뜯어보며 검토와 재검토를 거치는 습작 시절을 등단하고 겪었다. 단어와 단어 사이에 숨은 리듬감과 구성을 뼈에 새기는 지난한 시간. 생각을 글로 옮기는 순간 내 인식을 넘어서는 지점에서 무엇인가 불꽃처럼 반짝여주기를 간절히 바라며 한 편 한 편 썼다.

첫 소설집 『토란』 초판이 인쇄되어 나오던 날을 기억한다.

분주한 아침이 지나고 비로소 혼자가 되었을 때 찻잔을 쥔 손이 조금씩 떨리기 시작했다. 동향이어서 아침부터 햇빛이 점령한 거실을 얼마쯤 서성이다 책상 앞으로 돌아왔다. 이제는 다음 책과 그다음 책도 낼 수 있겠구나, 안도감에 휩싸여 세수와 청소도 미룬 채 해종일 책상 앞에 앉아 창밖만 멀거니 바라봤다.

그로부터 십칠 년이 흐른 후『토란』개정판을 낸다.

교정지를 받아들고 살펴보니 내가 자란 고향 마을이 책 한 권에 고스란히 들어 있다. 우뚝 솟은 산과 언덕 위에 들어선 역사, 오래된 상점들이 다닥다닥 붙은 삼거리와 좁은 골목에서 흘러나오던 따뜻한 불빛. 여름밤이면 반딧불이가 무리 지어 날아오르는 초강과 그 너머 보리밭에서 불어오던 쌉쌀한 바람. 그것들이 내 정서의 근간이었다. 학교 때문에 열다섯 살이 되던 해 도시로 떠나왔지만 나는 여전히 고향에서 한 발짝도 벗어나지 못했다.

소설을 쓰자 작정하고 책상 앞에 앉은 지 햇수로 이십오 년이 된다. 장편소설 한 권을 내면 다음에는 소설집 한 권을 내는 방식으로 작업해왔다.『토란』개정판과 같이 나오는 신간 소설집『우리가 진심으로 엮일 때』가 내 여덟번째 책이다. 개중에는 이지러지고 설익은 장편도 있다. 어림잡아 계산하니 삼 년에 한 권씩 책을 낸 꼴이다. 과작이다. 이제부터 읽기에 집중하기보다 쓰기에 전념하자 다짐한다. '코로나19'라는 감염병이 세계를 휩쓰는 어려운 시기에 개정판을 흔쾌히 묶어준 문학동네 편집부와 소설의 부족한 부분을 특별한 해설로 채워주신 이지은씨, 첫 소설집 『토란』을 읽고 지지해준 오래된 독자들에게도 이 기회를 빌려 감사드린다.

2020년 12월 담양 글을 낳는 집에서

이현수

| 수록 작품 발표 지면 |

토란 …… 『창작과비평』 2002년 봄

마른 날들 사이에 …… 『문학동네』 1997년 여름

비하리에서, 나는 …… 미발표작

불두화 …… 『한국소설』 2000년 봄

파꽃 …… 『내일을 여는 작가』 2002년 여름

이 땅의 낯선 자 …… 『문학동네』 1997년 겨울

도마령 …… 미발표작

거미집 …… 미발표작

미노 …… 『작가세계』 2001년 봄

그 재난의 조짐은 손가락에서 시작되었다 …… 1991년 충청일보 신춘문예 당선

작(발표 당시 제목은 '그 재난의 조짐은 손가락에서부터 시작되었다')

문학동네 소설집
토란
ⓒ이현수 2020

1판 1쇄 2003년 2월 10일
1판 3쇄 2004년 1월 15일
2판 1쇄 2020년 12월 28일

지은이 이현수
펴낸이 염현숙
책임편집 정은진 | 편집 이상술
디자인 고은이 유현아 | 마케팅 정민호 박보람 우상욱 안남영
홍보 김희숙 김상만 함유지 김현지 이소정 이미희
제작 강신은 김동욱 임현식 | 제작처 영신사

펴낸곳 (주)문학동네
출판등록 1993년 10월 22일 제406-2003-000045호
주소 10881 경기도 파주시 회동길 210
전자우편 editor@munhak.com | 대표전화 031) 955-8888 | 팩스 031) 955-8855
문의전화 031) 955-3576(마케팅) 031) 955-8864(편집)
문학동네카페 http://cafe.naver.com/mhdn | 트위터 @munhakdongne
북클럽문학동네 http://bookclubmunhak.com

ISBN 978-89-546-7633-5 03810

잘못된 책은 구입하신 서점에서 교환해드립니다.
기타 교환 문의: 031) 955-2661, 3580

www.munhak.com